《红楼梦》：芝麻开门

梁归智 著

山西出版传媒集团
三晋出版社

图书在版编目(CIP)数据

《红楼梦》:芝麻开门 / 梁归智著;
—太原:三晋出版社,2018.8
ISBN 978-7-5457-1740-2

Ⅰ.①红… Ⅱ.①梁… Ⅲ.①《红楼梦》研究Ⅳ.①I207.411

中国版本图书馆 CIP 数据核字(2018)第 193874 号

《红楼梦》:芝麻开门

编 著 者:梁归智
责任编辑:落馥香
出 版 者:山西出版传媒集团·三晋出版社(原山西古籍出版社)
地 址:太原市建设南路 21 号
邮 编:030012
电 话:0351-4922268 (发行中心)
0351-4956036 (综合办)
0351-4922203 (印制部)
E-mail:sj@sxpmg.com
网 址:htt://www.sjcbs.cn
经 销 者:新华书店
承 印 者:山西力新印刷科技开发有限公司
开 本:787mm×1092mm 1/16
印 张:18.5
字 数:266 千字
版 次:2018 年 8 月 第一版
印 次:2018 年 8 月 第一次印刷
书 号:ISBN 978-7-5457-1740-2
定 价:55.00 元

目 录

小　引

21 世纪第二个十年也快过去了，红学在这十余年里演变成了货真价实的“人间红学”，红学真正从小众的珍玩变成了大众的饔飧。每年出版的评红说红之书册如过江之鲫。大较而言，这些红书有两大倾向：一是一些新的索隐派，二是世俗化红评，后者尤为大宗。世俗化红评者，把《红楼梦》的故事和人物与当代商品化的职场、家庭、社会、人际关系等挂钩，借红说事，表达当下的生存感受，愈说愈津津有味。这是一种“泛化”了的社会性红论红评，当然也证明《红楼梦》的内涵外延的确如海绵如黑洞，山负海涵，有极大的弹性、对接性、吸附性、可塑性，说白了也就是“世事洞明，人情练达”之世俗性的一面丰富而且强大。但这只是《红楼梦》的一个层面，而非其全部。《红楼梦》更有其诗性、哲学性即超越性的层面，“嫩寒锁梦，芳气笼人”，幽美深邃，天高地远。而也正是这个层面，是它能够成为最伟大文学艺术经典的重要元素。

我这本小书，更多着重的就是《红楼梦》超越的层面。第一部分《红楼梦》人物赞，共赞了 50 个红楼人物。是感悟性的“赞”而不是逻辑性的分析。篇幅都不太长，但蓄隐哲理，溢宕诗情，言简而意赅，引逗启发，或尚耐人寻味，不比“人物形象分析”一类说尽说滥，反而味同嚼蜡。大家都长篇说俗，我来短简道雅，也许倒“物以稀为贵”吧。

探佚是我步入红楼的第一步，也是我论红的基础。“探佚编”和“艺术编”的两组文章，表明这样一个道理：没有红楼探佚，就谈不到红楼的思想和艺术，探佚不是索隐，也不是猜谜，而就是思想，就是艺术。

最后一部分红学的介绍，当然是学术，但非高头讲章，而是从象牙之塔走向十字街头的尝试，寓深度于浅谈。四组文章，是层级性的，适应不同趣味和水平的读者，不想求深的，可以不看第三、第四组文章。

本书特别希望得到 80 后、90 后和 00 后的读者青睐。期待他们说一声：“《红楼梦》：芝麻，开门！”

《红楼梦》人物赞

1. 贾宝玉

不想宝玉在山坡上听见是黛玉之声……试想林黛玉的花容月貌，将来亦到无可寻觅之时，宁不心碎肠断！既黛玉无可寻觅之时，推之于他人，如宝钗、香菱、袭人等，亦可到无可寻觅之时矣。宝钗等终归无可寻觅之时，则自己又安在哉？且自身尚不知何在何往，则斯处、斯园、斯花、斯柳，又不知当属谁姓矣！——因此一而二，二而三，反复推求了去，真不知此时此际欲为何等蠢物，逃大造，出尘网，使可解释这段悲伤。

——《红楼梦》第二十八回

我是谁？

"情榜"上凸显出一个词语——情不情，说我的本质是连对无情也用深情。

意淫——这是太虚幻境警幻仙姑的"秘训"，来自上界的声音。

美，美的人，美的景，美的物，美的事，愿美永驻！良辰美景奈何天，赏心乐事谁家院。

大旨谈情，二律背反。

因此悲剧的命运前定了。

因此"诗人哲学家"的生存方式前定了。

林妹妹昨天夜里又咳嗽了吗？那天午睡，宝姐姐坐在旁边给我拂蝇子，我怎么睡着了，竟亵渎了她？给湘云妹妹的金麒麟怎么会弄丢了呢？后日上街，可别忘记给探春妹妹买手工艺品……

那个在蔷薇花架下用簪子划"蔷"字的女孩子没有被大雨淋病了吧？袭

人真的要回家吗？晴雯在病中给我补孔雀裘，可真累坏了……

二姐姐，四妹妹，宝琴妹妹……还有妙玉，秦钟，琪官儿，柳湘莲……

开辟鸿蒙，谁为情种？——让人间充满爱。推而广之衍之，尧舜禹、孔夫子、苏格拉底、佛陀和耶稣基督的精神不过如此。曹雪芹写出的贾宝玉，其实就是艺术化的尧舜禹、孔夫子、苏格拉底、佛陀和耶稣基督呵。“绛洞花王”——“混世魔王”——“遮天大王”，三级跳。以林黛玉和史湘云为两个“湘妃”的贾宝玉，不就是大舜那样的“圣王”吗？

2. 王熙凤

凤姐听了这话，便发了兴头，说道：“你是素日知道我的。从来不信什么阴司地狱报应的，凭是什么事，我说行就行。你叫他拿三千两银子来，我就替他出这口气。”

——《红楼梦》第十五回

王熙凤是进入了权利话语系统的人。她确实有这个能力，不是混饭吃的。

荣国府这么大家业，这么多人口，这样复杂的“国情”，管理成现在这种水平，容易吗？

老祖宗的特殊供应，太太的特殊优待，这么多哥儿姐儿们的利益要求，能掉以轻心吗？

人际关系比国际关系还要难于处理啊。那一遭大嫂子李纨领着头儿闹着要成立文艺社团，她又抠门不掏腰包，只知向我伸手要钱，全不管经济预算已经好大的赤字。我不过开开玩笑点她两句，她就霹雳炮火地顶回来，这还是号称“佛爷”的人呢。

更不用说好色的公公贾赦、左性的婆婆邢夫人这两个难缠的上级和那些奴字号奶奶的下级了。

我不来点铁腕，不用点计谋，不搞点纵横捭阖春秋战国的兵法，能维持得了局面吗？能保证贾府的社会安定稳定吗？

首先得有老太太撑腰。有顾问委员会作强有力的后盾，执政地位才能牢靠。能不事事先揣摩老太太的意思？二太太是娘家的姑妈，大房和二房发生利益冲突，我当然得站在自己人一边。

对赵姨娘那种阶级异己分子，必须坚决打击，不能心慈手软，要不她就要翻天了。

琏二爷多没良心，背着我偷娶二房奶奶，还怀了孩子，真是天理良心！不采取断然措施斩草除根怎么得了？

贾瑞那浑小子，也不拿镜子照照自己就想吃老娘的豆腐，还能怨我心狠手辣？

不用说市场经济，就是计划经济，没有钱喝西北风去？我放点高利贷，那也是正当致富啊。

“一从二令三人木，哭向金陵事更哀。”我的结局怎么会这样惨？历史也太不公正了！何况我是个女人！

3. 林黛玉

又侧耳时，只听唱道：“则为你如花美眷，似水流年……”林黛玉听了这两句，不觉心动神摇。又听道：“你在幽闺自怜”等句，亦发如醉如痴，站立不住，便一蹲身坐在一块山子石上，细嚼“如花美眷，似水流年”八个字的滋味。忽又想起前日见古人诗中有“流水落花春去也，天上人间”之句，又方才听见《西厢记》中“水流花谢两无情”之句，再又有词中有“流水落花春去也，天上人间”之句，又兼方才听见《西厢记》中“花落水流红，闲愁万种”之句，都一时想起来，凑聚在一处。仔细忖度，不觉心痛神驰，眼中落泪。

——《红楼梦》第二十三回

只有深入中国古典诗词凝聚的生命意识中，林黛玉才具有内涵和魅力。

“如花美眷，似水流年”是在帘幕无重数的深深庭院中，在幽闭的花园（大观园）里才能呈现的情境。外界的隔绝强化了自我的存在意识和对自然及生命的锐感和深度感。人的青春和自然的青春于是有了某些重叠,某种同构。从“心动神摇”到“如醉如痴”,是对生命意识体验的逐步沉潜和浸淫。“在幽闺自怜”“细嚼”——这是生命本身的迷醉。

“如花美眷”——对爱情在想象中的占有是至美的。“似水流年”——能如此实感地触摸到时间对青春的消耗和侵蚀，其实是对生命的占有太真切了。“水流花谢”“花落水流红”——青春消亡,爱失落,生命的意义也就晦暗。“心痛神驰”的悲剧感其实是青春生命的高峰体验。

贾宝玉是林黛玉寄托这种生命至深处情愫的活生生的对象化载体。这才是林黛玉“眼泪还债”神话爱情的本质与核心。

现代人被从“幽闺”的高墙深院中解放出来,也就一并失却了感性的纯粹和深沉。对林黛玉的情感世界遂觉隔膜,但又因此增添了神秘感。

4. 薛宝钗

> 这里宝钗只做了两三个花瓣，忽见宝玉在梦中喊骂说:“和尚道士的话如何信得?什么金玉姻缘,我偏说是木石姻缘!”宝钗听了这话,不觉怔了。忽见袭人走进来,笑道:“还没醒呢?”宝钗摇头。
>
> ——《红楼梦》第三十六回

“随分从时,装愚守拙”的薛宝钗是“儒商”文化的雨露滋养出的牡丹花。

宝钗差不多永远生活在自觉的理性中。他的“成熟”似乎有一点商人的遗传,却又涂抹着浓郁的儒家文化的“实用理性”色彩。她的“会做人”因此炉火纯青。为湘云备螃蟹,给黛玉送燕窝,从老太太到赵姨娘,都对她交口称赞。避嫌远祸,总能找到人际关系中最有利的位置。用“大道理”教化别人,也规矩自己,既能说到,也能做到,绝不是“口头革命派”。

宝钗是不是活得有点累?当文化已经“熔化在血液中”,已经变为内在的行为规范时,“落实在行动上”就没有困难了,不但不觉累,还有一种如鱼在水一般的愉悦。儒家文化的终极目标正是达到这种无意识下意识的文化自觉性。这好像和“大革命”时期“改造世界观”的理想有某种相通之处。宝钗已经成功地改造了自己——按照儒家文化理想的“原则性”。

只有在压根儿拒绝“改造”的天生叛逆贾宝玉这里，宝钗遇到了麻烦。

偏偏宝钗在潜意识里对这位逆子还有缕缕温柔的情愫。也许因为宝玉生得俊，爱美——还是改造得不彻底。正像宣言已经认同工农比知识分子干净的领袖却偏要娶一个资产阶级的电影明星。也许竟因为“叛逆”对“正统”有一种神秘的互补性，谁知道？

总之似乎已经成功的“改造”其实没有成功。薛宝钗因此有了“扑蝶”、受薛蟠讥讽而哭泣、和黛玉开玩笑等很生动的“戏”。

5. 史湘云

果见湘云卧于山石僻处一个石凳子上，业经香梦沉酣，四面芍药花飞了一身，满头脸衣襟上皆是红香散乱，手中的扇子在地上，也半被落花埋了，一群蜂蝶闹嚷嚷的围着他，又用鲛帕包了一包芍药花瓣枕着。

——《红楼梦》第六十二回

为史湘云写照，真不容易。

史湘云是自然之女。最自然的是最美的，但也就是最难以把握的。

在黛玉、宝钗之间，在“木石前盟”和“金玉良姻”之中，史湘云似乎是个局外人。“幸生来英豪阔大宽宏量，从未将儿女私情略萦心上。”

可是偏偏又有湘云拾到贾宝玉遗失的金麒麟而默默出神，而“因麒麟伏白首双星”。

我竟无法回避我着意要躲开的红学的“学术”争端。

史湘云是贾宝玉“爱情三部曲”中的第三部，黛、钗、湘，类似于金、瓶、梅的格局。

在“忽喇喇似大厦倾”的大劫难之后，在黛玉和宝钗“俱往矣”的“白茫茫大地”上，两个幼年时的伴侣重逢了。

物是人非事事休。纵有千言万语，能淘洗尽人生的沧桑感觉吗？

只有大嚼鹿肉和醉眠过芍药圃的女儿，“霁月光风”的魅力依旧。

永恒不变的只有自然。

太上忘情，其次才是痴情。只有忘情的史湘云才能最终面对情不情的贾宝玉。

局外人往往才是局内人。这是哲学。这是历史。这是诗。

6. 贾探春

探春正要剪自己的凤凰，只见天上也有个凤凰……只见那凤凰渐逼近来，遂与这凤凰绞在一处。众人方要往下收线，那一家也要收线，正不开交，又见一个门扇大的玲珑喜字儿带着响鞭，在半天如钟鸣一般，也逼近来……那喜字果然与这两个风筝绞在一处。三下齐收乱顿，谁知线都断了，那三个风筝飘飘摇摇都去了。

——《红楼梦》第七十回

风筝是一种象征，象征也就是宿命。

是谁开创了大观园的海棠诗社？是谁在众人都钳口的尴尬中一句话到位，为王夫人解了围？是谁代理家政，大刀阔斧兴利除弊？是谁针尖对麦芒，一巴掌打出如金钟玉磬，直响到今天？……三姑娘的头角峥嵘有着辉煌的纪录。

也许最有内涵的是探春姑娘对生母赵姨娘的态度。用名分之利剑斩断血缘的脐带，不管这个生母多么猥琐，多么阴贱，多么下三滥，但她毕竟是生养过自己的母亲。母亲，这是古今中西都推崇备至赞美备至的一个字眼，一重关系，一种伦理，一份情愫，一尊偶像，一分天然。探春在与生母的每次冲突中在心理上要承受多么沉重的矛盾和挤压？她的灵魂开辟了怎样惨酷激烈的战场？她那种外表的淡漠和潇洒内里该有多少流血的实质？

探春难道就没有春心萌动的时候？但她却不如黛玉、宝钗和史湘云有一个不管是显意识还是潜意识的情偶可以寄托情思，贾宝玉只是她的亲哥哥，这就把探春置于一个和黛、钗、湘完全不同的情境中。

于是探春就有了政治的抱负和野心。亲情的扭曲和爱情的虚缺使人变得刚强和果决。

我宁愿相信两个凤凰风筝为喜字所结合的象征是探春自己的选择。

她决定“出国”。二百年前这个榜样的力量不可忽视。

7. 贾元春

茶已三献，贾妃降座，乐止。退入侧殿更衣，方备省亲车驾出园。至贾母正室，欲行家礼，贾母等都跪止不迭。贾妃满眼垂泪，方彼此上前厮见，一手搀贾母，一手搀王夫人，三个人满心里皆有许多话，只是俱说不出，只管呜咽对泣。……小太监出去引宝玉进来，先行国礼毕，元妃命他进前，携手拦于怀内，又抚其颈笑道：“比先竟长了好些……”一语未终，泪如雨下。

——《红楼梦》第十八回

贾元春回家省亲的典礼是以这两次伤心的哭泣揭幕的。这也同时揭幕了贵妃娘娘那曲折迷离的内心景观。

不能设想贾元春入宫后就没有丝毫欢乐的时光。毕竟，她在众多的竞争者之中还算胜利者，她得到了皇上的宠幸，晋封了贵妃。至少，在受到晋封的那一刻和沾受皇帝“雨露之恩”的时候她还是会有某种成就感，甚至幸福感。为家庭做出了贡献也是一种安慰。

问题在于她因此而付出的代价。她因此失去了原来也有限的自由，她从一个笼子进入了另一个更金碧辉煌但活动空间更狭窄的笼子。她因此被剥夺了与祖母、父母及兄弟姐妹的骨肉伦理亲情。而丈夫是高高在上的，又是与许多后妃共同占有的，因而“男女”之情也有许多缺失和空白。获得是物质性的，失落却是精神性的。

物质与精神的消长得失是人类永远的困惑和难题，不能两全。否则人就没有了所谓命运，没有命运的人生不再叫人生。

元妃把宝玉揽入怀内的一刹那，是她弥补感情失落的一次难得机会。也是她此生不可能再有的机会。纵然万幸将来还可再见，长大了的宝玉也只能如贾政等人隔帘问安了。所以这一刹那对元妃来说，有永恒的意义。

更有内容的是这一刹那对宝玉的意义，宝玉的感觉体验。但曹雪芹留下了完整的空间。

8. 贾迎春

> 当下迎春只和宝钗阅“感应篇”故事，究竟连探春之语亦不曾闻得，忽见平儿如此说，乃笑道：“问我，我也没什么法子。他们的不是，自作自受，我也不能讨情，我也不去苛责就是了。至于私自拿去的东西，送来我收下，不送来我也不要了。太太们要问，我可以隐瞒遮饰过去，是他的造化，若瞒不住，我也没法，没有个为他们反欺枉太太们的理，少不得直说。你们若说我好性儿，没个决断，竟有好主意可以八面周全，不使太太们生气，任凭你们处治，我总不知道。”
>
> ——《红楼梦》第七十三回

迎春和探春的家庭背景、文化教养几乎完全一样，同样是千金小姐，同样是姨娘所生，不过迎春的生母已死，其实比探春更不幸。她同样面临亲情和爱情的缺乏，为什么探春因此更刚强果断，迎春却如此懦弱可怜？

似乎只能追溯到遗传基因的不同。据邢夫人所说，迎春的生母比探春的生母赵姨娘“强十倍”，看来迎春的生母比赵姨娘行事更得体，更遵守一个妾应该遵从的“奴道”和“妇道”，事实上也就是缺少赵姨娘那种不管有理还是没理的为自己的权益而拼搏而斗争的精神。探春秉承了赵姨娘的遗传，而且得到“健康”的改造和发展。迎春却“显性”了母亲血胤中那消极的成分。遗传决定了文化的认同。探春从儒、道、兵法等传统文化中汲取“天行健”的进取刚强，迎春却从《太上感应篇》这种劝人“顺命”的道书中寻求自己天性的存在根据和精神安慰。

迎春属于“弱势群体”中的成员。对这一类族群，法西斯主义主张消灭，民主社会主张天赋人权和宽容救援。而在中国的传统社会中，他们只能等待

"命运"的裁判。迎春的"命不好"，最后落到了"中山狼"之手"一载赴黄粱"。如果她的"命"好一点呢？巴金《家》里面觉新的妻子瑞珏，鲁迅笔下的祥林嫂，最终的结局仍然十分悲惨。

无论超验的宗教还是世俗的伦理，都以"善"为人生的说教指南。可是在实际的人生当中，又总是"人善被人欺，马善被人骑"。最值得社会同情的也常被社会挤压。"优胜劣汰"的竞争法则与基督别人打你的左脸你再把右脸让他打的教导该怎样统一呢？"造反有理"和"学雷锋"又怎样协调呢？

9. 贾惜春

谁知惜春虽然年幼，却天生成一种百折不回的廉介孤独僻性，任人怎说，他只以为丢了他的体面，咬定牙断乎不肯。……惜春道："我不了悟，我也舍不得入画了。"尤氏道："可知你是个心冷口冷心狠意狠的人。"惜春道："古人曾也说的，'不作狠心人，难得自了汉。'我清清白白的一个人，为什么教你们带累坏了我！"

——《红楼梦》第七十四回

小小年龄的四姑娘惜春怎么会变得"心冷口冷心狠意狠"？这种"廉介孤独僻性"除了"天生"即"遗传基因"的因素之外还有什么外因方面的诱导？

首先是天伦感情的失落。惜春一生下来就被抱养于荣国府，看来其生母贾敬夫人是死于难产或产后的大病。而贾敬长期在城外道观当"神仙"，"父亲"也早已名存实亡。哥哥贾珍恣意享乐，贾珍与惜春的兄妹亲情几乎等于零。这与虽然入宫却时时关爱弟弟的元春形成了明显对照。

其次是宁国府秽乱的"名声"——"只有门前两个石头狮子干净罢了"。这一点显然比天伦感情的缺陷有更致命的影响。林黛玉、史湘云，甚至迎春、探春、薛宝钗，几乎都有父爱、母爱方面的遗憾。但她们没有名誉方面的心理障碍，或至少没有惜春的障碍这么严重。严重到让她产生将被"带累坏"的生存威胁。

幼年时期的心理扭曲和情感伤害使一个小姑娘对家庭和个人的命运，

对人性和人生，对任何形式人际关系的温馨存在都彻底丧失了信心，有了一种冷酷的清醒。

于是惜春先躲于绘画，后逃于佛门。

耐人寻味的是画画。中国古典绘画在道家和禅宗的光照影射下，追求着一种超凡脱俗的出世意境。画意的进入潜移默化着人的心理趋势。

惜春因此发展了过度的理性，她看破得太早了，杜绝了刚刚开始的人生。青春的花还没有打骨朵就已经萎谢。从未开放的花毕竟是让人惋惜的。

10. 妙玉

妙玉斟了一盏与黛玉。仍将前番自己吃茶的那只绿玉斗来斟与宝玉。……妙玉正色道："你这遭吃茶是托他两个的福，独你来了，我是不给你吃的。"宝玉笑道："我深知道的，我也不领你的情，只谢他二人便是了。"妙玉听了，方说："这话明白。"

——《红楼梦》第四十一回

妙玉和贾宝玉的关系构成一种意味深长的独特情境。

妙玉对宝玉无疑怀有一腔春的意绪。她用自己吃茶的绿玉斗斟茶给宝玉吃，这是一个具有象征意义的动作。后来宝玉"不求大士瓶中露，为乞嫦娥槛外梅"，从拢翠庵折回美丽的红梅花。在宝玉过生日时，"槛外人" 妙玉又向"槛内人"宝玉"遥叩芳辰"。通过这些微妙的"心理迹象"，妙玉和宝玉达到了彼此心会神知。按抄本中有"栊翠"和"拢翠"两种写法，青年红迷詹健认为"栊"与"拢"是同一个字的俗体之不同写法。周汝昌先生用"艺术眼"观照，认为"拢翠"是曹雪芹的原笔，比"栊翠"好，"拢翠"有了动态感，且与"怡红"对仗。

但这种"心心相印"始终没有完全"敞开"。相反，妙玉要作出一种矫情，她要当着黛玉和宝钗对宝玉"正色"撇清。宝玉说"我深知道的"和妙玉回答"这话明白"其实是更进一层的"知音"——连矫情本身也达到互相理解默契了。甚至可以说连黛玉和宝钗也在这种格局之内。

对一颗披着袈裟的青春灵魂来说，这已经是极乐世界。

在生命中有过这样的际遇，后来“无瑕白玉遭泥陷”的悲惨结局也就不是完全没有补偿了。

11. 李纨

这李氏亦系金陵名宦之女，父名李守中，曾为国子监祭酒，族中男女无有不诵读诗书者。至李守中承继以来，便说“女子无才便有德”，故生了李氏时，便不十分令其读书，只不过将些《女四书》《列女传》《贤媛集》等三四种书，使他认得几个字，记得前朝这几个贤女罢了，却以纺绩井臼为要，因取名为李纨，字宫裁。因此这李纨虽青春丧偶，且居家处膏粱锦绣之中，竟如槁木死灰一般，一概无见无闻，惟知侍亲养子，外则陪侍小姑等针黹诵读而已。

——《红楼梦》第四回

李纨的境界对今天是陌生的。她的“美好”和“悲剧”让今天理解都太困难。

关键词是“移情”。李纨的人生得以支撑在于移情。将性爱的缺失转移到“侍亲养子”“陪侍小姑等针黹诵读”的家庭义务活动之中，这种人生的置换带来了一种“槁木死灰”的心理寂灭。“波澜誓不起，妾心古井水”——这是青春的活葬。

让人惊讶的是被冻僵了的青春也是一种美。虽然美得凄艳冷丽。

“镜里恩情”——丈夫贾珠的形象在李纨的心灵中是不可磨灭的，这种“爱情”坚贞得十分残酷。

但更残酷的是不可磨灭的印象终于日益淡漠，竟认真要磨灭了。

于是“移情”到对儿子的寄托和希望。

“梦里功名”——儿子贾兰用“无常性命”给母亲挣来了“珠冠凤袄”。金光灿烂的“晚韶华”衬托着太阴沉的景深。希望落空还是落实了？

更往何处“移情”呢？

大观园里的诗社也许是永恒的记忆。

“新儒学”要在新世纪里复兴必须面对李纨的“移情”问题。

12. 秦可卿

> 案上设着武则天当日镜室中设的宝镜，一边摆着飞燕立着舞过的金盘，盘内盛着安禄山掷过伤了太真乳的木瓜。上面设着寿阳公主于含章殿下卧的榻，悬的是同昌公主制的连珠帐。宝玉含笑连说：“这里好！”秦氏笑道：“我这屋子大约神仙也可以住得了。”说着亲自展开了西子浣过的纱衾，移了红娘抱过的鸳枕。于是众奶母伏侍宝玉卧好，款款散去，只留下袭人、媚人、晴雯、麝月四个丫鬟为伴。秦氏便吩咐小丫鬟们，好生在廊檐下看着猫儿狗儿打架。
>
> ——《红楼梦》第五回

云里雾里谜一般的氛围构成了秦可卿的魅力。

一派香艳的古典象征，一个迷离恍惚的情境。愈迷离愈恍惚，就愈神秘美丽。

只有这种带有模糊性的美才有深度，才可负载“鲜艳妩媚有似乎宝钗，风流袅娜则又如黛玉”的“兼美”的理想性。

具有非人间性非现实性的素质才成其为理想，所以秦可卿的早死有必然性。上帝的显灵现身只能是一刹那的事。

妙在秦可卿的生存和死亡逸逗着一种肉欲的诱惑，一种乱伦的信息。

理想才因此具有了感性和实在的内涵。水至清则无鱼，不完全纯净的理想才有理想的真诚和意义。

秦可卿实现了理想之非人间性和人间性两维的相遇。

秦可卿打发宝玉在自己的卧室里午睡是《红楼梦》最“迷你”的章节，有一点秘密感罪恶感的美才最让人血热心跳。

13. 贾巧姐

那大姐因抱着一个大柚子玩的，忽见板儿抱着一个佛手，便也要佛手。丫鬟哄他取去，大姐儿等不得，便哭了。众人忙把柚子与了板儿，将板儿的佛手哄过来与他才罢。

——《红楼梦》第四十一回

人终生的命运在一个无心的细节中逗漏出来。生活中真有这样的事。

但巧姐的未来隐蔽在佚失的章节之中。她人生旅程中的具体风景因此有了多种可能。

“一座荒村野店，有一美人在那里纺绩。”如果最后的结局已经呈现，那么走向结局的过程还有意义吗？

也许意义就在于过程。

“偶因济刘氏，巧得遇恩人。”“劝人生，济困扶穷，休似俺那爱银钱忘骨肉的狠舅奸兄！”为什么“骨肉”并不能“血浓于水”，却在“偶因”之中获得救援？或者这正是上苍的一种启示。

在西方的《圣经》里，该隐杀弟是人的“原罪”之一。

佛手从板儿转到了巧姐的手中，佛又指示了什么意思呢？

14. 香菱

各自散后，香菱满心中还是想诗。至晚间对灯出了一回神，至三更以后上床卧了。一时天亮，宝钗醒了，听了一听，他安稳睡了，心下想：“他翻腾了一夜，不知可作成了？这会子乏了，且别叫他。”正想着，只听香菱从梦中笑道：“可是有了，难道这一首还不好？”……原来香菱苦志学诗，精血诚聚，日间不能作出，忽于梦中得了八句。

——《红楼梦》第四十八回

香菱对文化的追求让人感动。“慕雅女雅集苦吟诗”，她追求的是诗——雅文化。

爱诗，是一种不祥。她的父亲甄士隐不是因为“每日只以观花修竹、酌酒吟诗为乐”而弄的家破人亡吗？小姐英莲不是因为父亲的这种罪孽才变成呆霸王的侍妾香菱吗？

谁知这种“诗”的癖好竟然是遗传的！何况又有黛玉、湘云这些“诗魔”“诗疯子”的影响和教唆！“诗呆子”因此也逃不脱“薄命司”的天罗地网了。

运交华盖欲何求？一半也是自找的。

“翻腾了一夜”，“苦志学诗，精血诚聚”——人在追求起自己的不幸命运来是何等如火如荼般执拗热烈啊！如扑向灯火的飞蛾。

诗，这是人的另一种“原罪”吗？诗人——也就是罪人的一种吗？但不知道是上帝不喜欢诗，还是魔鬼忌恨诗人。

诗人大抵没有好下场，许多诗人自杀了。前些年，还有一个中国诗人杀了妻子然后自杀。

15. 晴雯

麝月便开了后房，揭起毡帘一看，果然好月色。晴雯等他出去，便欲唬他玩耍。仗着素日比别人气壮，不畏寒冷，也不披衣，只穿着小袄，便蹑手蹑脚的下了熏笼，随后出来。宝玉笑劝道：“看冻着，不是顽的。”晴雯只摆手，随后出了房门，只见月光如水，忽然一阵微风，只觉侵肌透骨，不禁毛骨森然，心下自思道：“怪道人说热身子不可被风吹，这一冷果然利害。”

——《红楼梦》第五十一回

晴雯不经意地闯入黑夜，也就闯入了诗。诗里月光如水，但也有要人命的“微风”。

这竟可说是晴雯命运的一种象征。

晴雯“仗着素日比别人气壮”，所以她不设防。虽然在怡红院甚至大观园的丫鬟堆里艳冠群芳，却与各个女孩儿都羡慕的俊男孩贾宝玉“各不相扰”。她不是没有机会。宝玉在《芙蓉诔》里陈述“玉得于衾枕栉沐之间，栖息宴游之夕，亲昵狎亵，相与共处”。

如此亲密，却又能不逾越自然的界限。今天的人，更无法理解，甚至无法想象。

晴雯和宝玉的关系，比林黛玉和宝玉的关系更像诗。

社会不懂不承认不接受诗。所以晴雯就“担了虚名”，并付出了生命作代价。

不设防的诗总是被社会的“微风”吹得“侵肌透骨”。

“病补孔雀裘”和临危时给宝玉铰指甲、换贴身袄儿都成了诗。虽然不识几个字的晴雯并不知“诗”为何物。所以更是真诗、纯诗。

16. 花袭人

如今且说袭人自幼见宝玉性格异常，其淘气憨顽自是出了众小儿之外，更有几件千奇百怪口不能言的毛病儿。近来仗着祖母溺爱，父母亦不能十分严紧拘管，更觉放荡驰纵，任性恣情，最不喜务正。每欲劝时，料不能听，今日可巧有赎身之论，故先用骗词，以探其情，以压其气，然后好下箴规。

——《红楼梦》第十九回

只有花袭人和贾宝玉试过云雨情。也只有花袭人对宝玉的“思想倾向”问题时时在心，作出种种矫正的努力。

肉体和思想冲突。但并非虚伪，却满贮着真诚。袭人因此而独标一格。

袭人对宝玉的爱有了一种复杂的内涵。

偏是他对女孩儿会体贴，偏是他有一种风情，一种风格，一种风神，一种风流，让人不由得不爱慕，不由得不倾倒，不由得不生向往之心。

可是这种体贴、风情、风格、风神、风流又实在有些让人恐惧，让人担心。因为总透露着一种逆反的气息。

袭人的悲哀和“苦心”其实颇有让人同情甚至感动的一面。袭人毕竟代表着家庭、社会和大众的意见。家庭企盼有好儿子、好丈夫,社会希望有好成员、好公民(或好臣民),大众要求羊群里不要跑出骆驼。总之,要“常规”和“秩序”,要思想和心灵的“稳定”。

袭人对宝玉的规箴出于真情真心,而宝玉对袭人也不是没有真爱。

偏要有这种两难这种尴尬这种吊诡,上苍是太喜欢捉弄人了。

于是有了一个蒋玉菡把汗巾子换给宝玉。这个解决方案有意思。特别是因为蒋玉菡和宝玉原也彼此相爱。

17. 鸳鸯

鸳鸯再一回想,那一个人影恍惚像一个小厮,心下便猜着了八九,自己反羞得面红过耳,又怕起来。因定了一回,悄问:“那一个是谁?”司棋复跪下道:“是我姑舅兄弟。”鸳鸯啐了一口,道:“要死,要死。”司棋又回头悄说道:“你不用藏着,姐姐已看见了,快出来磕头。”那小厮听了,只得也从树后爬出来,磕头如捣蒜。鸳鸯忙要回身,司棋拉住苦求,哭道:“我们的性命,都在姐姐身上,只求姐姐超生要紧!”鸳鸯道:“你放心,我横竖不告诉一个人就是了。”

——《红楼梦》第七十一回

鸳鸯曾经于大庭对广众明志发誓:“我这一辈子莫说‘宝玉’,便是‘宝金’‘宝银’‘宝天王’‘宝皇帝’,横竖不嫁人就完了!”这自然是为了反抗贾赦而走出的一步绝棋。置之死地而后生,但也永远自处于死地了——情爱的死地。

从此鸳鸯再不和宝玉说话。这其实不是对宝玉而是对世界的一个拒绝姿态。从此她已经宣布了“带发修行”。

鸳鸯女在“誓绝鸳鸯偶”之后偏偏“无意遇鸳鸯”。

对司棋和潘又安来说,只是害怕,怕鸳鸯把自己的秘密张扬出去,所以“磕头如捣蒜”和“拉着苦求”。可是对于鸳鸯呢?她心中那一腔自我催眠的情爱是否因此激起“死水微澜”而苏醒而失却了平静呢？

这比贾赦的威逼是一个更生死攸关的问题。“自己反羞得面红过耳”——除了尴尬之外显然还有更微妙的内容。

鸳鸯遭遇了司棋事件，“从此后凡晚间便不大往园里去。因思园中尚有这等奇事，何况别处，因此连别处也不大轻走动了”。鸳鸯在躲避是非，她有意逃避一种情境。其实她更是在逃躲自己。

所以鸳鸯在续书中上吊自杀不能让人相信。

18. 平儿

平儿素习只闻人说宝玉专会和女孩儿们接交；宝玉素日因平儿是贾琏的爱妾，又是凤姐儿的心腹，故不肯和他厮近，因不能尽心，也常为恨事。平儿今见这般，心中暗暗的敁敠：果然话不虚传，色色想的周到。

——《红楼梦》第四十四回

她难怪叫平儿，她的基本生存特征就是“平衡”。为宝玉的体面，为探春的体面，为探春和凤姐之间的谐调，为凤姐和众多奴字号管家奶奶之间的关系，平儿总是在维持着，润滑着，平衡着。在“凤姐之威，贾琏之俗”的家庭夹缝里周旋，她其实永远走着钢丝。这样的生活磨练出了她的智慧，她的谋略，她的刚柔相济，她的绵里藏针，她的八面玲珑。“副管家”和“总钥匙”当得实在不容易。

她在可能的时候总是与人方便，遇到“原则”问题也不含糊。她首先发现了贾琏偷娶尤二姐的秘密并捅给了凤姐，后来却又在力所能及的范围内宽慰、安抚着尤二姐。仔细追究起来，尤二姐的死，甚至鲍二家的死，平儿也有几分责任，可是她能让人觉得她应该得到原谅，她有她的处境，她还有一颗善良的心。

因为她似乎很少为自己的利益算计过什么。

因为她还是一个“俏平儿“——她“娇俏动情”，有一种迷人的女性风情。

偶然又偶然，她受到了情哥哥贾宝玉一次“意淫”的光照。她于是领略了一回和贾琏“搂着求欢”“弯着腰恨道”那种“爱”完全不同的来自异性的温情体贴。

对平儿来说，这是一次人生的庆典。她逸出了惯性的处境。虽然只有短短的瞬间，处境是人的命运。平儿曾经有一次走出了命运的格子。

19. 紫鹃

紫鹃忙也跑来笑道：“姨太太既有这个主意，为什么不和老太太说去？”薛姨妈哈哈笑道：“你这孩子，急什么，想必催着你姑娘出了阁，你也要早些寻一个小女婿去了。”紫鹃听了，也红了脸，笑道：“姨太太真个倚老卖老的起来。”说着，便转身去了。黛玉先骂：“又与你这蹄子什么相干？”后来见了这样，也笑起来说：“阿弥陀佛！该，该，该！也臊了一鼻子灰去了！”

——《红楼梦》第五十七回

总有一个贴身丫鬟，在佳人和才子之间传书送简，牵线搭桥。知名度最高的当然是《西厢记》里的红娘。毛泽东曾赞扬她：“卑贱者最聪明，高贵者最愚蠢。”

丫鬟是奴隶，小姐是主人。奴隶对主人的真诚效忠值得如此褒扬吗？

因为小姐也受到了家庭和礼教的压迫，丫鬟和小姐其实站到了同一条战线。

贾宝玉有一次曾借《西厢记》中的戏文向林黛玉调情：“若共你多情小姐同鸳帐，怎舍得叫你叠被铺床？”他正是指派紫鹃扮演红娘的角色。

但紫鹃与红娘到底有些不同。

知音世所稀——他人即地狱。高山流水——人生得一知己足矣。

但“知己”一般限定于同性之间，异性之间是另一种——女为悦己者容。

“知己”在心灵领域，“悦己”在肉体领域。

紫鹃和林黛玉之间不存在同性恋，小说的文本和作者都没有这种意向。

紫鹃对林黛玉的关切提示出一种人际关系的理想。在非同性恋的同性之间。

因为操心黛玉的婚姻幸福，使尽了心机的紫鹃把自己“寻一个小女婿”的切身问题搁置了。这是崇高，也是一种缺陷。

20. 金钏儿

宝玉轻轻的走到跟前，把他耳上带的坠子一摘，金钏儿睁开眼，见是宝玉。……宝玉上来便拉着手，悄悄的笑道：“我明日和太太讨你，咱们在一处罢。”金钏儿不答。宝玉又道：“不然，等太太醒了我就讨。”金钏儿睁开眼，将宝玉一推，笑道：“你忙什么！‘金簪子掉在井里头，有你的只是有你的’，连这句俗语难道也不明白？我倒告诉你个巧宗儿，你往东小院子里拿环哥儿同彩云去。”

——《红楼梦》第三十回

这是在“盛暑之际”的大中午人的精神完全放松的情况下发生的。

其实此刻的贾宝玉和金钏儿都有些恍惚，有些迷醉，有些游戏心态。这是实在的两性之间的彼此吸引。有一种单纯性，自然性，现代性。

美，然而也浅。浅有时候比深更具魅力。深难免累。

身心放松，也放松了警惕性，竟以为躺在榻上的王夫人真睡着了。王夫人是个古典派，传统派。古典和传统其实不可能真正睡着。

于是“金簪子掉在井里头”。

于是东小院里的贾环告诉贾政“宝玉哥哥……拉着太太的大丫头金钏儿强奸不遂……”

于是宝玉的皮肉遭了大殃。

于是凤姐过生日时宝玉独自跑到城外水仙庵去祭奠洛神。

金钏儿的一生一死验证了自然性、单纯性是危险的。它往往引发不自然不单纯的后果。尤其在前现代。

21. 司棋

司棋一夜不曾睡着，又后悔不来。直至次日见了鸳鸯，自是脸上一红一白，百般过不去。心内怀着鬼胎，茶饭无心，起居恍惚。挨了两日，竟不见动静，方略放了心。这日晚间，忽有个婆子来悄悄告诉他道："你兄弟竟逃走了，三四天没归家。如今四下里找他呢。"司棋听了，气得倒仰，因思道："纵是闹了出来，也该死在一处。他自为是男人，先就走了，可见是个没情意的。"

——《红楼梦》第七十二回

恋人之间的古典理想是生死相许。

可是并不是所有的恋人都能在事实上做到。做不到这一点也不一定就不是一个好恋人。更重要的是太固执理想往往只有悲惨的结局。

"他自为是个男人，先就走了"——男人的确和女人不同，男人不愿意一下子就置身于绝境，男人要尝试各种可能性。

后四十回续书写潘又安发了财回来，争取一个完满的结果，虽然不幸失败，但的确作过认真的努力。如果不是司棋操之过急地寻死，也许就有转机，司棋的母亲难道会不爱潘又安的银子吗？

司棋走的是一条古典的路，古典里面有一些只顾一时痛快而不讲究实际效果的内容。

告别暴力革命，也包括告别司棋式的反抗斗争。

也许主张弘扬英雄主义的精英们不同意，但精英总是少数，否则就不叫精英了。

22. 龄官

宝玉素习与别的女孩子顽惯了的，只当龄官也同别人一样，因进前来身旁坐下，又陪笑央他起来唱"袅晴丝"一套。不想龄官见他坐下，忙抬起身来躲避，正色说道："嗓子哑了。前儿娘娘传进我们去，我还没有唱呢。"宝玉见他坐正了，再一细看，原来就是那日蔷薇花下划"蔷"字的那一个。又见如此光景，况从未经过这番被人厌弃，自己便讪讪的红了脸，只得出来了。

——《红楼梦》第三十六回

并不是所有的女孩子都对"俊友"买账。漂亮男孩、多情种子的贾宝玉就在龄官这里吃了一碰。

因为龄官的心已经被一个"蔷"字划满了。在龄官眼里，贾蔷更漂亮。在龄官心里，贾蔷更有情。

龄官是个"文艺工作者"，这种专注不二的情爱为这个行当的风流名声提供了反证。

龄官"大有黛玉之态"，黛玉"情情"——只对宝玉一人用情。如果贾蔷向黛玉挑逗，结果如何呢？

所以宝玉"自此深悟人生情缘，自有分定"。

爱毕竟不仅是肉体的吸引。对有一些男女，精神参与更重要。

在性禁锢之后来了性解放，但性解放还是不能完全排除灵对肉的制约。人毕竟是万物之灵。

23. 薛宝琴

一看四面粉妆银砌，忽见宝琴披着凫靥裘站在山坡上遥等，身后一个丫鬟抱着一瓶红梅。众人都笑道："少了两个人，他却在这里等着，也弄梅花去了。"贾母笑道："你们瞧，这雪坡上配上他的这人品，又是这件衣裳，后头又是这梅花，像个什么？"众人都笑道："就像老太太屋里挂的仇十洲画的《双艳图》。"贾母摇头笑道："那画里那里有这件衣裳？人也不能这样好！"

——《红楼梦》第五十回

薛宝琴是个完人。美得无可挑剔，好得无可挑剔。

她来到大观园，是要证明大自然创造美的能力是无穷无尽的。意淫专家贾宝玉因此惊叹："老天，老天，你有多少精华灵秀，生出这些人上之人来！可知我井底之蛙……如今我又长了一层学问了。"

琉璃世界白雪红梅。薛宝琴早被作者安排订婚给梅翰林之子，其实是让她出局。理想总是出局的，是一种超现实的存在。

所以这个传统时代的闺门弱女，自幼跟着父亲，"这一省逛一年，那一省逛半年，所以天下十停走了有五六停了"。所以她竟见过黄头发的"外国美人"。

薛宝琴是理想，所以贾宝玉无福与她有实质性交往。他可以对大观园的所有女孩儿"意淫"，甚至包括贾琏的妾平儿和薛蟠的妾香菱，但他从不曾意淫过薛宝琴。

理想的魅力在遥望之中。可远观而不可近玩焉。贾母说的不错，连画儿里也不会这么好。

有了总难实现的希望，有了超验层次的寻求，人生才有了意义。

24. 邢岫烟

> 蝌岫二人前次途中皆曾有一面之遇，大约二人心中也皆如意……宝钗自见他时，见他家业贫寒，二则别人之父母皆是年高有德之人，独他父母偏是酒糟透之人，于女儿分中平常；邢夫人也不过是脸面之情，亦非真心疼爱；且岫烟为人雅重，迎春是个有气的死人，连他自己尚未照管齐全，如何能照管到他身上，凡闺阁中家常一应需用之物，或有亏乏，无人照管，他又不与人张口，宝钗倒暗中每相体贴接济，也不敢与邢夫人知道，亦恐多心闲话之故。
>
> ——《红楼梦》第五十七回

邢岫烟遭遇的是一种形而下情境。家境贫寒——没钱；父母亲戚在生活上不关心。

金钱不是万能的，但没有钱是万万不能的。亲情不是唯一的，但缺少亲情是伤心的。

但她的前途光明。已经有了一个中意的夫婿，大姑小姑都出类拔萃，惺惺相惜。她正在逆境向顺境转变的途程中。

虽然薛家也将败落，也将由“丰年好大雪，珍珠如土金如铁”而“落了片白茫茫大地真干净”。

但毕竟婚姻不错。

邢岫烟与薛蝌的婚姻似乎为传统的父母包办婚姻制度提供了合理性见证。

任何事情都有它合理性的一面，问题是合理性的多与少。

如果许配给薛蝌的不是岫烟而是迎春，二木头的命运就大为不同了。至少她不会“一载赴黄粱”了。

同样是包办婚姻，有不幸也有幸。

邢岫烟的命运更具有平凡的色彩，她走着普通人的人生之路。

普通人的路未必不好。有时也许倒让那些帝王将相和英雄豪杰羡慕不已。崇祯皇帝自尽前斩杀子女，泣血悲号：“尔何生我家！”

25. 贾母

刘姥姥进去，只见满屋里珠围翠绕花枝招展的，并不知都系何人。只见一张榻上歪着一位老婆婆，身后坐着一个纱罗裹的美人一般的个丫鬟在那里捶腿，凤姐儿站着正说笑。刘姥姥便知是贾母了……贾母道：“我老了，都不中用了，眼也花，耳也聋，记性也没了。你们这些老亲戚，我都不记得了。亲戚们来了，我怕人笑我，我都不会，不过嚼的动的吃两口，睡一觉，闷了时和这些孙子孙女儿顽笑一回就完了。”刘姥姥笑道：“这正是老太太的福了。我们想这么着也不能。”贾母道：“什么福，不过是个老废物罢了。”说的大家都笑了。

——《红楼梦》第三十九回

人都要老。贾宝玉看到杏花谢了，杏子成了，就不禁悲从中来，兴起“绿叶成阴子满枝”的人生虚无的感慨。

当贾母像宝玉这样年轻时，她是否也有过类似的生命体验呢？

一定有过。青春情结几乎光顾所有的人生。但时间最后解决问题，当真正进入老境的时候，人就无奈地接受了现实。悲也没用了，感也没用了，倒不如享受老年的幸福吧。

贾母对老年的到来处之泰然，她只顾享老年之福，不去想老年之悲，她也就真的得到了幸福。能吃就吃，能睡就睡，能玩就玩，当然这也离不开她是贾府的“老祖宗”这种顶儿尖儿的优越地位。但毕竟她也是看得开的。人到了老年还怨天尤人的话可就没治了。

返老还童。贾母对孙儿孙女外孙女侄孙女乃至亲戚家的小孩儿都宠渥有加。两极性。当路走到尽头，也就又接近了起点。

贾母宠宝玉而和贾政发生冲突，两头通畅，中间梗阻。由于贾母的保护伞，宝玉才能“个性”，才能“叛逆”。有时候就是“高层”的力量决定命运，改变历史。

贾母是高高在上的大家长。家庭在渐渐走下坡，但要把信息反馈到贾母这里来还早着呢。这是当大家长的福气，也是当大家长的悲哀。

但福气还是主要的。对贾母来说，家庭的盛衰兴亡其实已经无关紧要了。

26. 刘姥姥

一时来至“省亲别墅”的牌坊底下，刘姥姥道：“嗳哟！这里有个大庙。”说着，便爬下磕头。众人都笑弯了腰。……刘姥姥觉得腹内一阵乱响，忙的拉着一个小丫头，要了两张纸就解衣。众人又是笑，又忙喝道：“这里使不得！”

——《红楼梦》第四十一回

刘姥姥也是一个老太太，也是一个乐天知命的老太太，因而也是一个会享受老年人生幸福的老太太。

她穷，但她的快乐其实比贾母还多。因为她比贾母“形而下”，因而比贾母容易满足，她的存在方式也比贾母单纯、简单。她其实比贾母自由。贾母能够有在省亲别墅牌坊底下要“解衣”就“解衣”的自由吗？她还比贾母健康，这是贾母自己作比较后得出的结论。贾母要是像刘姥姥一样滑得跌一跤还了得吗？

当然，我们还是愿意当贾母，不愿意当刘姥姥。

刘姥姥得求人，从第一次进荣国府求看门的，求周瑞家的，求凤姐儿，到第二次进荣国府自觉地给太太奶奶少爷小姐大丫头们当“女清客”解闷逗趣，刘姥姥活得容易吗？在生活中，她永远保持着低姿态。

但已经有了一个低姿态的命运，就只好在这个命运给划定的圈子里巴结努力了。刘姥姥已经老了，只能这样了。她又不可能成为高尔基的“母亲”。

她后来在“狱神庙”救了巧姐。瞧，一个脸上有油彩的人物忽然通身发出光芒来。已经和基督教的圣母相差无几了。

27. 贾政

近日贾政年迈，名利大灰，然起初天性也是个诗酒放诞之人，因在子侄辈中，少不得规以正路。近见宝玉虽不读书，竟颇能解此，细评起来，也还不算十分玷辱了祖宗。就思及祖宗们，各各亦皆如此，虽有深精举业的，也不曾发迹过一个，看来此亦贾门之数。况母亲溺爱，遂也不强以举业逼他了。所以近日是这等待他。又要环兰二人举业之余，怎得亦同宝玉才好，所以每欲作诗，必将三人一齐唤来对作。

——《红楼梦》第七十八回

原来贾政的“天性”是“诗酒放诞”的。

但既然已经作了父亲，就必须以社会公认的价值标准要求和教育后代。“子侄辈中，少不得规以正路。”

正路——好好学习，天天向上之路也。

光宗耀祖，忠君报国，立身扬名——于家，于国，于个人，都要求人走“正路”。只有走正路，才“有前途”。教育要为政治服务，为社会服务。

所以贾政曾经痛笞宝玉——因为宝玉不走正路。

爱诗爱酒，就是不走正路的“苗头”。贾政有自己的切身体验。

诗危险。诗人危险。“举业”与诗对立。政治与文学对立。明朝清朝与唐朝对立。

然而贾政终因“年迈”而“名利大灰”，鼓励子弟弄文学了。还从“祖宗”那里找出了依据。

“制灯谜贾政悲谶语”，贾政对政治、历史和人生的反思其实早就开始了。

不由得想起了晚年的周扬。从马克思的《1844年经济学哲学手稿》中认同了“异化”问题的“世界性”。

28. 王夫人

王夫人听了这话，如雷轰电掣一般，正触了金钏儿之事，内心越发感爱袭人不尽，忙笑道：“我的儿，你竟有这个心胸，想的这样周全！我何曾又不想到这里，只是这几次有事就忘了。你今儿这一番话提醒了我。难为你成全我娘儿两个声名体面，真真我竟不知道你这样好。罢了，你且去罢，我自有道理。只是还有一句话：你今日既说了这样的话，我就把他交给你了，好歹留心，保全了他，就是保全了我。我自然不辜负你。”

——《红楼梦》第三十四回

王夫人遇到了知音，也是一种“高山流水”。

儿子的好坏对王夫人来说是至关重要的，“接班人”问题是要害。宝玉是否被“和平演变”由于袭人的提醒而提上了王夫人的议事日程。

关键词是“声名体面”。必也正名乎！“名”的好坏性命攸关。竟是一个“姓社”还是“姓资”的问题。

所以袭人就被越级提拔了——成了候补姨娘。每月从太太的月薪里享受二两银子一吊钱的特殊津贴。

所以晴雯、芳官和四儿的“右派”命运就已经预定了。

尽管事实上和宝玉“初试云雨情”的倒是袭人。但事实也是有阶级观点的，袭人是“舍身取义”（非“舍生取义”，即袭人用肉体服侍宝玉）。

并非袭人真告了密，并非王夫人拉一派打一派，这实在是思想路线斗争的必然演绎。

王夫人对金钏儿和晴雯坚决斗争，无情打击，并非王夫人特别心狠手辣，而是王夫人的意识形态背景中根本就没有对阶级敌人和思想犯讲人道主义的传统，从来没这个理。

“保全了他，就是保全了我。”这种意识形态的本质还是为了自己。

29. 赵姨娘

那赵姨娘素日虽然也常怀嫉妒之心，不忿凤姐宝玉两个，也不敢露出来；如今贾环又生了事，受这场恶气，不但吞声承受，而且还要替宝玉来收拾。

——《红楼梦》第二十五回

处于受压迫地位的人，是应该安分守己，还是应该造反有理？造反时要不要遵守游戏规则？能不能只管目的，不择手段？

赵姨娘为了争取自己的权益和儿子的权益，不屈不挠地斗争，不择手段地斗争。有合理合法的权益，如被克扣了丫头的月钱；也有不合理不合法的权益，如想让贾环“抢班夺权”。当然在赵姨娘心目中，“理”和“法”本身就值得质疑，贾环为什么不能和宝玉公平竞争当“接班人”呢？

不能说赵姨娘毫无道理，毫无正义性，毫不值得同情。

但赵姨娘仍然让人厌恶，让人不齿。

尽管不一定公平，但游戏规则必须遵守。绝对的公平是不存在的。

搞阴谋诡计违反游戏规则。搞恐怖主义违反游戏规则。和“外人”结盟搞自己人违反游戏规则。因为这已经威胁到“大家”的生存,包括造反者自己。

所以探春为家族的“自杀自灭”而痛心疾首。如果闹得贾家被抄没了,赵姨娘不是连“姨奶奶”也当不成了吗?贾环不是连“三爷”也当不成了吗?

如果核战争毁灭了地球,社会主义和资本主义,基督教和伊斯兰教,还有什么意义呢?

30. 贾环

谁知贾环听如此说,便起了疑心,将彩云凡私赠之物都拿了出来,照着彩云的脸上摔了去。说:“这两面三刀的东西!我不稀罕。你不和宝玉好,他如何肯替你应?你既有担当给了我,原该不与一个人知道。如今你既然告诉他,如今我再要这个也没趣。”彩云见如此,急的赌身发誓,至于哭了。百般解说,贾环执意不信,说:“不看你素日之情,去告诉二嫂子,就说你偷给我,我不敢要。你细想去。”说毕,摔手出去了。急的赵姨娘骂:“没造化的种子,粗心孽障!”气的彩云哭个泪干肠断。

——《红楼梦》第六十二回

贾环为人人所不齿。

他和丫头们玩,输了钱就耍赖。他很“阴”,用油灯烫宝玉的脸。他向贾政打宝玉的“小报告”。他不懂得珍惜感情。宝玉为彩云瞒赃,他就对彩云横生疑忌。

总之,他活得阴暗,活得猥琐,活得不光明正大。要光明正大,不要搞阴谋诡计。所以贾环成了“坏人”。

但贾环确实有受排挤受压迫的一面。虽然受排挤受压迫但还是“坏人”。

生活中确实就有这种人。革命队伍里也有这种人。虽然参加了革命但仍然是坏人。反过来,也有许多没有参加革命的好人。

但彩云爱贾环。坏人也有人爱。而且不一定是坏人爱坏人,而是好人爱坏人。革命者也可能爱上不革命者甚至反革命者。反之亦然。

红军女战士爱上了白军俘虏，当大部队白军到来时，红军战士向爱人开了枪。如果不是在革命的时候，他们就可能结婚。而且这个白军不一定是坏人。

贾环是坏人，但他没有赶上革命年代，如果赶上了，他倒有可能参加革命，因为他在家庭中受到排挤和压迫。不过无论他革命还是反革命，他大概仍然是个坏人。他要是参加了革命，也许危害更大。

但彩云永远都不会朝他开枪。

31. 贾赦

鸳鸯只咬定牙不愿意。他哥哥无法，少不得去回覆了贾赦。贾赦怒起来，因说道："我这话告诉你，叫你女人向他说去，就说我的话：'自古嫦娥爱少年'，他必定嫌我老了，大约他恋着少爷们，多半是看上了宝玉，只怕也有贾琏。若有此心，叫他早早歇了，我要他不来，已后谁还敢收？此是一件。第二件，想着老太太疼他，将来自然往外聘作正头夫妻去。叫他细想，凭他嫁了谁家，也难出我的手心。除非他死了，或是终身不嫁男人，我就伏了他！若不然时，叫他趁早回心转意，有多少好处。"

——《红楼梦》第四十六回

想对贾赦一分为二，难。

就有这种恶霸，就有这种色狼，就有这种无耻又霸道的老家伙。

偏偏看上了倔强的鸳鸯。偏偏贾母离不开鸳鸯。碰了一鼻子灰。

如果鸳鸯不是贾母的大丫头呢？如果她只是某个小姐或少爷的丫头呢？大概鸳鸯除了顺从外别无选择，除非她选择死。

老子天下第一。偏偏还有一个贾母。只能老子天下第二了。

权利有了一种制约，不管这种制约来自何方，总之鸳鸯这个"人民"暂时得到了援助。

但鸳鸯毕竟不是一般的“人民”，她是能“通天”的“人民”。不能“通天”的“人民”石呆子就只有家破人亡的下场了。

贾赦对制约很不满意。所以他借说笑话的机会讽刺贾母“偏心”。甚至说世袭的前程要让贾环来继承。

中央内部的斗争激烈起来，接班人问题成了筹码。

32. 邢夫人

邢夫人冷笑道：“大家子三房四妾的也多，偏咱们就使不得？我劝了也未必依。就是老太太心爱的丫头，这么胡子苍白了又作了官的一个大儿子，要了作房里人，也未必好驳回的。我叫了你来，不过商议商议，你先派上了一篇不是。也有叫你去的理？自然是我说去。你倒说我不劝，你还不知道那性子的，劝不成，倒和我恼了。”

——《红楼梦》第四十六回

大老婆为丈夫讨小老婆冲锋陷阵，这少见，但居然合情合理，让你不得不信。看来生活的确是复杂的。

外因是贾赦有绝对权威，夫权至上，阳盛阴衰。所谓“你还不知道那性子的，劝不成，倒和我恼了”。

内因是“邢夫人秉性愚犟，只知承顺贾赦以自保，次则婪取财货为自得，家下一应大小事务，俱由贾赦摆布”。“愚”则只能承顺贾赦，”“犟”则“儿女奴仆，一人不靠，一言不听的”。

对上级“愚”还好说，问题是对下级“犟 ”。于是邢夫人成了一个让凤姐难以应付的上级。

而她周围又有一群争权夺利的陪房、仆从，拉她的大旗作虎皮使用。

邢夫人的作用于是超过了她本来具有的能量。

她把傻大姐拾到的绣春囊捅给王夫人，是将王夫人和凤姐一军。谁知偏偏查出了自己陪房王善保家的外孙女。搬起石头砸了自己的脚。

不过邢夫人不会改弦易辙的。她的那些下属更不会就此打退堂鼓。她们会从另一个角度总结经验教训，“和他们斗争”！

因为邢夫人在贾府属于非主流派，非主流派总是要向主流派挑战的。“要团结，不要分裂”或“批评与自我批评”在历史上从来就没有兑现过。

33. 贾珍

贾珍哭的泪人一般，正和贾代儒等说道：“合家大小，远近亲友，谁不知我这媳妇比儿子还强十倍。如今伸腿去了，可见这长房内绝灭无人了。”说着又哭起来。众人忙劝：“人已辞世，哭也无益，且商议如何料理要紧。”贾珍拍手道：“如何料理，不过尽我所有罢了！”

——《红楼梦》第十三回

贾珍有其真实可爱的一面。比如他敢于在合族面前这么真情流露，这么不掩饰对儿媳妇秦可卿的感情。要知道贾珍是贾家宗族的族长！也许正因为他是族长，他才敢这样肆无忌惮吗？

但不论如何，贾珍是让人佩服的。不管秦可卿死亡的真相如何，贾珍对可卿的那份情不羼水分。

尤二姐和尤三姐都曾经和贾珍荒唐过。尽管尤三姐后来改过自新，为柳湘莲而抛弃了贾珍，但贾珍也确实一度和尤三姐“挨肩擦脸”地亲热过。

秦可卿和二尤都是绝色女子。

不是靠金钱收买，至少不是全靠金钱。贾珍对女人并非没有吸引力。

贾珍有男子气概，他的淫乱中有真情。“情既相逢必主淫”。

当然，“除了那两个石头狮子干净”——这个名声不好。对家族来说，“家事消亡首罪宁”。但他对父亲贾敬和荣国府的老祖宗也都是孝敬的。对贾家的穷本家也是照顾的。

万恶淫为首，百善孝为先。贾珍却是一个又淫又孝的人。

贾家的罪人，但对女人来说，贾珍还是一个值得怀念的男人——“宿孽总因情”。

34. 尤氏

尤氏临走时，也把鸳鸯二两银子还他，说：“这还使不了呢。”……见凤姐不在跟前，一时把周、赵二人的也还了。他两个还不敢收。尤氏道：“你们可怜见的，那里有这些闲钱？凤丫头便知道了，有我应着呢。”二人听说，千恩万谢的方收了。

——《红楼梦》第四十三回

尤氏是个不一般的女性。她厚道，因而也就宽容。

能宽容贾珍爱秦可卿，能宽容贾珍勾尤三姐，能宽容贾蓉和两个姨娘打情骂俏（贾蓉并不是尤氏的亲生儿子，尤氏是继母），自然也能宽容焦大，宽容家里的下人。所以凤姐说：“我成日家说你太软弱了，纵得家里人这样还了得呢。”

宽容难免软弱，难免自由化。

因此，也就纪律松弛，也就腐化堕落，也就外面舆论不好。

但同样因此，宁国府里一派安定团结的空气。尤氏和贾珍的两个姬妾佩凤、偕鸳之间融融洽洽。尤氏和贾珍夫妻之间、和贾蓉母子之间相安无事。

尤氏姓尤，所以她也是尤物——原是一个大美人。她也并非没有才干——“死金丹独艳理亲丧”，精明干练，不亚于凤姐协理秦可卿的丧事。凤姐不过“协理”，尤氏可是独理呢。

宽容好吗？如果民主选举，像荣国府里受压迫的周、赵二姨娘也会投尤氏的票呢。

但惜春姑娘却对这种宽容的负面效应反应强烈，要“心狠意狠”地“杜绝”宁国府呢。

尤二姐被凤姐害死，也和尤氏的太宽容因而软弱分不开吧。

但尤氏那说说笑笑轻轻松松一派乐呵呵的样子真让人忘不了。

与其像荣国府"窝里斗"而"自杀自灭",不如像宁国府无为而治的好。如果没有更好的选择。

35. 贾蓉

贾蓉当下也下了马,听见两个姨娘来了,便和贾珍一笑。……贾珍下了马,和贾蓉放声大哭,从大门外便跪爬进来,至棺前稽颡泣血,直哭到天亮喉咙都哑了方住。……贾蓉笑道:"各门各户,谁管谁的事。都够使的了,从古至今,连汉朝和唐朝,人还说脏唐臭汉,何况咱们这宗人家。谁家没风流事,别要讨我说出来。连那边大老爷这么利害,琏叔还和那小姨娘不干净呢。凤姑娘那样刚强,瑞叔还想他的量儿。那一件瞒了我!"

——《红楼梦》第六十三回

像贾蓉这样的人,大概只能叫他坏小子吧。

坏小子往往倒讨人喜欢。如他长得漂亮,他聪明伶俐,会揣摩人心。所谓"小意儿可人"。

所以凤姐对这个侄儿情意绵绵,刘姥姥一进荣国府那一次,贾蓉来找凤姐借炕屏,两个人言语神情之间,够瞧的了。凤姐整治贾瑞"调兵遣将",不也调来了贾蓉吗?

贾蓉下流,贾蓉性解放,但他坦白,不装模作样。这就比那种家里藏着成百上千黄色录像带、贪污巨款养情妇却在外面领导社会大张旗鼓"扫黄"可爱了。

最让人惊为"超前"的是贾蓉和贾珍父子之间在女人问题上的互相理解。

儿子和情人——父亲和情人。尤家姐妹来了,父子相视而笑。这种"会心的微笑"倒让人想起反动派污蔑共产主义要"共产共妻"。

因而秦可卿之死绝非因为丫头闯破了贾珍和可卿的"奸情"——那内幕

一定远为复杂。

贾蓉和贾珍能在贾敬的灵柩前“稽颡泣血”地自如表演。这多少让人叹息。将来贾珍死了，贾蓉还要表演，也许倒比这一次会有点真情吧？至少是共同占有过同一个女人呀。

“脏唐臭汉”——贾蓉好像提出了红灯区是否有合理性这个人类社会的难题。

36. 尤二姐

二姐又是水性的人，在先已和姐夫不妥，又时常怨恨当时错许张华，使后来终身失所，今见贾琏有情，况且是姐夫将他聘嫁，有何不肯，亦便点头依允。

——《红楼梦》第六十四回

“水性”——老子说：“水善利万物，不争。”

一个“水性”的女人是最具有女人性的女人。也就是最好的女人。

但水性的女人往往是不幸的，因为最好的女人是不幸的，红颜命薄古今同。

水性的意思是流动性，是很柔软，很容易动感情，很容易对向自己表示感情的男人献身，容易得新忘旧。

其实是得新不忘旧，只要那个旧的又回来了。当然得旧也不会忘新，只要那个新的没有离开。

水性的女人也会只爱一个男人，只要这个男人真正爱惜她，呵护她。但不水性的男人却实在地喜新厌旧。

尤二姐对张华悔婚而接受贾琏的爱，不仅因为张华穷贱而贾琏富贵，还因为张华只是父母包办订婚的男人，并不是和自己有过感情的男人。

水性的女人最离不开的是男人的爱。尤二姐绝望而死主要是因为贾琏有了秋桐后对她淡漠了。女权主义张扬以来，尤二姐这样的女人越来越少了。女人获得了解放,但也就没有了真正的女人。

也没有了真正的男人——西方像样点的男人都去搞同性恋了。

37. 贾琏

> 平儿咬牙道:“没良心的东西,过了河就拆桥,明儿还想我替你撒谎!”贾琏见他娇俏动情,便搂着求欢,被平儿夺手跑了,急的贾琏弯着腰恨道:“死促狭小淫妇!一定浪上人的火来,他又跑了。”
>
> ——《红楼梦》第二十一回

贾琏是个好色的男人。这似乎和贾赦的遗传基因有关。当然也和国公府锦衣玉食放荡淫靡的大环境有关。

多姑娘儿,鲍二家的,尤二姐,秋桐。

贾琏与凤姐发生矛盾都是由于别的女人。凤姐太要求丈夫性爱的专一性,那个时代和社会叫“妒”,贾琏娶了一个醋劲忒大的妒妻。

这就造成了贾琏和贾赦、贾珍不同的处境。邢夫人和尤氏都对丈夫的婚外性关系隐忍放任,甚至推波助澜。连贾政也有赵姨娘和周姨娘。

只有贾琏被凤姐管得严严的，连平儿这个合法的通房丫头贾琏也是只能看不能碰。贾琏能不单调吗？能不寂寞吗?

和贾赦、贾珍的性放纵性自由比起来,贾琏活得多么拘束多么委屈多么不平衡啊。

所以贾琏就不断地偷鸡摸狗。女人们都愿意,说明贾琏有魅力。

其实不过是生活问题,批评要注意政治。

贾琏不仅自己不肯仗势欺人，对贾雨村为讨好贾赦弄得石呆子家破人亡还表示不满,为此还挨了贾赦的揍。这可是大是大非问题,是大节。冷子兴演说荣国府时对贾琏的考评是“于世路上好机变,言谈去的”,工作能力也不弱。

但凤姐实在太强了。不仅在生活上把贾琏管死,在能力上也把贾琏比下去了。

喻世明言醒世恒言警世通言——男子不可娶女强人为妻。

38. 尤三姐

那尤三姐放出手眼来略试一试，他弟兄两个竟全无一点别识别见，连口中一句响亮话都没了，不过是酒色二字而已。自己高谈阔论，任意挥霍洒落一阵，拿他弟兄二人嘲笑取乐，竟真是他嫖了男人，并非男人淫了他。

——《红楼梦》第六十五回

电视剧和电影改编尤三姐时，都演她在耍弄凌辱完贾珍和贾琏后独自一个人痛苦地哭泣。这是给尤三姐戴一个道德光环，把她拉回到社会认可的价值水准上。

其实尤三姐“天生脾气不堪，仗着自己风流标致，偏要打扮的出色，另式作出许多万人不及的淫情浪态来，哄的男人们垂涎落魄，欲近不能，欲远不舍，迷离颠倒，他以为乐”。尤三姐对自己的美貌风流颇有一点自我陶醉的意境，甚至可以说有一点在自虐和虐人中找乐子的倾向。这种意境和倾向有反社会嫌疑。

当然这是针对贾琏和贾珍。骨子里，尤三姐是一个理想主义者。因为理想主义，所以看不上贾珍、贾琏这两个其实并非没有魅力的男人。因为理想主义，所以才会对冷心冷面的柳湘莲情有独钟。

所以尤三姐对贾宝玉理解深刻：“原来他在女孩儿们前不管怎样都过的去，只不大合外人的式。”

有理想主义的人才会从一个极端走向另一个极端，在人生态度上突然一百八十度大转弯。尤三姐择定了柳湘莲，就“真个竟非礼不动，非礼不言起来”。

理想主义“不大合外人的式”。社会敌视理想主义。社会的价值系统不接纳当真认真的理想主义。所以尤三姐的“改过”不能被认同。社会在尤三姐和柳湘莲当中竖立起一道柏林墙。

尤三姐自杀了,理想主义永远是一个乌托邦。

39. 柳湘莲

那柳湘莲原是世家子弟,读书不成,父母早丧,素性爽侠,不拘细事,酷好耍枪舞剑,赌博吃酒,以至眠花卧柳,吹笛弹筝,无所不为。因他年纪又轻,生得又美,不知他身份的人,都误认作优伶一类。

——《红楼梦》第四十七回

柳湘莲是个家庭已经没落的"世家子弟"——落魄江湖的高干子弟。

家庭出身对人的影响不能忽视。高贵的家庭出身养成人的尊严和气概,所以能"素性爽侠,不拘细事",大大咧咧、不耍小心眼。父母早丧和家境衰败则培养了自由潇洒我行我素的独立人格,"无所不为"。

对一个青少年的成长来说,这其实是一种最好的出身环境。要"世家"才有丰厚的精神文化素养的积淀,没落才能免去过度腐化堕落的消极影响。但也不能没落得太厉害,必须有基本的物质保证和精神资源。

从这样一个背景里出来的柳湘莲不仅让尤三姐一见动心, 也让贾宝玉倾慕向往,连薛蟠也癞蛤蟆想吃天鹅肉。

柳湘莲"最是冷面冷心的,差不多的人,他都无情无义的"。因为独立,因为自尊,因为有了某种深刻。一般的世家子弟,太浮奢;不是世家出身的子弟,没气质。所以只有和贾宝玉才能同声相应,同气相求。宝玉精神独立,宝玉特别能尊重他人,宝玉有深刻的内涵。

自尊、独立和深刻的柳湘莲因此不能忍受薛蟠的戏弄,也因此对名声不雅的尤三姐产生疑忌,"我不做这剩王八"。

也是一种"悲剧的诞生"。因为自尊,因为独立,因为深刻。

40. 薛蟠

母女正说之间，见薛蟠自外而入，眼中尚有泪痕未干。一进门便向他母亲拍手说道："妈可知道柳大哥尤三姐的事么？"……薛蟠说："何尝不是呢。我一听见这个信儿，就连忙带了小厮们在各处寻找去，连个影儿也没有。又去问人，人都说不曾看见。我因如此，急的没法，唯有望着西北上大哭了一场回来了。"说着，眼圈儿又红上来了。

——《红楼梦》第六十七回

呆霸王薛蟠其实有一份血热情肠。所以痛打过薛蟠的柳湘莲后来又救了薛蟠并和他结为生死兄弟。薛蟠对母亲，对妹妹，对亲戚朋友，甚至对像金荣这样的，都有情，都够份。

薛蟠一出场就为抢夺香菱而打死了冯渊。固然因为香菱是个美人，固然因为呆大爷是从来不让人的。但更因为冯渊是个陌生人。

如果不是冯渊而是冯紫英，那情况和结果就大不相同。熟人和朋友之间，那必然要彼此谦让一番。美妾可以作为礼物送给朋友，古人早已作出了榜样。

只要我们曾经交往，那我们就应该讲义气。义气是熟人之间的行为规范，如果是生人，那就无所谓了。

关羽对刘备和曹操都讲义气，因为他们都对他或有义或有恩。单雄信不知道秦叔宝的真实身份时，把他当普通店客盘剥，当知道了是秦叔宝，立刻待为上宾，还在他的行李中悄悄放了无数的金银。这就是中国人标榜的最高美德——义气。

薛蟠虽然不学无文，但这种文化传统是溶化在血液中的。

对熟人讲交情，讲义气，讲关系，这不能说不好，问题是对生人就不讲。于是，贾、史、王、薛四个大家族"连络有亲，一损皆损，一荣皆荣，扶持遮饰，俱有照应的"也就成了大传统，大环境，大气候。

好孩子薛蟠就成了坏孩子了，就打死人也不当回事了。

41. 蒋玉菡

琪官接了，笑道："无功受禄，何以克当！也罢，我这里也得了一件奇物，今日早起方系上，还是簇新的，聊可表我一点亲热之意。"说毕撩衣，将系小衣儿一条大红汗巾子解了下来，递与宝玉，道："这汉巾子是茜香国女国王所贡之物，夏天系着，肌肤生香，不生汗渍，昨日北静王给我的，今日才上身。若是别人，我断不肯相赠。二爷请把自己系的解下来，给我系着。"

——《红楼梦》第二十八回

蒋玉菡唱小旦，柳湘莲唱小生；蒋玉菡是本行，柳湘莲是票友；蒋玉菡以作优伶为业，柳湘莲以被误认作优伶为耻。

关键的区别是柳湘莲乃"世家子弟"，虽然没落，旗纛不倒；蒋玉菡则从小就入了唱戏这"下贱行子"。

所以，柳湘莲偶然上台串戏不过是自己高兴，满足业余爱好，当有人真的把这个"业余"和"专业"混淆的时候，柳湘莲就绝不能容忍。而蒋玉菡却没有这种本钱。

蒋玉菡也有自己的人格尊严，薛蟠说："那琪官，我们见过十来次的，他并未和我说一句亲热话。"但也就能作到如此而已，在忠顺王和北静王跟前"承奉"时，大约只能王爷要怎样就怎样了。当他进一步逃避时，忠顺王就要四处查找捉拿了。

业余不过娱乐，主旨是放松自己，本质是自由，随自己的意；专业则成了本分，得"敬业"，否则是"不务正业"，本质是强制，不管你愿意与否。所以，从事优伶和妓女这一类职业的人，以色相和肉体供人娱乐就成了"本职工作"。业余娱己，专业娱人，大不相同。

柳湘莲、蒋玉菡都和贾宝玉要好，照书中的暗示，他们其实和宝玉都有同性恋关系，但对蒋玉菡，显然描写得更为露骨。这也是"业余"和"专业"的区别。

只要有真情，同性恋也没有什么不好。这是曹雪芹的观点。

同性恋其实是双性恋，而且以异性恋为主。秦钟爱智能，柳湘莲和尤三姐订婚，蒋玉菡将来也要娶花袭人。什么都有中国特色，同性恋也有。

42. 北静王

话说宝玉举目见北静王水溶头上戴着洁白簪缨银翅王帽，穿着江牙海水五爪龙白蟒袍，系着碧玉红鞓带，面如美玉，目似明星，真好秀丽人物。宝玉忙抢上来参见，水溶连忙从轿内伸出手来挽住。见宝玉戴着束发银冠，勒着双龙出海抹额，穿着白蟒箭袖，围着攒珠银带，面若春花，目如点漆。

——《红楼梦》第十五回

宝玉早就对北静王心向往之，不是因为他是王爷，而是因为北静王“生得才貌双全，风流潇洒，每不以官俗国体所缚”。

人与人之间彼此吸引，那最根本的东西在气质。体貌是气质的载体，所以长的“秀丽”与否也很重要。外貌的美和内涵的美应该统一，这是曹雪芹坚持的美学理想。

想起了雨果的《巴黎圣母院》，钟楼怪人心灵美，但外形丑；那个青年军官外形美，但心灵不怎么美。可是书中的大美人那位吉卜赛女郎是爱军官不爱钟楼怪人的。

但我们常常宣扬的一种意识形态是强调心灵美，贬低外在美。所以有许多大老粗的革命人在恋爱中战胜了“小白脸”知识分子的故事。虽然实际的情况往往是革命成功的老干部要找一个漂亮的知识女郎换掉“包办婚姻”或“革命战友”的糟糠原配。

“面如美玉，目似明星”和“面若春花，目如点漆”互相映照，风流潇洒的王爷和意淫痴情的公子心心相印。美互相吸引，气质互相吸引，具有相同气质的人会“一见钟情”，心灵的沟通在瞬间就完成，阶级地位这些外在的差异一下子就被超越了。

北静王这位世袭的王爷，皇族圈子里的另一个“宝玉”而已。不管哪一个阶层，上到王室，下及优伶，都有“正邪两赋”一类人物。作者要传达这个消息，煞费苦心。

人由于气质不同而分成“团”和“伙”，分野不单在阶级出身。搞阶级分析，不能无视这种客观存在。

43. 焦大

众小厮见他太撒野不堪了，只得上来几个，掀翻捆倒，拖往马圈里去。焦大越发连贾珍都说出来，乱嚷乱叫说：“我要往祠堂里哭太爷去。那里承望到如今生下这些畜牲来！每日家偷狗戏鸡，爬灰的爬灰，养小叔子的养小叔子，我什么不知道？咱们‘胳膊折了往袖子里藏’！”众小厮听他说出这些没天日的话来，唬的魂飞魄散，也不顾别的了，便把他捆起来，用土和马粪满满的填了他一嘴。

——《红楼梦》第七回

焦大敢骂贾珍、贾蓉，因为他有特殊的老本可吃。所谓：“只因他从小儿跟着太爷们出过三四回兵，从死人堆里把太爷背了出来，得了命；自己挨着饿，却偷了东西给主子吃；两日没得水，得了半碗水给主子喝，他自己喝马溺。”

但焦大之所以骂，也还是有两个前提。一个前提是他喝醉了酒，另一个前提是他觉得自己受了不公正待遇。

人喝醉了酒就敢于藐视清醒时不敢触动的禁忌，而社会对“撒酒疯“也只能无奈地容忍承受。受了不公正待遇，所以不平则鸣。因此，焦大骂出了“没天日的话”——揭出了宁国府统治者见不得人的隐私。

焦大揭露的其实还是“生活问题”。

对统治者来说，“生活问题” 其实历来不成其为问题。要害是“生活问题”不能说，因为一说，就损害了伟大光荣的“公开形象”。

老干部焦大就被填了一嘴土和马粪。

其实尤氏早就吩咐过宁国府的管家不要派差事给焦大，实行“养起来”的政策。问题出在管事的没有认真执行政策，老干部的功劳上头买账，下头不买账。

而且焦大自己也有些过分：“他自己又老了，又不顾体面，一味吃酒，吃醉了，无人不骂。”也有点过于倚老卖老，光吃老本，不立新功不说，还要对新当权派摆老资格指手画脚。

不过到底还是“自己人”，他并没有涉及“体制”等政治问题。更没有揭露秦可卿是被隐匿的“公主”这类吓死人的“内幕”。而且他不喝醉的时候是不骂的。因此不会被割断喉管。

44. 王善保家的

> 那王善保家的本是个心内没成算的人，素日虽闻探春的名，他自为众人没眼力没胆量罢了，那里一个姑娘家就这样起来；况且又是庶出，他敢怎么，他自恃是邢夫人陪房，连王夫人尚另眼相看，何况别个。今见探春如此，只当探春单恼凤姐，与他们无干。他便要趁势作脸现好，因越众向前拉起探春的衣襟，故意一掀，嘻嘻笑道：“连姑娘身上我都翻了，果然没有什么。”
>
> ——《红楼梦》第七十回

抄检大观园的主动力，来自王善保家的。王夫人本来已经接受凤姐的意见，对绣春囊事件采取“暗中访察”的低调处理。王善保家的偏偏提出了“明检”的过激主张。王夫人被王善保家的当枪使了。

王善保家的要当“勇敢分子”。

“勇敢分子”都是处于权力边缘的人。为了得到更大的权力，为了扩大自己的影响。所谓“趁势作脸现好”。越“左”就越是革命派。印把子要交给革命派执掌。

王善保家的有邢夫人作靠山。邢夫人在统治集团中处于非主流派地位，她要向主流派王夫人和凤姐挑战，派出王善保家的打先锋。

所以，开往大观园的检查团中，王善保家的态度比名义上的领队王熙凤要积极主动得多。因为抄检实际上是想揭凤姐的“盖子”。对紫鹃房中查出的宝玉旧物，凤姐的“捂盖子”态度一目了然。

王善保家的碰上了对抄检大不以为然的三姑娘探春。

探春虽然不掌权，但她是“主子”——属于统治集团中的成员。王善保家的虽然有“背景”，但毕竟是“奴才”——下级。王善保家的“心内没成算”在于她没有真正弄清这种实际的力量对比。利令智昏，自我膨胀，因而过高地估计了自己，过低地估计了对方。

于是王善保家的被探春一巴掌打得流芳千古——遗臭万年。

何况抄检到最后，唯一被查出来的却是自己的外孙女儿。

而且第二天，“王善保家的挨了一顿打，大太太嗔着他多事”，后台老板居然也拿自己作筏子，向政敌作姿态。

当“勇敢分子”，宁左勿右，结果很不妙。

不过也有妙的时候。

45. 醉金刚倪二

贾芸道：“老二，你且别生气，听我告诉你这原故。”说着，便把卜世仁一段事告诉了倪二。倪二听了大怒道：“要不是令舅，我便骂出好话来，真真气死我！也罢，你也不用愁烦，我这里现有几两银子，你若用什么，只管拿去买办。但只一件，你我作了这些年的邻居，我在外头有名放帐的人，你却从没有和我张过口，也不知你厌恶我是个泼皮，怕低了你的身分；也不知你怕我难缠，利钱重？若说怕利钱重，这银子我是不要利钱的，也不用写文立约；若说怕低了你的身分，我就不敢供给你了，各自走开。”一面说，一面从搭包里掏出一卷银子来。

——《红楼梦》第二十四回

我是流氓我怕谁。

倪二是个“泼皮”，“外头有名放帐的人”——高利贷者，所以“难缠”。所以贾芸这种“善良百姓”就不敢轻易和这位邻居打交道。

但流氓的本质也有好的一面——“素习倪二虽然泼皮无赖，却因人而使，颇颇的有义侠之名”。“泼皮”讲义气，“无赖”有真情，“流氓”不势利。

贾芸的舅舅才“不是人”——卜世仁。倪二对卜世仁的行为看不上，所以倪二才“是人”。不是人——是人：这是世俗和江湖的品质对比。

“醉金刚”——倪二这个绰号比梁山水泊中一百单八将的任何一个绰号都更遮奢，更富有美感、力感、正义感。

所以贾芸说倪二“果然是个好汉”，“所交结的，都是些有胆量有作为的人”。

人类不能没有了血性，社会不能少了异端，历史不能缺席了有胆量有作为的人。

生命的野性，非正统的力量。逸出了“系统”之外的话语不可或缺。

当宝玉这些“诗人哲学家”沦落到“狱神庙”的时候，需要醉金刚们前来救援。

“我自横刀向天笑，去留肝胆两昆仑。”——谭嗣同临刑前仍然萦念记挂的这“两昆仑”指的是思想革命家康有为和江湖侠士大刀王五。（虽然据说谭嗣同的原诗是：“手掷欧刀仰天笑，留将功罪后人论。”流行本则是梁启超改的。）

46. 贾芸

原来上月贾芸进来种树之时，便拣了一块罗帕，便知是所在园内的人失落的，但不知是那一个人的，故不敢造次。今儿听见红玉问坠儿，便知是红玉的，心内不胜喜幸，又见坠儿追索，心中早得了主意，便向袖内将自己的一块取了出来，向坠儿笑道：“我给是给你，你若得了他的谢礼，可不许瞒着我。”

——《红楼梦》第二十六回

贾芸——贾宝玉的“儿子”。

能作神瑛侍者的儿子的人，岂会是等闲之辈？

贾芸身上有一种宝玉所欠缺的社会活动能力，这是另一种聪明伶俐。比较贫困的家庭出身所赋予人的礼物。

求职，先钻营贾琏，后走凤姐的门路。不断调整外交策略。说奉承话，送礼，这一套越操作越得心应手了。

对吝啬的舅舅绵里藏针，不失个体的自尊。对倪二随机应变，交了一个讲义气的朋友。对母亲不提舅舅的薄情寡义，以免母亲生气，脂批赞叹：“孝子可敬，后来荣府事败必有一番作为。”

贾芸没有宝玉的书卷气和脂粉气，所以他“必有一番作为”。

贾芸比宝玉阳刚，比宝玉接触社会，比宝玉更像一个男人。

书读得越多越蠢——这种读书有害论曾经是搞愚民政策、迫害几代中国知识分子的政治咒语。

但书斋和社会、象牙之塔和滚滚红尘确实有不同的要求和境界。人类其实两者都需要。贾宝玉和贾芸的“父子”关系意味深长。

宝玉其实也不读书——他更有一套反对读书的理论。他反对读“禄蠹”的书。他爱读的是“禁书”。

贾芸把自己的手帕和小红的手帕互相交换，贾宝玉也送给林黛玉两条旧手帕，黛玉在手帕上题了三首诗。雅俗不同，实质一样。

宝玉走向社会或贾芸走进书斋，都可怕。要害不是读书或不读书，而是读什么样的书和怎么样想。

47. 小红

红玉道：“也不犯着气他们，俗语说的，‘千里搭长棚，没有个不散的筵席’，谁守一辈子呢？不过三年五载，各人干各人的去了。那时谁还管谁呢？”这两句话不觉感动了佳蕙的心肠，由不得眼睛红了，又不好意思好端端的哭，只得勉强笑道：“你这话说的却是。昨儿宝玉还说，明儿怎么样收拾房子，怎么样做衣裳，倒像有几百年的熬煎。”

——《红楼梦》第二十六回

人有悲欢离合，月有阴晴圆缺。生命的有限性，瞬间性。

想到这一点的人会有一种感动，所以佳蕙的眼睛红了。想到这一点的人也可能有一种超脱，小红因此对眼前的争名夺利不太在意。

但小红有长远的目标。所以一旦遇上机会，她就顺着竿儿爬上去了，到了管家少奶奶凤姐麾下了。“谁守一辈子”的豁达语其实有几分是失意时的自我安慰，或曰“阿Q了一下”。

这样用远景的虚无来淡化近景的执迷是人支撑生命存活的一种技巧。

其实是想生活得更好，更有质量，更有意义。

所以小红又紧紧地抓住了爱情的机遇，并采取了果断的行动。

丢了一块手帕，却找着了一个爱人。

小红比晴雯，甚至比黛玉，都更有心眼，都更有勇气为自己的幸福去争取去奋斗。

《红楼梦》里最有前途的一对是贾芸和小红。据脂批说，他们在贾家“忽喇喇似大厦倾”的大劫难中起了关键作用，凤姐和宝玉都有赖他们救护。

小红更有现代性。在大观园里评选“十大杰出青年”，第一该选小红。

48. 警幻仙姑

那仙姑笑道：“吾居离恨天之上，灌愁海之中，乃放春山遣香洞太虚幻境警幻仙姑是也：司人间之风情月债，掌尘世之女怨男痴。因近来风流冤孽，缠绵于此处，是以前来访察机会，布散相思。今忽与尔相逢，亦非偶然。此离吾境不远，别无他物，仅有自采仙茗一盏，亲酿美酒一瓮，素练魔舞歌姬数人，新填《红楼梦》仙曲十二支，试随吾一游否？”

——《红楼梦》第五回

人是要有一点精神的。生活不能完全没有幻想。生命有时候就是需要“虚”或“超验”的那种东西。

《红楼梦》里于是就有了警幻仙姑。

警幻仙姑是贾宝玉的老师。“意淫”——这是警幻仙姑向宝玉启蒙的“人文精神”。

人文精神在“离恨天之上,灌愁海之中”。人文精神离不开“恨”和“愁”或叫“忧患意识”。人文精神又离不开“风情月债”和“女怨男痴”,这是所谓爱的本体性和原生性。

“近来风流冤孽,缠绵于此处”——十年一觉神州梦,春眠不觉晓,处处闻啼鸟。人性复苏了,生命蠢动了。满地的卡拉 OK。

警幻仙姑着了急,推出贾宝玉来唤起人文精神:“淫虽一理,意则有别。如世上之好淫者,不过悦容貌,喜歌舞,调笑无厌,云雨无时,恨不能尽天下之美女供我片时之趣兴,此皆皮肤滥淫之蠢物耳。如尔则天分中生成一段痴情,吾辈推之为‘意淫’。……”

不过好像过于理想主义了一点:“‘意淫’二字,惟心会而不可口传,可神通而不可语达。”不是太精英,太超凡脱俗,太远离平民百姓了一点吗?

其实警幻仙姑也知道理想主义的远离实际和难以行得通:“汝今独得此二字,在闺阁中固可为良友,然于世道中未免迂阔怪诡,百世嘲谤,万目睚眦。”

但正因为如此,才有警幻仙姑,才有贾宝玉,才有《红楼梦》。

49. 甄士隐

只因这甄士隐秉性恬淡,不以功名为念,每日只以观花修竹、酌酒吟诗为乐,倒是神仙一流人品。

——《红楼梦》第一回

也许人类和人类文明从根本上就错了。

也许真理一开始就被遮蔽了——“甄士隐”就是“将真事隐去”。

一个从天性上就看透了生命本质虚无的人对社会是危险的。如果大家都“不以功名为念”，整天“观花修竹、酌酒吟诗”，那么政府再没有人去抢着作官，军队也招募不到士兵了，那就不需要政府、军队，也不需要国防部、组织部和宣传部了，国家也没有存在的必要了。

那不就实现大同盛世了吗？无政府主义和共产主义不就到来了吗？不就“环球同此凉热”了吗？

也就用不着耶稣痛苦地为人类钉十字架赎罪，然后又神秘地复活来救世了。

犹太人和阿拉伯人也不用互相厮杀两三千年，让历史血肉横飞了。

但这么一来，那些想当国王、皇帝、总统、主席、宰相、将军、总理、部长、局长、处长的人就没有出路了。连基督、佛陀和穆罕默德也要失业了。

用《红楼梦》的话语系统来说，“修治天下”的“大仁者”和“扰乱天下”的“大恶者”都要被从历史的合法性中除名了。从“尧、舜、禹、汤、文、武、周、召、孔、孟、董、韩、周、程、张、朱”到“蚩尤、共工、桀、纣、始皇、王莽、曹操、桓温、安禄山、秦桧”都没地方领薪水了。

那就成了“正邪两赋之人”的世界。

这样的局面不能允许出现。无论是以共产主义的名义还是以上帝的名义。

甄士隐的命运就被“大仁者”和“大恶者”联合裁定了，甄英莲就被拐走了，葫芦庙就起火了，甄士隐就一败涂地了。

茫茫大士和渺渺真人这一僧一道就飘然而至，风神潇洒，高谈阔论，因为他们有了饭碗了。“神仙一流人品”的专利权从甄士隐那儿夺回来了。

50. 贾雨村

雨村罕然厉色忙止道：“非也！可惜你们不知道这人来历。大约政老前辈也错以淫魔色鬼看待了。若非多读书识事，加以致知格物之功、悟道参玄之力者，不能知也。”

——《红楼梦》第二回

贾雨村——“假语村言”。所以他能说出这一番大见识、大道理，能发表“正邪两赋”的哲学妙论。真理和大道原是只能用“调侃”来承载的。

所以偏偏是贾雨村这个“禄蠹”，回回去贾府要求见情哥哥贾宝玉，弄得宝玉抱怨不迭。

讹诈石呆子拖欠了官府银两，把石呆子投入狱中，抄来古扇献给贾赦。这个以权谋私、迫害老百姓以巴结权贵的“坏人”，是贾雨村。

“乱判葫芦案”，纵放了杀人凶犯薛蟠，使冯渊冤沉海底，向贾府、王府买好的大贪官污吏，是贾雨村。

所以他能在官场上落而复起，飞黄腾达，不几天就作到了大司马——掌兵权的国防部长。

可是他曾经是世外高人甄士隐佩服的能人。他还是世外仙姝林黛玉的家庭教师。清高孤傲的潇湘妃子居然是雨村先生的门墙桃李！

还有一位娇杏姑娘作了雨村夫人，因为偶然回头看了一眼。

有意思。

贾雨村有意思，人有意思，生活有意思，历史有意思。

但有一点我觉得没意思：贾雨村知道了英莲的下落却不告知甄士隐娘子。

探佚编

《红楼梦》：芝麻，开门！

“开谈不说《红楼梦》，纵读诗书也枉然。”这是清朝乾隆、道光以后社会上“热读”《红楼梦》而流传的口头禅。“诗”指《诗经》，“书”指“书经”——也就是《尚书》，这两部书属于“五经”——《诗》《书》《易》《礼》《春秋》，而“四书五经”（“四书”是《中庸》《大学》《论语》《孟子》）是1919年“五四”运动以前中国社会主流意识形态的经典。把《红楼梦》抬高到和四书五经一样的地位，这充分表达了当时人们对这部小说的巨大热情。

没想到过了二百五十多年，这部小说仍然是社会关注的热点，欣赏、研究这部小说已经成了一种专门的学问——红学。我从事红学的研究也有年头了。到了21世纪，《红楼梦》不仅势头不减，而且走向了流行，红学的普及也已经蔚然大观，这与我提倡“人间红学”的初衷不谋而合。

《红楼梦》是一匹七彩辉煌的锦缎，要欣赏它的华贵神奇美丽，当然也要裁剪胸中锦绣，以锦心绣口出之，就以此为追求目标，粉墨登场吧。

要是一上来就说作者家世、不同的版本那些方面，虽然是“基础知识”，却未免“枯燥无味”，不如先说一点有趣的，先把大家的“秋波”（今曰“眼球”）吸引住再说。

首先就讲“草蛇灰线，伏脉千里”。

这是一句“脂批”——脂砚斋的批语。脂砚斋是笔名，是和曹雪芹关系亲密的一个亲友，曹雪芹创作小说的时候，同时就有一伙“圈内人”在他的小说抄本上写“批评”——批语和评语，其中脂砚斋写得最多最有代表性，后来研究红学的人就把所有这些“圈内人”写的批评叫“脂批”——或者“脂评”。

这句“草蛇灰线，伏脉千里”，脂砚斋等人不只写了一次，而是写过好多次，有时候表达方式略有变化——写成“草蛇灰线，在千里之外”“伏后文”等等。一言以蔽之，这是曹雪芹写小说时采用的一个基本的、全局性的艺术手法。

那么这句“写作手法概括”，究竟是什么意思？“草蛇灰线”是两个比喻。“草蛇”是说一条蛇从草丛中蹿过去，其身影时隐时现。“灰线”是说过去用石灰或其他灰从指缝中漏洒以成线，线痕也是时粗时细或断或续的。“草蛇灰线”就是比喻在小说写作中到处留下对后文情节发展的暗示、伏笔，所以说“伏脉千里”“在千里之外”。

这是一种多么神奇的写作方法！神奇在这种手法不是“偶一为之”，而是几乎在每章、每节、每句中都存在。如果我们能看懂这些“草蛇灰线”，是不是会增加我们阅读的兴趣呢？因为人人都有一种“预知”“猜谜”的癖好。反过来，如果你对这些满布文本字里行间的“草蛇灰线”一无所知，麻木不仁，根本不知道它们的存在，你能说你已经“读懂”了这部神奇的小说吗？

下面我就告诉你这些“草蛇灰线”的奥秘，引领你一步步进入这个艺术的迷宫。首先，你要知道，“草蛇灰线”一共有五种表现形式。哪五种？

曰：一，谐音法；二，谶语法；三，影射法；四，引文法；五，化用典故法。

洞悉了这五种创作方法的奥秘，也就相当于掌握了打开《红楼梦》这个艺术宝藏的咒语秘诀，你可以喊一声：芝麻，开门！

“元迎探惜”暗指“原应叹息”

我们中国的汉语言文字是单音节意音文字，一个读音可以有多个字形，在不同的上下文语境（英文叫 text）中，含义参差的同音字并不会引起理解的障碍。也就是说，谐音是借助同音或音近现象表达意思，同音词在语言表达上可以构成同音双关的修辞手法。由于这个缘故，中国文化中的“谐音文化”就特别发达。

比如有一年春节前我到南宁、桂林旅游，看到礼品店里卖的礼品玩意有做成棺材模样的，我有点奇怪，售货的小姐告诉我：“棺材”谐音“官财”，表示让你又升官又发财。又比如有个成语叫“喋喋不休”，本来是形容人说话多，是话篓子，但有家报纸上开设一个评论音碟影碟的栏目，却以“碟碟不休”作栏目标题，利用“喋”和“碟”的谐音，构成一种巧妙的意趣。如此等等。

因此我们对语言的使用就特别多一层讲究，有了些忌讳，要让同音字引发美好的联想，避免坏的联想。其实所谓语言文明里也包含这一层意思。要多讲吉利话、“好”话。把“不好”的话也往好的方面理解，其中谐音就是一个重要手段。

古代严格的等级制度中，有所谓“避讳”，就是对尊长的名字要避免使用，而用读音或意思比较接近的字来代替，以示尊敬。《红楼梦》里就有一个例子：林黛玉的母亲叫贾敏，第二回她的家教贾雨村说：“怪道这女学生读凡书中有‘敏’字，他（清朝时尚无女字偏旁“她”）皆念作‘密’字，每每如是；写字时遇着‘敏’字，又减一二笔。”

曹雪芹不愧是一个大天才，他就把这种谐音的民俗运用到小说创作中，成为“草蛇灰线”的一种重要类型。这主要体现在小说中人的姓名上面。比如小说第一回登场亮相的“甄士隐、贾雨村”，就是谐音“将真事隐去，用假语存焉”（现存文本中是“村言”，又与“存焉”谐音），暗示小说中写的贾府故事是以曹雪芹家的“真事”为素材的。所以小说中又常提到一个江南的甄家，有一个和贾宝玉长相、性格都一样的甄宝玉。

贾家的四姐妹元春、迎春、探春、惜春，脂批明确告诉我们“元迎探惜”谐音“原应叹息”，从命名上就规定了她们的悲剧命运结局。第一回甄士隐的女儿甄英莲，就是后来的香菱，这“英莲”和“香菱”都是谐音“应怜”（“香菱”是古汉语中“一音之转”）。这个乡村财主的女儿，五岁就被拐子拐卖，后来又成了呆霸王薛蟠的小妾，最后被薛蟠的大老婆夏金桂折磨而死，她的命运也真“应怜”了。

相反，那个甄家的丫鬟娇杏，则谐音“侥幸”，因为她偶然回头看了落魄书生贾雨村一眼，雨村误以为她有意于自己，作了府太爷后就讨她作了妾，正巧大老婆不久又死了，这个乡村丫头就成了堂堂的“地市级首长夫人”了。所以小说中有两句诗调侃说：偶因一着错，便为人上人。为什么说“一着错”

呢？因为按传统礼教，女子走路应该低眉顺眼，回头乱看男人，是不守规矩，犯了错误。曹雪芹这么写，很有点调侃意味，要是死守规矩，不就要失去很多机会吗？

《红楼梦》里那些小人物的姓名几乎都有谐音的意趣。像荣国府的几个管家：银库房的总管吴新登——无星戥（没有秤星的秤）；仓库的头目戴良——大量（浪费）；采购的买办钱华——钱花（乱花钱）。再如贾政的清客詹光——沾光；另一个清客单聘仁——善骗人。甚至第一回中贾雨村刚到甄士隐家，“方谈的三五句话，忽家人飞报：严老爷来拜。”这个就出现一次的严老爷，“严”也是“炎”的谐音，是两片火，脂批说：“火将至矣。”暗示了甄家即将遭遇火灾，而烧得“落了片白茫茫大地真干净”。

人物姓名谐音，暗示了人物的最终命运，情节的未来发展，妙不妙？

曹雪芹的“大预言”

人类对语言的迷信古今中外都一样，因为语言的确是人区别于其他生物的一个重要特征。德国哲学家海德格尔有一句名言：“语言是存在之家。”这已经是 20 世纪的哲学经典格言了。人总想预先知道未来的事情，又觉得语言这玩意有点神秘感，这就发展了“谶语”文化，所谓“谶者，诡为隐语，预决吉凶”（《四库全书总目提要》卷六《易纬坤灵图》）。自古以来都有谶语流传，如秦始皇时有术士说“亡秦者，胡也”，秦始皇以为是指北边的少数民族胡人，其实是指他的少子胡亥，秦果然亡于秦二世胡亥之手。后来有人送秦始皇一块玉璧，说“今年祖龙死”，果然不久秦始皇就“驾崩”了。就是今天，香港每年都有星相家在年初对一年大事作预测，我们也还能在市面上买到“大预言”一类著作，中国人外国人写的都有。

中国古代也有不少这一类书，大多是画一幅画，后面配上一首句子整齐又押韵的诗歌，内容含糊朦胧，充满暗示性。比较著名的如传说唐代袁天罡、李淳风编写的《推背图》，传说明代开国皇帝朱元璋的军师刘伯温搞的《烧饼歌》，都是这一类。有人解释，说连“文化大革命”也已经在其中预言了。也许连科索沃和伊拉克战争也能从中找出某种影射吧。

在《红楼梦》里，曹雪芹点化这一传统，创造了一种谶语法，暗示小说人物和情节的后续演变轨迹。具体地说，谶语法可分为四种类型。

首先是诗谶。我们看第五回贾宝玉梦游太虚幻境，警幻仙姑让他看太虚幻境薄命司里的“册子”，上面不就是一幅画配一首诗吗？贾探春要远嫁海外，就画一片大海，一只大船，船上一个女子掩面啼哭，岸上两个人放风筝，配的诗则是：“……清明啼送江边望，千里东风一梦遥。”

贾惜春将来要当尼姑，就画一个女子在寺庙中念经，配诗则是：“……可怜绣户侯门女，独卧青灯古佛旁。”

后面仙姑又让幻境的管弦歌舞乐队给宝玉演唱“红楼梦”套曲，载歌载舞，也是一样的诗谶。《聪明误》中不就有形容王熙凤未来结局的名句：“机关算尽太聪明，反算了卿卿性命！”

除了这种类型的诗谶，小说里的才女们搞文学社团，海棠社，桃花社，螃蟹咏，柳絮词，大才女林黛玉更是跟着感觉走，时常长歌短吟，《葬花词》《风雨词》《五美吟》……贾宝玉也是个诗人，作《四时即事》诗，晴雯死后杜撰《芙蓉诔》，贵妃回来省亲也要弟弟和妹妹们写诗……

这些诗词曲赋等作品，作家为小说中人物“量体裁衣”，捉刀代笔却让写作风格符合每人的个性，同时还都或多或少地暗示着人物命运和小说情节后文的进展。比如黛玉前面写有《葬花词》，到第七十六回又吟出“冷月葬花魂”的名句，就是前呼后应，暗示黛玉的夭亡。我写有一本《红楼梦诗词韵语新赏》，就是专门研究讲解这方面的内容。

作诗以外，小说中还经常作灯谜，猜谜语，有的谜语也采用七言绝句的形式。这些谜语，无论是否以诗的形式出现，也都具有谶语性质，这是谜谶。典型的如第二十二回就是“制灯谜贾政悲谶语”。这一回贵妃娘娘贾元春先送回家一个带有诗谜的灯笼，贾宝玉和姐妹们，甚至贾母和贾政，也都作了灯谜，可是却都是不祥之兆，连贾政都有了预感而觉得悲哀。比如元妃娘娘作的灯谜谜底是爆竹，就是我们后来过年过节放的鞭炮，惊天动地，自己却被炸得粉身碎骨，所谓“一声震得人方恐，回首相看已化灰”。这就是贾元春后来在宫廷斗争中遭遇不幸结局的暗示，类似于唐朝的杨贵妃被缢死马嵬驿。

红楼人生更如戏

《红楼梦》里的贾府是个大贵族家庭，听戏赏戏是日常的娱乐活动节目。后来为迎接贾贵妃归省，更从苏州买来小女孩学唱戏，有了家庭戏班子。而清朝康熙、雍正、乾隆年间，传奇戏曲大为兴盛，并有“花部”（各种地方戏曲）在融合酝酿，即将出现京剧，所以那时各种杂剧和传奇的演出非常普及，老百姓对剧本内容耳熟能详，一些“折子戏”更是家喻户晓。贾宝玉读《西厢记》，林黛玉听小戏子们排练《牡丹亭》，第五十一回薛宝琴新编怀古诗，其中也有《西厢记》《牡丹亭》的内容，思想保守的薛宝钗提出异议，黛玉就回应说：“……难道咱们连两本戏也没看过不成？那三岁孩子也知道，何况咱们？”探春也附和说：“这话正是了。”

结合这一时代文化背景，曹雪芹又锦心独运，大展奇才，把某些戏曲的名称和内容，与小说情节的演变结合起来，于是有了“戏谶”这又一种“草蛇灰线”。

第十八回元春省亲，其中一个重要庆祝节目是演戏，贵妃点了四出折子戏，脂批就针对性地指出：第一出《豪宴》——《一捧雪》中伏贾家之败；第二出《乞巧》——《长生殿》中伏元妃之死；第三出《仙缘》——《邯郸梦》中伏甄宝玉送玉；第四出《离魂》——《牡丹亭》中伏黛玉死。并总结性地说：“所点之戏剧伏四事，乃通部书之大过节、大关键。”这就是用戏曲的内容关合小说未来的重要情节进展。当时的读者对这些戏曲的首尾关目都烂熟于心，一读到这些画龙点睛之语就会恍然大悟，拍案叫绝。当然我们今天的读者要彻底弄懂个中三昧，就得补一补传统文化的课，把这几个剧本找来读一读了。

第二十九回贾母等人去清虚观打醮祈福，所以回目说“享福人福深还祷福”。宁国府的贾珍代表贾母到神前拈戏——抓阄看神让演什么戏，结果神的意志是三出戏，小说有一段微妙的描写：头一本《白蛇记》。贾母问：“《白蛇记》是什么故事？”贾珍道：“是汉高祖斩蛇方起首的故事。第二本是《满床笏》。”贾母笑道：“这倒在第二本上也罢了。”又问第三本。贾珍道：“第三本是《南柯梦》。”贾母听了便不言语。如果我们知道《满床笏》是唐朝郭子仪封汾阳王，七子八婿都作大官而笏板满床，而《南柯梦》是荣华富贵到头一场空的神话内容，就对这一段描写之“草蛇灰线”的意义发出会心的微笑了。

还有一种谶语法是语谶。就是小说中某些人物的某些对话也具有“谶语”性质。注意我这里加了两个“某些”作限制词，因为它不像诗谶、谜谶和戏谶的无一不是谶语，而是“某些”。

举一个最显豁的例子。第七回刘姥姥走后，周瑞家的找王夫人汇报情况，被薛姨妈抓差，送十二支宫花给贾家三春、凤姐和黛玉。送到贾惜春时，惜春正和小尼姑智能儿一起玩，就开玩笑说：“我这里正和智能儿说，我明儿也剃了头同他作姑子去呢，可巧送了花儿来，若剃了头，把这花儿可戴在那里（意同现代汉语的“哪里”）呢？”这是小说中第一次描写惜春说话，却直接影射到她最后的结局：出家当尼姑。

又比如第六十三回宝玉过生日，喝酒时大家抽花名签，探春抽了杏花签，上面有“当得贵婿”的玩笑话，众姐妹就说：“我们家已有了个王妃，难道你也是王妃不成？”这也是一种语谶，因为佚稿中探春远嫁，成了“海外王妃”。

谶语法包括：诗谶，谜谶，戏谶，语谶。

镜外照形镜内影

影射法是“草蛇灰线”的第三种表现形式。

具体如何影射呢？在曹雪芹那一管生花妙笔下，也是婀娜多姿，玲珑八面。

清代评点家们说过，晴为黛影，袭为钗副。这就是看出小说中的人物之间，有明显的互相影射。的确，每个读过《红楼梦》的人都能感受到，晴雯和林黛玉的个性比较接近，袭人的思想作风则和薛宝钗有类似之处。显然，这是作家有意为之的，暗合了物以类聚，人以群分的那句老话。这种写法也就是后来红学家们所说的一个人物是另一个人物的“影子”。

第七十七回“俏丫鬟抱屈夭风流”，写晴雯遭到王善保家的诬告，在重病中被正统而偏执的王夫人所驱逐而悲惨地死去，她是“抱屈”的，蒙受了不白之冤。那一回书写得撕心裂肺，尤其是宝玉和晴雯死别的一幕，更是秋风秋雨愁煞人——这是清末鉴湖女侠秋瑾烈士临刑时的绝笔，借来比喻晴雯之死，却也别有意味。

但精彩不止于此，懂了“草蛇灰线”，就明白晴雯之死是“一击两鸣”，是影射着更为惊心动魄的林黛玉之死的。你看第七十八回“痴公子杜撰芙蓉诔”，贾宝玉写了一篇怀念晴雯的祭文，刚刚“读毕，遂焚帛奠茗”，忽然听人说“且请留步”，“那小鬟回头一看，却是个人影从芙蓉花中走出来，他便大叫：‘不好，有鬼，晴雯来显魂了！’”结果却是林黛玉，黛玉和宝玉讨论祭文的词句润色修改，改来改去，宝玉终于改成“茜纱窗下，我本无缘；黄土垄中，卿何薄命！”无形中说到黛玉头上了，以致“黛玉听了，忡然变色，心中虽有无限狐疑，外面却不肯露出”。人物之间互相影射的艺术手法，此一情节就是一个现成例子吧。

当然，曹雪芹原著佚稿中的林黛玉之死，那是“还泪”以“证前缘”，与后四十回续书“焚稿断痴情”的那种写法是迥然不同的。情节不同，气质不同，境界不同。具体如何，则说来话长，且待后回分解。

这是显而又显的一例，当然还有更加含蓄隐晦空灵曲折的，如林红玉之于林黛玉，如芳官之于史湘云，如十二个小戏子之于十二钗……

影射法的另一方式，就是象征性的以物品影射人了。

还记得第七回周瑞家的送十二支宫花给三春、黛玉和凤姐的故事吧？那一回开头有一首回前诗说：“十二花容色最新，不知谁是惜花人？相逢若问名何氏，家住江南姓本秦。”原来“秦”谐音“情”，而十二花就象征十二钗。在小说中，正、副、又副三等“册子”中的一些重要的女儿，曹雪芹每位赋予一种特色花卉作为“吉祥物”（其实应该叫“薄命物”），第六十三回就揭示了一些：黛玉和晴雯是芙蓉花，宝钗是牡丹花，探春是杏花，李纨是老梅，麝月是荼蘼花，袭人是桃花，史湘云是海棠花。每一种花都有它的讲究。

再如风筝之于贾探春。第五回中隐喻贾探春命运的“册子”上，画面有

"两人放风筝"。第二十二回探春作了一首风筝谜,第七十回放风筝的正面大段文章,那最突出予以描写的放风筝的"正主儿"又是贾探春。这一切,都是探春将来要像断线风筝一样远嫁海外的影射。

影射法——人与人互相如"形影";人与物彼此可"照射"。小说就这样有了"镜子"效应,前章后节一脉贯通也。"风月宝镜"的含义,这也是其中一项吧。

前后故事"伏脉千里"

"引文法"——前面一段文章遥遥"引伏"后面一段文章,也就是后面一段文章已经预先在前面那段文章中所"隐伏"。这就是脂批所谓犹如"常山之蛇,击首则尾应,击尾则首应,击腹则首尾俱应"也。

口说无凭,举例为证。

小说第二十一回回目是"贤袭人娇嗔箴宝玉,俏平儿软语救贾琏",讲的是两个故事。一个是花袭人假装生气要离开宝玉,用感情作要挟,要求宝玉改变不合世俗的思想行为;另一个故事是贾琏和多姑娘偷情,平儿发现了多姑娘的头发却在凤姐面前替贾琏掩饰。有趣的是,在小说正文之前,有一段脂批。这段脂批是怎么说的?请看:

> 按此回之文固妙,然未见后三十回,犹不见此回之妙。此曰"娇嗔箴宝玉,软语救贾琏",后曰"薛宝钗借词含讽谏,王熙凤知命强英雄"。今只从二婢说起,后则直指其主。然今日之袭人之宝玉,亦他日之袭人,他日之宝玉也。今日之平儿之贾琏,亦他日之平儿,他日之贾琏也。何今日之玉犹可箴,他日之玉已不可箴耶?今日之琏犹可救,他日之琏已不能救耶?箴与谏无异也,而袭人安在哉?宁不悲乎?救与强无别也,甚矣。今因平儿救,此日阿凤英气何如是也?他日之强何身微运蹇,展眼何如彼耶?人世之变迁如此光阴。

这段脂批告诉我们，原著佚稿后三十回（原著佚稿共二十八回或三十回而非四十回）中，有一个回目叫“薛宝钗借词含讽谏，王熙凤知命强英雄”，而这一回的故事是和第二十一回的故事前后对应的。第二十一回中花袭人和平儿是女主角，后面相应的一回则薛宝钗和王熙凤是女主角，这就是“今只从二婢说起，后则直指其主”。因为将来宝钗嫁给宝玉，是袭人的女主人，凤姐当然早已是平儿的女主人了。

第二十一回和后面对应的一回构成一种“盛衰对照”的故事格局。前面袭人“箴宝玉”，虽然宝玉不接受袭人的劝谏，但还顾及和袭人的感情而顺口答应；后面宝钗“借词含讽谏”，那时的宝玉经历了沧桑，其叛逆思想却已经走得很远而“不可箴”了。前面平儿“救贾琏”，凤姐占贾琏的上风，是“阴盛阳衰”；到后面凤姐的地位则已下降，“身微运蹇”，她在贾琏面前已经是“强英雄”，和贾琏的关系彻底破裂而不可挽回，平儿也“不能救”了。总之，家族的盛衰，人物思想、地位和关系的变迁，都已经“景况光阴事却天壤矣”（脂批）！

“薛宝钗借词含讽谏，王熙凤知命强英雄”的具体情节虽然已经无从知道，但那大体的情势、情境、情调则是可以仿佛想象的。这一回是第二十一回所引伏、对应的“后文”。

这种“引文法”，除了完整回目的故事前后“引伏”之外，还有某个情节的前引后应。比如第四十一回中，刘姥姥的外孙板儿，和王熙凤的女儿巧姐，两个小孩互相交换柚子和佛手，脂批针对这一情节批曰：“伏线千里。”“柚子即今香圆之属，应与缘通。佛手者，正指迷津者也。以小儿之戏，暗透前后通部脉络，隐隐约约，毫无一丝漏泄（原文为“漏泄”而非“泄漏”），岂独为刘姥姥之俚言博笑而有此一大回文字哉？”

这是告诉我们，板儿和巧姐交换水果的这一情节，是“伏脉千里”到后面贾家败落后，刘姥姥救出落难的巧姐，巧姐嫁给了板儿的故事。

典故的“一击两鸣”

中国有五千年的文明史，有书文典籍的历史也有两千多年。从上古神话到诸子百家，从《左传》《国语》《战国策》到《史记》《汉书》，五经四书，二十五史，唐传奇，宋话本，诗、词、曲、赋……文史的浩浩烟海后浪推前浪，其中有无数的大小故事凝聚成美丽的浪花——成语典故。这些浪花是有生命的，长生不老的，我们张口说话，提笔撰文，它们都会像精灵一样时时现身。比如我们前面介绍“草蛇灰线”，就会联想到“画蛇添足”。

《红楼梦》里的人物张口说话，也常常是妙语连珠，俗语，成语，典故，层出不穷。贾宝玉要去学堂读书，林黛玉就调侃他要“蟾宫折桂”了。元春归省时宝玉作诗，宝钗教他把“绿玉”改成“绿蜡”，那是用的唐诗中的“芭蕉之典”。黛玉葬花，是“飞燕泣残红”；宝钗扑蝶，是“杨妃戏彩蝶”。

这一笔丰富的遗产，我们的旷世奇才曹雪芹当然不会不善加利用。除了行文时典故如花，成语如叶之外，一个更让人惊奇的创造是他把典故化用作情节发展的“草蛇灰线”。

还是以例子来“举一反三”。

第三十七回大观园的才女们成立文学社团——海棠诗社，大家说我们都是诗人了，不能再姐妹兄弟的乱称呼了，应该每个人起一个雅号。第一才女林黛玉雅号是什么？那是“蕉下客”贾探春送给她的：“当日娥皇女英洒泪在竹上成斑，故今斑竹又名湘妃竹。如今他住的是潇湘馆，他又爱哭，将来他想林姐夫，那些竹子也是要变成斑竹的。以后都叫他作‘潇湘妃子’就完了。”

这里探春用的是“湘妃”典故。娥皇、女英是什么人？有什么故事？她们是姐妹俩，是我们的老祖宗上古圣王尧的女儿，第二代圣王舜的妻子。她们曾帮助舜度过种种难关，辅佐他登上王位。后来舜到南方巡视，病死异乡，这两个忠实的妻子前去奔丧，一路哭泣，眼泪滴到竹子上，就有了斑竹。最后姐妹俩痛不欲生，跳进湘江里自杀了，死后成了湘水的女神，就是湘妃。湖南人毛泽东有一首歌颂故乡的诗，其中就有名句：“九嶷山上白云飞，帝子乘风下翠微。斑竹一枝千滴泪,红霞万朵百重衣。”“帝子”就是说的娥皇、女英,她俩是尧帝的女儿嘛。

这个典故用在林黛玉身上,真是妙趣横生妙在其中。因为林黛玉的前身是“绛珠仙草”,她投胎作人本来就是向神瑛侍者——贾宝玉“眼泪还债”的。所以她爱哭,要作“潇湘妃子”。

但还有更妙处不传的妙言要道呢,你瞧“湘妃”是两位,除了娥皇,还有女英。那么谁是女英呢?我向你附耳低言:是史湘云!史湘云?你一定要吃一惊,然后说:“拿证据来!”那容易啊,证据就是她姓名中那个“湘”字。君不见第五回湘云的“册子”上判词有云“湘江水逝楚云飞”,其《乐中悲》曲子又说“云散高唐,水涸湘江”吗?还有,第七十六回中描写黛玉和湘云在大观园联句咏月,还特意描写两人是坐在“湘妃竹墩”上呢。

原来,曹雪芹原著中的写法是贾宝玉经历了爱情婚姻三部曲:黛、钗、湘,而与宝钗的一段是缺少爱情的包办婚姻,只有黛和湘才是他真正的爱人。所以潇湘妃子明用“湘妃”典故,但是用在别号中;而史湘云暗用同一典故,却是在正式姓名中,两位“湘妃”原是平分春色,不相上下呢。

林黛玉冷月葬花魂

曹雪芹原来写的《石头记》,只保留下前八十回,后面四十回是别人的续书。续书人是谁?从胡适开始说是高鹗,后来有一些专家又说不是,因为高鹗自己并没有要这个著作权,只说自己整理修订过。但后四十回不是曹雪芹写的,这一点可以肯定。

胡适、俞平伯、周汝昌、吴世昌、徐恭时等老一代红学家的论著中,都初步讨论过曹雪芹原来怎么写八十回后情节。从20世纪80年代以来,在红学研究中出现了一个专门探讨八十回以后人物命运和故事结局的分支学科,叫探佚学。二十多年来,这方面的成果已经出了不少,单篇论文不说,正式出版的著作就有梁归智的《石头记探佚》(《红楼梦探佚》)、《被迷失的世界——红楼梦佚话》(《红楼疑案》),蔡义江的《论红楼梦佚稿》,王湘浩的《红楼梦新探》，周汝昌的《红楼梦的真故事》，刘心武的《红楼望月》《揭秘红楼梦》，丁维忠的《红楼探佚》，泰国张硕人的《红楼梦研究点滴》等。这些专家们的观点有交叉类似的地方，也有意见不尽一致之处。综述各家的说法，对曹雪芹原著可能的十二钗结局作一综述，也是挺有趣的。

专家们作探佚研究，根据一是前八十回中的伏笔，也就是所谓“草蛇灰线”；二是脂砚斋等人写下的某些批语；三是对前八十回人物性格、情节结构、故事走向和思想艺术特征等的总体分析；四是结合曹雪芹家世研究的“生活原型”，五是和后四十回的对比。那么林黛玉的结局是什么样的？

她是受到诬陷诽谤而死的。因为晴雯是黛玉的“影子”，晴雯就是“寿夭多因诽谤生”，而贾宝玉怀念晴雯念诔文时，又是黛玉出来和宝玉谈论诔文的文句修改，最后宝玉改成“茜纱窗下，我本无缘；黄土垄中，卿何薄命”，而黛玉“心中有无限狐疑”。

诽谤她的人是赵姨娘、贾环一党，他们要争夺财产继承权，要搞臭贾宝玉，就造谣说黛玉和宝玉有“不才之事”，嫉妒二房的大房贾赦、邢夫人等也随声附和。宝玉曾错把袭人当黛玉而“诉肺腑”，袭人担心得流泪；抄检大观园时在紫鹃房里抄出宝玉旧物，王善保家的就“得了意”等，都是暗示。

当然黛玉和宝玉受攻击诽谤，还必须有一个前提，那就是贾母病危甚或病死了，宝黛失去了靠山和保护，正像紫鹃替黛玉担心过的：“没了老太太，也只是凭人去欺负了。”

黛玉是“眼泪还债”而死的。后来贾家内外交困，贾宝玉被搬出大观园，和黛玉隔离了，再往后甚至离开了贾府，黛玉为了宝玉的安全，日夜思念，眼泪洗面，终于泪尽夭亡。她是充满对宝玉的爱与痛而死的，没有后四十回中的“焚稿断痴情”，没有误解，没有怨恨，而是自我牺牲式的为爱而死，正像宝玉曾歌咏过的林四娘捐躯为恒王一样。因为黛玉前身绛珠仙草欠了宝玉前身神瑛侍者的人情债。她是“还债”不是“讨债”。脂批说黛玉死时“证前缘”，就是这个意思。

黛玉可能在死前听到王夫人为宝玉订婚宝钗的消息，这增加了她的心理痛苦。但也有可能像1987版电视剧所改编，是黛玉临死前私下嘱咐宝钗，要她在自己死后照顾安慰宝玉，因为黛玉知道在当时宝玉受到攻击污蔑的情况下，只有宝钗最能给宝玉带来实际的好处。黛玉对宝玉充满了关心，一切为宝玉着想，是小说中反复强调的“知己”这一精神亮点的体现。

黛玉死的时间一说在春末，即《枉凝眉》中所谓“想眼中有多少泪珠儿，怎经得春流到冬尽，春流到夏”以及《葬花吟》中“一朝春尽红颜老，花落人亡两不知”。另一说她死在中秋月夜，根据是她曾在中秋月夜吟出“冷月葬花魂”的谶语式诗句。大的时间背景则是贾家被抄家之前，因为黛玉死后宝玉和宝钗成婚是贾元春赐婚的，元妃尚在，贾府当然还没有彻底败落。

黛玉最后死去的方式，一说是病死。一说是自知不起后自沉到大观园里的水池中自杀。后者的根据有：她是“潇湘妃子”，而“湘妃”就是投水而死，《葬花吟》中“质本洁来还洁去，强于污淖陷渠沟”，《五美吟·西施》中“一代倾城逐浪花”，黛玉听小戏子演唱《牡丹亭》而联想起“水流花谢两无情”“流水落花春去也”“花落水流红”等等。个别人据第五回黛玉的判词“玉带林中挂”说黛玉上吊自杀，大多数人认为是想入非非。

薛宝钗金簪雪里埋

薛宝钗在佚稿中情况怎样？她也嫁给了贾宝玉，不过她的婚姻不是像后四十回续书那种“调包计”模式，而具有更复杂的家族斗争背景。

贾母病危或病故，荣府大房和二房庶子派两种势力结成某种联盟，加紧争夺财产，黛玉和宝玉受到污蔑诽谤。王夫人当然要维护二房嫡子派的利益，于是赶紧操办给宝玉成婚，一则意味着宝玉要顶门立户，成为合法的财产继承人，二则宝二奶奶一过门，也就加强了自己的力量。对宝二奶奶的人选，王夫人早就相中了外甥女薛宝钗，这在前八十回中暗示很多，如探春代理家政时，宝钗被请来充当“三驾马车”的临时执政之一，隐隐约约已经具有了“宝二奶奶”的身份，等等。王夫人进宫请出贾元春的旨意，就使这桩婚姻具有了很大的权威性，也是对赵姨娘、邢夫人等的一种反击。

宝钗和宝玉的婚姻出于元春的旨意，这在第十八回贾元春归省时有所透露。宝钗建议宝玉把“绿玉春犹倦”改成“绿蜡春犹卷”(其中“倦”改“卷”是暗写),说“贵人不喜‘香玉’二字”;宝钗写的诗和李纨一样,都是七律体裁,暗示了她将是贾元春选定的宝玉配偶。第二十八回则有更明确的“伏笔”。端阳节元春赐礼,只有宝玉和宝钗的礼物多出了“凤尾罗二端,芙蓉簟一领”。凤尾罗是作蚊帐用的,芙蓉簟就是凉席,这表面上照应夏天将到可以使用,实际上双关“床上用品”——暗示了婚姻的意思。作者特意通过宝玉的话作点睛之笔:“怎么林姑娘的倒不同我的一样,倒是宝姐姐的同我一样?”研究者据此认为,佚稿中宝玉和宝钗的婚期就在端阳节。

可能宝钗婚前黛玉已经眼泪还债而死,所以并不存在黛死钗嫁恰在同一时辰的那种“戏剧性”的人为“穿凿”——这违反第一回中宣示的“追踪蹑迹,不敢稍加穿凿”之写实宗旨和自然美学。宝玉和宝钗的婚姻是一种更大程度上的家族斗争的产物,当然这种婚姻不是以爱情为基础,宝玉在内心是忘不了黛玉的,这就是“终身误”曲子所谓“空对着山中高士晶莹雪,终不忘世外仙姝寂寞林”。

宝玉婚后,家族内斗和家族衰败愈演愈烈,贾元春之暴死,贾迎春之被夫家虐亡,贾探春之远嫁,三春去后诸芳尽,众女儿的悲剧命运更刺激了宝玉的逆反思想。这时就有了“薛宝钗借词含讽谏”(第二十一回前脂批)的故事,劝宝玉承担起振兴家族的责任,但宝玉“已不可箴”(脂批),宝玉和宝钗的思想冲突逐渐发展得无法调和了。

宝玉在经历了一系列破败死亡相继的家族变故之后,一度对人生产生了绝望的情绪,于是有“弃宝钗麝月”的“悬崖撒手”(脂批),出家为僧。脂批感叹说:“宝玉之情今古无人可比,固矣;然宝玉有情极之毒,亦世人莫忍为者,看至后半部,则洞明矣。……若他人得宝钗之妻、麝月之婢,岂能弃而为僧哉!”由于宝钗的两首菊花诗和螃蟹咏都提到“重阳”,所以研究者认为宝玉出家的日子就在重阳节。

宝玉出家以后,宝钗当然是守寡了。第一回《好了歌解注》中有一句“说什么脂正浓粉正香,如何两鬓又成霜”,旁边有脂批“宝钗湘云一干人”,据此,宝钗似乎是孤守到老了。不过清代也有野史笔记说,见过一种“旧时真本”，其中情节是宝钗难产早卒。

吴世昌又提出一种大多数人都不赞成的说法。他说第一回贾雨村中秋吟句“玉在椟中求善价，钗于奁内待时飞”旁有脂批“表过黛玉则紧接上宝钗”，贾雨村表字“时飞”，所以后来宝钗看到贾府不行了，贾雨村还风光，就嫁了贾雨村。再往后贾雨村犯罪被流放，宝钗也跟着，最后“路毙雪中”，而这就是第五回的“册子”里宝钗谶语的真实——“有一堆雪，雪下一股金簪”和“金簪雪里埋”。

现在也有人赞成这种意见，如田同旭补充了四条论证：一，既然晴为黛影，袭为钗副，晴雯遭诬陷而亡，黛玉也遭诬陷投水，那么袭人改嫁蒋玉菡，宝钗也应另有他适。二，西施、湘妃投水而亡，黛玉也投水而“冷月葬花魂”，而书中用杨贵妃比宝钗，“蘅芜君”的雅号典故出自汉武帝的李夫人，杨贵妃和李夫人都曾一女而事二男，那么宝钗也曾践二庭、被双鞍，并没有终身守寡。三，宝钗的象征花卉是牡丹，签诗为“任是无情也动人”，出自唐代罗隐的《牡丹花》诗，前一句为“似共东风别有因”，因此认为“关键在于首句所指，其意为牡丹似乎与东风另有情缘，不会是指贾宝玉”。四，“东风”可演化为“东风化雨”，而贾雨村“姓贾名化，表字时飞，别号雨村”——因此，薛宝钗之“另有情缘”者，就是贾雨村。

这当然也是一家之言。不过探佚研究，不能脱离小说的整体思想倾向和曹雪芹的美学宗旨，并不是单纯从字句典故上寻绎索隐。在第五回的“册子”和“红楼梦”曲子中并没有丝毫薛宝钗要嫁贾雨村的暗示，而曹雪芹给薛宝钗的品目是“山中高士晶莹雪”，“金簪雪里埋”也是洁净冷淡的境界，应该是象征守寡，因为她是礼教的笃信者，不会违背“从一而终”的礼教信条。让薛宝钗嫁给贾雨村，似乎有违曹雪芹的总体构思，许多读者也难以接受。

贾元春蹑迹杨贵妃

按第五回的“册子”排列顺序，宝钗和黛玉这一对“金玉”之后，第三名是贾元春。这位贾家的大小姐，在第二回冷子兴演说荣国府时已经交代，选入宫中作女史去了。到第十六回,“贾元春才选凤藻宫”,被皇帝“加封为贤德妃”。第十七和十八回描写贾府修建大观园,迎接元春归省,象征贾府的荣华富贵达到了顶峰,所谓鲜花着锦烈火烹油之盛。

当然,她已经名列“薄命司”,其结局必然是一个大悲剧。后四十回写她“多痰致疾”,是普通病死,并不符合曹雪芹的原意。那么,在原著佚稿中,贾元春又是如何呢?

贾元春归省时,点了四出戏上演,脂批说“所点之戏剧伏四事,乃通部书之大过节大关键”,而其中第二出《乞巧》是清代戏曲《长生殿》中的折子戏,主角是杨贵妃和唐明皇,旁边有脂批“伏元妃之死”。以唐朝的杨贵妃比喻贾元春,的确是小说有意设计的。第三十回宝玉说话不得体,拿杨贵妃比宝钗,宝钗就反击说:“我倒像杨妃, 只是没有个好哥哥好兄弟可以作得杨国忠的! ”言外之意是你有个姐姐是贵妃,你姐姐才是杨贵妃,你就是杨国忠。

杨贵妃死于安史之乱发生后的“马嵬之变”,唐明皇从长安向四川逃跑的路途中, 将军陈玄礼带领的卫兵在马嵬坡哗变, 追究造成国家动乱的元凶,杨贵妃的堂兄杨国忠被杀,士兵还是不依不饶,逼迫唐明皇让杨贵妃自杀。

研究者认为佚稿中贾元春的下场类似于杨贵妃, 即贾家在朝廷的政治斗争中失利后,元春成了牺牲品。贾家和北静王交好,忠顺王则是贾家的对头,佚稿中有这两家王爷的政治冲突,最后北静王失败而忠顺王获胜,贾家受连累,殃及元春。

宫廷斗争可能很复杂。元春的“册子”上画着“一张弓,弓上挂着香橼”。“橼”谐音“元”和“冤”,而《礼记》中说,古代生了男孩子门上要挂木弓。此外她的判词“榴花开处照宫闱”也是一个生子的典故,《北史》中记载,北齐安德王高延宗称帝,把赵郡李祖收的女儿纳为妃子,后来皇帝到李家摆宴,妃子的母亲宋氏送上一个石榴,取石榴多子的寓意祝福妃子多生皇子。

所以可能佚稿中写元春生了皇子,而引发“继承皇位”的宫廷斗争,贾家在这种斗争中最终失败,导致元春的不幸。第七十二回凤姐说:“昨晚上忽然作了一个梦,说来也好笑,梦见一个人,虽然面善,却又不知名姓,找我。我问他作什么，他说娘娘打发他来要一百匹锦。我问他是那一位娘娘，他说的又不是咱们家的娘娘。我就不肯给他，他就要上来夺。”这个梦显然也是一种隐喻，元春将来是要败在另一位娘娘手上的。同时，要一百匹锦的梦又双关了曹家曾是江宁织造，负责向朝廷贡献锦缎这种生活原型。

这可能就是另一句判词“虎兔相逢大梦归”的本事。“虎兔相逢”有多种解释，有的脂批本上写作“虎兕相逢”（汉代王逸《九思·逢尤》中有“虎兕争兮于廷中”），更像是指两派政治势力的斗争，所谓“两雄较量，元妃致死”。而这种故事情节可能影射着“真事”，即康熙死后雍正和他的兄弟争夺帝位，曹家后来被雍正抄家；还有乾隆朝康熙废太子胤礽之子弘皙和乾隆发生政治斗争，最后也牵连到曹家的命运。

《恨无常》曲子中有“望家乡，路远山高”的说法，好像是指元春死时类似于杨贵妃一样离开了皇宫。当然那具体写法并不雷同，元春不一定是缢死，周汝昌认为是她随皇帝到口外打猎，“事变猝起，她乱中被敌对势力的人员乘机杀害了”，并认为这一情节是影射乾隆四年皇族内四家老亲王阴谋推翻乾隆，乾隆五年乾隆在打猎时又遇到庄亲王之子的密谋，险遭不测的历史事件。难怪在《恨无常》曲子后有脂批说：“悲险之至！”

贾探春海外王昭君

贾元春和贾探春排在钗、黛之后，是两个王妃。元春是国内的皇贵妃，探春是海外的王妃。

第五回贾探春的“册子”上画着“两人放风筝，一片大海，一支大船，船上有一女子，掩面涕泣之状”，再加上画后题诗和后面的《分骨肉》曲子，都暗示探春要远嫁海外。

第二十二回“制灯谜贾政悲谶语”，探春作的谜语其谜底是风筝，谜面是：“阶下儿童仰面时，清明妆点最堪宜。游丝一断浑无力，莫向东风怨别离。”联系她的“册子”上的谶语诗中有“清明啼送江边望”，探春将来远嫁的日子是清明节，大的时间背景是贾家被抄家之前。

第六十三回宝玉过生日，各女儿抽了象征自己命运的花名签，小说描写探春抽签后，“众人看上面是一枝杏花，那红字写着‘瑶池仙品’四字，诗云：日边红杏倚云栽，注云：得此签者必得贵婿。大家恭贺一杯，共同饮一杯。众人笑道：‘……我们家已有了个王妃，难道你也是王妃不成？大喜！大喜！’”这是明显的谶语，探春“也是王妃”。按王妃既可以指王子、太子的妃，也可以指皇帝的妃。虽然在清朝的史书里，“王妃”多指皇帝的妃，诸王的妻、妾多称为福晋、侧福晋，但《红楼梦》中隐去朝代，回避清朝的特殊称谓，亲王、郡王的配偶和母亲也称妃，如小说中的北静王妃和南安太妃。

探春在原著佚稿中的结局是像汉朝的王昭君一样出国远嫁，不过她不是嫁到北方，而是去南方的一个海岛小国中当王妃。海岛小国可能是中华的属国，但仍然是有独立主权的国家，这就不同于国内亲王、郡王的妃，而与元春的地位基本相当。这在第七十回放风筝的一大段描写中有明确的象征。那一回探春放了一个“软翅子大凤凰”风筝，和天上另一个凤凰风筝以及第三个门扇大的带响鞭的玲珑喜字风筝搅在一起，三个风筝断线后飘摇而去。凤凰是帝王家象征，这正像花名签中的“日边”“瑶池”等词语一样，都是将作一个独立主权国家王妃的影射。

第六十三回中，贾宝玉给芳官改名“雄奴”“耶律雄奴”，说到“历朝中跳梁猖獗小丑，到了如今，竟不用一干一戈，皆天使其拱手俛头，缘远来降”，这其实是正话反说的“谶语”，暗示佚稿中会有不再“拱手俛头”的外国势力与“天朝”发生冲突，而最后朝廷和亲，让贾探春当了王昭君的角色。薛宝琴说过一个真真国的女儿，所以也有研究者说探春可能就是嫁到了真真国。

第五十一回薛宝琴的“怀古诗”第七是《青冢怀古》咏叹王昭君，第六十四回林黛玉作《五美吟》，其第三首也是咏叹王昭君，研究者认为这两首诗都是探春命运的象征。

由于前八十回描写探春刚强果断，代理家政，打了王善保家的一巴掌，所以研究者认为佚稿中探春的远嫁有某种程度的主动性，就像王昭君也是主动要求嫁到外国去一样。当然中国传统社会中，大家的观念是认为离开祖国家园是最大的悲剧，所谓“把骨肉家园齐来抛闪”，所以探春的结局仍然是

"薄命"，这和今天大家有了"地球村"概念，都向往欧风美雨想出国的情况是不一样的。故而不能用今天的思想套古人，说探春出了国又当了王妃是太幸运了，不"薄命"了。

我在 1980 年写了《探春的结局——海外王妃》，论证探春"嫁到中国以外的一个海岛小国去作王妃"。后来张庆善又提出一种说法，说探春没有嫁到海外，而是嫁给了前八十回中提到过的南安郡王。有一次南安郡王的母亲南安太妃来贾府，特别欣赏探春、黛玉、宝钗和宝琴几个女孩子，认为这是南安太妃将从这几个女儿中挑选儿媳妇的暗示。还有丁维忠写了一篇论文，说探春是嫁给了第七十一回给贾母送寿礼的粤海将军邬家。不过这后两种说法都显得证据薄弱，说服力不强，最具影响力的还是海外王妃说。

史湘云寒塘渡鹤影

史湘云与妙玉在"十二钗"中排名第五、第六，其实是另一对"金玉"。元、探二春两个"王妃"隔开钗、黛和湘、妙两对"金玉"，是"盛"和"衰"两个阶段的"金玉姻缘"故事。

湘云正式出场在第二十回，即象征家族盛衰的秦可卿之死和贾元春归省的故事之后。她一出来就使得宝玉和黛、钗、湘三个女孩子之间出现许多微妙的感情纠纷，这些描写都是一种"草蛇灰线"。

对湘云在八十回后的遭遇，红学界有两种不同的意见，一种以蔡义江为代表，根据对两条脂批的理解，说湘云后来嫁给了贵公子卫若兰，最后夫死守寡。另一种意见是周汝昌、梁归智、王湘浩等人坚持的，说湘云嫁给了贾宝玉，是八十回后最重要的女主角。

一个根据是湘云的名字"湘"和黛玉的别号"潇湘妃子"是用的娥皇、女英同嫁大舜王的典故。还有一个根据是芳官是湘云的"影子"，第六十三回湘云白天醉卧石凳子和晚上芳官醉卧宝玉身边是互相影射的。另外就是怡红院的景物布置，海棠象征湘云，"怡红"就是将来湘云要嫁给宝玉的伏线。再有前八十回的海棠诗、菊花诗、雪天联句、中秋联句等，作者其实用了各种艺术手法暗示湘云才是真正的女主角。宝玉过生日的庆祝夜宴，研究者考察了座席，是宝玉和湘云坐在最当中。第三十一回“因麒麟伏白首双星”更是明显的暗示。等等。

八十回以后曹家和史家都被抄家，湘云和宝玉都成了钦犯家属，经过了一段流离失所互相不知消息的日子。后来在贾芸、小红、醉金刚倪二、刘姥姥、卫若兰、冯紫英、蒋玉菡等人的帮助下，宝玉和湘云走到了一起，那时候黛玉早已死去很久，宝玉和宝钗的婚姻也结束了。因为湘云前面有一些和水有关的诗句，如“寒塘渡鹤影”等，所以周汝昌认为后来宝玉和湘云是“渔舟重会”。认为前面有一次宝玉穿蓑戴笠去看黛玉，黛玉说“渔翁”和“渔婆”，其实是曲折地影射着后来宝玉和湘云的故事。

八十回后贾家、史家的败落都有朝廷政治斗争的背景，特别是北静王和忠顺王的斗争，将严重影响贾家史家的命运。湘云在刘姥姥二进荣国府时说的酒令中，有和朝廷有关系的词语，如“双悬日月照乾坤”等，周汝昌认为都和后来湘云的故事情节有关系。

最后宝玉和湘云结局如何？分手了没有？那涉及小说最后的“情榜”等具体写法。王湘浩说湘云先嫁甄宝玉后嫁贾宝玉，因为前面贾宝玉梦见甄宝玉后，曾和湘云讨论梦境。

我在《红楼梦探佚》中把各种考证意见协调起来，说贾宝玉两次出家，第一次是“弃宝钗、麝月”而“悬崖撒手”，然后又和湘云相遇，甄宝玉、卫若兰、贾芸和小红等人物的故事都穿插其中；第二次是宝玉和湘云同归“情榜”，警幻仙姑给宝玉的考评是“情不情”，意思是宝玉最后还是以“情”为终极价值的，所以第二次出家并不是看破红尘，而类似于《长生殿》中唐明皇和杨贵妃在仙境的团圆。

第一次是出家为僧，第二次则是一种道教的氛围，有点像《桃花扇》里侯方域和李香君双双入道的情况。这也就照应了茫茫大士和渺渺真人一僧一道的格局。《金瓶梅》有两个情节值得注意：西门庆的女婿陈经济当了道士而还俗，最后则是西门庆的儿子孝哥当了和尚。《红楼梦》受《金瓶梅》的影响很深，贾宝玉两次出家的情节也许来自《金瓶梅》的启示。

洁妙玉瓜州遭泥陷

妙玉虽然不是贾史王薛四个家族中人，在十二钗中却排名第六，与湘云并列为第二对“金玉”。在前八十回中，写她孤高怪僻，万人不入她的目，却对贾宝玉情有独钟。因为她是被迫出家的尼姑，心中潜伏着对爱情的向往，“云空未必空”，爱的表达只能采取曲折隐晦的方式。她曾邀请宝钗和黛玉去喝“体己茶”，实际上是变相地请了宝玉，并且用自己平日喝茶的绿玉斗给宝玉用，与她要砸烂刘姥姥用了一下的成窑杯形成鲜明对照。她送给宝玉许多红梅花，传达了微妙的情愫。

宝玉过生日，妙玉也送了个“槛外人妙玉恭肃遥叩芳辰”的拜帖，宝玉请教了邢岫烟，回了个“槛内人宝玉熏沐谨拜”的回帖。在中秋月夜她又参加了黛玉和湘云的联句，续出了让黛、湘也称赞不已的诗篇。妙玉的地位其实和黛玉、宝钗、湘云、探春这几个作者极力推崇的女儿一样崇高和重要。

佚稿研究对妙玉的结局有什么说法？

首先，研究者们都认为后四十回续书的写法不符合曹雪芹原意。一是妙玉和惜春交往与前八十回中对两人的性格定位相矛盾。妙玉很清高，除了黛、钗、湘等几个“尖子”，她根本看不起其他人；而惜春孤僻冷淡，连对贾家的姐姐也不热情，对自幼伏侍的入画也无情义，所以这两个人根本不可能有交往。二是写妙玉对宝玉的感情太浅白直露，失去了前八十回的含蓄微妙。最后被强盗抢走的结局更是对判词“可怜金玉质，终陷淖泥中”的简单化敷衍，而且其思想内涵是警示尼姑不守清规就要受惩罚，观念很落后。总之，后四十回中的妙玉被庸俗化了。

佚稿中妙玉和宝玉的感情可能很惊世骇俗，就是有“僧尼恋爱”的情节。宝玉在抛弃宝钗出家后并不能在空门中找到精神归宿，因为《石头记》“大旨谈情”，并不真肯定“空”，相反要肯定“情”。出了家的宝玉将会遇到也已经流落江湖的妙玉，二人会产生劫后的情缘，当然具体怎么写是可以有不同想象的，也可能是超越了男女情爱的一种心灵知音的友谊。

妙玉的名字其实来自明代传奇《玉簪记》中的陈妙常，她将会和一个“潘必正”相恋，那应该就是贾宝玉。当然这将只是一段插曲，僧尼相恋必然会受到世俗的攻击，最后以悲剧结束。

现已丢失的南京靖家原藏本《石头记》上有一条和妙玉结局有关的脂批：“妙玉偏僻处，此所谓过洁世同嫌也。他日瓜州渡口劝惩，不哀哉！红颜固不能屈从枯骨。”根据这条脂批，再结合第五回的《世难容》曲子，研究者认为后来妙玉流落到瓜州渡口，即江苏镇江市对面，遇到恶势力的迫害，有一个年老的恶霸想霸占她，就是所谓“枯骨”，妙玉反抗无效，“好一似无瑕白玉遭泥陷”，当然具体情节如何，就都只是一些推测了。

有人根据《世难容》曲子中“风尘肮脏违心愿”，说妙玉“堕落风尘”——当了妓女。但周汝昌认为：“风尘”是小说第一回所说“贾雨村风尘怀闺秀”之“风尘”，并不是指当妓女。而考察历史文献，“肮脏”在清朝以前的诗文里大都是“抗脏”即独立抗争，不肯同流合污的意思，如宋代苏轼诗句“肮脏虽尔贵”“翻成肮脏倚门傍”，黄庭坚“肮脏谢高位”，范成大“家法独肮脏”“野人肮脏无与邻”，陆游“遇事虽肮脏”“古来肮脏例倚门”等。曹雪芹祖父曹寅的诗词中也有多处用到“肮脏”，如“舒卷青云内，非同肮脏行”“老去闲窗馀肮脏，脱帽何堪情熟”等，都不是今天意义上的“龌龊”意义。所以妙玉并没有当妓女，而且其家世也可能有政治背景，是在与恶势力的抗争中不屈而死。作家刘心武在其“学术小说”《红楼三钗之谜》中有一篇《妙玉之死》，后来又在“揭秘”和“续写”中大肆渲染，当然文学创作的成分多一些。

二木头一载赴黄粱

贾迎春外号“二木头”，是个懦弱的人，小说中对她正面描写很少，只有“懦小姐不问累金凤”半回书算是她的“正传”。对她在佚稿中的结局，因为在第五回“册子”里已经暗示明显，所以研究者们没有太大的争议。

第五回的“册子”上“画一恶狼，追扑一美女，欲啖之意”，这是说她后来嫁给孙绍祖，孙就像一只恶狼，迎春被虐待而死。判词说：“子系中山狼，得志便猖狂。金闺花柳质,一载赴黄粱。”

这里面“子系”合成一个没有简化前的“孙”字——孫,就是指孙绍祖。而“孙绍祖”又有一层意思,是“孙子继承祖先的坏门风”。因为小说中交待过,孙绍祖家“当年不过是他祖希慕宁荣之势,有不能了结之事才拜在门下的,并非诗礼名族之裔”,也就是说这是一家势利小人,而这种“势利眼”是代代相承的。所以用“中山狼”作比喻,就是说孙家就像被东郭先生所救的中山狼反而要吃东郭先生一样。

《喜冤家》曲子中说“中山狼,无情兽,全不念当日根由。一味的骄奢淫荡贪还构”,就是强调孙绍祖虐待迎春是恩将仇报。其中“还构”就是“反咬一口”的意思,构即构陷的省语。

小说中还交待:“这孙家乃是大同人氏,祖上系军官出身,乃当日宁荣府中门生,算来亦系世交。如今孙家只有一人在京,现袭指挥之职。此人名唤孙绍祖,生得相貌魁梧,体格健壮,弓马娴熟,应酬权变,年纪未满三十,且又家资饶富,现在兵部候缺题升。”

研究者说,曹雪芹高祖曹振彦在山西大同地区当过阳和府知府,孙绍祖是大同人氏,可能是有生活原型的。按清顺治五年(1649),大同府改名为阳和府,以阳高卫(今山西省阳高县)为府治地,下领:大同、怀仁、浑源州、应州、广灵、灵丘。顺治九年(1652),复名大同府,府治地改回大同县(今山西省大同市)。后来曹家被抄家后,这个昔日在大同受过曹家恩惠的人反而落井下石,所以曹雪芹把他写到小说中。同时,孙绍祖“在兵部候缺提升”,而八十回以后贾探春和番远嫁、柳湘莲“作强梁”等故事都有“战事”的背景,可能孙绍祖是这种背景故事中的一个反面角色。另外第五十三回写到“贾雨村补授了大司马,协理军机参赞朝政”,那么,将来孙绍祖会在贾雨村手下,二人都是对贾家恩将仇报的坏人。

贾元春归省时演了四出戏,其中第一出《豪宴》,脂批说“伏贾家之败”。这出戏出自清代传奇《一捧雪》,内容是一个小人汤裱褙巴结当权的奸臣严世蕃,陷害昔日的恩人退休宰相之子莫怀古。研究者根据这种“草蛇灰线”,认为孙绍祖就是类似于汤裱褙的角色,而贾雨村就是类似于严世蕃的角色,贾家则是类似于莫怀古家的角色。

所以，迎春“册子”中说孙绍祖“得志便猖狂”，也都是和朝廷的政治形势演变相关的。他会见风使舵，投靠新得势的忠顺王、贾雨村等，反过来打击失势的贾家。而贾迎春当然也被折磨死了。

“判词”说“一载赴黄粱”，《喜冤家》说“叹芳魂艳魄，一载荡悠悠”，可见贾迎春在出嫁一年后就被虐待死了。第八十回已经有迎春回贾府哭诉的情节，所谓“懦弱迎春肠回九曲”。所以八十回以后贾家的衰败过程充满了暴风骤雨式的内容，三春去后诸芳尽，贾元春、贾迎春会相继死亡，而众女儿的悲剧是与朝廷政治形势的变迁，与贾家在这种变迁中的地位下降密切联系在一起的。

四姑娘乞食作尼姑

贾惜春在十二钗中排在第八，与贾迎春一对。显然，作者给她的定位是不如前六钗的，迎春懦弱，惜春孤僻，都有比较明显的缺点。另外她也缺乏文学方面的才能，成立海棠诗社时，李纨就提出，自己和迎春、惜春不能作为写诗的主力，而是“若遇见容易些的题目、韵脚，我们也随便作一首”。小说中又描写“迎春、惜春本性懒于诗词，又有薛、林在前，听了这话深合己意，二人皆说极是，探春等也知此意”。总之，在十二钗中，惜春是相对逊色的一个。

惜春本是宁国府的小姐，因为一出生母亲就去世——可能是难产一类，贾母让王夫人抱到荣国府养活，从此就长期在荣国府生活。父亲贾敬一心在城外修道，哥哥贾珍和嫂子尤氏对她也不关心。所以她虽然是贾府的正牌小姐，在荣府却又是一种寄人篱下的情况，各方面无形中都受到忽视。第六十三回宝玉过生日开夜宴庆祝，黛玉、宝钗、宝琴、湘云、李纨、探春都来了，只有迎春和惜春被遗忘。

前八十回中多次只说惜春年龄小，往往一笔带过。比较重要的故事，一是刘姥姥游园后，贾母让她画大观园行乐图，因为她有画才，但这幅图似乎直到第八十回也没有画完；二是抄检大观园后，惜春无情而固执地撵走了只犯了小错误而自幼伏侍自己的丫鬟入画，并和嫂子尤氏吵闹，表示要从此断绝和宁国府的关系，所谓"矢孤介杜绝宁国府"。这一回中惜春的故事占了半回篇幅，算惜春的"正传"，与迎春也占半回的"待遇"是一样的。

惜春的结局是出家当尼姑，这在第五回的"册子"判词和《虚花悟》曲子中有明确的"谶语"。她的"册子"上"便是一所古庙，里面有一美人，在内看经独坐。其判云：勘破三春景不长，缁衣顿改昔年妆。可怜绣户侯门女，独卧青灯古佛旁。"《虚花悟》曲子中说："将那三春看破，桃红柳绿待如何？把这韶华打灭，觅那清淡天和。说什么，天上夭桃盛，云中杏蕊多。到头来，谁见把秋捱过？……闻说道，西方宝树唤婆娑，上结着长生果。" 所谓"将那三春看破"，隐喻她的三个姐姐元春、迎春、探春，后面的"夭桃"和"杏蕊"正突出作了皇妃的元春和海外王妃的探春，"日边红杏倚云栽"——杏花正是探春的象征物。三个姐姐表面荣华实际悲惨的结局启示了惜春，激发了她原有的孤僻个性，于是决意出家当尼姑。刘心武别出新解，说"三春"是暗示从元春省亲那个春天开始，一共三年，贾家被抄。也算一家之言。

小说中涉及惜春的几次描写都和她未来当尼姑的结局暗相联系。如第七回周瑞家的送宫花，就设置一个情境，让惜春和尼姑智能儿在一起，接了花就说："我这里正和智能儿说，我明儿也剃了头，同他作姑子去呢，可巧又送了花儿来；若剃了头，可把这花戴在那里呢？"贾元春归省时作诗，惜春作的诗多是超尘出世的词语，如"五云中""造化功"等；还有第二十二回作灯谜，惜春的谜语是"佛前海灯""不听菱歌听佛经"，都暗示了她将来当尼姑的结局。

后四十回也写惜春当了尼姑，不过她是"带发修行"，还住在大观园里，成了另一个妙玉。这显然不符合曹雪芹的原意。惜春的"佛前海灯"诗谜下有一句脂批："此惜春为尼之谶也。公府千金至缁衣乞食，宁不悲夫！"这就透露了原著佚稿中惜春的结局，是成了流落民间沿街化缘乞讨的尼姑，正如她的"册子"上住在古庙里一样。这就和后四十回中的名为出家实际仍然是小姐的身份不一样了，要悲惨得多了。

王熙凤二令三人木

王熙凤的结局在她的“册子”和《聪明累》曲子里早有谶语暗示。“家富人宁，终有个家亡人散各奔腾。……忽喇喇似大厦倾，昏惨惨似灯将尽。”作为荣国府的管家少奶奶，她的命运更是与家族的整体命运密切联系在一起。荣府的各种矛盾和斗争在她的身上得到最集中的体现。

荣府的基本矛盾是受贾母宠爱的主流派二房嫡子派和非主流派大房及二房庶子派的争权夺利。凤姐虽然是大房的儿媳妇，但她是王夫人的内侄女，借在二房管家，所以她实际上成了二房嫡子派的一个代表，与家产的继承人贾宝玉并列，是经历家族盛衰的全书双主角之一，其地位的重要性其实在黛玉、宝钗之上。

第二十回“王熙凤正言弹妒意”，凤姐责骂赵姨娘和贾环，就已经引出了凤姐和赵姨娘的矛盾。后来时时点染凤姐对赵姨娘的压迫，到魇魔法一回，赵姨娘暗害凤姐和宝玉，是一次生死决斗。

贾赦要鸳鸯碰了贾母的钉子后，大房和二房的矛盾也逐渐激化。到贾母过生日抄检大观园前后，凤姐已经受到婆婆邢夫人的厌恶。

佚稿中这些矛盾将继续发展，后来贾母病危或病故，凤姐没有了靠山，赵、邢两方就联合起来整治凤姐。而凤姐由于尤二姐之事，自己和丈夫贾琏以及宁国府的关系也破裂了，这样凤姐在家族中就变得十分孤立。而凤姐本身又有许多能授人以柄的问题，如对下人太严，拿大家的月钱放高利贷，铁槛寺受老尼姑贿赂致使一对恋人自杀，用计谋捉弄贾瑞，害死尤二姐，指使尤二姐前夫张华状告贾珍和贾琏，事后又命家人追杀张华……一旦凤姐失势，赵姨娘和邢夫人等就会抓住这些问题来揭发和打击她，没有了贾母，光靠王夫人也无法袒护她了。

所以，佚稿中的凤姐是一步步失势失权，终于四面楚歌。而那具体的结局就体现在她的两句“册子”判词上：“一从二令三人木，哭向金陵事更哀。”前一句下面有脂批注明“折字法”（传统上校改为“拆字法”，而詹健说“折”即

"析"之俗体,引陈望道《修辞学发凡》,以为应是"析字法")。问题是如何"析字"。有两种主要的意见。

一种意见认为是"人木"析字,即"人"和"木"两个字合成一个"休"字,说凤姐最后被公婆和丈夫休弃,然后哭回老家金陵而死。"一从二令"则是说凤姐曾经让全家都服从自己并发号施令(或凤姐刚嫁过来时"三从四德",后来当家发令),一从、二令、三休是凤姐的命运演变。

另一种意见认为析字的是"二令三人木","二"和"令"合成一个"冷"字,"三人木"合成一个"俫"("俫"的未简化字)字,"一从"是"自从"。那么"冷俫"是什么意思?是指柳湘莲,他外号冷郎君,喜欢串戏演小生,而俫儿就是元杂剧中扮演男性少年的角色。在佚稿中,"柳湘莲一干人"作了强梁(脂批),其中有尤二姐前夫张华,柳湘莲也是尤三姐的爱人,他们向凤姐报仇,使她身败名裂。当然这并不排除贾府内部与凤姐敌对力量的作用,而是说"自从冷人来",凤姐的命运就遭遇了最后的覆灭。

凤姐最后"哭向金陵"即回到了南京老家,"回首时无怪乎其惨痛之态"(脂批),"回首"就是死的意思,她死时是很悲惨的。其中一个重要情况是她的女儿贾巧姐在家亡人散后下落不明,凤姐是带着对巧姐的无限担心和思念绝望而死的。

另外有脂批说贾家抄家后有"狱神庙"(或"嶽神庙")的故事,内容和刘姥姥、贾芸、小红营救凤姐的女儿贾巧姐有关。1987 版电视剧改编作凤姐死在狱神庙中,是一种对探佚的艺术再创作。根据"哭向金陵事更哀"的判词,凤姐似乎还不是死在监狱里。脂批里的"狱神庙"可能是"嶽神庙"——即山神庙,因为"狱"和"嶽"字形相近而讹写,现在"嶽"又简写成"岳",就更纠缠了。

有一条脂批说通灵玉在佚稿中曾被"误窃",还有一条脂批说王熙凤后来"扫雪拾玉"。而第五十二回"俏平儿情掩虾须镯"有一个情节,说平儿的金镯子被怡红院的小丫头坠儿偷了,平儿查出后怕张扬开来损坏怡红院的声誉,在凤姐跟前说自己丢的镯子在雪地里找见了:"我往大奶奶那里去的,谁知镯子褪了口,丢在草根底下,雪深了没看见。今日雪化尽了,黄澄澄的映着日头，还在那里呢，我就拣了起来。”平儿和麝月回忆往事，还说：“那一年有一个良儿偷玉，刚冷了一二年，还有人提起来趁愿，这会子又跑出一个偷金子的来了。”

研究者认为，说坠儿偷金子和良儿偷玉，都是影射八十回后通灵玉的“误窃”和凤姐的“扫雪拾玉”，具体情节可能是后来贾府已经非常混乱，贾宝玉的通灵玉被人“误窃”后丢在荣府的一个角落，凤姐已经地位下降到要亲自扫雪，在扫雪中忽然发现了通灵玉。这当然也是一种“事却天壤矣”的大变化。

贾巧姐获救嫁板儿

王熙凤的女儿在刘姥姥二进荣国府之前叫大姐儿，后来凤姐请刘姥姥给起个名字，因为巧姐“正是生的日子不好呢，可巧是七月初七日”，“你贫苦人起个名字，只怕压得住他”。刘姥姥就说：“就叫他作巧哥儿罢。这叫作‘以毒攻毒，以火攻火’的法子。姑奶奶定要依我这名字，她必长命百岁。日后长大了，各人成家立业，或一时有不遂心的事，必然是遇难成祥，逢凶化吉，却从这‘巧’字上来。”

这些情节和第五回巧姐的“册子”判词及《留馀庆》曲子是相呼应的。“册子”上“是一座荒村野店，有一美人在那里纺绩”；判词是：“势败休云贵，家亡莫论亲。偶因济刘氏，巧得遇恩人。”《留馀庆》中所谓“留馀庆，留馀庆，忽遇恩人；幸娘亲，幸娘亲，积得阴功”。这些都是说因为凤姐曾帮助过刘姥姥，因此“积得阴功”，后来巧姐落难，刘姥姥挺身而出，救了巧姐。

巧姐怎么会落难呢？前八十回她很小，等到八十回后她长大了，贾家被抄家了，父母也反目了，凤姐“身微运蹇”（脂批），没能力保护自己的女儿了。《留馀庆》中说“休似俺那爱银钱、忘骨肉的狠舅奸兄”，而第一回甄士隐的《好了歌解注》中有一句“择膏粱，谁承望流落在烟花巷”，研究者们据此认为，佚稿中巧姐曾被“狠舅”或“奸兄”卖到烟花巷，成了妓女。

“狠舅”是凤姐的哥哥王仁。“奸兄”有两种说法。一说是贾蓉，她是巧姐的堂兄，根据前八十回的描写，他和凤姐有暧昧关系，曾受凤姐指示捉弄贾瑞，又撺掇贾琏偷娶尤二姐，品质很坏。

另一说是王湘浩提出的，他说奸兄指贾兰，他也算巧姐的哥哥，《晚韶华》中说“也须要阴骘积儿孙”，正与“幸娘亲，积得阴功”互相对照，似乎是说李纨和贾兰缺德，没有对巧姐伸出援手。因为八十回后只有贾兰又重新发达，“昨怜破袄寒，今嫌紫蟒长”，让李纨“戴珠冠，披凤袄”。“狠舅”和“奸兄”可能是两个不同的情节，但内容都是对巧姐无情无义。

至于后四十回所写的贾环和贾芸则是不对的，因为贾环是巧姐的叔叔，不是“兄”；贾芸更是截然相反，他在佚稿中是帮助宝玉、凤姐和巧姐的义侠之人。而“狠舅”在前八十回中也有“影子”，就是那个贾芸的舅舅卜世人——谐音“不是人”。卜世仁对贾芸很刻薄，正影射将来王仁对巧姐很无情。

狠舅奸兄对巧姐很坏，反而是关系很远的刘姥姥以及贾芸、小红等竭尽全力营救巧姐。最后巧姐被救出来，但因为有过流落烟花巷的经历，成了名誉的污点，也很难找到合适人家出嫁了。

这时，刘姥姥的外孙王板儿已经长大，巧姐就嫁给了板儿，成了一个普通农妇。刘姥姥二进荣国府时，有巧姐和板儿互相交换柚子、佛手的情节，脂批说“小儿常情，遂成千里伏线”，“柚子即今香圆之属也，应与缘通，佛手者正指迷津者也。以小儿之戏暗透前后通部脉络，隐隐约约，毫无一丝漏泄”。当然这只是一个大体轮廓，具体细节应该是很复杂的。比如刘姥姥救巧姐，就要体现“巧”的特点。后四十回写巧姐只是跑到刘姥姥家躲了几天，体现不出“巧”，而且最后嫁给了有钱的周财主的儿子，更不符合曹雪芹原意。

大嫂子丧子戴珠冠

李纨这位荣国府的寡妇大嫂子，虽然没有什么重要情节，但她作为十二钗的“女班长”，却是一个在小说中相当活跃的人物。第五回的“册子”中她与秦可卿并列，是一贞一淫相反相成的结构法。

李纨在八十回后的结局，主要根据第五回的“册子”判词和《晚韶华》曲子。她的“册子”上画着“一盆茂兰，旁有一位凤冠霞帔的美人”，说明李纨由于儿子贾兰的功名而获得富贵，晚景物质生活不错。那又怎么会属于“薄命司”呢？红学界现在也有两种意见。

一种以蔡义江为代表，认为李纨在得到珠冠凤袄不久就死了，“像她这样早年守寡，为儿子操心一辈子，待到儿子荣达、自以为可享晚福的时候，却已‘昏惨惨，黄泉路近’了。结果只是白白地作了人家的谈笑资料”。

我持另一种意见，认为从《晚韶华》曲子来看，全曲写李纨人生的两大悲剧：青年丧夫，晚年丧子。头两句“镜里恩情，更那堪梦里功名”就概括了这层意思。后面“虽说是人生莫受老来贫，也须要阴骘积儿孙”说得很明白，李纨并没有早死，而是“莫受老来贫”，但没有“儿孙”，原来李纨的“珠冠凤袄”是以儿子的生命作代价的。后面一大段“头戴簪缨”“胸悬金印”“爵禄高登”“黄泉路近”都是说贾兰，而不是李纨，因为这些词汇都是指男子作大官的服饰。“晚韶华”的“晚”也说明李纨是活到很老的，不过虽然富贵，却断子绝孙。“展现了李纨命运其惨无比的深刻悲剧：一个孤苦一世、无依无靠、丧失了任何安慰的老寡妇终于抱着冰冷的贞节牌坊成了人们的谈笑资料了。”

李纨作的谜语等也影射了这一结局，如她作过一个谜语“观音未有世家传”，就暗示她将要绝后而孤守。第一回的《好了歌解注》中有一句说“老来富贵也真侥幸”，显然指李纨，说她“老来富贵”，当然没有“早死”。

李纨和贾兰母子两人的命运互相联系。第一回《好了歌解注》中“昨怜破袄寒，今嫌紫蟒长”，旁有脂批“贾兰、贾菌一干人”，这暗示八十回后佚稿中贾家败落后贾兰又飞黄腾达。因此联系到第九回学童书房大闹中特别突出了贾兰的冷静有主意，自己的叔叔宝玉受欺负，他却和同桌的贾菌说不干咱们的事。而贾菌抛砚台扔书，表现得很勇敢和有志气。研究者认为这是隐伏八十回后两人将大有作为。

此外，前八十回有关贾兰的一些情节都有类似的暗示。如一次贾政要见儿孙，贾兰第一次没出来，说贾政没有点自己的名，表现这个小孩很有心计。还有一次贾兰射鹿，遇到宝玉，说自己在“演习骑射”。这可能是佚稿中贾兰上战场立功而得到爵禄的伏线，“鹿”就是“禄”的谐音。还有贾兰歌咏林四娘，有“捐躯自报恒王后，此日青州土亦香”的诗句，可能正是后来他自己用生命换取功名富贵的影射。

贾兰是个“禄蠹”，经常与贾环并提，他在佚稿中追求荣华富贵，牺牲了性命。他母亲因此受到朝廷的褒扬，戴珠冠穿凤袄，但无亲无故，其实结局很悲惨。王熙凤的册子上画着一座冰山，用唐代杨国忠杨贵妃的典故，明眼人对那些投靠杨家的人说，你们看着杨家是泰山，其实是冰山，太阳一出来冰山就化了、倒了。贾家也是一座冰山，将来抄家，冰山瓦解，冰化成了水，只有一股水还有活力，就是李纨和贾兰，但最后贾兰死了，李纨孤独终老，这就是李纨判词“如冰水好空相妒，枉与他人作笑谈”的实际含义。李纨没有后人传宗接代，成了“绝户”。

另外前八十回通过一些细节暗示李纨比较吝啬小气，如凤姐过生日大家凑份子，贾母说李纨是寡妇，不用出，她连一句面子上的话也没有说。后来凤姐半开玩笑地给她算账，讽刺李纨实际很富有，等等。联系到她判词中有欠缺“阴骘”的暗示，也许八十回后有她与贾兰不愿帮助落难的巧姐的情节，这一点在谈巧姐那一篇中已经提到过了。

秦可卿淫丧天香楼

十二钗里只有秦可卿是宁国府的，其他十一钗都在荣国府。她排名最后，实际上倒个过儿，她也是冠军。贾宝玉梦游太虚幻境，与仙女可卿初试云雨，这个仙女其实就是秦可卿的一种影射。作者说她“鲜艳妩媚有似乎宝钗，风流袅娜则又如黛玉，乳名兼美”，正是暗示秦可卿兼有钗黛之美。第一幅册页钗黛合一，正与最后一名秦可卿遥遥相对，其实“首”和“尾”是可以对调的。

第五回贾宝玉在她卧室里午睡，用了很多香艳的典故，什么武则天的宝镜，赵飞燕的金盘，杨贵妃的木瓜，造成一种氛围，暗示秦可卿风流放荡。宝玉在她的屋里梦游太虚幻境，是一种很微妙的暗示。后来焦大醉骂，说到“爬灰”，就是指秦可卿和她公公贾珍关系暧昧。

第十三回的回目是“秦可卿死封龙禁尉”，但在回目前有一段署名畸笏叟的脂批，说这一回原来的回目叫“秦可卿淫丧天香楼”，畸笏叟让曹雪芹删去了秦可卿“淫丧”的描写，所以这一回比其他回要“少却四五页”。比较一下，这一回确实短了一些。但曹雪芹似乎又并不愿意真改变秦可卿死亡的真相，故意留下了许多蛛丝马迹，引人遐想。这就使对秦可卿之死的探讨成了红学中一个耐人寻味的问题。

首先第五回的“册子”和《好事终》曲子仍然暗示秦可卿是上吊自杀的。所谓“画着高楼大厦，有一美人悬梁自缢”“画梁春尽落香尘”。再有第十三回秦可卿死后有许多暗示性的描写，如写贾府上下对秦可卿之死“都有些疑心”，不写她的丈夫贾蓉，却突出描写她公公贾珍“哭得泪人一般”，还有一个丫头瑞珠触柱自杀，另一个丫头宝珠则竭力表白忠心，等等。

清末就有人说过秦可卿是因为和公公贾珍通奸，被丫头撞破而羞愤自杀。俞平伯发展了这种说法，在《红楼梦辨》中作了较详细的论证。但细想想，这种说法也有不能自圆其说的地方。既然焦大醉骂，连贾蓉和凤姐都装作没听见，可见秦可卿和贾珍的关系是公开的秘密，贴身丫头可能还在旁边侍候，怎么会“撞破”而致可卿自杀呢？

后来洛地写了一篇论文，论证“天香楼案犯”的男方是太公公贾敬，他本来在城外修道，偶然回家发现孙媳妇天姿国色，强暴了她，导致可卿自缢天香楼。所以可卿死后贾敬不肯回宁国府，而贾珍特别伤心。贾敬是道士，所以要让九十九个道士在天香楼“打解冤洗业醮”。而《好事终》曲子里也暗指罪魁祸首是贾敬。这种写法也有它的深刻性，贬尽了宁国府的三代男人，把推崇清净女儿贬低须眉浊物的审美宗旨写透了。

作家刘心武先写论文，再写小说，对秦可卿之死提出了更惊人的说法。按照他的研究，秦可卿的父亲是有可能当皇帝的皇亲，在朝廷政治斗争中暂时处于韬光养晦的地位，而秦可卿是隐藏在宁国府的，贾府娶她作媳妇是一种政治上的冒险投资行为。贾珍是一个真正的男人，秦可卿虽然嫁给了贾蓉，实际上爱的是贾珍。最后秦可卿的父亲在政治斗争中失败，被迫自杀，贾府也不得不迫令秦可卿自杀。

刘心武并且考证说，这个故事是影射康熙、雍正、乾隆三个王朝复杂的政治斗争，有历史上真实的原型，具体来说秦可卿的原型是康熙废太子胤礽的女儿，小说中的义忠亲王老千岁影射胤礽，这就是刘心武“秦学”的基本观点。虽然这种考证还缺少确凿的历史证据，猜想和推理较多，但刘心武指出的一些文本现象还是耐人寻味。

我更倾向于认为秦可卿和她的弟弟秦钟（情种）、父亲秦业（情孽）都是某种程度上的象征性人物，是“情”的化身，可能有一些历史生活素材的启发，但不一定要实打实地和具体人物一一对应。这种象征性的“情”并不局限于男女恋情，而包括一切悲欢离合之情，是家族兴亡和朝政风云所引发的复杂感情。贾元春归省的大红大火之前，“三秦”就都死去，应该是一个深长的隐喻。

怡红快绿从何来？

以前讲过，史湘云的名字用了典故，暗示她是贾宝玉的一个“湘妃”。其实大观园里贾宝玉的住所怡红院，也和这一典故巧妙地相联系。

为什么叫怡红院呢？这个名称其实是“缩略语”，其全称是怡红快绿院。此名因何而起？——乃其院中景点设置的“典型环境”也。让我们跳入第十七回，混进贾政领队的游园队伍，“贾政与众人进去，一入门，两边都是游廊相接。院中点衬几块山石，一边种着数本芭蕉，那一边乃是一棵西府海棠，其势若伞，丝垂翠缕，葩吐丹砂。众人赞道：‘好花，好花！从来也见过许多海棠，那里有这样妙的。’贾政道：‘这叫女儿棠，乃是外国之种。俗传系出女儿国中，云彼国此种最盛，亦荒唐不经之说罢了。’众人笑道：‘然虽不经，如何此名传久了？’宝玉道：‘大约骚人咏士，以此花之色红晕若胭脂，轻弱似扶病，大近乎闺阁风度，所以以女儿命名。想因被世间俗恶听了，他便以野史纂入为证，以俗传俗，以讹传讹，都认真了。’众人都摇身赞妙。”

原来怡红院的主景点是院子当中有几块山石，一边种着海棠，一边种着芭蕉，海棠是红，芭蕉是绿，故名怡红快绿。不过这怡红快绿是后来贵妃贾元春改的，贾宝玉起初定的是红香绿玉。红香绿玉又是谐音象征并用，红香是湘云，绿玉是黛玉。因为曹雪芹给各位女儿设计"本命"象征花卉，史湘云就是海棠花。这在第六十三回宝玉过生日时，各位女儿抽花名签的情节中有明确的"点睛"之笔——史湘云抽的是海棠花，配一句诗：只恐夜深花睡去。而"丝垂翠缕"，这"翠缕"正是史湘云贴身丫头的名字！第三十八回黛玉要喝酒，挑了个酒杯，也是"海棠冻石蕉叶杯"呢。

这样，我们跟随贾政的旅游团继续玩景，听他们的话就恍然大悟了。一个清客说怡红院应该题"崇光泛彩"的匾额，这就又是典故影射，它是从"东风袅袅泛崇光"这一句诗来的。而这一句诗和"只恐夜深花睡去"分别是同一首诗里的首句和第三句，都属于苏东坡咏海棠的那首绝句。原来贾政和宝玉等人大谈"女儿棠"，都是曹雪芹在暗点史湘云啊。宝玉又说"此处蕉、棠两植，其意暗蓄红、绿二字在内"，"题红香绿玉四字，方两全其妙"。

还有一个清客说应该题"蕉鹤"的匾额。这其实是以"鹤"代"棠"，仍然在影射史湘云。原来鹤是湘云另一个象征物，她身材婀娜夭矫，富有线条美，是"鹤势螂形"，脖颈长，腰细，多美啊。她的雪天联句诗中有"石楼闲睡鹤"，中秋联句中有"寒塘渡鹤影"。

于是我们对以下一些描写报以会心的微笑：第二十六回贾芸去怡红院，"只见院内略略的有几点山石，种着芭蕉，那边有两只仙鹤在松树下剔翎"。第三十六回薛宝钗去怡红院，"不想一入院来，鸦雀无闻，一并连两只仙鹤在芭蕉下都睡着了"。仙鹤代海棠，和芭蕉相配，还是"红香绿玉"，而那山石，不就是脖项上挂着通灵玉的贾宝玉的象征吗？通灵玉不是补天顽石的"幻相"吗？

第十八回，元春让宝玉作诗，宝玉自己作了三首，第三首就是咏怡红院，其中说"两两出婵娟"正是把海棠和芭蕉都比成女儿。宝玉接着写"绿玉春犹倦，红香夜未眠"，双咏蕉棠，"红香"句不又是从"只恐夜深花睡去"变化来的吗？至于为什么小说文本中是"绿蜡春犹卷，红妆夜未眠"，有"绿玉"和"绿蜡"、"倦"和"卷"、"红香"和"红妆"的区别，其中奥妙就"且听下回分解"了。

宝钗“偷走”“香玉”?

第十八回中贾宝玉咏赞怡红院的诗句“红妆夜未眠”，其实原来是“红香夜未眠”。一定会有人问，你怎么知道？小说中并没有这样描写啊。

读《红楼梦》是要动脑筋的，你瞧小说中写薛宝钗看见宝玉写下“绿玉春犹倦”，就悄悄推他说，你姐姐元妃不喜欢“红香绿玉”四个字，才改了“怡红快绿”，你干吗还用“绿玉”字眼呢，不就比喻芭蕉嘛，再想个别的典故吧。宝玉这会儿正“应试”呢，绞尽脑汁，紧张得流汗，想不起典故，宝钗就告诉他把“绿玉”改成“绿蜡”——因为唐人有一句咏芭蕉的诗是“冷烛无烟绿蜡干”。

妙得很，宝玉交卷了，“绿玉春犹倦”成了“绿蜡春犹卷”——原来的“绿玉”拟人，说“倦”，是困倦未睡醒的意思，与下句的“夜未眠”对仗，“绿玉”改成“绿蜡”，直接说油光光像蜡的蕉叶，相应把“倦”改成了“卷”。

但我们要知道，下句原本是“红香夜未眠”，之所以变成“红妆”是为了和“绿蜡”对仗才改的，原来的“绿玉”对仗的是“红香”。而“红妆”也是用典，即苏东坡咏海棠绝句里最后一句“故烧高烛照红妆”，“绿蜡”用唐诗之典，“红妆”用宋诗之典，连典故也对仗，当然“红妆”更是“女儿喻”了。这些作者都没有明确交待，是让读者自己领会，那才有意思啊。

贵妃贾元春为什么不喜欢“香”和“玉”两个字呢？这又是作者的“草蛇灰线”，这个情节是“伏脉”到八十回以后的佚稿，宝玉要订婚了，元春为宝玉择偶，不选湘云也不选黛玉，选的是薛宝钗。宝钗教宝玉改“绿玉”为“绿蜡”也是这个暗示。绿蜡的出典“冷烛无烟绿蜡干”，其中有一个“冷”字，不又相关了吃“冷香丸”的“雪(薛)”姑娘薛宝钗吗？可是大家瞧这句诗的境界多么枯燥干索，这又是对没有爱情之包办婚姻的讽刺啊。

宝玉未来的婚姻与“香”(湘云)“玉”(黛玉)都无缘，可是他实际上最喜欢的就是这两个女孩子，这就是怡红院景点“红香绿玉”“怡红快绿”的真实含义。曹雪芹怕读者不太明白他这种写作隐喻，又在第十九回的末尾点了一下。那一回宝玉编了个故事和黛玉开玩笑，说小耗子要变香芋以偷香芋，结果却变成了美女，别的小耗子说你变错了，那个小耗子说没错，你们不知道林姑娘才是真正的“香玉”啊。这又是用“玉”和“芋”的谐音关系作文章。黛玉就笑着拧宝玉，这时宝钗来了，黛玉告诉宝钗说宝玉“骂了人，还说是故典”。宝钗就接着嘲笑宝玉元宵节作诗忘记了“绿蜡”的典故。

我们一般人看小说，看到这些地方也就是觉着写得挺生动挺热闹啊。其实你仔细一想，曹雪芹在这里又卖关子，玩幽默呢。怎么个幽默法？你想小耗子变“香玉”，是指林黛玉（也隐含史湘云），那么宝钗建议宝玉把诗里的“绿玉”两个字改成“绿蜡”，相应地宝玉也把“红香”改成了“红妆”，那么，这诗里的“香玉”两个字不就等于是宝钗给“偷”走了吗？宝钗不成了“小耗子”吗？所以到第二十回开头，就是“话说宝玉在林黛玉房中说‘耗子精’，宝钗撞来，讽刺宝玉元宵不知‘绿蜡’之典”，就把“耗子精”和“宝钗”给连串起来了。

当然曹雪芹只是拿宝钗开个玩笑，并不是说将来宝钗就多么“坏”，处心积虑“鸠占鹊巢”，取黛玉而代之，“登上宝二奶奶的宝座”。那又是直线条的机械理解，把微妙的艺术给庸俗化，落入后四十回的窠臼了。

贾宝玉的婚恋三部曲

我们过去被后四十回续书所蒙蔽，先入为主，不明白曹雪芹原来的总体构思，以为《红楼梦》就是写宝玉和黛玉、宝钗的“三角恋爱”，钗、黛争婚，调包计，黛玉焚稿，黛死钗嫁，宝玉出家……其实这种后四十回的情节，与曹雪芹原著佚稿中的故事是完全相违背的。这就是我们为什么要提出“两种《红楼梦》”这一命题了。

那么原著佚稿中贾宝玉的婚恋是怎么写的呢？简明扼要地概括，是这么几条：

第一，原著中宝玉的婚姻是与家族的命运兴衰，与家族内部的利益争夺等矛盾冲突密切相关的。各方面的力量都要在这个问题上从自己的利益出发表态、参预。而不是像后四十回那样贾母、凤姐和邢、王二夫人高度意见统一，决定择钗弃黛。

第二，黛玉和宝钗曾经有过的微妙摩擦，只发生在第四十二回之前，在第四十二回"蘅芜君兰言解疑癖"后就不存在了，黛玉和宝钗从此成了"金兰契"——知心朋友。所以后来也不会有钗、黛对立争婚的情节发展。

第三，前八十回"伏脉"所透露出来的佚稿故事，贾宝玉的爱情婚姻是与两对"金玉"的三部曲。

两对"金玉"？对了，金玉姻缘其实也是"假作真时真亦假"，黛玉、宝钗和宝玉的"金玉姻缘"纠葛，主要发生在贾家兴盛的时段，是风月宝镜的"正照"。而到风月宝镜"反照"的时候，也就是八十回以后贾、史、王、薛四个家族都被抄家而衰败以后，那时的"金玉姻缘"中的女角儿是史湘云和妙玉，她们先后和落魄的贾宝玉发生感情纠葛。"正照"中黛玉是主，宝钗是宾；"反照"中湘云是主，妙玉是宾。

证据呢？你一定要问。请你看看第五回贾宝玉梦游太虚幻境时，警幻仙姑让宝玉看"薄命司"里的"册子"，正册中的十二个女子其排列顺序是每两个成一对，黛玉和宝钗是第一对"金玉"，第二对是元春和探春两个"王妃"，第三对就是湘云和妙玉这第二对"金玉"——史湘云不是有个金麒麟吗？贾宝玉也得了个金麒麟，"因麒麟伏白首双星"啊。两个"王妃"隔开了两对"金玉"，就是"盛"和"衰"的不同时段啊。

所以，你在读前八十回时，千万别把眼睛光盯住黛玉啊，宝钗啊，黛玉剪了荷包了，和宝钗斗嘴皮子了，宝玉对黛玉"诉肺腑"啊，说我对你比对宝姐姐更近乎啊。你要是光注意这些，那就是只照了风月宝镜的正面，没有同时也照它的反面。

宝玉和黛玉的爱情以黛玉"眼泪还债"泪尽夭亡而结束，这是第一段，是个爱情悲剧。在家族内部利益冲突的复杂纠缠中，宝玉和宝钗成了婚，没有真正爱情的婚姻，这是第二段，是个婚姻悲剧。后来宝玉和宝钗最终分手了，四个家族也早已败落了，然后，宝玉在困顿中先与妙玉相遇，后与湘云结合，这是第三段。三段婚恋都是家族命运悲剧笼罩下的情感动荡，苦乐悲欢。当然这里面的具体细节是很曲折复杂的，甄宝玉也将是其中一个角色，专家已有论述，在此就不多赘了。

这就是贾宝玉的爱情婚姻三部曲。网上有一位叫一方金的红迷，发表了一篇文章，说其实曹雪芹原著写了贾宝玉人生五阶段的思想情感经历，对象分别是秦可卿、林黛玉、薛宝钗、妙玉和史湘云，宝玉的人生境界步步升华。这可以说是更细致深入的“思想探佚”吧。

芳官——史湘云的“影子”

贾宝玉的爱情婚姻三部曲，我们还是聚焦第三段和史湘云的故事，因为和黛玉、宝钗的爱情婚姻纠葛，前八十回是明写，大家容易弄明白，而和史湘云的后续发展，前八十回却是暗写，八十回后的原稿又不在了，就得我们多作研究。

前面已经谈到过“影射法”，晴为黛影，袭为钗副，而芳官就是史湘云的一个“影子”。话还得从头说起，第五十五回朝廷一个老太妃病了，官宦人家不准娱乐，到第五十八回，那位老太妃薨逝，进入国丧期，荣国府的家庭戏班子就解散了，各位小戏子都分派到各房去当丫鬟。在分派这一细节上，曹雪芹又在支“草蛇灰线”的招了。别的以后细表，单看演小生的藕官给了黛玉，演正旦的芳官给了宝玉，演小旦的蕊官给了宝钗，不就很巧妙地象征了三个人的情爱关系吗？小生配正旦，异性相吸，正旦和小旦可是同性相斥。黛玉得“生”而宝玉得“旦”那当然又是灵活调换角色，不要弄得太露骨和呆板了。

不是说象征宝玉和黛玉吗？芳官又和湘云有什么关系？且看后面“假凤泣虚凰”的故事，芳官告诉宝玉，藕官演生角，药官演旦角，两个人假戏真做，有同性恋的感情了。药官死了，藕官哭得好伤心，逢年过节还烧纸悼念。后来补了蕊官，藕官又和蕊官好上了。别人问她，她就说了一番“大道理”：“比如男子丧了妻，或有必当续弦者，也必要续弦为是。只是不把死的丢过不提，便是情深意重了。若一味因死的不续，孤守一世，妨了大节，也不是理，死者反不安了。”而宝玉听了这话，“独合了他的呆性”“称奇道绝”。曹雪芹这样写是有深意的，他暗示后文宝玉在黛玉死后又有先与宝钗的婚姻后与湘云的结合，都符合他的价值观——以情为核心的价值观，很人性的价值观，所谓“真情揆痴理”，这不是“梁祝”式的殉情，当然更不赞成封建“节烈”。曹雪芹的思想多么超前啊，不是和我们今天的婚恋观很接近吗？

这个细节还告诉读者，真正影射黛玉的是菂官，这个“菂”字可不能和“药”相混淆，菂是莲子，正和“藕”互相联系，巧妙象征。芳官呢？她表面上是个“局外人”，其实象征将来和宝玉关系最密切的史湘云。如果读得细，我们就会发现前八十回有意描写湘云和芳官有许多共同点。如写湘云和芳官都有点男孩子气质，有点大大咧咧，第三十一回说湘云穿上宝玉的袍子哄得贾母错认成了宝玉，而第六十三回大家又评论说芳官和宝玉像双生的兄弟两个。芳官——众芳之冠，其实是说湘云才是宝玉最后的风尘知己，就像海棠诗社中真正夺魁的冠军是迟来的史湘云一样。

补充一笔，黛玉喜欢李商隐“留得残荷听雨声”的诗句，所以藕官、菂官两个名字的暗示别有意味。要知道香菱（英莲）也是用莲荷象征薄命，她的“册子”上画着“莲枯藕败”。黛玉的“影子”晴雯是“芙蓉花神”，小说中正面描写的虽然是木芙蓉，其实也未尝不和水里的芙蓉花即荷莲一脉暗通。而跟宝钗的蕊官之名，那又来源于宝钗所吃冷香丸的药方——四季的白色花蕊。曹雪芹最擅长这种“一树千枝，一源万派”（脂批）的神奇技巧了。

史湘云“夜宿”怡红院

你一看这个题目，一定会大叫荒唐，这哪是哪儿啊？请稍安毋躁，听我慢慢道来。大家一定会记得贾宝玉过生日那一回，有一段脍炙人口的文章，就是史湘云喝醉了酒，一个人躺在大观园偏僻处的一个石凳子上睡着了，她包了一包花瓣当枕头，引得蜂蝶纷纷。这个情节充满浓郁的诗情画意，不少画家一再地挥洒丹青予以写意。恐怕我们一闭眼就看见那幅美丽的画面了，但不一定每一个人都能看出这个情节后面的隐喻，所谓“背面敷粉”。

如何背面敷粉呢？就是和芳官的故事彼此映照，传达一种微妙的意思。湘云醉卧的故事后面，作者紧接着就又写了一个芳官醉卧的故事。而这两个故事原来又是一种“影射法”，不过影射得更加富有韵味，更加有“象外之象”

的意境而已。

清朝人洪秋藩就看出了这一点，他写了一段评点，这样说：

芳官醉眠，纯是为湘云写照，明眼人自可看出。而作者犹恐文不周匝，复接写道"大家黑甜一觉，不知所之"，以喻湘云出席，满园踪迹不着。天明，袭人睁眼向对面床上一瞧，只见芳官头枕着炕沿上，睡犹未醒，以喻众人推湘云快醒也。芳官起来，犹发怔揉眼睛，听袭人笑他不害羞，方知是与宝玉同榻。此即"湘云慢启秋波，见了众人，又低头看了一看自己，方知醉了"。芳官忙笑得下地来说："我怎么吃得不知道了。"此即湘云反觉自愧之意。笔笔写来，无一挂漏，明白晓畅，无以复加。而读者犹不知所说云何，真是做梦。

洪秋藩指出，描写湘云白天醉卧石凳上，夜里芳官醉卧宝玉身边，乃是"湘云眠石，芳官亦眠石，石即玉，玉即石"——贾宝玉前身为神瑛侍者，瑛是玉石，他投胎人间，又衔通灵玉而生，而通灵玉就是补天顽石，所以描写湘云卧石也就是暗示她将来要和贾宝玉结合。这一后文情节先通过芳官醉卧宝玉身边来影射，这就是为什么描写湘云醉卧和芳官醉卧的每一个细节都互相照应，所谓湘云先划拳，芳官也划拳；湘云酒醉，芳官也酒醉；湘云醉眠，芳官也醉眠。还有更细致入微的笔墨：湘云用手帕包了一包花瓣当枕头，而宝玉和芳官喝酒划拳时，也是"倚着一个各色花瓣装的玉色夹纱新枕头"！

所以芳官夜里睡在宝玉身边，也就是象征史湘云夜卧怡红院。你瞧第六十三回怡红院夜宴庆生辰，请来了黛玉、宝钗、宝琴、探春、李纨，并没有提到请湘云，后面宴会上湘云却和宝玉并坐在最当中，成了这次聚会事实上的女主角。这是怎么回事呢？原来作者通过这一描写上的有意"疏忽"，暗示湘云白天酒醉后，被大家扶到怡红院休息，一直没有离开。当然这都是一种象征写意的笔法，不能用"写实"来胶柱鼓瑟的。

洪秋藩在作了那一段评点后，有点得意地说："凡高谈《红楼梦》者，但以此回笔墨试其眼力，若果梦梦，不必与言《红楼》。”以后大家是不是也可以如法炮制，考一考那些大谈《红楼梦》的人呢？

柳絮飘飘谁解味？

第七十回的标题是“林黛玉重建桃花社，史湘云偶填柳絮词”。诗社久不作兴，暗示整个家族形势已经绿暗红稀，日趋式微。黛玉倡导重开桃花社，又因为有信说贾政即将回家，宝玉要念书写字准备查问，黛玉体贴“宝玉肯分心，恐临期吃了亏。因此自己只装作不耐烦，把诗社便不起”。

转眼到了暮春，史湘云“因见柳花飘舞，便偶成一小令，调寄《如梦令》”，又因为说贾政暂时还回不来，黛玉放了心，就再开诗社，邀请大家填词。这次诗社中每一首柳絮词当然又都是每位作者的命运“谶语”，前途预言。暂不絮烦，单说史湘云填的这阕《如梦令》：

岂是绣绒残吐，卷起半帘香雾，纤手自拈来，空使鹃啼燕妒。且住，且住，莫放春光别去！

大好春光即将逝去，当然是好景不再，前途未卜，无可奈何花落去，似曾相识燕归来。包括史湘云在内的大观园众女儿即将“花落水流红”了。将来贾史二家败落后，史湘云与贾宝玉重会，也只有“夜阑更秉烛，相对如梦寐”（杜甫诗句），这也是选用“如梦令”这一词牌的作意。

但如果仅限于此，还不足以显示曹雪芹的风流文采，《红楼梦》的巧夺天工。周汝昌先生心有灵犀，发现了曹雪芹的“壶中日月长”。周先生说，曹雪芹给史湘云代拟这阕《如梦令》，是有意让读者联想起宋代女词人李清照的同一词牌之名作：

昨夜雨疏风骤，浓睡不消残酒。试问卷帘人，却道海棠依旧。知否？知否？应是绿肥红瘦。

为什么要这样呢?

因为史湘云的生活原型是苏州织造李煦的一个孙女,曹雪芹的表妹。李煦在雍正元年就被抄家流放,他的家属子孙当然也遭遇了悲惨的命运。曹雪芹要在小说中曲折地反映这一点,所以用“史”影“李”,取其读音接近,这李又正好是易安居士(李清照的别号)的姓氏。而史湘云的象征花卉恰恰是海棠花——就是从李易安的这首词“海棠依旧”点化来的。

《红楼梦》的写法“假作真时真亦假”,家史和小说互为表里,这不是什么“局限性”,而正是一种奇特的艺术创造。红学之“自传说”是有其“合理内核”的。

李煦是个“好官”,在当时当地被呼为“李佛”,他成了康熙雍正改朝换代之际政治斗争的牺牲品,作为与李煦家关系很近的亲戚曹雪芹,自己家后来也被抄家,当然对李家充满同情。他用“假语村言”艺术地表现那被“隐去”的“真事”,的确是微妙而隐晦的。第三十八回贾母让史湘云念藕香榭的对联“芙蓉影破归兰桨,菱藕香深写竹桥”(“写”是“泻”的通假字),榭名和联语内容也是有意关合李清照的另一阕词《一剪梅》中的名句“红藕香残玉簟秋……花自飘零水自流”。

听了周先生抉微索隐的解说,我不禁感叹不已,曾赋诗一首:“海棠深喻妙谁参?史李谐音李佛传。柳絮词填如梦令,易安居士李家媛。”

千里伏线“棠木舫”

“草蛇灰线,伏脉千里”是曹雪芹的一个基本创作技巧,我们已经举过不少例子。但仍然会不时有新的发现,让人拍案叫绝,真所谓会心处不在远也。

比如这样一段描写:

> 说着,众人都笑了,一齐出来,走不多远,已到了荇叶渚。那姑苏选来的几个驾娘早把两只棠木舫撑来,众人扶了贾母,王夫人、

薛姨妈、刘姥姥、鸳鸯、玉钏儿上了这一只，落后李纨也跟上去，凤姐儿也上去，立在舡头，也要撑舡。贾母在舱内道："这不是顽的，虽不是河里，也有好深的。你快不给我进来。"凤姐儿笑道："怕什么！老祖宗只管放心。"说着便一篙点开。到了池当中，舡小人多，凤姐只觉乱晃，忙把篙子递与驾娘，方蹲下了，然后迎春姊妹等并宝玉上了那只，随后跟来。其余老嬷嬷散众丫鬟俱沿河随行。(第四十回)

这是刘姥姥二进荣国府，贾母高兴，带着她逛大观园，显摆贾家荣华富贵的一个镜头。

大观园有山有水，但这水是什么水？是一个大湖吗？不是，是一条类似于小河一般的流水，刚策划修园时，就说"会芳园本是从北角墙下引来一股活水，今亦无烦再引"，不过有的地方比较宽阔，水流到那儿，就成了一个池。

当园子刚建成，贾政带着宝玉题写匾额对联时，就有这样的描写："进入石洞，只见花木葱茏，奇花烂灼，一带清流，从花木深处曲折泻于石隙之下"，再往前走，则有"石桥三港，兽面衔吐，桥上有亭"，清客题"泻玉"，宝玉题"沁芳"。

后来一路游览下去，"要进港洞，又想起有船无船。贾珍道：'采莲船四只，座船一只，如今尚未造成。'……贾珍道：'从山上盘道亦可以进去。'说毕，在前导引，大家攀藤抚树过去。只见水上落花愈多，其水愈清，溶溶荡荡，曲折萦纡。池边两行垂柳，杂着桃花，遮天蔽日，真无一些尘土。忽见桃柳阴中又露出一个折带朱栏板桥来，度过桥去，诸路可通……"

等游完了省亲别墅的大牌坊，快到怡红院之前，则有"至一大桥前，见水如晶帘一般奔入。原来这桥便是通外河之闸，引泉而入者。贾政因问：'此闸何名？'宝玉道：'此乃沁芳泉之正源，就名沁芳闸。'"

很清楚，大观园是一条水流蜿蜒，把各处的庭院景点串了起来，有的地方水面宽阔，就有了池沼，但并没有一个大湖。第四十回贾母等游园划船时，大概就是坐的贾珍说的采莲船，所谓棠木舫。我们看一只船上连驾娘共坐了九个人,虽然说"船小人多",其实也不小了。

但为什么要说这船是"棠木舫"呢?这就涉及海棠在全书中的象征意义了。我曾写有《海棠之隐喻》(2005 年山西古籍版《独上红楼》),指出海棠是全书最重要的象征花卉,第五回、第十七回、第二十五回、第三十七回、第三十八回、第四十一回、第五十一回、第六十三回、第七十七回,用各种手法写到海棠。而海棠象征史湘云,这种安排乃暗示湘云在全书的实际地位,尤其是在贾府败落后的佚稿中,她更是最重要的人物。盖《红楼梦》又名"风月宝镜",正照的富乐享受风流旖旎是假,反照的抄家毁灭是真,黛玉、宝钗的故事主要在正照时段,反照时段则湘云唱主角了。这是有生活原型的,史湘云用苏州织造李煦的一个孙女作模特,而今存曹頫为陶柳村绘海棠图题"秋边"二字并诗,有"光交红叶砌,影乱锦鳞缸"之句,可见渊源有自。

周汝昌曾论证过,佚稿中史湘云和贾宝玉是"渔舟重会"。这一情节有许多"伏线"可寻。比如写宝玉穿着蓑衣斗笠,黛玉笑他是渔翁,后来又说自己是渔婆,其实是伏脉湘云和宝玉的佚稿情节,因为黛玉和湘云是宝玉的两个"湘妃",而黛玉的结局是沉水而死。明写黛玉,实际影射湘云。再如宝玉因为紫鹃说黛玉要回苏州而发作狂病,就把一只陈设金西洋自行船抱在怀里。黛玉和湘云在中秋月夜坐在"湘妃竹墩"上联句时,则特别描写湘云说:"怎得这会子坐上船吃酒倒好。这要是我家里这样,我就立刻坐船了。"而黛玉说:"据我说,这也罢了,偏要坐船起来。"湘云这次联句的警句是"寒塘渡鹤影",而在大雪联句中也有"池水任浮漂""海市失鲛绡",都和"水"有关。所有这些情节,都在暗示佚稿中宝、湘将在船上重逢。

大家明白"棠木舫"的微妙作意了吧?

"金麒麟"的前后首尾

我们写了好几篇来谈史湘云,因为把史湘云的问题弄清楚了,对曹雪芹原著的大结构、真脉络才能真正有所了解。薛宝钗有金锁,史湘云有金麒麟,贾宝玉既有通灵玉,也有金麒麟,那是"前"和"后"、"盛"和"衰"两段的"金玉姻缘”，本来不存在什么“矛盾”。

但有一种说法，说史湘云后来嫁给了贵公子卫若兰，和贾宝玉无关。这种说法是怎么来的？当然也是无风不起浪，那是由对两条脂批的误读引出来的。是两条什么样的脂批呢？请看：

撕扇子是以不知情之物供娇嗔不知情时之人一笑，所谓情不情。金玉姻缘已定，又写一金麒麟，是间色法也。何颦儿为其所感？故颦儿谓情情。

这段话批在第三十一回“撕扇子作千金一笑，因麒麟伏白首双星”那一回的回目之前。这一回的两个主体故事一是晴雯和宝玉闹别扭，宝玉让她撕扇子而博她一笑；二是湘云和丫头翠缕拾到了宝玉遗失的金麒麟，和自己佩戴的金麒麟作比较并讨论“阴阳”。

第一句批语针对第一个故事。因为晴雯正生气，所以说她是“娇嗔不知情时之人”，宝玉却对她百般讨好，让她高兴起来，这正体现了宝玉的性格特点“情不情”——用情于无情之人，这也就是所谓“意淫”，特别善于体贴别人而不管此人当时是否对自己有情。

第二句批语针对第二个故事。中心是评论林黛玉的性格特点“情情”——她只对有情于自己的人用情，这和宝玉是有区别的。怎么体现了这个特点呢？你瞧她无论是对宝钗的金锁还是对湘云的金麒麟，都多愁善感，担心影响了贾宝玉对自己的感情。

那么怎么会产生误读呢？就是那个“间色法”——有的人把它理解成是说金麒麟仅仅是为了给“金玉”“间色”——作陪衬，其实和贾宝玉没有关系，史湘云的金麒麟只是和另一个男人的故事。特别是庚辰本上“感”字在己卯本上又抄成了“惑”，就更容易让人以为批语是说林黛玉被金麒麟的假象所“迷惑”才无谓地担心。这种理解再和第三十一回后的另一条脂批联系起来，就造成了史湘云将来嫁给卫若兰的假象。那条脂批说：

后数十回若兰在射圃所佩之麒麟正此麒麟也。提纲伏于此回中,所谓草蛇灰线在千里之外。

其实,第一段批语的“间色法”,意思是原著既有前段宝玉和宝钗的金锁和通灵玉姻缘,又有后段宝玉和湘云的金麒麟姻缘,两者交叉映照,男方都是贾宝玉,这才叫“间色法”。而黛玉天生敏感,对宝玉和钗、湘的情感纠葛早已有动于心,这才特别能体现她的“情情”。如果黛玉错会了意,把湘云和另一个男人的金麒麟姻缘“误会”成和贾宝玉,那就是“情疑”和“情昏”,是智商问题了,这就把黛玉庸俗化了,和作者对她的定位——“心较比干多一窍”的冰雪聪明背道而驰了。

脂批的作者当年写批语,是了解全书的总体情节的,他们并不会知道后世人要在看不到八十回以后的情况下读他们的批语,因此他们并不是有意为后世读者交待后文情节,而是谈他们自己读小说时的心得体会。所以第二条脂批其实是说,到了八十回后,那个贾宝玉曾经丢失而被湘云拾到的金麒麟,到了卫若兰腰间(其中具体情节批书人知道),卫若兰后来遇见了同样佩带金麒麟的史湘云,就帮助这一对落难的表兄妹团圆了。这一后文情节在第三十一回已经“草蛇灰线在千里之外”了。

这就是学术研究的“考据”,差之毫厘,就要谬以千里。但对于肯懂脑筋的人,不也有一种充满智慧挑战性的乐趣吗?

湘云缘何“乐中悲”?

对史湘云和贾宝玉劫后重逢的后文佚稿情节,还有一个容易引起纠缠的词语理解问题,就是对第五回暗示湘云未来命运的“红楼梦”曲子《乐中悲》的理解歧异。

襁褓中,父母叹双亡。纵居那绮罗丛,谁知娇养?幸生来,英雄(一作“英豪”)阔大宽宏量,从未将儿女私情略萦心上。好一似,霁月光风耀玉堂。厮配得才貌仙郎，博得个地久天长，准折得幼年时坎坷形状。终久是云散高唐，水涸湘江。这是尘寰中消长数应当，何必枉悲伤！

这支曲子为什么叫“乐中悲”呢？因为湘云自幼父母双亡，跟着叔叔婶婶过日子，虽然表面上大富大贵，其实有许多不如意的地方，无人“娇养”，这不是乐中有悲，表面乐实际上悲吗？幸亏她天生豁达，如“霁月光风”般爽快乐天。这是湘云的前半生。后半生呢？也是“乐中悲”。“厮配得才貌仙郎”，这不是乐吗？但“终久是云散高唐，水涸湘江”，还是乐中有悲。

关键是怎样理解这“终久是云散高唐，水涸湘江”？过去的解释都是说后来湘云的爱情婚姻也以悲剧结束，“终久是”就是最终是，到了是。前年有一位南京的理工科在校大学生高飏，提出了一种新的理解。他说按过去的解释，那不就成了“乐后悲”——先与“仙郎”幸遇后又分手吗？他统计了前八十回所有二十次出现的“终久”，发现在曹雪芹笔下，“终久”并非到头来、结果是等“将来”的意思，而是“终究”即毕竟、实在的意思。比如宝玉在第四十九回说“倒是你明白，我终久是个糊涂心肠，空喜欢一会子，想不到这上头”，宝玉这时当然不是说自己将来会是个“糊涂心肠”，而是一种强调此刻情形的语气。因此，高飏君说，“终久是云散高唐，水涸湘江”的真正意思是说，湘云在“厮配得才貌仙郎”之时已经是“云散高唐，水涸湘江”——家亡人散各奔腾，所以是“乐中悲”，爱情的乐并不能完全抵消身历沧桑的悲，也不能减轻眼下实际生活穷困的悲。

高飏君把他这一新见解从网上传给我，我看了觉得很有道理，就推荐他向贵州省红学会办的学术刊物《红楼》投稿，结果就在 2002 年第 4 期发表了。著名老红学家周汝昌先生阅后，也很赞赏，在新著《红楼夺目红》中特别写了一篇《乐中悲》予以表扬，文中说：“原曲是说：经历了深悲大痛的人，对‘乐’是不敢信以为真的，总是‘惦念’着‘另一面’。曲文末几句是一方心理的忐忑，馀悸犹在；一方是以理相慰，开解忧怀。不必再考虑到云散水涸，也不必追忆那些可怕的经历了，那是顺逆、否泰的规律——目下熬到‘乐’境，何必又自寻悲绪？”周先生还在文末赋诗一首，对高飏君善于思考肯想问题，不教条不死板不盲从陈说予以肯定，借以鼓励一种活泼灵悟的学风。诗曰：“悲乐相寻岂两端，人生况味字难安。若教锦瑟成胶柱，何怪生龙变死鼋。”

随行记者通灵玉

第一回里补天顽石、通灵玉、神瑛侍者和贾宝玉之间的关系，两种系统的《红楼梦》有很大差别。

在脂批本里，补天顽石并不是神瑛侍者，它补天落选，听了一僧一道谈论人间的热闹繁华而凡心偶炽，经它苦苦要求，两位神仙才“大展幻术”，把它变化成一块美玉，恰逢神瑛和绛珠等“一干情鬼”要下凡历劫，神仙就把这块玉石“夹带于中”——放到了神瑛的口里，后来就成了贾宝玉“落草时”带来的通灵玉。神瑛是贾宝玉前身，通灵玉是顽石所幻化，但神瑛——宝玉并不等同于顽石——通灵玉，虽然“玉（瑛）”和“石”之间也有象征关系。

在程高本里，删掉了两位神仙和石头对话的大段文字，不劳神仙施法，石头本身已经“缩成扇坠一般”，后来在甄士隐梦中则加上“那时这个石头因娲皇未用，却也落得逍遥自在，各处去游玩，一日来到警幻仙子处，那仙子知他有些来历，因留他在赤霞宫居住，就名他为赤霞宫神瑛侍者”等文字，顽石和神瑛就合二为一了。贾宝玉和通灵玉就不分彼此——当然也就是那块补天不成的顽石了。

在脂批本里，顽石——通灵玉主要承担“见证记述”的作用，它是神瑛——贾宝玉的“随行记者”（蔡义江语），凡是贾府发生的事，这位记者都记录了下来，后来空空道人才能在青埂峰下“见一大石上字迹分明，编述历历”而“从头至尾抄录回来，问世传奇”，所以小说才又名《石头记》——本来是“石头”“记”下来的嘛。后来曹雪芹对此还特笔提醒。如第十五回宝玉说晚上睡下要和秦钟“算账”，而等睡觉时凤姐把通灵玉拿来放在自己枕边，接着就有“宝玉不知和秦钟算何账目，未见真切，未曾记得，此系疑案，不敢纂创”。这段话字面上是说通灵玉被凤姐拿到外间，脱离现场，所以不能履行“记者”

职责了，暗示的则是对宝玉和秦钟同性恋关系的一种调侃。再如第十八回元春归省，作者又让通灵玉对比大荒山的凄凉寂寞和大观园的富贵风流，“若不亏癞僧、跛道二人携来到此，又安能得见这般世面”，现身说法来作见证。

通灵玉只是一位“记者”，它和贾宝玉不存在血缘上的任何联系，所以也根本不是贾宝玉的“命根子”——那只是贾母等人的凡俗迷信而已。所以前八十回贾宝玉经常和这块石头过不去，又摔又砸，宝玉却毫无反应，假如真是“命根子”，那宝玉岂不成了自杀情结？

程高本为什么要改写呢？那是为了编造后四十回情节的需要。因为按照前八十回的铺垫，让宝玉在精神正常的情况下同意弃黛娶钗是没法写的。怎么办？要让“调包计”成功，就必须让宝玉精神失常，于是就想到了那个“命根子”的迷信，通灵玉丢失，贾宝玉呆傻，就任由家长摆弄，把宝钗当黛玉娶了过来。相应地，对第一回就要改写，让补天顽石和神瑛侍者合二为一。

原著佚稿中，通灵玉即使丢失也不离开小说所要描写的大环境，它才能继续当记者。像后四十回所写过了很久才由僧道送回通灵玉，包括黛死钗嫁、贾府抄家等重要情节发生时通灵玉都不在贾府，“记者”缺席，怎么能记下“石头记”呢？

两种版本中顽石、通灵玉和甄、贾宝玉的关系变迁，十分纠缠而有趣，且初尝滋味，下次再层层剥茧。

红色的通灵玉

通灵玉是红色的吗？这又是怎么回事？有何微言大义？

程高本第一回写到的“赤霞宫神瑛侍者”，在脂批本中却是“赤瑕宫神瑛侍者”，并且还有脂批加注：“点红字玉字二。”针对“瑕”又批：“玉小赤也，又玉有病也。以此命名恰极。”原来曹雪芹写宝玉前身神瑛侍者住“赤瑕宫”赋予了象征意义。“赤瑕”就是“红玉”，那正和“绛珠”一样，是“血泪”的结晶。红玉“有病”，正是贾宝玉逆反性格的写照，宝玉的言行从通常的价值观来看就是“有病”——“有时似傻如狂，行为偏僻性乖张”。“赤霞”则没有这些隐喻，变得一般而俗气了。

通灵玉是顽石而不是神瑛侍者，但“玉”——“石”互相象征，所以通灵玉的底色也是血红的，上面有五色花纹缠绕，那是点化女娲娘娘用五色石补天的传说。第八回薛宝钗巧合认通灵，“大如雀卵，灿若明霞”，上边分别批有“形”和“色”两个字，“明霞”的“色”当然是红的。第三十五回宝钗为通灵玉打络套选线，说“大红的又犯了色”，意思是通灵玉本身是红的，所以不能用红线。怪不得绛芸轩、怡红院都以“红”为主色调，还有一个丫头叫林红玉——小红，都是“字字看来皆是血”的暗寓啊。

脂批说甄宝玉是前半部所不写者，果然到了第五十六回，刚刚过了第五十四回的中点线，甄家的人就现身到了贾府，贾宝玉就梦见了甄宝玉，麝月就说以后睡觉要把镜子套上。在《石头记》中，前半部的荣华富贵是正照风月宝镜，是假；后半部的破败毁灭是反照风月宝镜，是真。蔡义江在《“石头”的职能与甄、贾宝玉》一文中论证说，“石头”作记能兼有第三人称和第一人称两种叙述方式的长处，而甄、贾宝玉是为了艺术化地表现“真事欲显，假事将尽”——由“烈火烹油、鲜花着锦之盛”到“忽喇喇似大厦倾”的前假后真。所以原著佚稿中写通灵玉的“失落”有三个特点：第一，通灵玉并非神秘地“离世”，只是因为现实生活中完全可能的原因而转换了一个地方；第二，失玉并没有使宝玉变成疯傻，他的神志清醒理智正常；第三，这是作者既要“将真事隐去”又“不敢稍加穿凿”的艺术张力下所采用的结构形式：石头从贾宝玉身边落到别人手里，小说叙述描写的人、地、场景也随之转移了。

根据这种研究，脂批说王熙凤后来“扫雪拾玉”可能就是拾的一度丢失的通灵玉——原来它被扔在一个角落里继续当“记者”。而所谓“甄宝玉送玉”或者是甄、贾二宝玉通过通灵玉的转手而转换叙述场景。史湘云先后与甄宝玉、贾宝玉的婚恋纠葛，可能也是类似的场景变换以经历沧桑见证变迁。

程高本后四十回则采用了一种符合世俗价值观念和通俗艺术审美的写法，甄宝玉洗心革面，变成了一个“禄蠹”，让贾宝玉很失望，“证同类宝玉失相知”，成了类似《西游记》里“真假猴王”的格局。甄宝玉回归正统，贾宝玉则成了"六耳猕猴"——不过最后也终于披着大红猩猩毡斗篷跟着二仙成正果了。

脂批本和程高本"两种《红楼梦》"的确存在着逆反和世俗两种价值观、创新和庸常两种审美观的差异,版本研究的意义就是要从基础上正本清源。

史湘云与甄、贾二玉

史湘云先后与甄宝玉、贾宝玉的婚恋纠葛,可能也是类似的场景变换以经历沧桑见证变迁。上一讲中说过的这句话可能又让大家跌落眼镜,疑窦丛生。怎么史湘云又和甄宝玉有关系了?

细读前八十回,作者设置了不少"伏线",暗示史湘云是后面家族败落故事中的女主人公,黛玉和宝钗则只在前面荣华富贵时显得突出。史湘云出场在第二十回, 正是秦可卿的丧事和贾元春归省的喜事这两件象征家族盛衰的"大过节"刚过,对史湘云的来历也没有任何介绍,给人感觉很突然,这其实是"点睛",告诉读者湘云将在"盛事已过"后才有重头情节,而且将出现得很突然。此即所谓"湘云不与宫车会"之深意曲笔也。荣华是"假"而败落是"真",以此观之,湘云才是真正的全书女主角。

第三十七回海棠诗社,是已经过了一个"暗中秋"(不正面描写),海棠其实是湘云的"本命花",所以这一回前面写海棠诗之评鉴,黛玉是艺术冠军,宝钗是思想冠军,湘云迟到,却一人作了两首,大家一致称奇道妙,然则谁是真正的冠军? 后来居上,画龙点睛。

下面的菊花诗,表面上是"林潇湘魁夺菊花诗",但看十二首诗的排列,宝玉的《访菊》《种菊》紧跟着就是湘云的《对菊》《供菊》,"别圃移来贵比金"接"携锄秋圃自移来",连字句也有意相似,也就是只有宝、湘才占据了组诗的核心地位,同时,菊花诗会本来就是史湘云作东道主。

到了雪天联句,更是宝玉和湘云两人一起烤鹿肉,通过李婶娘之口点出"带玉的哥儿和挂金麒麟的姐儿",而联句中湘云的诗句最多,是"白雪诗冠军"。再清楚不过,这些描写无一不是"白茫茫大地"后湘云将唱主角的影射。

过了第五十四回写“盛”的“中点”，到开始写“衰”的第五十六回，就有贾宝玉和史湘云大谈甄、贾二玉的情节，湘云举出阳虎和孔子面貌相像，蔺相如和司马相如名字一样，贾宝玉说“偏我和他就两样俱同不成？”湘云说“有也罢，无也罢，与我无干”，接着又写贾宝玉梦见了甄宝玉。其实这也是佚稿中“假去真来”，抄家败落后湘云将是主角的暗示。有的研究者认为佚稿中将有史湘云先嫁甄宝玉后嫁贾宝玉的情节，湘云说“与我无干”的话从“伏线”来说恰是正话反说。当然佚稿中的故事可以有前后错综交叉的组织结构，这一情节并不和前面说过的“卫若兰射圃”等宝玉和湘云的“金麒麟”姻缘等情节相矛盾。

那么又该怎样理解第一回神瑛侍者和绛珠仙草“眼泪还债”神话背景的特笔铺垫？难道林黛玉的女主角地位反而要让给史湘云？我有一个想法，红香绿玉，两个“湘妃”，也许曹雪芹暗示绛珠仙草投胎转世后其实一分为二，一个是黛玉，一个是湘云（黛玉是绿叶而湘云是红花），而神瑛侍者也一分为二，一个是贾宝玉，一个是甄宝玉，假作真时真亦假。而那个担任“记者”的补天顽石通灵玉，就辗转于甄玉和贾玉之间，起到一种转换叙述场景的作用。这当然只是一个大的轮廓，至于具体情节，那就要读者自己发挥想象力，这正是小说后稿亡佚造成的特殊审美效应。

“眼泪还债”与“焚稿断情”

看惯了后四十回中“林黛玉焚稿断痴情，薛宝钗出闺成大礼”，有些人会觉得也还不错嘛。从思想上说，这不是对旧礼教对包办婚姻的控诉吗？从艺术上说，黛死钗嫁一悲一喜的“强烈对比”不也挺有感染力吗？黛玉临死前又撕手绢又焚诗稿，还直着脖子叫“宝玉，宝玉，你好……”爱恨交集，不也挺有“心理深度”吗？

言之成理。不过这是通俗的审美，通俗的道理。而曹雪芹却是要“令世人换新眼目”，要超越通俗眼界而追求“陌生化”审美效应的。曹雪芹写的是“眼泪还债”，完全不同于后四十回的“焚稿断情”，这是两种不同性质的爱情悲剧。那么，它们的区别何在呢?

林黛玉爱哭，是因为她前生欠了贾宝玉的人情债，“他是甘露之惠，我并无此水可还。他既下世为人，我也去下世为人，但把我一生所有的眼泪还他，也偿还得过他了”。黛玉之哭，乃是“报恩”，所以她后来的哭，只有为了宝玉的利益而落泪才能算“还债”。黛玉因父母去世的哭泣那是不在其中的。

书中第一次“还泪”是第三回宝、黛初见，宝玉因自己有通灵玉而黛玉没有，发了痴病而摔玉，到晚上黛玉“自己淌眼抹泪的说，‘今日才来了，就惹出你家哥儿的狂病来，倘或摔坏了那玉，岂不是因我之过？’”大家瞧，第一次哭泣就是怕对宝玉有所不利。

前八十回最大的一次“还泪”则在宝玉挨打以后。第三十四回描写黛玉：“只见两个眼睛肿的桃儿一般，满面泪光。”“虽不是嚎啕大哭，然越是这等无声之泣，气噎喉堵，更觉利害。”后面宝玉派晴雯送给黛玉两条旧手帕，黛玉题诗，核心意思也都是“眼泪还债”：“眼空蓄泪泪空垂，暗洒闲抛却为谁？”“彩线难收面上珠，湘江旧迹已模糊。”以娥皇、女英哭大舜王而自比，正象征潇湘妃子哭绛洞花王也。

“眼泪还债”是报恩，这一基本情节内容凸显了一种精神价值的导向：《红楼梦》是以肯定、歌颂“情”也就是爱为基调的，是“士为知己者死”这一传统价值观的升华。前八十回从各个角度皴染了这一主题，如金钏儿与晴雯之死，以及宝玉所咏唱的林四娘为恒王而死等，无不如此。甚至尤三姐的自刎，其实也是为了实现让自己倾心的柳湘莲终能“知己”。

第三十二回有一段描写，黛玉在门外听见宝玉在湘云和袭人面前说“林姑娘从来说过这些混账话不曾？”黛玉“不觉又喜又惊，又悲又叹。所喜者，果然自己眼力不错，素日认他是个知己，果然是个知己”，就是从这一情节和紧接着的宝玉对黛玉“诉肺腑”，黛玉和宝玉完全印证了“知己”关系，也就是从此“心心相印”，以后就不再写黛玉闹“小性儿”了。

所以，曹雪芹要写的是建立在“知己”基础上的情，是为了对方而自我牺牲性质的爱，这才是“眼泪还债”的精神实质。

而后四十回的黛玉焚稿断情，却成了黛玉最后怨恨宝玉，成了“以怨报德”，她不再“还债”而反过来“讨债”，精神境界大为降低，由“心较比干多一窍，病如西子胜三分”的绝代佳人变成一个满身俗气的女子，最后的价值落足点成了恨。后面凤姐和紫鹃的话，都清楚地证实了续书所写黛玉临死时精神心理的主体导向。

以“知己”之“情”为终极价值，追求的是崇高理想，是“让人间充满爱”。以“怨恨”为终极价值，则是世俗化的人性，极端了可能走向极“左”的“阶级仇恨”，也可能走向残酷的恐怖主义。两种不同版本的《红楼梦》是这样和现实生活及当今世界“接轨”的。

“追踪蹑迹”与“稍加穿凿”

接着上一讲所说，后四十回写黛死钗嫁恰在同一时辰，形成了所谓悲和喜的“强烈对比”，这种曾被广为称道的艺术处理其实带有强烈的通俗文学的性质，与曹雪芹的审美追求大相径庭。

“至若佳人才子等书，则又千部共出一套，且其中终不能不涉于淫滥，以致满纸潘安、子建、西子、文君，不过作者要写出自己的那两首情诗艳赋来，故假拟出男女二人名姓，又必旁出一小人其间拨乱，亦如剧中之小丑然。且鬟婢开口即者也之乎，非文即理，故逐一看去，悉皆自相矛盾、大不近情理之话，竟不如我半世亲睹亲闻的这几个女子……至若离合悲欢，兴衰际遇，则又追踪蹑迹，不敢稍加穿凿，徒为供人之目而反失其真传者。”

这是第一回中曹雪芹假托顽石之口，发表的《石头记》审美宣言，也可以说是一个指导全书写作的理论纲领。要点：一是批评已经形成了固定套路的“佳人才子等书”，二是宣称《石头记》要打破那种套路，追求写实的风格——“追踪蹑迹”是关键词。

我们用理论来对照一下“两种《红楼梦》”的写作实践，立刻洞若观火，真伪美丑立判。

后四十回的“调包计”和“钗黛争婚”及“黛死钗嫁”，不正是“假拟出男女二人名姓，又必旁出一小人其间拨乱，亦如剧中之小丑然”吗？宝玉和黛玉成了那“男女二人”，凤姐和宝钗成了“其间拨乱”的“小丑”——尽管写得还不那么十分漫画化。而黛死钗嫁恰在同一时辰的强烈对比，不正是背离了“追踪蹑迹”的真实而“稍加穿凿”，即人为编造以造成一种“效果”吗？开句玩笑，难道有一个气功大师在林黛玉身边运气，让她正好撑到宝钗进洞房那一刻才咽气吗？

曹雪芹视为“陈腐滥套”而要坚决打破的，后四十回却奉为宝典金箴。这就是原著与续书在审美思想上的针锋相对，南辕北辙。

曹雪芹是天才，深谙写作的辩证法，一方面是“追踪蹑迹”的写实，所以我们读前八十回时感到真如行云流水，似乎就是生活本身自然形态的展示。佚稿中写到宝玉的婚配和黛玉之死，是与家族内部争夺财产继承权的斗争交织在一起的，充分表现生活本身的复杂性和真实性。后四十回写贾母、王熙凤、邢夫人、王夫人高度意见统一而择钗弃黛，显然把复杂的情境简单化公式化了——当然也违背了前八十回的“伏线”，失去了生活的真实。

另一方面，曹雪芹又是高度的写意，用写诗的方法写小说，黛玉葬花，湘云卧药……充满了诗情画意。前八十回写到秦可卿、金钏儿、晴雯、尤三姐和尤二姐的死，没有一个正面描写其死亡的具体细节，而是一种诗意化的写法，如尤三姐自杀，用“揉碎桃花红满地，玉山倾倒再难扶”的诗境象征，而不刻画其自杀后浑身血污的挣扎、扭动、冷却等“真实”。据脂批透露，佚稿中写黛玉之死是“证前缘”，潇湘馆“落叶萧萧，寒烟漠漠”，那正是“眼泪还债”之情与诗相结合的意境。

后四十回续书在总体故事上落入“千部共出一套”之“稍加穿凿”的编造，在某些细节上却要渲染“写实”，如写黛玉之死，就有什么“便浑身冷汗，不作声了”“那汗愈出，身子便渐渐的冷了”等很“具体”的死亡过程的描写，与前八十回那种诗意的写法大异其趣。

两种版本的《红楼梦》，说到底，一个是天才的创造，一个是通俗文学色彩很强的写作。一个雅，一个俗，张爱玲说后四十回的俗气如“附骨之蛆”，可谓一针见血。

荣国府财产争夺战

宝玉娶亲，贾母弃黛择钗，王熙凤搞“调包计”，这种后四十回的“宝、黛、钗爱情婚姻悲剧”尽管曾风行一时，赚了许多人的眼泪，其实却是一种通俗化的编造，既背离前八十回的“伏线”，又违反了曹雪芹的美学宗旨，可谓大谬不然。

那么，原著佚稿中的宝玉娶亲是怎么写的？

宝玉是荣国府二房的嫡子——二老爷贾政正配王夫人所生的男孩子。而二房是受贾母宠爱的一房，你瞧贾政和王夫人居住在敕建的荣国府荣禧堂里，袭着荣国公爵位的老大贾赦反而另在一院。因此，宝玉成亲，就不仅仅是娶一个妻子那么单纯了，它意味着宝玉已经成人——要继承荣国府的家业，过门的宝二奶奶也要承担起内当家的责任了。

荣府二房本来应该是李纨内当家的，她是二房的大儿媳妇，最具有管家的“合法性”了。但一来贾珠已死，李纨成了寡妇，二来李纨本人又是“尚德不尚才”的，缺乏管家的本领。荣国府那么大家业，没有点管理才能可胜任不了。于是，王熙凤这个大房的儿媳妇，正好又是二房太太王夫人的内侄女，本人又是“脂粉队里的英雄”“从小儿顽笑着就有杀伐决断”，更特别能讨老祖宗贾母喜欢，背景条件，“干部考察”都再合适不过，就“历史地”被借用到二房来当家掌权了。

但是，如果一旦宝玉成家，二房有了能当家的儿媳妇，王熙凤就算完成了自己的“历史任务”，该把钥匙交给新来的宝二奶奶，回大房去歇着了。按照前八十回凤姐和公婆贾赦、邢夫人的关系，回到大房的凤姐可绝不会像在二房当家那么威风八面了。凤姐的个性特点是对权力和金钱特别热衷，那么在宝玉娶亲的问题上，她难道不会首先从自己的利益出发考虑吗？

对黛玉和宝钗这两个“宝二奶奶” 的候选人，她会赞成谁呢？黛玉是贾母的亲外孙女，宝钗是王夫人的亲外甥女，从前八十回的描写来看，凤姐当然要两边讨好，不过似乎更应该站在老太太一边。更重要的，是黛玉身体不太好，而且更沉溺于一种诗的灵性生活，她要是当了宝二奶奶，凤姐还有可能继续留任二房管家。反过来，如果是人情练达的宝钗，那凤姐继续留任的机会可以说就等于零了。利益决定态度，凤姐在宝玉择配问题上，将投黛玉的票。

这样看前八十回的一些描写，如第二十五回凤姐和黛玉开玩笑说“你既吃了我们家的茶，怎么还不给我们家作媳妇？”第六十六回贾琏的小厮兴儿，对尤二姐和尤三姐说宝玉未来婚配“将来准是林姑娘定了的。……再过二三年，老太太便一开言，那是再无不准的了”，作者所赋予的暗示意味十分明显。

老太太贾母在后四十回里被写成择钗弃黛的主要决策者，其实我们比照着生活实际想一想，一个传统社会的中国老太太，难道会对自己亲生女儿遗留下的唯一遗孤那么绝情吗？黛玉是贾母的“心肝儿肉”，那和贾母对宝钗的亲戚间的客气态度是不可同日而语的。贾母对宝钗也有好感不假，但贾母更要考虑宝玉的意愿，第五十七回“慧紫鹃情辞试忙玉”（“忙玉”从“无事忙”而来，不是程高本的“莽玉”）后，贾母对宝、黛关系的实质已经有充分了解了。她弄清事情真相后，曾“流泪”地抱怨紫鹃哄宝玉，这“流泪”两个字里有多少复杂而丰富的内涵啊。说贾母会为了“家族前途”而择钗弃黛，实在是把这位“古今中外一祖母”给简单化公式化了。贾母可没上过“阶级分析理论学习班”。

那么还有王夫人，贾政，贾元春，以及赵姨娘和邢夫人这两派对二房嫡子派抱有敌对态度的力量，他们在宝玉择偶问题上会如何表现呢？能像后四十回那样“意见高度统一”吗？又要且听下回分解了。不过有一点已经十分清楚，后四十回贾母决策、王熙凤献“调包计”的情节，不正是脱离“典型形象”性格和“典型环境”真实的通俗文学套路之胡编乱造吗？

宝玉娶亲与“财产权再分配”

宝玉娶亲意味着荣国府的“财产权力再分配”，这一本质内容决定了荣府内部各派力量对宝玉择配不同的意见和态度。凤姐和贾母应该是赞成娶黛玉的。那么其他几方面的力量态度如何?

王夫人赞成娶宝钗,这在前八十回已经有种种"伏线"。金钏儿死了,宝钗来安慰姨娘,那么体贴周到,王夫人正犯愁拿新衣服给金钏儿装裹,"只有你林妹妹作生日的两套,我想你林妹妹那个孩子,素日是个有心的,况且他也三灾八难的",宝钗立刻把自己的两套衣服贡献出来,并说"我从来不计较这些"。凤姐小月不能理家,王夫人把仅仅是一个亲戚的宝钗请来参加李纨和探春的临时执政班子,组成"三驾马车",不是无形中已经让宝钗似乎是"宝二奶奶"了吗?

王夫人对黛玉的态度,作者通过种种影射作了暗示。说黛玉"有心"其实是嫌其心胸狭窄;第七十四回说晴雯"眉眼又有些像你林妹妹的……我心里很看不上那个轻狂样子",见了晴雯又骂"好一个病西施"——正是黛玉的绰号;撵晴雯后向贾母汇报时编派晴雯的话句句都切合黛玉的特点。佚稿中王夫人在宝玉择配问题上将"拥钗反黛",本来无论从亲戚关系、家庭背景、身体条件和思想性格各方面,这都是其理必然的。顺便说一句,贾母的意思却准备让晴雯"给宝玉使唤"(作妾),而看不上王夫人选中的袭人,晴为黛影,袭为钗副,正是十分微妙的一笔。

荣府二房中的庶子派赵姨娘和贾环,关心的是怎样把财产的继承权从宝玉那儿夺到贾环这儿。第二十五回赵姨娘对马道婆说:"你若果然法子灵验,把他两个绝了,明日这家私不怕不是我环儿的。"赵姨娘说的"两个"是指贾宝玉和王熙凤,凤姐本来是和宝玉、黛玉一条线上的人啊。赵姨娘怎样才能达到打倒宝玉的目的呢?她看见紫鹃说了一句黛玉要回苏州宝玉就要死要活的,就想好了一条计,造谣说宝玉和黛玉"有不才之事"——两个人的关系已经超越表兄妹了,暧昧啊,做了丑事啊……

贾赦和邢夫人早就对贾母偏疼小儿子心怀不满,第七十五回就有两个情节。一个是贾赦借说笑话讽刺贾母"偏心",母子矛盾已见激化。另一个情节是贾赦称赞贾环的诗作得好,"将来这世袭的前程定跑不了你袭呢"——要让贾环继承爵位,大房和二房中庶子派结盟共同对付贾母宠爱的二房嫡子派趋势甚明。所以，当赵姨娘等诽谤宝玉和黛玉时，贾赦和邢夫人等大房一派也会随声附和。

贾政在宝玉择配上是倾向黛还是钗？这倒是一个大家还研究得比较少的问题。如果赵姨娘在贾政耳朵边乱吹风诬蔑黛玉，而王夫人从自己的立场也向贾政表示对黛玉不满，大概贾政也就会倾向选宝钗而不选黛玉吧？

佚稿中，围绕着宝玉娶亲提上议事日程，荣国府这方方面面的各派力量将粉墨登场，展开一场微妙而激烈的明争暗斗。可能还在计议之中，贾母突然病故或病危，宝玉、黛玉和凤姐都失去了靠山，赵姨娘、贾环和贾赦、邢夫人两派人趁机兴风作浪，流言四起，说宝玉和黛玉如何如何。

王夫人遂把宝玉搬出大观园，后来由于某种原因，宝玉更离开了贾府，身历危境，黛玉日夜以泪洗面，"眼泪还债"而死。王夫人借助贾元春的力量，让宝玉和宝钗成婚，也是加强己方力量，对赵、邢等人的反击举动。

这一情节在第二十八回元春端阳节赐礼中已经暗伏——元春赐礼只有宝玉和宝钗的一样。当然佚稿中的故事将是错综交叉的，比如可能黛玉死前已经传出宝玉订婚宝钗的消息，这更加重了她的痛苦和绝望，等等。

一句话归总，原著中宝玉娶亲的故事，和贾家内部争夺财产的斗争紧密交织，可能还和贾家在朝廷中复杂的矛盾纠缠也发生关系，比如忠顺王对贾宝玉的不满，对贾府的威胁，周汝昌设想的忠顺王要强娶林黛玉，等等，都可能是故事中的某种元素。

后四十回：俗人之书

原著佚稿中所写的宝玉娶亲，将是一个情节复杂而内涵深刻的多角度多层面的故事。后四十回续书所写"调包计"，却是一个脱离国公府典型情境的"狸猫换太子"，细想一想，其实很荒唐。

这个话怎么讲呢？请详其理其情。

荣国府是贵族国戚，像贾宝玉娶亲这样的大事，就像前面秦可卿之死和贾元春归省等红白喜事一样，是要有各家亲友前来送礼道贺，例如北静王是少不了的。连贾府去清虚观打醮，尚且惊动了各府，“于是接二连三……凡一应亲友、世家相与都来送礼”，岂有宝玉娶亲却独家关门大演“调包计”的情理？

“调包计”是为了欺哄宝玉，凤姐吩咐家中人在外面说为宝玉定了黛玉，实际却要娶宝钗。这在国公府这样的大家庭简直是开玩笑，根本不可能发生，贵族是要讲贵族的礼数规矩体面气派的，哪能这样形同儿戏？薛家是四个大家族之一，又怎么能容忍贾府如此行事？这是对薛家很大的侮辱嘛。

续书所写宝玉娶亲时贾元春刚刚薨逝不久，然后又是宝玉的舅舅王子腾去世，这时候能够婚配吗？第五十五回那位老太妃生病，官宦人家就不准娱乐，后来老太妃死了，贾家贾母以下都去孝慈县守陵两三年，连贾琏纳尤二姐为妾的事，贾母都说圆房当真使不得，怎么贾宝玉在贵妃姐姐和舅舅的丧期中大张旗鼓地娶起媳妇来？续书中让贾母说了一句“贵妃的事不禁婚嫁”，实在太蒙混过关了。

林黛玉“心较比干多一窍”，在贾府中那也是眼观六路耳听八方的，闻一晓十，见微知著，岂能像续书那样被蒙在鼓里毫不知情？前面“病潇湘痴魂惊恶梦”，听风就是雨，后面“泄机关颦儿迷本性”，与宝玉对着傻笑，这哪里还是前八十回那位玲珑剔透口角生春的林姑娘呢？

更不必说我们以前已经分析过的贾母择钗弃黛态度的不合理，通灵玉丢失乃“随行记者”失职的不合理，宝玉失玉就疯癫的不合理，宝玉娶亲脱离了贾家内部争夺财产复杂矛盾的不合理，贾母、凤姐、邢王二夫人意见高度一致的不合理……

说白了，续书改写的宝玉成亲是通俗文学的简单故事。站在通俗美学的立场上，自然可以说出种种好处，比如黛玉精神受刺激的爱情心理呀，贾母为家族前途着想的封建觉悟呀，黛死钗嫁恰在同一时辰形成悲和喜的“强烈对比”呀，黛玉焚稿断痴情控诉了封建礼教呀……作为一个普通人家，弄个“调包计”也不奇怪；作为一个普通女子，黛玉的一切表现也都可以理解。同时，黛死钗嫁的故事，毕竟有抗议家长包办婚姻争取自由恋爱权利的积极意义，那可曾经是一段相当长历史时期内多少代男女挣扎奋斗的历史课题呀。

曹雪芹是个奇人，原著是“奇人之书”；续书者是个俗人，后四十回是“俗人之书”。奇与俗，雅与俗，互不相能。不过，二百年来读《红楼梦》的人，毕竟是俗人居多，后四十回在一定的历史时段里博得一些喝彩声，也没有什么奇怪的。

然而，历史的车轮滚滚向前，红学已经发展了一百年，到了21世纪的今天，“两种《红楼梦》”是需要雅俗分流各归其位了。

呆香菱桂下真应怜(上)

香菱原名英莲，是甄士隐的女儿，前后两个名字都谐音“应怜”，是曹雪芹作为一个象征性极强的人物设计的。其实，她就是《红楼梦》中所有女孩子的一个总代表，作为副册之首，她的形象意义其实超过了宝钗、黛玉这些正册十二钗的。

何以见得呢？这还是需要我们体会作者写她的文心匠意，那种种意在言外的苦心经营。

香菱是在第一回就正式出场的。甄士隐在梦中听到茫茫大士对渺渺真人谈论神瑛侍者和绛珠仙草“眼泪还债”的风流神话，说要把补天顽石“夹带于中”送下尘世：“你且同我到警幻仙子宫中，将这蠢物交割清楚，待这一干风流孽鬼下世已完，你我再去。如今虽已有一半落尘，然犹未全集。”

这里说“一干风流孽鬼……已有一半落尘”，就是十二钗中已经有半数降生人间，当然还有男性，不过宝玉和黛玉还没有投胎转世，宝玉是即将转世，所以茫茫大士要趁机把补天顽石幻化的通灵玉放到他嘴里。黛玉比宝玉小，当然还要晚两年才降生人间。但元春、凤姐、李纨、秦可卿、迎春、宝钗等比宝玉年龄大的人已经都“落尘”，年头长短不一。这时候香菱也早已在尘世，小说中说她此刻“年方三岁”。

所以，香菱比宝玉大三岁，比黛玉要大四到五岁，可能比宝钗也大一半岁，所以后来宝钗称她“菱姐姐”——这虽然有宝钗以小姐身份称呼买来丫头的因素，但也透露香菱还是比宝钗稍微大一点。

这些情况提示我们，作为正面描写的书中薄命司中女性，香菱是无可争议的第一人。

那么香菱的容貌身材如何呢？她其实也是书中所有女孩中最美丽的，甚至超过了黛玉和宝钗。第一回写她小时候的情景："越发生得粉妆玉琢，乖觉可喜"，是一个人见人爱的"粉孩儿"和"香娃儿"。她长大以后呢？女大十八变，越变越好看，长大的香菱，其品貌兼有了宝钗和黛玉之美。

当然曹雪芹永远是艺术的表达，不是直露笨拙的交待。他怎么写的呢？第七回这样写："正说着，只见香菱笑嘻嘻的走来，周瑞家的便拉了他的手，细细的看了一会，因向金钏儿笑道：'倒好个模样儿，竟有些像咱们东府里蓉大奶奶的品格。'金钏儿笑道：'我也是这么说呢。'"通过周瑞家的和金钏儿谈话评论，表明香菱长得像秦可卿一般美丽。当然香菱因被拐卖，心灵自幼遭受创伤，所以从小时候的"乖觉"变得有点"呆"，这正十分恰当地刻画了香菱的特点，她的美丽也就有了独特的风格，和秦可卿鲜明地区别开来。

而秦可卿有一个太虚幻境里的化身，是警幻仙姑的妹妹，"乳名兼美字可卿"，"其鲜艳妩媚，有似乎宝钗，风流袅娜，则又如黛玉"。这也就是为什么太虚幻境薄命司正册只有十一幅册页，第一幅"钗、黛合一"，最后一幅是秦可卿，首尾照应，秦可卿正是钗和黛的"兼美"。

香菱最美，但也最薄命，她是小说中写到的所有女儿的一个隐喻。她是第一个被写到的"薄命女儿"，很小就被人贩子拐卖，第四回本来命运有了转机，因为情有独钟的冯公子看上了她，香菱曾自我庆幸："今日罪孽可满了！"谁知拐子又把她卖给薛蟠，薛蟠打死冯公子，把她抢走。小说中通过贾雨村评论说："这英莲受了拐子这几年折磨，才得了个头路，且又是个多情的，若能聚合了，倒是一件美事，偏又生出这段事来。这薛家纵比冯家富贵，想其为人，自然姬妾众多，淫佚无度，未必及冯渊定情于一人者。这正是梦幻情缘，恰遇一对薄命儿女。"这一回的回目标题是"薄命女偏逢薄命郎"，就是点题，告诉读者英莲和冯渊这一对"薄命"恋人是全书所有青年男女命运的象征，也就是第一回所点明的全书总主题："美中不足，好事多魔。"（原文是"魔"，不是"磨"。）

因此，第七回送宫花的故事，周瑞家的和金钏儿评论香菱，虽然所占篇幅很有限，其实也是那一回的关键情节，用香菱的不幸遭遇暗示全部女孩子的命运，这就是通过“送宫花”变相扫描十二钗的真正内涵。甲戌本这一回的回目叫“送宫花周瑞叹英莲”，就是画龙点睛。

呆香菱桂下真应怜(下)

香菱的薄命是逐渐发展的。第十六回凤姐向贾琏说：“那薛老大也是吃着碗里看着锅里的，这一年来的光景，他为要香菱不能到手，和姨妈打了多少饥荒。也因姨妈看着香菱模样好还是末则，其为人行事，却又比别的女孩子不同，温柔安静，差不多的主子姑娘也跟他不上呢，故此摆酒请客的费事，明堂正道的与他作了妾。过了没半月，也看的马棚风一般了，我倒心里可惜了的。”这是一种“补遗法”的写作技巧，即不正面描写，而通过人物谈话补叙已经发生的故事，留下让读者想象的空间。

第四十七回“慕雅女雅集苦吟诗”是香菱的正传。她苦志学诗，终于成了一个诗人。有一段脂批说：“细想香菱之为人也，根基不让迎、探，容貌不让凤、秦，端雅不让纨、钗，风流不让湘、黛，贤惠不让袭、平，所惜者青年罹祸，命运乖舛，至为侧室，且虽曾读书，不能与林、湘辈并驰于海棠之社耳。”

刘心武认为香菱写的三首咏月诗有“红楼望月”、月喻太子的影射，是隐喻乾隆和康熙废太子胤礽之子弘皙的“日月之争”，也是一家之言。假如真的如此，就更加强了香菱这一人物的象征意义。还有一点也值得注意，胤礽的生日是五月初三，而小说中写薛蟠的生日也是五月初三，薛蟠又号“呆霸王”，这是不是“假作真时真亦假”的一种艺术作意呢？从这一点上说，刘心武认为第二十八回贾元春让贾府从五月初一到初三去清虚观打三天平安醮，有影射悼念胤礽的意思，说法虽然大胆，但也不乏合理因素。当然不一定把情节说得很具体，作过度阐释。

第六十二回的布局也很耐人寻味，这一回的回目是“憨湘云醉眠芍药裀，呆香菱情解石榴裙”，湘云之憨与香菱之呆成为对仗，而湘云醉卧是一个有深长隐喻的情节，暗示她在家族败落后和贾宝玉的会合。而第四十回湘云念了一串酒令："双悬日月照乾坤""闲花落地听无声""日边红杏倚云栽""御园却被鸟衔出"，的确有意影射朝廷的政治斗争是影响十二钗命运的重要因素。因此，第六十二回把香菱和湘云并列，恐怕也和香菱这一人物同样象征了朝廷政治背景有关。

朝廷的政治斗争最终影响了贾府、史府等四大家族的命运，进一步导致十二钗的花果飘零，而史湘云正是最后和宝玉在一起的"收局"人物。将史湘云和 "呆霸王"薛蟠（在某种意义上可能暗点胤礽）之妾香菱联翩并列，似乎不是巧合而有深意。香菱又是众女儿"薄命"的总代表，史湘云在第四十九回被称为"脂粉香娃"，有意点出"香菱"之"香"和"湘云"之"湘"的谐音是"一击两鸣"，恐怕也都是精心设计的。

第六十二回香菱和小戏子们玩耍打闹而弄脏了裙子，宝玉关心她，让袭人给她换了一条新裙子，就是所谓"情解石榴裙"。这个情节当然主要是表现宝玉的"情不情"和"意淫"，但宝玉把香菱玩过的"夫妻蕙""并蒂莲"挖个坑埋葬了，不是也隐喻了香菱和薛蟠未来的婚姻悲剧吗？——进一步，是不是也暗示"日月之争"的失败呢？这石榴裙也是"血泪"的红颜色，同时还暗通贾元春的判词"榴花开处照宫闱"。岂不耐人寻味！

在小说中，香菱最后的悲剧是被薛蟠的大老婆夏金桂虐待而死。第五回香菱的"册子"上，"画着一株桂花，下面有一池沼，其中水涸泥干，莲枯藕败"，桂花指夏金桂，莲枯藕败指香菱。后面配的那一首诗就更寓意明显了："根并荷花一水香，平生遭际实堪伤。自从两地生枯木，致使香魂返故乡。"（"一水香"，根据舒序本《石头记》文字，其他本子作"一茎香"。）在第三句旁边有三字脂批"析字法"，这是说"两地生孤木" 就是"桂"字——"木"字偏旁加两个"土"字。

香菱的这一结局在第八十回已经露出端倪。戚序本系统的本子，第八十回的回目叫"姣怯香菱病入膏肓"，是符合曹雪芹原意的。这一回描写："自此以后，香菱果然跟随宝钗去了，把前面路径竟一心断绝。虽然如此，终不免对月伤悲，挑灯自叹。本来怯弱，虽在薛蟠房中几年，皆由血分中有病，是以并无胎孕。今复加以气怒伤感，内外折挫不堪，竟酿成干血之症，日渐羸瘦作烧，饮食懒进，请医诊视服药亦不效验。”显然，香菱在八十回后不久就将灯尽油干，“香魂返故乡”了。后四十回写香菱没有死，在夏金桂害人反害已服毒身亡后成了薛蟠的正室，最后又被甄士隐度脱成仙，显然不符合曹雪芹原意，是一种通俗文学模式的写法。

花袭人供奉旧主人

花袭人是贾宝玉第一个大丫头，早在第六回就和宝玉“初试云雨情”，有了特殊关系。所以袭人本应该是宝玉未来的妾，这一结局是前八十回反复渲染的。

比如第十九回描写袭人的母亲和哥哥想把袭人赎出去，袭人坚决不愿意，后来宝玉到袭人家看望，袭人的母亲和哥哥看到二人的亲密关系，“他母子二人心下早明白了，越发石头落了地，而且是意外之想，彼此放心，再无赎念了”。

再如第三十四回袭人向王夫人进言让宝玉搬出大观园，说了一番“君子防不然”的“大道理”，“王夫人听了这话，如雷轰电掣的一般，正触了金钏儿之事，内心越发感爱袭人不尽”，后来将袭人的月例银子提高到和贾政之妾周姨娘、赵姨娘同等水平，实际上已经内定了袭人是宝玉的姨娘即小老婆。

但是在第五回的“薄命司”册子里，在又副册第二幅，“画着一簇鲜花，一床破席”，题诗则是：“枉自温柔和顺，空云似桂如兰。堪羡优伶有福，谁知公子无缘。”这是说，袭人和宝玉最终“无缘”，而是嫁给了“优伶”。

这个“优伶”是谁？就是和宝玉相好的琪官蒋玉菡。第二十八回“蒋玉菡情赠茜香罗”就用象征性的情节暗示了这一点。行酒令时蒋玉菡拿起一朵木樨花来，念了一句旧诗“花气袭人知昼暖”。薛蟠就打趣说：“了不得，了不得！该罚，该罚！这席上又没有宝贝，你怎么念起宝贝来？”意思是花袭人是贾宝玉的“宝贝”。后来蒋玉菡向宝玉赔不是，宝玉知道蒋玉菡就是有名的戏子琪官后，以玉扇坠相赠，蒋玉菡把北静王送给自己的茜香罗汗巾子送给宝玉,要宝玉把自己的松花绿的汗巾子解下来交换。这条松花汗巾子实际上是袭人的,宝玉后来把茜香罗汗巾子系在袭人腰里。

这些情节当然是暗示袭人将来要嫁给蒋玉菡。因为戏子在清代属于贱民阶层,所以袭人嫁给蒋玉菡是“薄命”,要用“破席”象征——“席”也谐音“袭”,鲜花插在破席上。这是不能用今天歌星影星大红大紫,受到社会普遍羡慕的情况相比方的。

蒋玉菡这个人物象征意义也很强。过去的评点家说“玉菡”实际上象征皇帝的玉玺——“菡”谐音“函”,所以他后来买了“紫檀堡”的房子,正是放在紫檀匣子里的印玺之意。这种意见也颇耐人寻味。蒋玉菡的茜香罗汗巾子是北静王给的,而后来忠顺王派人到贾府索要蒋玉菡,也明确提到这条汗巾子,所以对蒋玉菡的争夺关系着王爷一级的政治斗争,刘心武说实际影射乾隆皇帝和康熙废太子胤礽之子弘晳的“日月之争”,也不能说毫无道理。

有一条脂批说后来袭人离开了宝玉,对宝玉说:“好歹留着麝月。”从语气看,袭人的离开是并不情愿的,似乎是无可奈何。情节当然很难具体,周汝昌在《红楼梦的真故事》里写是忠顺王报复贾府,所以强要袭人,又把她给了蒋玉菡,当然也只是一种推测。不过这种情节假设的确紧扣住了佚稿的总体情节线索和结构轮廓,就是贾府的结局和朝廷王爷间的政治斗争紧密联系。

由于前面写到袭人对宝玉“娇嗔”和“箴劝”,袭人代表的是常规的世俗价值观念,与宝玉的逆反价值观对立,此外又有“晴为黛影,袭为钗副”的说法,所以过去有的研究者爱从“路线斗争”和“思想斗争”角度分析,把袭人判断为一个反面色彩强的形象。连后四十回也写袭人在宝玉出家后不能“守节”和“殉情”,她嫁给蒋玉菡的情节也成了感情不专一的罪案,所谓千古艰难惟一死,伤心岂独息夫人。

这当然是续书作者思想落后的表现。袭人不是正妻,只是“通房丫头”,传统礼教并不要求通房丫头守节,让袭人为出家的宝玉“守节”,是比历史上实有的礼教还要落后百倍的观念。

其实袭人也不过就是思想比较符合当时的常规价值观,她对主人很忠诚,用自己理解的方式表现自己的忠诚,包括提醒王夫人要把宝玉搬出大观园，以防止宝玉和黛玉的爱情发展下去出现什么不体面的行为。但袭人说得也很周到委婉，明明是担心林姑娘，却要拉上宝姑娘作掩护，说“林姑娘宝姑娘又是两姨姑表姊妹，虽说是姊妹们，到底是男女之分，日夜一处起坐不方便”。后来晴雯被逐，也和袭人无关，小说中写得很清楚。

所以，袭人是个思想正统品德高尚的女奴，思想正统与品德高尚并不矛盾，而互相统一。比如，王夫人问袭人是不是知道贾环在贾政面前诬告了宝玉，袭人明明已经找宝玉的书童作过调查，却不愿意挑拨是非，回答说不知道，不想靠“打小报告”赢得王夫人的欢心。

八十回以后袭人在一种特殊情况下离开了宝玉，嫁给了蒋玉菡。脂批透漏佚稿中有“花袭人有始有终”一回故事，还有脂批说“盖琪官虽系优人，后回与袭人供奉玉兄、宝卿得同终始者”。宝玉在佚稿中“贫穷难耐凄凉”（第三回赞宝玉的《西江月》词）、“寒冬噎酸虀，雪夜围破毡”（脂批），生活非常穷困潦倒，而袭人嫁了蒋玉菡，经济比较宽裕，夫妇二人帮助宝玉和宝钗度过艰难的时日。这样的花袭人不是一个“义仆”吗？

麝月就是风月镜

《红楼梦》的另一个书名是《风月宝鉴》，小说里面凡写到镜子，都用各种各样的艺术手段隐喻“风月宝鉴(镜)” 的意思。这在“贾天祥正照风月鉴”那一回里有最明白的表现，贾瑞反照镜子，是死人的骷髅头，正照镜子，则是美人凤姐在向他招手。这是一种象征，意思是一切荣华富贵情色爱恋都是空的假的，而破败抄家毁灭死亡才是真的。

这种象征也体现在宝玉身边的丫头设计上。有一个丫头就是风月宝镜的隐喻，她就是麝月。

麝月是怡红院里的四大丫头之一。“麝月”这个词，在古代的诗文语境里，就是镜子的典故。清朝的一个评点家叫二知道人，很早就指出了这一点，他点评麝月之名说：“妙！镜子。” 红学家吴世昌后来写论文，又从古典诗文中寻绎出不少麝月一词就是镜子之意的例证。比如南朝徐陵《〈玉台新咏〉序》

中就说："金星将婺女争华，麝月与常娥竞爽。"（"常娥"就是"嫦娥"）

第二十回有一个情节，描写宝玉对着镜子给麝月篦头，"宝玉在麝月身后，麝月对镜，二人在镜内相视……"然后引出来一大段意味深长的故事。

第五十六回又有一个情节，说宝玉在梦中进入了另一个大观园，看到一个也叫宝玉的少年，周围也有一群类似袭人、晴雯的丫头，那个少年正和丫头们说他刚作了一个梦，到了京城的大观园，两个宝玉在梦中相会，忽然有人传话"老爷叫宝玉"，一个宝玉就走，另一个宝玉大叫："宝玉快回来！"这时宝玉梦醒了，麝月就说："怪道老太太常嘱咐说，小人屋里不可多有镜子。小人魂不全，有镜子照多了，睡觉惊恐作胡梦。……自然是先躺下照着影儿顽的，一时合上眼，自然是胡梦颠倒，不然，如何得看着自己，叫自己的名字？不如明儿挪进床来是正经。"这个情节安排在第五十六回，是特别富有匠心的。

曹雪芹原著共一百零八回，第五十三、五十四两回写过年和元宵节，浓墨重彩，正是暗示贾府到了由盛转衰的全书"中点"。

懂得了这种全书大结构的布局奥妙，就明白第二十回宝玉给麝月对镜子篦头的故事是象征正照风月宝镜，那时宝玉还过着风流富贵的生活；而第五十六回贾宝玉梦见甄宝玉的情节，正是"假（荣华富贵）将去，真（败落灭亡）即来"的象征性寓意笔墨，第五十六回刚过了中点，也就是风月宝镜由正照开始变成反照的暗示。为什么要让麝月对镜子评点一番呢？因为麝月本身就是安置在贾宝玉身边的一面"风月宝镜"。

有两段脂批透露八十回后佚稿的情节："故袭人出嫁后云：'好歹留着麝月。'宝玉便依从此话。""宝玉有此世人莫忍为之毒，故后文方能悬崖撒手一回，若他人得宝钗之妻、麝月之婢，岂能弃而为僧哉！"这说明，在佚稿中麝月也一直待在宝玉身边，像镜子一样映照出宝玉人生的得意与失意历程，也就是由"花柳繁华地，温柔富贵乡"（第一回）变成"寒冬噎酸齑，雪夜围破毡"（脂批）。

再看第六十三回宝玉过生日时，描写麝月抽出隐喻性花名签："这面上一枝荼蘼花，题着'韶华盛极'四字，那边写着一句旧诗道：'开到荼蘼花事了。'注云：'在席者各饮三杯送春。'麝月问怎么讲，宝玉愁眉忙将签藏了说：

‘咱们且喝酒’。”这种描写当然也是有意为之,用巧妙的手段传达出麝月就是映照盛衰的一面风月宝镜。

也就可以联想到,第二十三回宝玉作的《夏夜即事》,其中有一句“窗明麝月开宫镜”,第七十八回作《芙蓉女儿诔》,其中又有“愁开麝月之奁”,都有意把麝月和“镜子”挂钩,点明了麝月就是风月宝镜。至于这两句诗还隐藏着什么具体的情节,当然是可以探讨的。

狱神庙小红慰宝玉

小红的大名叫林红玉。小说中交待说因为重了林黛玉和贾宝玉的名字,所以就把“玉”字隐起来,只叫小红。王熙凤曾说,得了玉的便宜似的,你也玉,我也玉。这其实是曹雪芹一种微妙的点睛之笔,就是告诉读者,林红玉是影射林黛玉的,是黛玉的又一个“影子”。黛玉的前身是绛珠仙草,“绛”就是“红”,而“绛珠”之意,“细看宁非血泪乎”(脂批)?再贾宝玉的前身是赤瑕宫神瑛侍者,“赤瑕”也就是“红玉”,也就是“血泪”凝结成的结晶体。

小红——林红玉,岂能是等闲人物?她在小说中的地位岂可掉以轻心,以“小丫头”视之?

小红本来在怡红院,她上进心很强,但被大丫头们排挤压制,总在外围打忽悠,没有接近主人贾宝玉的机会。有一次,宝玉叫人倒茶水,正好身边没人,小红就进来给宝玉倒了一杯水,引起宝玉的注意,问长问短。谁知两个大丫头回来看见了,立刻把小红讽刺嘲弄了一番,怡红院的竞争很激烈啊。

小红一看在怡红院难以出头,就另打主意,和贾府本家的少爷贾芸眉来眼去,又巧合地交换了手帕,两人就对上象了。又赶巧碰上王熙凤要派人传话,身边没人,小红又赶上了,给琏二奶奶当了一回差,由于头脑清楚,口齿伶俐,任务完成得很出色,被凤姐看上了,就和宝玉说,把小红调到了自己身边。

我们看,小红在宝玉和凤姐身边的两次表现,都是“偶然”的机会,靠自己的素质和本事而出人头地。所以有才能的人,是不会被长期压抑的,总要脱颖而出。

但曹雪芹写这些，难道仅仅是点缀文情吗？《红楼梦》的一大特点，就是全书的结构艺术细针密线，巧夺天工，全书中任何一个情节和人物，都是书中的一个有机“构件”，一个“螺丝钉”，表面上也许不起眼，但少了它整部机器就运转不起来，或者十全十美的宝贝就要残缺了。

小红从宝玉身边调到凤姐身边，和两人都有一次“偶然”的因缘。这就是匠心深意，意味着这个小丫头和宝玉、凤姐有着非同寻常的关系。要知道宝玉和凤姐可是全书将经历贾府全部盛衰的“双主角”啊，所以小红也是“盛衰”的关键人物。

这一下我们才恍然大悟了。为什么小红和贾芸的故事发生在“魇魔法”事件前后啊？“魇魔法”事件不是宝玉和凤姐遭遇大灾大难的故事吗？而和小红谈恋爱的贾芸，不也是和宝玉、凤姐因缘很深吗？他走凤姐的后门，得到了在大观园管理花草树木的工作，又很善于察言观色，乖巧地认作宝玉的“儿子”。贾芸和小红，正是天造地设的一对，都那么有心眼，有活动能力，能抓住人生中的机会，出色得很。

曹雪芹写这一切都为了什么？难道是为描写而描写？原来又是“草蛇灰线，伏脉千里”。贾芸和小红是八十回后佚稿中两个很重要的人物，他们将帮助落难中的宝玉和凤姐。那主要的故事就在“狱神庙”一回中。这有署名畸笏叟写的批语为证：“狱神庙有茜雪、红玉一大回文字，惜迷失无稿，叹叹！”“茜雪至狱神庙方呈正文，袭人标目花袭人有始有终。余只见有一次誊清时与狱神庙慰宝玉等五六稿被借阅者迷失。”（一种意见认为“狱”实际是“嶽”，即“嶽神庙”——东嶽庙或山神庙，嶽今简化为岳。）据说迷失的靖藏本《石头记》上还有两条相关的批语。一条是关于贾芸的：“醉金刚一回文字伏芸哥仗义探庵。”另一条是关于刘姥姥的，第四十二回刘姥姥为凤姐的女儿起名字作巧姐，刘姥姥说“必然是遇难成祥，逢凶化吉”，有批语说：“应了这话固好，批书人焉能不心伤。狱庙相逢之日，始知‘遇难成祥，逢凶化吉’实伏线于千里。”

这就清楚了。狱神庙的主体故事是宝玉和凤姐落难，而贾芸、小红、刘姥姥和茜雪等来回奔走去帮助他们。狱神庙当然和监狱有关，专家们已经写了不少文章考证，这里就不细说了。原来前面的"魇魔法"，就是后面的"狱神庙"之"引文"啊！贾芸和小红，正是宝玉和凤姐的大救星啊。如果狱神庙是"嶽神庙"，具体情节可能有差别，但也是大同小异，总之是落难和救难的故事。还有一条脂批说宝玉后来"寒冬噎酸齑，雪夜围破毡"，这是否也是和狱神庙相关的一个情节呢？还是另外的故事？

但曹雪芹的艺胆文心还有更曲折的层次。那就是林红玉表面上影射林黛玉，实际上却是影射史湘云，因为黛玉和湘云是宝玉的两个"湘妃"呀。这只要看怡红院的海棠花（也就是"红香""怡红"的来源）其实是史湘云的象征物，行牙牌令时只有湘云是满红，湘云就是"红香"，就明白小红名字里的那个"红"其实暗示谁了。而第二十五回贾宝玉要找小红，小红却被"一株海棠花遮着"，也是一个巧妙的暗示。

小红影射史湘云有什么具体情节"伏脉千里"吗？原来就是小红和贾芸这小两口帮助流离失散的史湘云和贾宝玉重逢相会。难怪海棠诗社的两盆海棠花是贾芸送给贾宝玉，而史湘云是海棠诗社真正的诗魁。贾芸"仗义探庵"可能就是寻找流落在一个尼姑庵内的史湘云。

贾芸和小红还要参与刘姥姥救巧姐的行动，终于救出巧姐，后来嫁给了板儿。巧姐成了"织女"，板儿是"牛郎"，也是"双星"。刘姥姥、贾芸、小红和茜雪等一群人，克服困难，大智大勇，终于使贾宝玉和史湘云、王板儿和贾巧姐劫后重逢，"狱神庙" 和"因麒麟伏白首双星"是错综地交织在一起的。

四儿、五儿妙谁参

曹雪芹写《红楼梦》，有一个巧夺天工的大结构，细针密线，前影后伏，常到了惊人的程度，所谓如常山之蛇，击首则尾应，击尾则首应。而由于原著佚稿未传，前八十回在抄写流传过程中又有种种复杂的问题产生，遂使阅读《红楼梦》成了一件最有趣也最需要下功夫的事。

那么，要下哪些功夫呢？首先要梳理和辨别版本文字的异同，其次要探索小说的生活原型即曹家、李煦家等的盛衰历史，还要研究脂批的提示，这就是版本学、曹学和脂批研究等基础学科对进入小说文本的铺垫。经过红学研究者的多年努力，应该说这些知识已经在社会上相当普及，普通红迷也都掌握了过去少数专家才能接触到的资料。这虽然让某些红学研究者有失落感，但对红学的发展和普及来说，却是一件大好事。

但更重要和更本质的功夫，则是艺术感受能力。道理非常简单，《红楼梦》首先是一部天才的、杰出的、继承了传统精粹而又极富原创精神的艺术品，要进入文本，当然要考验读者的文学气质和艺术悟性之高低。其实，在这里才最能分辨出所谓学术境界和水平的长短优劣，许多人老叫嚷"不要脱离文本"，但悖论的是，这些人往往最缺少进入文本的真才实学。缺少艺术鉴赏能力而妄谈《红楼梦》，用一位评论家的俏皮话说，那就是太监为皇帝选宫女，与美女零距离接触却没有亲近的能力。

以前八十回写过的两个丫头为例，测试一下你自己，是不是真正进入了"文本"？

哪两个丫头呢？怡红院里的两个小丫头：四儿和五儿。

四儿是在第二十一回出现的。那一回叫"贤袭人娇嗔箴宝玉"，宝玉和黛玉、湘云来往过于密切而不拘形迹，秉持常规礼教观念的袭人很不满，给宝玉使脸子，麝月也帮腔，宝玉就不理袭人和麝月。于是麝月唤了两个小丫头伏侍宝玉倒茶。四儿就这样出场了：

宝玉拿一本书，歪着看了半天，因要茶，抬头只见两个小丫头地下站着。一个大些儿的生得十分水秀，宝玉便问："你叫什么名字？"那丫头便说："叫蕙香。"宝玉便问："是谁起的？"蕙香道："我原叫芸香的，是花大姐姐改了蕙香。"宝玉道："正经应该叫晦气罢了，什么蕙香呢！"又问："你姊妹几个？"蕙香道："四个。"宝玉道："你第几？"蕙香道："第四。"宝玉道："明儿就叫'四儿'，不必什么蕙香兰气的。那一个配比这些花，没的玷辱了好名好姓。"一面说，一面命他倒了茶来吃。袭人和麝月在外间听了抿嘴而笑。……谁知四儿是个聪明乖巧不过的丫头，见宝玉用他，他变尽方法笼络宝玉。

表面上，四儿只是一个过渡性小人物，宝玉借给她改名表达对花袭人的不满，所谓“那一个配比这些花，没的玷辱了好名好姓”，就是针对袭人姓花而说。第二天宝玉气消了，袭人就耍小脾气说：“……横竖那边腻了过来，这边又有个什么‘四儿’‘五儿’伏侍你。我们这起东西，可是‘玷辱了好名好姓’的。”但如果仅仅如此，那就是一般的小说常技，也没有什么让人特别惊叹之处。曹雪芹的天才创造，就是这个四儿绝不是一位可有可无的配角，而有“伏脉千里”的艺术匠心。

首先，四儿的出现，是因为袭人让宝玉心烦，而袭人之所以不满宝玉，则由于宝玉一起床就跑到黛玉和湘云还没有起床的房间，后来又让湘云给自己梳头。用王蒙的话说，是袭人妒忌湘云抢了自己伏侍宝玉的专利——当然不是这样简单，主要还是袭人怨宝玉“重情不重礼”，是思想意识的冲突。不过，我们应该注意了，这里最深隐的作意则是，四儿作为湘云的替身出现，她代替花袭人到了宝玉身边。这正是佚稿情节的“草蛇灰线”。

到第六十三回宝玉过生日，白天夜晚两次宴会庆贺，热闹非常。而第二天，宝玉发现砚台底下压着一张纸，是妙玉派人送来的生日贺帖，上面写着“槛外人妙玉恭肃遥叩芳辰”。“宝玉看毕，直跳了起来，忙问：‘这是谁接来的？也不告诉。’袭人晴雯见了这般，不知当是那个要紧的人来的帖子，忙一齐问：‘昨儿谁接下了一个帖子？’四儿忙飞跑进来，说：‘昨儿妙玉并没亲来，打发个妈妈来送。我就搁在那里，谁知一顿酒就忘了。’”这个拜帖预示妙玉和宝玉的情感纠葛，是佚稿情节的重要伏线，居然由四儿接下来，显然也是有意安排的。

要知道，史湘云和妙玉，是十二钗中反照“风月宝镜”的一对“金玉”，与正照时的宝钗、黛玉那一对“金玉”互相对应，也就是抄家败落后有更多故事的女角。这位原叫芸香的四儿，在佚稿中应该是一位重要的穿针引线之人，至少也起象征湘云、妙玉和宝玉在佚稿中牵扯瓜葛的作用。她之所以原名“芸香”，岂不是和佚稿中救助宝玉、凤姐的重要角色贾芸一“芸”相通？也和

"绛芸轩"、史湘云暗相关合？由于有这种重要的象征意义，所以后来王夫人抄检怡红院时，特别点出四儿"他背地里说的，同日生日就是夫妻"，把四儿撵走。和贾宝玉同一天生日的，还有薛宝琴、邢岫烟和平儿，这位四儿居然也荣膺如此安排，可见作者会让她在佚稿中再露峥嵘。

另外，宝钗、黛玉、湘云、妙玉是和贾宝玉有感情关系的两对"金玉"，妙玉是第四位，让"四儿"接下妙玉给宝玉的生日贺帖，也是一种巧妙的照应。

花袭人对宝玉说气话，有"这边又有个什么'四儿''五儿'伏侍你"，这一句话其实也"伏脉千里"，后面果然出来一个五儿，就是厨房柳嫂子的女儿柳五儿。这位柳五儿更加出色，小说描写："原来这柳家的有个女儿，今年才十六岁，虽是厨役之女，却生的人物与平、袭、紫、鸳皆类。"这是说，柳五儿是个非常出色的女孩，和平儿、袭人、紫鹃和鸳鸯不相上下。

这个柳五儿一心想进怡红院，柳家母女是走的芳官的门路。同时，柳五儿还有一个追求者，就是赵姨娘的内侄钱槐，这样，荣国府二房嫡子和庶子争夺财产的矛盾就在柳五儿身上暗暗隐藏。赵姨娘到怡红院打芳官，是一个象征性很强的情节。还有厨房风波，则是属于大房那边的丫头司棋和柳嫂子发生争斗，这实际上又牵扯着荣国府大房和二房的名分之争。

柳嫂子和柳五儿在第六十一回被诬为贼，后来被平儿"判冤决狱"予以平反。但这不应该是柳五儿故事的结束，钱槐对柳五儿的追求必然是佚稿中的一个重要故事，将是赵姨娘、贾环和贾宝玉矛盾斗争中的一个环节。第七十七回王夫人抄检怡红院时说柳五儿已死，周汝昌认为不是曹雪芹原笔，而是另手抄补残稿的结果。这种说法是有道理的。

佚稿中，赵姨娘将像魇魔法故事中一样，和宝玉、凤姐发生冲突。这在前八十回都有伏线。赵姨娘和凤姐的恶斗，凤姐陪房来旺家的倚仗凤姐之势要强娶彩霞，而这个彩霞正是和贾环相好的，赵姨娘则求贾政把彩霞给贾环，这一情节在佚稿中也将展开。

曹雪芹笔下的"小人物"，到了佚稿中都会重新粉墨登场，扮演重要角色。《红楼梦》的这种艺术特色，值得我们认真参究和玩味。

佚稿中的“八义”救孤

第五十四回是全书一百零八回的中点，写过元宵节，回目以贾母和凤姐领衔，一个老祖宗，一个管家少奶奶，具有深刻的匠心，暗示过了这一回，宝塔尖和顶梁柱都要退出历史舞台，要进入写衰残败落直至“忽喇喇似大厦倾”的下半部了。

这一回开头，接着上一回的元宵夜宴，贾珍和贾琏向贾母和邢、王二夫人斟酒完毕退出，光剩下内眷，宝玉当然还留着，他是贾母最宠爱的宝贝孙子嘛。接着写什么呢？

写演戏，贾府不是有个家庭戏班子吗？怎么写的呢？请看：

> 当下天未二鼓，戏演的是《八义》中《观灯》八出。正在热闹之际，宝玉因下席往外走。贾母因说：“你往那里去？外头爆竹利害，仔细天上吊下火来烧了。”宝玉回说：“不往远处去，出去就来。”贾母命婆子们好生跟着。于是宝玉出来，只有麝月秋纹并几个小丫头随着。

《八义》是个什么戏？是明代徐元（一说无名氏）写的传奇剧本，全名叫《八义记》。这是根据元代纪君祥写的《赵氏孤儿》杂剧改编的，素材取自《史记》等历史书籍，内容是春秋时晋国的权臣屠岸贾残杀忠臣赵盾全家，只有刚生下的赵武被救走，后来赵武长大成人，杀了屠岸贾，为赵家报了仇。在救助赵家和孤儿的过程中，先后有八个义士出力谋划，奔走营救，甚至作出巨大牺牲。《观灯》是该剧第五出，名叫《宴赏元宵》。

这个四十一出的戏剧，剧情大体是这样的：

晋灵公昏庸无道，听信下大夫屠岸贾谗言，不理朝政，骄奢淫逸，用弹弓弹人取乐，甚至截断人手当熊掌烹调饮食。上大夫赵盾是忠臣赵衰之后，屡次进谏，都不被采纳。屠岸贾视赵盾为眼中钉，派鉏麑刺杀赵盾，但鉏麑潜入赵家后花园时，正逢赵盾、赵朔父子焚香祝祷，一片报国忠心，锄麑受到感动，没有下手，自己却触槐而死。屠岸贾又训练恶犬神獒，专扑穿紫色衣服之人，朝廷只有赵盾穿紫衣，早朝时屠岸贾让犬扑向赵盾，值殿将军提弥明挥起金瓜打死恶犬，护送赵盾出朝，自己却被屠岸贾所杀。樵夫灵辄接应赵盾奔首阳山隐藏。

屠岸贾杀害赵盾满门三百余口，门客周坚与驸马赵朔长相相似，替赵朔而死，赵朔逃走。赵朔妻子德安公主被囚禁，生下赵氏孤儿，门客程婴装成医生，把孤儿藏在医药箱中带出，被守门将军韩厥查出，但韩厥放走程婴和孤儿，并自杀向程婴表明心迹。屠岸贾下令三日内搜出孤儿，否则杀尽全国同一日出生的婴儿。程婴与公孙楚臼定计，把自己的孩子惊哥假冒孤儿藏在公孙家，再由程婴向屠岸贾出首告密。屠岸贾引兵捉拿公孙楚臼，公孙用枷锁打屠岸贾，自己触枷而死，假孤儿被杀。屠岸贾和程婴结为兄弟，并把冒名惊哥的赵氏孤儿收为义子养大。

孤儿长大，文武双全，一日去北邙山打猎，打到两只兔子，大的逃掉，小的被两个道士拿去。这两个道士是赵朔和灵辄，与孤儿、程婴不期而遇，程婴把赵家冤案绘成图卷，向孤儿说明真相，于是孤儿将屠岸贾杀死，报仇雪恨。

所谓八义，即剧中为救援赵家和保护赵氏孤儿效力的锄麑、周坚、灵辄、程婴、公孙楚臼、韩厥、提弥明、张维（屠府说评话艺人，因讽谏屠岸贾被囚，后投奔赵盾；一说第八义不是张维，而是冒名被杀的程婴之幼儿）等八人。

《观灯》一出，是元宵节公主和驸马赵朔（即后来所生孤儿的父母）街上看灯，遇长相和赵朔很像的醉汉周坚，将其收留在府的故事。《红楼梦》第五十四回是元宵节，所以要演和元宵赏灯有关的戏曲节目。但这只是表面的原因，讲到“伏脉千里”，当然是影射佚稿中贾府被抄家，也有类似“八义”的人为遭难的贾家奔走效力。而那个“孤儿”，应该就是指贾宝玉，上面的引文不正是写“正在热闹之际，宝玉因下席往外走”吗？宝玉后来困于“狱神庙”，有贾芸、小红、茜雪等“慰宝玉”，脂批还提到“卫若兰射圃”，赞为与冯紫英、柳湘莲、蒋玉菡、醉金刚倪二并列的五种“侠文”。脂批提到的正好八个人，是不是就是“八义”呢？佚稿中贾府被抄家在元宵节，曹家在雍正五年被抄家时间也在元宵节前后，这种真实生活原型的影响，研究者已经考证明白。

另外，周坚和赵朔面貌一样，后来替赵朔而死。《红楼梦》中贾宝玉和甄宝玉也面貌一般，是否也会有类似甄宝玉“冒名顶替”贾宝玉的某种情节？当然不是说甄宝玉替贾宝玉死，就是“八义”救孤，也绝不与戏曲雷同，曹雪芹使用“戏谶”，只是借以寓意，绝不会笨拙地模仿其情节。

小说第五十三、五十四两回写过年过元宵，富丽堂皇中隐藏悲剧结局，表面上还是红火热烈的。《八义记》中的“赏宴观灯”，曲词宾白也很华丽，引录两段，供读者欣赏：

灯球隐隐画堂中，鼓乐笙歌彻上穹。万盏金莲开禁苑，千家灯火照庭中。开宫扇，起帘栊，满堂笑语与民同。犹如仙子辞蓬苑，恰似姮娥离月宫。

向华筵，拚取今宵醉不眠。听笙歌缭绕，鼓乐声喧。金鼎爇凤脑龙涎，画烛映朱颜粉面。阆苑长如春不老，和伊醉倒花前。

《八义记》是善恶到头终有报，富贵荣华再重来的世俗故事，《红楼梦》则凝聚着诗人哲学家的沉痛感受和深微思考。但曹雪芹也不拒绝历史的营养，巧妙地化用老传奇旧故事，为我所用，化腐朽为神奇。这就是天才啊！

谁揭“情榜”点将录

曹雪芹原著《红楼梦》最末一回是什么故事呢？庚辰本《石头记》第十七、十八回（两回未分开）有一条脂批说“至末回警幻情榜”，这说得十分明确，末回有一个重要情节，是警幻仙姑揭示出一张“情榜”。

这在前八十回也能找到伏笔。比如第六十六回尤三姐自杀后，托梦给柳湘莲，说到“妾今奉警幻之命，前往太虚幻境修注案中一干情鬼”。这让我们想到第五回太虚幻境里的“册子”，薄命司里有上、中、下三等，分别是正册、副册和又副册，每册十二个女子，一共三十六个女子。不过“情榜”显然不仅仅是薄命司里的三十六个女子，否则“册子”早已编排好，尤三姐为什么还要去“修注”呢?

“情榜”里面有男也有女，而第一号种子选手是贾宝玉，第十九回有脂批说:“后观情榜曰:宝玉情不情，黛玉情情。”这也就是另一条脂批说的，贾宝玉是“诸艳之冠(‘冠’或作‘贯’)”。薄命司里的正、副、又副册的三十六名女子，其芳名当然也要登录在这张“情榜”上。除了她们而外，研究者们对情榜上共有多少女子有不同意见。有的说就这三十六名，有的说共有六十名，周汝昌先生说有一百零八名，是九品十二钗，就像《水浒传》里的石碣天书一样，分“天罡”和“地煞”两种，天罡三十六就是薄命司册子上的女子。“地煞”之数，我认为应该是第五回提到的痴情、结怨、朝啼、夜哭、春感、秋悲六司中的正册人物，每司十二人，一共七十二人。其实除了女子，应该还有男性少年，比如柳湘莲、蒋玉菡、秦钟、北静王等人，就是薛蟠、贾琏等恐怕也榜上有名。情榜上的男性共有多少人呢? 这是一个很有意思但一时很难确定的问题。

既然贾宝玉和林黛玉在情榜上都有考评，那么情榜上的其他人当然也都应该有，而且其中都应该包含一个“情”字。我们根据前八十回小说回目、情节等的提示，可以猜出一些。如:宝钗是“情时”，元春是“情才”，迎春是“情懦”，探春是“情敏”，惜春是“情孤”，湘云是“情憨”，妙玉是“情僻”，秦可卿是“情淫”，王熙凤是“情毒”，香菱是“情呆”，尤二姐是“情苦”，尤三姐是“情耻”，晴雯是“情勇”，袭人是“情贤”，平儿是“情俏”，金钏儿是“情烈”，紫鹃是“情慧”，莺儿是“情巧”，贾琏是“情浪”，薛蟠是“情滥”，冯紫英是“情侠”，柳湘莲是“情冷”，蒋玉菡是“情柔”……也许贾环是“情蠹”?

“情榜”的故事，其时间背景是中秋节。因为第一回有脂批说“用中秋诗起，用中秋诗收……”第一回贾雨村中秋节感怀吟诗，怀恋娇杏姑娘，最后一回警幻仙姑则张挂情榜，对全书的少男少女们作一次“春之祭”。

不过小说的写法，虽然会提到共有一百零八名女子，却不会把一百零八人的名字全部列出来，大概仍然采取第五回副册、又副册那种神龙见首不见尾的写法。因为一定要全部列出来，就有点太执着于表相，缺少了空灵之美。恐怕最好的办法还是像第五回那种迷离恍惚的写法，才会给读者留下想象的余地，如吃橄榄，后味无穷。

情榜上一百零八名女子的名单，研究者们都作过一些推测，而且目标主要集中在薄命司中副册和又副册二十四人的名单，大家各抒己见，有同有异。比如都把薛宝琴、邢岫烟、李纹、李绮、尤二姐、尤三姐、傅秋芳、喜鸾、四姐儿排在副册，把鸳鸯、金钏儿等重要丫头排在又副册。

这个问题，我想要注意薄命司中的三等册子，其名序的排列有一些微妙的规则。第一，并不完全按照小说中人物的年龄、地位等表面的等级秩序排，比如探春排在迎春前面，也不完全按照和贾宝玉的爱情、血缘关系远近排，如果说因为探春比迎春、惜春和宝玉的血缘关系更近所以排前，那么李纨是宝玉的亲嫂子，凤姐是宝玉的堂嫂，但李纨却排在凤姐和巧姐之后。又副册的晴雯排在袭人之前，也违背怡红院四大丫头的实际排序。看来，十二钗的排序，首先考虑的是具体人物的才情相貌，还有作者对人物在小说中重要性的设计，然后才考虑身份、地位、血缘关系那些因素。

第二，正册、副册和又副册的排列都遵循一个原则，就是每两人一对，而且册子的首尾互相照应。正册第一对宝钗和黛玉，是“金玉”；第二对元春和探春，是两位“王妃”；湘云和妙玉，是另一对“金玉”；迎春和惜春，相对逊色，所以并列；凤姐和巧姐是母女关系；李纨和秦可卿一贞一淫，相反相成。而秦可卿“兼美”，又和钗、黛首尾相关。副册香菱，作者变一种手法，说她长得像秦可卿，也就是“兼美”。又副册的晴雯和袭人，又分别是黛玉和宝钗的“影子”，也符合了“兼美”的照应。

所以，对副册和又副册中人物试拟，也应该符合上面的原则，而那是相当困难的。要让情榜中其他七十二个女子的排列也遵循那些原则，就难上加难了。因此，我认为，在末一回的“情榜”故事中，会说有一百零八名女子，但不局限于薄命司，也不会像《水浒传》的石碣天书、《镜花缘》中的百名才女那样，把所有的人名都列出来，而是一种比较灵活的写法，也就是像第五回贾宝玉看“册子”的写法那样，留下一些艺术空白。

根据前八十回的描写，试拟薄命司又副册的名单相对容易，我的意见是:晴雯、袭人之后,依次可能是鸳鸯、平儿、金钏儿、小红、司棋、入画、紫鹃、莺儿、翠缕、麝月。

为什么这样排列?请听我的理由。鸳鸯和平儿分别是贾母和凤姐的大丫头,在书中地位特殊,情节也多,有明显的对应关系。金钏儿既是王夫人的大丫头,因宝玉而死,又是宝玉遭痛殴的两个原因之一,地位重要;小红从怡红院调到凤姐身边,是“狱神庙”故事里的主角,重要性可以和金钏儿并列。金钏儿和小红,不就是贾宝玉在盛衰两个不同阶段遭遇生命磨难时,影响他命运的两个关键人物吗?在前八十回,因金钏儿之故,几乎让宝玉被打死,佚稿中的小红,则让宝玉死里逃生,两个故事的核心内容,都是那个“情”字。

元春的抱琴和探春的待书(程高本作“侍书”),小说中描写不多,显然作为次要人物处理;迎春的司棋和惜春的入画则地位重要,是抄检大观园事件中出问题的主角,可以并列一对,作为宝玉姐妹们丫头的代表。紫鹃、莺儿(金莺),一个是黛玉的丫头,一个是宝钗的丫头,前八十回也都有重要的情节,如“慧紫鹃情辞试忙玉”,莺儿为通灵玉编络子,编花篮引起婆子打春燕等。从名字的寓意说,鹃和莺都是可爱的小鸟,字面上也能对应。

翠缕是史湘云的大丫头,她拾到金麒麟,和湘云论“阴阳”,是“因麒麟伏白首双星”的重要情节,直接影射佚稿中湘云和宝玉重逢,也是重要人物。麝月是留在宝玉身边的“风月宝镜”,第六十三回描写她抽了“送春”的花名签,脂批也说后来袭人对宝玉说“好歹留着麝月”。麝月在某种程度上也是史湘云的一个影子。

曹雪芹的艺术设计是:宝玉身边的四个大丫头袭人、媚人(又名可人)、晴雯、麝月,分别影射薛宝钗、秦可卿、林黛玉、史湘云,是宝玉的“三妻一爱人”(俞平伯语)。秦可卿早早就神秘地死亡,可人也不明不白地死了。第五回把可人改称媚人,正是为了避免两个“可”字的影射过于直露。翠缕和麝月是一对,都是“结局”的象征。同时,麝月作为又副册的殿军,倒过来,不也是冠军吗?这不就像秦可卿在正册里面的情况一样吗?

再说,麝月和晴雯在宝玉四大丫鬟中是一对,第五回就是袭人、媚人(可人）、晴雯、麝月四个大丫头，秋纹是媚人（可人）死了以后才补上来的。雯也是云，晴雯的品貌性格，其实是黛玉和湘云的“中间类型”，仔细看对麝月的描写，不也是宝钗和湘云的“中间类型”吗？这不也是“兼美”的隐喻吗？戚序本回前诗有“云自飘飘月自明”的句子。这不是把黛、钗、湘、晴、袭、麝都串起来了吗？晴雯是又副册的冠军，麝月是殿军，二人不也是首尾关合吗？

但副册的名单就很难捉摸，我不主张把薛宝琴、邢岫烟、李纹、李绮列入，认为她们是其他司的人。尤二姐和尤三姐肯定是薄命司副册中人，紧接香菱之后，尤三姐排序当在尤二姐之前，正如晴雯排在袭人之前一样。但副册中其余的人，就不太好想象。

“情榜”故事是像第一回写补天顽石时那样正面描写呢？还是通过“梦境”作隐喻呢？作梦的人是贾宝玉呢还是甄士隐呢？脂批既然说“青埂峰时缘了证情，仍不出士隐梦”，那应该是一个梦境吧？不过甄士隐已经成仙，所以情榜故事可能是通过贾宝玉的一个梦境，梦中见到了甄士隐、茫茫大士和渺渺真人，他们把神瑛侍者送到太虚幻境归案，在那儿观看情榜，然后再送通灵玉回青埂峰。这样，通灵玉也就完成了最后一项“记者”的任务，以后就等着空空道人来抄“石头记”了。全书就在这个梦境中结束。金圣叹腰斩的《水浒传》不也是以“梁山泊英雄惊恶梦”结束的吗？

后四十回续书第一百二十回“甄士隐详说太虚情，贾雨村归结红楼梦”，最后把主题思想落实到“礼”和“空”，否定了“情”，所谓“贵族之女俱属从情天孽海而来。大凡古今女子，那‘淫’字固不可犯，只这‘情’字也是沾染不得的”。原著《红楼梦》却在最后一幕示列出一张“情榜”，也就是肯定了“情”，是“礼”和“空”的对立面。两种《红楼梦》有两种不同的结尾，表现了两种对立的价值观和思想导向。

艺术编

“含情目”还是“含露目”?
——怎样写林黛玉的眉毛和眼睛

第三回林黛玉进贾府，作者通过贾宝玉的视角描写了林黛玉的眉毛眼睛。现存各脂本上有不同的文字,表现了作者曾煞费苦心,反复修改。比较一下各本对黛玉眼睛的描写变化,对我们认识各种版本的差别可以窥斑知豹。甲戌本的文字是:两湾似蹙非蹙罥烟眉,一双似露非露目(接两字空格)。有后笔把上句中“罥”涂改为“笼”,下句涂改为:一双似喜非喜含情目。

庚辰本和北师大本是:两弯半蹙鹅眉,一对多情杏眼。

己卯本是:两湾似蹙非蹙罥烟眉,一双似笑非笑含露目;有红笔在旁改删为:两弯半蹙鹅眉,一对多情杏眼。

在俄本是:两湾似蹙非蹙罥烟眉,一双似泣非泣含露目。

舒序本是:眉湾似蹙而非蹙,目彩欲动而仍留。

戚序本和蒙府本是:两湾似蹙非蹙罥烟眉,一双俊目。

杨藏本是:两湾似蹙非蹙罥烟眉,一双似目。又将“罥”涂掉而旁改为“笼”,下句旁添为:一双似喜非喜含情目。

甲辰本和程高本是:两弯似蹙非蹙笼烟眉,一双似喜非喜含情目。

当然,各种文本的文字之所以有这些差异,原因可能是复杂的,既有抄本所依据底本的不同,也有抄写过程中的各种情况。现在专家比较一致的意见是:在俄本的文字最好。

先说眉毛。“罥(读作‘鹃’)烟眉”是有出处的,曹雪芹的朋友敦诚有一首题为《晓雨即事》的诗,其中有一句“遥看丝丝罥烟柳”,那是描写雨中杨柳的情态。所以“罥烟眉”是一种轻烟细柳的眉型,富有诗意的背景,而“笼烟眉”

则是一种比较刻板的通俗性措词。当然，“罥烟眉”在更早的诗词中也能找到前例，并非敦诚首创。

再说眼睛。为什么专家肯定在俄本的写法呢？

第一，“似泣非泣含露目”和第一回“眼泪还债”的神话背景有了巧妙关联。林黛玉的前身是绛珠仙草，贾宝玉的前身是神瑛侍者，神瑛用仙露灌溉仙草，使其久延岁月，终成人体，绛珠要用眼泪来还仙露水的人情债，所以黛玉爱哭。“含露目” 直接与“仙露”关合，“似泣非泣”则照应“眼泪还债”。

第二，这种描写出色地体现了林黛玉那悲剧诗人式的性格气质，与后面黛玉所写一系列诗词的情调都十分协调。

第三，从文字的前后呼应来说，后面接着有“泪光点点，娇喘微微”的描写，正与“似泣非泣”和“含露”相连。

第四，黛玉丧母不久，见了贾母刚大哭过一场，所以见了宝玉后仍有悲态表情也是自然的。

第五，甲戌本是现存诸本中底本时间最早也最接近曹雪芹真笔的本子，从它“似露非露目”的原有文字看，曹雪芹很早就有一种构思，要把“用泪水还露水”的意思在林黛玉的眼睛描写中体现出来，只是一时还没有想好适当的词句。而那后笔涂改的文字显然是后人根据已经流行的程高本之类所为。己卯本的原笔也透露了类似的消息。

其他几种写法水平如何呢？让我们眼睛一亮的，是舒序本的文字，“眉湾似蹙而非蹙，目彩欲动而仍留”，溢彩流光，富有动态美，雅致而有文采，这可能是曹雪芹或其亲友的一个修改本。戚序本和蒙府本是整理本，写眉和眼字句长短不对称，显然是根据下句空缺的本子而来。“似喜非喜含情目”也有一定的艺术性，但比起“似泣非泣含露目”来，则缺少更深的内涵和背景。

最差的要数庚辰本和北师大本的文字，是俗气的陈词滥套，可能是抄书人因为底本空缺，而自己臆写的。还有写眉毛的量词，有两种写法，“两湾”和“两弯”，哪一个好？也许如一位红迷所说，“湾”和“弯”又是同一个字俗体字通假。从“艺术眼”，看是否曹雪芹有意为之用“湾”而打破常规呢？“湾”有三点水，就有了流动感，生命感，是不是能给读者带来更丰富的联想呢？

女儿是水作的骨肉

——贾宝玉和甄宝玉的痴话

第二回冷子兴演说荣国府，贾雨村则提出一个“正邪二气所赋”的“理论纲领”，都是引导读者的“序引”文字。冷子兴说到贾宝玉：“虽然淘气异常，但其聪明乖觉处，百个不及他一个。说起孩子话来也奇怪，他说：‘女儿是水作的骨肉，男人是泥作的骨肉。我见个女儿，我便清爽；见了男人，便觉浊臭逼人。’你道好笑不好笑？将来色鬼无疑了。”贾雨村立刻“罕然厉色”地讲了一番大道理，说贾宝玉是属于“正邪二气所赋之人”，同时又谈起自己教过一个甄宝玉，也有一番痴话：“这女儿两个字，极尊贵、极清净的，比那阿弥陀佛、元始天尊的这两个宝号还要尊荣无对的呢！”

贾宝玉和甄宝玉，其实也是“假作真时甄亦贾”，如“形”之与“影”互相映照。作者写这两个孩子都是既“淘气”又“乖觉”，其实就是贾雨村所说的“三类人”：“若生于公侯富贵之家，则为情痴情种；若生于诗书清贫之族，则为逸士高人；纵再偶生于薄祚寒门，断不能为走卒健仆，甘遭庸人驱制驾驭，亦必为奇优名倡。”意思是不管他们出身和地位的高低，都具有共同的本质，都是真情、个性，富有艺术家气质的“诗人哲学家”型人物。贾雨村又举出历朝历代的“典型”，从隐士高人许由、陶潜到魏晋名士阮籍、嵇康，从诗人温庭筠、柳永、秦观到画家顾恺之、倪云林、唐伯虎，从音乐家和演员李龟年、黄幡绰、敬新磨到奇女子卓文君、红拂、朝云等，无一不是有逆反倾向和艺术气质的。特别还有三个皇帝：陈后主、唐明皇和宋徽宗，从政治上说都不是好皇帝，陈后主和宋徽宗是亡国之君，唐明皇的怠惰造成了安史之乱，但他们都是杰出的艺术家，是以“情”作为最高人生价值的。

贾宝玉和甄宝玉的“痴话”就体现这种类型人的价值观。贾宝玉推崇女儿而贬低男子，是把未出嫁的少女当作一种纯洁理想的化身，来对抗传统社会中占据统治地位的“第一性”的成年男人。那时的少女大门不出二门不迈，当然相对来说受社会的污染要少得多。这其实是曹雪芹的一种艺术化的“价值观”宣言，意在批判历史上的男权社会。但我们要注意，曹雪芹下笔极有斟酌，极有分寸，一个字也不能乱改的。比如有人说成“女人是水作的骨肉”，就大错了。“女儿”特指少女，是不包括那些成年、结婚、有了社会阅历的“女人”的。贾宝玉后来还有一句名言，说未出嫁的少女是宝珠，出嫁后宝珠就褪色了，再年老了，染了男人的气味，就变成鱼眼睛了。而“男人”也不是“男孩”，特指那些当家当政“社会栋梁”的成年男子（或者虽然年纪小但已经是“禄蠹”者）。像小说中的秦钟、蒋玉菡、柳湘莲、北静王等少年，就也是“水作的骨肉”——与“正邪二气所赋”异曲同工。

甄宝玉的痴话也就好理解了，还是曹雪芹借小说人物之口传达对历史和社会的反思和批判。阿弥陀佛和元始天尊是佛教和道教的祖师爷，在过去与儒家的孔夫子都是权威意识形态的象征，说女儿比佛道二教的偶像还“尊荣无对”，当然传达了强烈的逆反精神。程高本的补纂者思想正统，接受不了，就把甄宝玉的话给改了：“这女儿两个字，极尊贵极清净的，比那瑞兽珍禽、奇花异草更觉稀罕尊贵呢！”把女儿比成“瑞兽珍禽、奇花异草”，女儿就成了男人养的小宠物，赏玩的盆花、瓶花了。

一个逆反一个卫道，思想内涵南辕北辙。举一反三，大家明白为什么要强调脂批本和程高本的版本区别了吧？

水流的和泥搅的
——不同版本语言比较

贾宝玉说：“女儿是水作的骨肉，男人是泥作的骨肉。”把这句话引申化用一下，可以说，曹雪芹原著的语言是水流的，如苏轼（东坡）所云“大略如行云流水，初无定质，但常行于所当行，常止于所不可不止，文理自然，姿态横生”；后来人偏要自作聪明，胡添妄删乱改，就像在清澈活泼的水里到处搅了一些烂泥。

此话怎讲？这是对《红楼梦》版本研究语言观上的一个比喻。现存十二个脂批系统的本子《石头记》虽然其底本或祖本是曹雪芹的原稿，但都是不同抄手抄写的。在抄写的过程中，有的抄手态度比较严谨谦虚，忠实于原稿，有的抄手则师心自用，对原稿作了改动，或添字，或加词，或增减句子，甚至大段改写。而到了程高本，更是作了一次大规模的“整理”，用程伟元和高鹗的话来说，是“细加厘剔，截长补短”（程伟元《红楼梦序》）和“准情酌理，补遗订讹”（程伟元、高鹗《红楼梦引言》）。

难道他们的工作不也是为了让《红楼梦》的语言变得更通顺更规范一些？为了让这部小说更“好”更容易流传一些吗？

也许动机是好的，可惜效果不好。根本原因在于，曹雪芹是天才，要创造，要打破常规，改写的人却太平庸，对天才的匠意、苦心和孤诣不能理解，他们自以为改好了，却往往改坏了。难怪周汝昌在《红楼夺目红》里感慨不已：“大凡雪芹第一用自创的字法句法，就有人不许他独创自铸伟词，定要乱改，把伟词拉向一般化的庸言常语。悲乎！……雪芹时常有意运化成语，偏要改动其中一二字：有时是力避俗套陈言，出一点新意——均为腐儒下士之辈‘不接受’，提笔乱改，改‘回’那个千篇一律的腐俗处，还自鸣得意，以为自己建立了功勋。”

“奇文共欣赏，疑义相与析。”口说无凭，还是要让证据说话。

其实前面的篇章里已经涉及过某些具体例子，如“赤瑕宫”和“赤霞宫”，如“阿弥陀佛、元始天尊”和“瑞兽珍禽、奇花异草”，如“罥烟眉、含露目”和“笼烟眉、含情目”等。下面再从前八十回里找一些典型的例子，看看“流水的”语言和“搅泥的”语言是否有云泥之别。

第二回贾雨村来到智通寺，看到寺庙门联不同凡俗，因此心中想庙里一定有一位“翻过筋斗来的”——高僧大德，进去一看，“只有一个龙钟老僧”。这样描写的微言大义且不说，甲戌本中的曹雪芹原笔却是“聋肿老僧”——耳朵聋面目浮肿的老和尚，多具体生动。“龙钟”却是惯常用语。

第五回结尾宝玉从恶梦中惊醒，“慌得袭人辈众丫鬟忙上来搂住”，甲戌本却是“慌得袭人媚人等上来扶起，拉手说”。想一想宝玉不过是一个十二三岁的小孩子，“众丫鬟上来搂住”显然不合情理，甚至不可能。

第六回宝玉和袭人偷试云雨情，甲戌本只是"羞的袭人掩面伏身而笑。……遂和宝玉偷试一番，幸得无人撞见"，程高本却添写了袭人"把眼睛又往四下里瞧了瞧""袭人却只瞅着他笑""袭人……扭捏了半日，无奈何，只得和宝玉温存了一番"。好像"生动"了，其实把袭人的神态"成年化"了，原著所写是两个混沌初开的小儿女之性好奇，写得含混是为了表现天真无邪之境；改写的笔墨则变为成年的袭人"诱引"少年宝玉了。

同样是第六回，贾蓉来找凤姐借炕屏，"凤姐忽又想起一事来，便向窗外叫：'蓉儿回来。'……凤姐只管慢慢的吃茶，出了半日神，方笑道：'你且去罢。晚饭后你来再说罢。这会子有人，我也没精神了。"表现凤姐对贾蓉有一种情意，隐约微妙。程高本却在凤姐"慢慢的吃茶"后平添了一句"忽然把脸一红"，让凤姐当着刘姥姥、周瑞家的、平儿以及众多家人媳妇如此色形于脸，露骨调情，真是成何体统！

第七回周瑞家的送宫花，到了凤姐住处，正遇"贾琏戏熙凤"——大白天性交，但作者写得十分含蓄，只用丰儿摆手，平儿拿着大铜盆出来让舀水等作暗示。周瑞家的拐到凤姐女儿的屋里，问奶妈"奶奶睡中觉呢？"原著只写"奶子摇头儿"，程高本却嫌不够劲，添了"奶子笑着，撇着嘴，摇头儿"。殊不知凤姐一向厉害，奶妈怎敢在周瑞家的面前对主人表示嘲弄？其实作者暗示凤姐和贾琏风流，当是常事，奶妈早已看惯而麻木，程高本一改写，倒成了奶妈偶见"妖精打架"而兴奋异常，反而倒把凤姐和贾琏的一贯放荡写成"偶然性"行为了。

第八回宝玉、宝钗互相看金锁和通灵玉，暗示金玉姻缘的宿命。这个故事告一段落，"忽听外面人说：'林姑娘来了。'话犹未了，林黛玉已摇摇的走了进来"。"摇摇"二字，极有神韵。程高本居然添了两个字，改成了"摇摇摆摆"，让绝代佳人鹅行鸭步，岂不贻笑大方？

这一回宝玉的奶妈李嬷嬷拦阻宝玉喝酒，还抬出贾政来吓唬，是当真"伤害"了宝玉，黛玉立即出来维护，李嬷嬷就说："林姐儿，你不要助着他了。你倒劝劝他，只怕他还听些。"黛玉心灵嘴利，立刻给李嬷嬷戴了一顶不尊重薛姨妈的大帽子，弄得李嬷嬷"又是急，又是笑，说道：'真真这林姑娘，说出一句话来，比刀子还尖。这算了什么呢。”前称“林姐儿”是随意，后称“林姑娘”是尊称，甲戌本生动地写出了李嬷嬷毕竟是奴仆，对黛玉要遵守礼数。程高本等本子却前后都称“林姐儿”，对人际关系和心理变化的表现就缺乏微妙了。更糟的是还加了一个字，李嬷嬷最后一句话成了“你这算了什么呢”，把李嬷嬷找台阶下的话变成和黛玉吵架的口吻了，何况奴仆当面对主人称“你”是违反规矩的。看来改写和续书的人到底不是豪门贵族出身啊。

葬花魂？葬诗魂？

第七十六回林黛玉和史湘云于中秋月夜在大观园里联句，作者特意描写她两人是坐在“湘妃竹墩”上，暗点了此乃化用大舜王之二妃娥皇、女英后成“湘妃”的典故，隐喻黛、湘分别是“绛洞花王”（不是“绛洞花主”）贾宝玉在盛、衰两个时段的爱人。二人最后吟出警句。史湘云是“寒塘渡鹤影”，这与书中描写史湘云体态婀娜、“鹤势螂形”暗相关联，与怡红院中仙鹤——海棠暗通“红香”而谐音“红湘”也一体相关。

林黛玉的警句则有两个版本：“冷月葬花魂”和“冷月葬诗魂”。这二者究竟何为曹雪芹真笔？下面将各版本中的文字情况作一番打理。

戚蓼生序本和蒙古王府本《石头记》是“冷月葬花魂”；

乾隆抄本百廿回《红楼梦稿》即所谓“梦稿本”也是“冷月葬花魂”；

庚辰本《脂研斋重评石头记》是“冷月葬死魂”，“死”字点去，旁改为“诗”；

俄罗斯圣彼得堡本《石头记》是“冷月葬诗魂”；

梦觉主人序抄本《红楼梦》即所谓“甲辰本”是“冷月葬诗魂”；

程高本系统的程甲本、程乙本等都是“冷月葬诗魂”。

其他一些脂批本是残本，缺第七十六回，当然无从谈起。

首先说一说庚辰本的“死”点改为“诗”。研究者们有两种意见。一说这可能是一个人念底本，一个人抄，因为“诗”与“死”读音接近，抄写者误写成“死”，后来发觉失误，旁改为“诗”；另一说，是由于底稿墨写草书，“死”和

"花"字形相近，抄书人分辨不清，误将"花"看作"死"。后来有人根据"死"和"诗"读音接近的猜测或者参照另外的流行本把"死"点改为"诗"。

两种意见哪一种接近于真实情况呢？说抄书时一个人念一个人抄，而且把"诗"错听成"死"，准情酌理，这种情况可能性不大，那么多音近音同的字，一个人念一个人抄简直没法操作。而误认草书，错"花"为"死"，比较合乎情理。所以，庚辰本所据底本其实应该是"冷月葬花魂"。对这种文字的演变过程，周祜昌、周汝昌、周伦玲合撰的《石头记会真》中说："'花'字形讹为'死'，'死'字音讹为'诗'。"

再从版本的先后来看，庚辰本、戚序本、蒙古王府本等都是比较早期的抄本，而甲辰本和程高本是后出的本子，在俄本则有不同底本抄配的痕迹，各回书情况复杂，有早期的底本，也有晚期的底本。所以，"葬花魂"是从曹雪芹原稿而来，"葬诗魂"则是后来演变的结果。

再从"文学艺术"的角度看看两种版本的文字何者为胜。

孤立地看，应该说两者不相上下，甚至可以说"冷月葬诗魂"更具一种空灵之美，林黛玉时常长歌短赋，吟咏不辍，说是"诗魂"也很恰当。

但曹雪芹写《石头记》更注重整体结构之美，所谓"草蛇灰线，伏脉千里"。第二十七回林黛玉作了《葬花吟》，象征意味极强，"花谢花飞花满天，红消香断有谁怜"，"质本洁来还洁去，强于污淖陷渠沟"，是对包括林黛玉在内的十二钗终将死亡离散的命运悲剧的一个大隐喻。到第七十六回，"冷月葬花魂"正有意和《葬花吟》前后呼应，预示黛玉即将泪尽而逝，众女儿也将"各自须寻各自门"了。所以小说中通过湘云之口说出"谶语"："你现病着，不该作此过于凄凉奇谲之语。"

从作诗所要求的对仗技巧来说，"寒塘渡鹤影"对"冷月葬花魂"，"花"对"鹤"是植物对动物，比"诗"对"鹤"显然更为工巧。同时，研究者也找到了典故渊源，明代叶绍袁《午梦堂集·续窃闻记》中记载，小女叶小鸾夭亡，鬼魂受戒时忏悔，说自己曾写过绮词丽句"勉弃珠环收汉玉，戏捐粉盒葬花魂"。用叶小鸾比喻林黛玉，也有"影中影"的艺术效果。

绛洞花主？绛洞花王？

第三十七回大观园的才女们组织文学社团，成立海棠诗社，说以后大家都是诗人了，都要起个别致的雅号。大家互相开玩笑起别号，一会号都有了，贾宝玉还没有，就说你们也替我起一个。李纨说："你还是你的旧号'绛洞花王'就好。"不过这个"绛洞花王"在过去流行的程高本系统《红楼梦》里都作"绛洞花主"，连鲁迅也写过一篇《"绛洞花主"小引》。那么，曹雪芹原笔到底是"绛洞花王"还是"绛洞花主"？

还是先看看各种版本的情况。

庚辰本《脂砚斋重评石头记》是"绛洞花王"；

与庚辰本同属于一个底本系统的己卯本《脂砚斋重评石头记》是"绛洞花主"，但可以看出那"主"字上的一点是后添的；

庚辰本系统的另一个本子北师大本《脂砚斋重评石头记》是"绛洞花王"；

俄罗斯圣彼得堡本《石头记》是"绛洞花王"；

舒元炜序本《红楼梦》是"绛洞花王"；

南京图书馆藏戚蓼生序本《石头记》即所谓"戚宁本"或"南图本"是"绛洞花王"；

上海有正书局清末民初石印的戚蓼生序本《石头记》即"有正本"是"绛洞花主"，但"主"字上面那一点比较歪斜，明显是后笔在"王"字上点了一点；有正本和南图本是兄弟本，底本属于同一个底本，可以推知，戚序本的原本是"绛洞花王"；

蒙古王府本与戚序本属于同一个底本系统，这个本子则作"绛洞花玉"，这个"玉"字显然是"王"字之笔误；

乾隆百廿回《红楼梦稿》即"梦稿本"是"绛洞花主"；

梦觉主人序抄本《红楼梦》即"甲辰本"是"绛洞花主"；

程高本系统的程甲本和程乙本等是"绛洞花主"；

曾藏美国纽约康乃尔大学图书馆今归上海博物馆的甲戌本残存十六

回，没有第三十七回。但第三回林黛玉初到贾府，王夫人对她说到贾宝玉时，有一句说："我有一个孽根祸胎，是这家里的混世魔王"，而在"混世魔王"旁边有朱红色批语："与(原抄'占')绛洞花王为对看"，却证实残佚的第三十七回后文是"绛洞花王"。

杨藏本和甲辰本是由脂批本向程高本过渡的晚起的本子。总括以上的版本演变情况，曹雪芹原稿写作"绛洞花王"，到程高本变成了"绛洞花主"。

这"一'点'之差"考证的发明权属于邓遂夫和周汝昌，他们在互不相关的情况下各自独立发现，得出了相同的结论。它有什么微言大义值得如此费事辨明呢？这与对小说的"思想、艺术"或"哲学、美学"的理解有什么关系吗？

周汝昌在《红楼梦与中华文化》中揭示出，曹雪芹写贾宝玉这一人物，赋予他"三王号"，是一个意思深远的艺术设计。哪"三王号"？就是王夫人说的"混世魔王"，李纨说宝玉小时候的绰号"绛洞花王"，还有第二十九回清虚观的张道士，对贾母说："别的到罢，只记挂着哥儿，一向身上好？前日四月二十六日，我这里做遮天大王的圣诞……我请哥儿来逛逛，怎么说不在家？"这"遮天大王"其实是隐喻贾宝玉。后来周汝昌又经过严密的考证，指出小说中的贾宝玉和作者曹雪芹，生日都是阴历四月二十六日芒种节，详见《文采风流曹雪芹》。

我写过一篇《从孙悟空的"齐天大圣"到贾宝玉的"遮天大王"》，进一步分析曹雪芹微妙的艺术匠心，超前的逆反思想。宝玉的"绛洞花王"对应着孙悟空的"美猴王"，都是少年时期天不怕地不怕青春情结的隐喻。孙悟空学艺归来，杀了一个企图霸占水帘洞的混世魔王，后来就闹龙宫、闹地府、闹天宫，正是他自己开始做混世魔王了。王夫人说贾宝玉是"混世魔王"正由此化来。而"遮天大王"与"齐天大圣"更是一脉相通，"遮天"比"齐天"更逆反，孙悟空大闹天宫，贾宝玉是大闹传统思想的"天宫"。《水浒传》一百单八将，其中也有"地默星混世魔王樊瑞"和"地走星飞天大圣李衮"。"三王号"确是渊源有自，何其妙也！

曹雪芹把贾宝玉写成"王"，是把他作为"情圣"，与传统意识形态化身的"圣王"尧、舜和"素王"孔子、孟子并列对立，意在提出一种新的人生观、世界观，即“情”为核心的价值观，将传统思想的“仁”予以升华，使其更有人性化色彩。用在林黛玉、史湘云身上的“湘妃”典故——大舜王的两个妃子娥皇和女英，也正暗示贾宝玉就是大舜王，一个体现新价值观念的王！而“绛洞花主”则明显带有封建士大夫文人气味的平庸陈腐气息，后来的《红楼梦》评点家王希廉别号就叫“护花主人”。“一‘点’之差”确实耐人寻味啊。

草棚子的学问

第四十九回贾府又来了几位姑娘，大观园变得空前兴盛热闹。紧接着下了一场大雪，海棠诗社的诗人们兴致高旺得像炭盆里的火，酝酿着要雪天即景作诗。“宝玉因心里记挂这件事，一夜没好生得睡，天亮了就爬起来。掀起帐子一看，虽然门窗尚掩，只见光辉夺目，心里早已踌躇起来，抱怨是晴了，日光已出。忙起来揭开窗屉，从玻璃窗内往外一看，原来不是日光，竟是一夜的工夫雪下的将有一尺多厚，天上仍是搓绵扯絮一般。宝玉此时欢喜非常……”后面的情节发展，是宝玉和众女儿都来到大观园中的一个茅草屋子，赏雪联句，一直延续到第五十回，是海棠诗社开局以来最热烈红火的一次文学活动。

这个茅草屋子叫什么？在不同的版本里又有不同的字眼需要斟酌：

在程高本系统的程甲本、程乙本等里面是：芦雪亭；

梦觉主人序抄本《红楼梦》即“甲辰本”是：芦雪亭；

乾隆百廿回《红楼梦稿》即“梦稿本”是：芦雪庭；

俄罗斯圣彼得堡本《石头记》是：芦雪庐；

戚蓼生序本《石头记》是：芦雪庵；

蒙古王府本《石头记》是：芦雪庵；

庚辰本《脂砚斋重评石头记》是：芦雪广；

北师大本《脂砚斋重评石头记》是：芦雪广；

其他如甲戌本、己卯本、舒元炜序本是残本，无此两回，不论。

这个茅草屋的名目在第四十九回正文中出现了七次，第五十回的回目上又出现了一次。

到底何者是曹雪芹真笔？

按照我们一般的印象推测，大概会以为“芦雪广”肯定不对；芦雪庐的“芦”和“庐”两个字读音相同，读起来不响亮，可以摒弃；芦雪庭的“庭”或者是“亭”的音讹；最可能获得认同的是芦雪亭和庐雪庵。

但这种一般性的印象推测其实不一定靠得住，还是得到小说文本里寻找证据。

且看庚辰本第四十九回这一段描写：“宝玉来到芦雪广，只见丫鬟婆子正在那里扫雪开径。原来这芦雪广盖在傍山临水河滩之上，一带几间，茅檐土壁，槿篱竹牖，推窗便可垂钓，四面皆是芦苇掩覆，一条去径逶迤穿芦度苇过去，便是藕香榭的竹桥。”

为什么选用庚辰本的文字？这暗示了我们的“倾向性”，其实大家认为最不可能的“芦雪广”才是正确的文本。

为什么？

首先要明白，“广”现在主要是作为“廣”的简化字体在使用，而在繁体字未作正式简化之前，“广”和“廣”是两个不同的字。“廣”字的读音和释义有三项，而最主要的一项就是现在“广大”之“广”的音义。而原有的“广”字，则读作“沿”，有两项释义：(1)因岩架成之屋。(2)小屋。这是《辞源》上的解释，第一项释义举的例子是唐朝韩愈《陪杜侍御游湘西两寺独宿有题》里的诗句：“剖竹走泉源，开廊架崖广”；第二项释义举元朝袁桷《次韵瑾子过梁山泺三十韵》诗句：“土屋危可缘，草广突如峙。”

原来“芦雪广”正是用的“广”之本义，就是小说中所写“芦雪广盖在傍山临水河滩之上，一带几间，茅檐土壁，槿篱竹牖”，也就是主要用茅草作材料“因岩架成之屋”，这正是韩愈所谓“开廊架崖广”和袁桷所谓“草广突如峙”。

看来，简化字虽然带来了一些方便，却也造成了一些问题，任何东西都不是十全十美的，有一利必有一弊。读古代文学作品，还得有一点“小学”（古文字学）知识才成啊。芦雪广应为曹雪芹原笔，这是冯其庸先生首先考证确定的。

字字珠玑句句金

《红楼梦》的造诣之一是极其高超的语言艺术。好的语言当然有各种表现形式,如比喻、夸张、刻画等修辞技巧,俗语、成语、诗词等恰当穿插。但最见功夫的,则是用最普通的字眼,传达出耐人寻味的意思。

第三回林黛玉母亲病故,贾府派船来接黛玉,贾雨村也要到京城活动恢复官职,就与黛玉同行。黛玉坐的是贾府派来的大船,"遂同奶娘及荣府中几个老妇人登舟而去",而贾雨村则是"另有一只船,带两个小童,依附黛玉而行"。这当然是那个时代男女有别的礼教,即使是师生关系,也要分船而行。

这"依附"二字,大有讲究。脂批说:"老师依附门生,怪道今时以收纳门生为幸。"这是说"依附"有一语双关之妙。表层意思是说贾雨村坐的小船依傍着黛玉坐的大船行走,深隐的意思则是贾雨村此时的社会地位比林黛玉的家庭要低,虽然贾雨村是黛玉的老师,实际上却要仰林家的鼻息行事。

比如,贾雨村去京城活动复官,就是林如海给贾政写信推荐,后来就是在贾政的帮助下得以成功。贾政能帮助贾雨村夤缘运动,当然是因为贾家是世代国公,门路多,关系广,贾家的这种势派如何表现呢?曹雪芹只用了两个最普通的字"轻轻",所谓"便竭力内中协助,题奏之日,轻轻谋了一个复职候缺"。

第二十一回,宝玉缠着湘云给自己梳头,说:"好妹妹,你先时怎么替我梳了呢?"这是一种"不写之写",因为宝玉和湘云自小相识,是真正的青梅竹马,两个小孩曾经非常亲近。湘云被宝玉央求不过,就"只得扶过他的头来,一一梳篦……自发顶至辫梢,一路四颗珍珠,下面有金坠脚。湘云一面编着,一面说道:'这珠子只三颗了,这一颗不是一色的了。我记得都是一样的来着,怎么少了一颗?'宝玉道:'丢了一颗。'湘云道:'必定是外头去弄丢了,被人拣了去,倒便宜他。'黛玉在一旁盥手,冷笑道:'也不知是真丢了,也不知是给了人镶什么戴去了。'宝玉不答。"

宝玉的发辫上镶着四颗珠子,这在第三回初见黛玉时亮相,已经点到过:“头上周围一转的短发,都结着小辫,红丝结束,共攒至顶上胎发,总编一根大辫,黑亮如漆,从顶至梢,一串四颗大珠,用金八宝坠角。”宝玉的四颗珠子少了一颗,他说丢了,当然是借口,其实是给了不知哪个丫头镶戒指一类去了,所以黛玉冷笑,而宝玉默认。这不是宝玉“情不情”性格的一次微妙写照吗?

值得玩味的是湘云说“必定是外头去弄丢了,被人拣了去,倒便宜他”。湘云比较豪爽,不像黛玉多心,所以她一开始相信了宝玉的谎话,以为那颗珍珠真的丢了,所以顺口这样说。有趣的是脂批的一段点评:“‘倒便宜他’四字,是大家千金口吻。今日多用‘可惜了的’四字。今失一珠不闻此四字,妙极是极!”这就揭示出曹雪芹笔不轻下的“咬文嚼字”功夫。史湘云是侯爵家的小姐,珍珠玛瑙一类见惯了,并不十分珍惜,所以“倒便宜他”的口吻符合她的身份,如果用“可惜了的”,就有点小家碧玉的寒酸了。

这让我们联想起第二十五回的一个情节。赵姨娘要害凤姐和宝玉,贿赂马道婆,除了拿出现银和衣服首饰外,还“写了个五百两的欠契”。到了程高本里,这个“五百两”,就变成“五十两”了。这不也是大贵族和小官吏的心理不同吗?程高本的修改者觉得五百两太多了。殊不知如果害死了宝玉和凤姐,荣国府万贯家私的继承权就会落到贾环头上,花五百两作代价是划得来的,要是五十两,马道婆可能就不愿意冒这个风险了。

这种在平常的字眼中尽显艺术魅力的功夫,其实和传统诗词写作中的“炼字”“炼句”一脉相承。林兴仁在《〈红楼梦〉的修辞艺术》中作了许多分析和归纳。比如动词的喻义化修辞,可以使场景和人物都更具体动人。

第二十回宝玉的奶妈李嬷嬷,自己赌博输了钱,找袭人的岔,大家劝不住,凤姐软硬兼施,把李嬷嬷哄走了,小说描写:“后面宝钗黛玉随着,见凤姐儿这般,都拍手笑道:‘亏这一阵风来,把个老婆子撮了去了。’”这个“撮”字用得十分到位,比“拉”“带”等形象生动得多,使李嬷嬷脚不沾地跟凤姐走的情况如在目前,同时也就表现了凤姐的聪明干练,哄人有方,这就是喻义化寻常动词的功夫。

第三十二回袭人和湘云开玩笑说她拿小姐的款,湘云着了急,“忙的袭人和宝玉都劝道：'顽话你又认真了，还是这么性急。'湘云道：'你不说你的话噎人，倒说人性急。'"这个"噎"字，本来是指饭菜等塞堵喉咙，这里喻义化为说的话像吃饭时饭菜噎得人不好受，就比直接说话刺激人要生活化形象化。

脂批说曹雪芹创造了一种"似不通"格的修辞。所谓"似不通"，其实就是现代文艺理论所谓"陌生化"，突破了常规的词语搭配规范，人们囿于习惯，一时还不能接受，所以觉得"不通"。比如第五十六回的回目"时宝钗小惠全大体"，第五十七回的回目"慧紫鹃情辞试忙玉"，第六十一回的回目"投鼠忌器宝玉情赃，判冤决狱平儿情权"。程高本分别改为"贤宝钗""莽玉""瞒赃"和"行权"，就是觉得原来的词汇搭配"不通"。

但这正是曹雪芹的创造，所谓"自铸伟词"。"时宝钗"是从宝钗"随分从时"而来，"忙玉"紧扣宝玉"无事忙"，"情赃""情权"表示宝玉和平儿在处理盗窃案时考虑到各种人际关系，以不伤害人的感情为原则。这些"似不通"组词只有放在原著整体的语境中，才能感到其微妙。程高本改得"规范"了，却没有味道了。

文学语言的表达，是一个不断创新的过程。语言学家建立的"规范"总要被创作家所打破，语言学家往往先叫嚷一阵新的语言表达"不合规范"，然后就接受现实，对那些"不合规范"的语言现象作归类总结，说出一番之所以如此的"道理"，把它们纳入新的"规范"。原来"不合规范" 的语言表达就获得了"规范"，其实是把本有的规范修正了，扩大了。想一想，语言学家也挺悲哀的。

这当然也是脂批本和程高本"两种《红楼梦》"比较研究中的一个大课题。你说这是版本学呢，还是文本学呢？是考证呢？还是鉴赏呢？

贾府的音乐(上)

《红楼梦》前八十回写到琴的章节不多，倒是后四十回有"寄闲情淑女解琴书"和"感秋深抚琴悲往事"两回书。

第八十六回写宝玉去潇湘馆看黛玉，“一面瞧着黛玉看的那本书。书上的字一个也不认得，有的像‘芍’字，有的像‘茫’字，也有一个‘大’字旁边‘九’字加上一勾，中间又添个‘五’字……”黛玉嘲笑宝玉说：“好个念书的人，连个琴谱也没见过？”后面黛玉又大谈了一番“琴理”：“琴者，禁也。古人制下，原以治身，涵养性情，抑其淫荡，去其奢侈……”黛玉说的一大篇，就是古代弹琴的一些老生常谈。

到第八十七回，薛宝钗派人给黛玉送来一封信，里面有四叠“琴歌”，黛玉心有所感，又续写了四叠。后面的情节是妙玉和宝玉在潇湘馆外听黛玉抚琴，弹到第四叠时，“听得君弦‘嘣’的一声断了。妙玉站起来连忙就走。宝玉道：‘怎么样？’妙玉道：‘日后自知，你也不必多说。’竟自走了。弄得宝玉满肚疑团，没精打彩的归至怡红院中”。这当然是暗示黛玉早夭、贾府抄家等不祥预兆。只是写得露而俗，说宝玉连琴谱也不认识更是与前八十回的描写相悖。其实宝玉刚入大观园时就写过他“或弹琴下棋”，作者只不想呆板地铺开描写他抚琴的场面而已。

前八十回的写法却玲珑巧妙得多。周汝昌在《红楼艺术》一书中有两章的题目是“鼓音笛韵”，分析第五十四回除夕荣国府家庭娱乐中“击鼓传花”，以及第四十一回和第七十六回的“闻笛”描写，指出曹雪芹在小说的情节人物刻画中化用“鼓音笛韵”的意境，绝不是笨拙地讲琴谱说琴理一类。曹雪芹的鼓与笛，都不是“一个点儿”“一个眼儿”，而是生龙活虎，他不打死鼓心，善摁活笛眼，鼓有音、笛有韵，不是喧阗热闹激昂轰动的那种演奏所能传达感染的境界，也不是那种浮媚轻巧的俗世乐曲所能想见的韵味。当然要把渗透在情节人物中的“鼓音笛韵”讲清楚可不容易，那最好去读周先生的大著。下面只摘引两段对音乐本身的描写：

> 这里贾母仍带众人赏了一回桂花，又入席换暖酒来。正说着闲话，猛不防只听那壁厢桂花树下，呜呜咽咽，悠悠扬扬，吹出笛声来。趁着这明月清风，天空地净，真令人烦心顿解，万虑齐除——都肃然危坐，默默相赏。

只听桂花阴里，呜呜咽咽，袅袅悠悠，又发出一缕笛音来。果真比先越发凄凉。大家都寂然而坐。夜静月明，且笛声悲怨，贾母年老带酒之人，听此声音，不免有触于心，禁不住堕下泪来。

周汝昌赏评说，中国笛子的妙音，出于竹与芦（膜），它发音特别嘹亮而富于“水音”，“滋润”之美在音中流溢（不像西方“钢管”那种音响音色）。中国音乐也有丝竹大合奏，如《甘州》《凉州》等高亢悲壮之曲，但笛子与笙管合奏，是和谐雅畅之音为主，它的乐曲不在于要激荡人的剧烈情绪，相反，它主要是让人得到一种空灵怡悦的享受——因此你看雪芹两次都强调：在天时气候的配合凑泊下，笛音使聆者心旷神怡，烦襟涤净。这种境界，也就是诗的境界。中国诗境的高处，是连“意”也无的，它目的不在于“表现”一个什么“主题思想”。当然，它也可以与表达思想结合起来，但从艺术的质素来说，那境界本身具有很高的“主体价值”，是一种中华文化的灵智高层造诣，是中华哲理美学的重要组成部分。

贾府的音乐（下）

曹雪芹更神奇的技巧是隐喻象征。十二钗中有一位用琴象征的，就是那个贵妃娘娘贾元春。

元春在小说前八十回中只有第十八回归省时作过正面描写，此外的几处都是简单叙述。归省时元春要见薛姨妈和宝钗、黛玉，王夫人说“外眷无职，未敢擅入”，元春叫“快请”，于是“薛姨妈等进来，欲行国礼，亦命免过，上前各叙阔别寒温”。这时就提到“又有贾妃原带进去的丫头抱琴等上来叩见，贾母等连忙扶起，命人别室款待”。有脂砚斋在“抱琴等”后加批语说：“前所谓贾家四钗之环，暗以琴、棋、书、画排行，至此始全。”这是说前面已经出现过迎春、探春、惜春的丫鬟司棋、待书和入画，现在抱琴终于也出来了，合了琴、棋、书、画四大雅事。由“抱琴”之名，可知作者赋予元春的特长是弹琴。

不过这里还有隐约朦胧之笔，就是丫头名字只出来一个"抱琴"，后面的"等"字就留有艺术空白。迎、探、惜三春都各有两个丫头的名字与棋、书、画相关，元春另一个丫头的名字也应该从琴生发。周汝昌先生拟了一个名字叫"锦囊"，网上一个红迷拟了一个"青芸"（谐音"清韵"），后来周先生又拟了一个"瑶轸"。曹雪芹有知，也当会心而笑吧。

第二回冷子兴演说荣国府时，说王夫人"第二胎生了一位小姐，生在大年初一，这就奇了"，又说"长女名元春，现因贤孝才德，选入宫中作女史去了"。到了第十六回"贾元春才选凤藻宫"，元春"晋封为凤藻宫尚书，加封贤德妃"，贾家因此成了国戚。但作为元春本人来说，一入深宫，则从此与父母姊妹兄弟隔绝，整天过着寂寞清冷的生活，元春归省时曾含泪对家人说"当日既送我到那不得见人的去处"，"今虽富贵已极，骨肉各方，然终无意趣"。

元春在宫中度日如年难堪难过，抚琴消遣以解忧怀是最典型的情境。读一下古代诗词中"宫怨"一类作品可想而知。如盛唐诗人王昌龄《西宫春怨》："西宫夜静百花香，欲卷珠帘春恨长。斜抱云和深见月，朦胧树色隐昭阳。"云和就是琴一类乐器。又如晚唐李商隐《宫辞》："君恩如水向东流，得宠忧移失宠愁。莫向樽前奏《花落》，凉风只在殿西头。""奏《花落》"当然也是吹笛抚琴一类音乐活动了。

不过，曹雪芹以琴的意象赋予元春，还有更深的作意。在众多的乐器中，只有古琴进入了四大雅事之列，从文化上当然也是源远流长的。如古琴长三尺六寸，象征一年三百六十五天，琴身正面圆，底部方，与"天圆地方"相合，等等。抚琴最有文化内涵的典故是"高山流水"，即钟子期死俞伯牙碎琴谢知音的故事。"知音"成了人和人心灵契合之难能可贵最经典的词语。晋代的阮裕说："非但能言人不可得，正索解人亦不可得。"宋代的吕居仁则说："好诗正似佳风月，解赏能知已不凡。"

有趣的是，还有一句经典的话语："士为知己者死，女为说（悦）己者容。"女子为喜欢自己的人打扮，情人不在，就"懒起画蛾眉，弄妆梳洗迟"了。这也与"知音""知己"相通了。难怪南朝陈代诗人江总《侍宴赋得起坐弹鸣琴》说："丝传园客意，曲奏楚妃情。罕有知音者，空劳流水声。"曹雪芹对"知已""知音”是特别注重的。如第三十二回林黛玉听了贾宝玉在人前不避嫌疑赞扬自己:“不觉又喜又惊,又悲又叹。所喜者,果然自己眼力不错,素日认他是个知己,果然是个知己。”甚至连贾雨村也把娇杏看作“风尘中之知己”。

不过,元春的故事有曲折的政治内涵。她在佚稿中的结局“悲险之至”(脂批),牵涉到朝廷的政治斗争,至少是忠顺王和北静王之间的较量,进而影响到贾家的被抄没。当然具体描写可能是“烟云模糊”的。而其艺术手段之一就是借琴作隐喻。琴如何隐喻呢? 这就需要了解《琴操》这部古书。《隋书·经籍志》载有《琴操》三卷,题广陵相孔衍撰。《崇文总目》《中兴书目》也都把著作权归予孔衍。但传注的引文,以及现代《读画斋丛书》所收的传本,则题蔡邕为著者,只有《初学记》所引的《箜篌引》署孔衍《琴操》。现在一般认为《隋书·经籍志》所谓孔衍撰,指的是撰述东汉蔡邕的著作,并非孔衍自著。

总览《琴操》篇目,有强烈的教化色彩,题材也多政治内容。如古琴曲歌诗五曲,首篇《鹿鸣》曰:“《鹿鸣操》者,周大臣之所作也。王道衰,君志倾,留心声色,内顾妃后,设旨酒嘉肴,不能厚养贤者,尽礼极欢,形见于色。大臣昭然独见,必知贤士幽隐,小人在位,周道凌迟,必自是始。故弹琴以讽谏,歌以感之,庶几可复。”次篇《伐檀》曰:“《伐檀操》者,邵国之女所作也。古者圣王在上,君子在位,役不逾时,不失嘉会。内无怨女,外无旷夫。及周道衰微,礼义废弛,强凌弱,众暴寡,万民骚动,百姓愁苦;男怨于外,女伤其内,内外无主:内迫性情,外逼礼义。欲伤所谗,而不逢时,于是援琴而歌。”而十二操中,也多为 “孔子所作也”(《将归操》《猗兰操》《龟山操》)、“周公之所作也”(《越裳操》)、“文王拘于羑里而作也”(《拘幽操》)、“周太王之所作也”(《歧山操》)等。九引中则有好几位妇女作者,如《列女引》“楚庄王妃樊姬之所作也”,《伯姬引》“伯姬保母所作。伯姬者,鲁女也,为宋共公夫人”,《思归引》“卫女之所作也。卫侯有贤女,邵王闻其贤而请聘之,未至而王薨”。操和引都是琴曲的体裁。

由此可知,曹雪芹把琴作为贾元春的象征物,是结合这些古典琴曲之文化背景的。佚稿中写到元春类似于唐朝杨贵妃的结局,她归省时点的四出戏“乃通部书之大过节大关键”(脂批),其中演义杨贵妃的《乞巧》出自《长生殿》，“伏元妃之死”（脂批）。这种情节故事正可以和那些古琴曲的浓厚政治色彩获得一种巧妙的意象上之联系。因此，元春的丫鬟名抱琴也是一种“草蛇灰线”的影射、谶语，不仅暗示元春善于抚琴，而且富有微妙的情节和思想隐喻。

贾府的棋（上）

琴、棋、书、画，中国古代文化人的四大雅趣，当然也是四大技艺。和曹雪芹几乎同时的吴敬梓，写《儒林外史》，就在最后一回《添四客述往思来，弹一曲高山流水》中，推出了各擅琴、棋、书、画一艺的四位“市井奇人”，成了全部小说一个意味悠长的结尾。

且说那个下棋的，姓王，名太，祖代是卖菜的，父亲手里穷得连菜园也卖掉了，到王太，只能卖纸筒子过活。可是他自小儿喜欢下围棋，而且实际上达到了国手的水平，只是不为人知而已。有一天他看见柳树阴下几个富贵人簇拥着两个棋手下棋，其中一个穿玉色的少年说：“我们这位马先生是天下的大国手，只有这卞先生受了两子还可以敌得来。只是我们要学到卞先生的地步，也就着实费力了。”另一个穿宝蓝色长衫的说：“我们这位马先生前日在扬州盐台那里下的是一百一十两的彩，他前后共赢了二千多银子。”这是说，这姓马的是天下围棋冠军，姓卞的是亚军。

王太看他们下棋，那些人瞧不起他，要出他的丑，那个卞亚军就说：“他既大胆，就叫他出个丑何妨！才晓得我们老爷们下棋，不是他插得嘴的。”王太也不推辞，就摆起棋子，让那位马冠军先“动着”，就是让他先下子。下棋的规矩，技艺高的要让技艺低的先下子，甚至要让两三子的。小说这样写，是显示王太的实力非同小可。结果“那姓马的同他下了几着，觉得他出手不同。下了半盘，站起身来道：‘我这棋输了半子了。’”那个卞亚军也说：“论这局面，却是马先生略负了些。”

吴敬梓写琴、棋、书、画，其实是作为人生境界的一种象征。卓越的艺术，就是超凡人格的体现。这位王太，已经到了人棋不分的境界，赢了国手，却连酒也不肯喝，只是大笑道:“天下那里还有个快活似杀矢棋的事！我杀过矢棋,心里快活极了,那里还吃的下酒！”下棋已经成为生命本身,已经“棋人合一”,难怪连国手也下不过他了。所谓矢棋,是当时对围棋的一种叫法。

当代作家阿城,在其名作《棋王》里,写了一个插队知青王一生,也是一个棋呆子,下棋成了人生的状态。虽然他下的不是更高雅的围棋,而只是比较通俗的象棋,但仍然达到了天、地、人三才相和的境界。一番比试,那位民间的国手就向他求和,说:“你小小年纪,就有这般棋道,我看了,汇道禅于一炉,神机妙算,先声有势,后发制人,遣龙治水,气贯阴阳,古今儒将,不过如此。老朽有幸与你接手,感触不少,中华棋道,毕竟不颓,愿与你做个忘年之交。老朽这盘棋下到这里,权做赏玩,不知你可愿意平手言和,给老朽一点面子？”

《红楼梦》里,也写了下棋。不过,仍然是前八十回和后四十回两种不同的写法。寻思两者的差异,也是一件很有趣的事。

后四十回,第八十七回写贾惜春和妙玉下棋,当然是围棋,宝玉到蓼风轩看惜春,恰逢妙玉来下棋。宝玉观棋:妙玉低着头问惜春道:“你这个‘畸角儿’不要了么？”惜春道:“怎么不要？你那里头都是死子儿,我怕什么！”妙玉道:“且别说满话,试试看。”惜春道:“我便打了起来,看你怎么样？”妙玉却微微笑着,把边上子一接,却搭转一吃,把惜春的一个角儿都打起来了,笑着说道:“这叫做‘倒脱靴式’。”

这种描写其实比较刻板，只是把下围棋里的一些术语和招式充作小说情节的材料,如“打”即“吃子”“占地”,“畸角儿”指棋盘角争地盘。这倒也罢了，问题是这种描写完全脱离了惜春和妙玉的性格逻辑。妙玉清高怪僻无比,除了和宝钗、黛玉、湘云这几个大观园里的尖子略有交往,压根看不起其他人。而惜春则是另外一种孤僻冷淡,连对贾家的姐姐也没感情。这样两个人根本不会互相来往,续书这样写,只是因为后面要写惜春当“尼姑”,所以让她先和已经是尼姑的妙玉下棋。这种“铺垫”从写作技巧来说实在是拙劣的。后面又写妙玉对宝玉说话矫情,还有“脸红了”等,把宝、妙二玉的微妙关系变得十分庸俗,充分体现了后四十回的通俗文学品位。

贾府的棋(下)

曹雪芹在前八十回也写了下棋，不过那却是一种微妙的隐喻性写法。如果你缺少灵心慧性，或者传统文化的修养不够深厚，你就压根看不懂他的写法，说得刻薄一些，就是榆木疙瘩——不开窍。

有这么严重吗？

曹雪芹以琴、棋、书、画分别象征贾家四春，惜春能画画，探春擅书法，元春好音律，有的明写，有的暗示，特别会下棋的，是二姐贾迎春。

迎春的“棋喻”，首先是通过她的两个丫鬟的名字来象征的。大丫鬟名叫司棋，在“红楼丫头”里也算一个角儿，有专门描写她的章节。先是带领丫头去砸柳嫂子的厨房，后来又有“鸳鸯女无意遇鸳鸯”，和表弟潘又安幽会偷情，被鸳鸯撞破。再往后抄检大观园，司棋又被抄出表记书信，终于被赶了出去。而引起抄检的那个被傻大姐拾到的绣春囊，其实也是司棋和潘又安被鸳鸯撞破时慌忙中丢下的。

二丫鬟情节不多，叫绣橘，第七十三回曾和迎春奶妈的儿媳妇住儿媳妇斗嘴，查问被奶妈拿走的累金凤首饰。“绣橘” 谐音“秀局”，指一局好棋，象棋的棋谱书就叫“橘中秘”。虽然迎春喜欢下的可能是围棋，但“棋局”的谐音相通。从对司棋和绣橘的描写中，可以看出，二人都是伶牙俐齿，性格颇有锋芒，与主人“二木头”迎春截然不同。这样写，当然能构成一种对照衬托，使迎春“懦小姐”的特点更为突出生动。同时，两个丫鬟的争强好胜性格，也就和下棋意味着冲突二者间发生了意象上的关联。

不过，以棋喻迎春，还有另一种意味。原来棋的起源虽然有各种说法，如受天文和易卦的影响，以及是兵法的模拟等，但由于它毕竟是一种游戏，是在棋盘上营造人生情趣，所以围棋历来就带有几分隐逸的品格。《世说新语》是所谓魏晋风度的经典，其中记载北中郎将王坦之把围棋当作“坐隐”，高僧支道林则称之为“手谈”。这样，下棋，特别是下围棋，这种表面上颇富有竞争性的活动，也可以传达一种超脱名利与世无争的人生意境。因此又有樵子观看仙人下棋，一局看完斧头木柄已经腐烂的神话故事，所谓“观棋柯烂”，正是洞中方七日，世上已千年，下棋成了超脱的隐喻。

《千家诗》里有北宋赵师秀《有约》诗：“黄梅时节家家雨，青草池塘处处蛙。有约不来过夜半，闲敲棋子落灯花。”“闲敲棋子” 等待友人来下棋“手谈”，当然全无机心俗欲，而是悠然潇洒，风神闲逸。清朝的大才子、《四库全书》的总纂官纪晓岚请钱塘沈云甫画了一幅《桐阴观弈图》，然后自己题诗曰：“不断丁丁落子声，纹楸终日几输赢。道人闲坐桐阴看，一笑凉风木末生。”又有人拿来《八仙对弈图》，画的是韩湘子、何仙姑对局，五位仙人旁观，铁拐李则枕着葫芦酣睡。纪晓岚又题诗两首，第二首诗曰：“局中局外两沉吟，犹是人间胜负心。那似顽仙痴不省，春风蝴蝶睡乡深。”

可见，下棋可以比喻与世无争，是源远流长的。这就和小说中对迎春性格特点的刻画有了相关性。迎春喜欢下棋，正可以暗示她遇事退让容忍的性格。迎春对奶妈偷拿金凤隐忍纵容，绣橘就说：“姑娘怎么这样软弱。都要省起事来，将来连姑娘还骗了去呢。”林黛玉也揶揄迎春“真是虎狼屯于阶陛尚谈因果”。而迎春却对房中矛盾一副不见不闻的态度，只读她的《太上感应篇》——这正是一本劝人“顺命”的道教因果书。

那么，迎春会下棋吗?

我们看第七回周瑞家的送宫花，“迎春的丫鬟司棋与探春的丫鬟待书二人正掀帘子出来，手里都捧着茶钟，周瑞家的便知他们姊妹在一处坐着呢，遂进入内房，只见迎春探春二人正在窗下下围棋”。

再看第七十九回“贾迎春误嫁中山狼”，迎春搬出紫菱洲，宝玉前往凭吊，“乃信口吟成一歌”，其中就有句子：“不闻永昼敲棋声，燕泥点点污棋枰。”聚焦了下棋这一特写镜头，正说明棋是迎春的象征。

下棋既有隐逸的意味，又有兵法战斗的意味。第二十二回迎春作算盘诗谜：“天运人功理不穷，有功无运也难逢。因何镇日纷纷乱，只为阴阳数不同。”巧妙地用拨拉算盘子象征迎春嫁后夫妻不睦，“阴阳数不同”，遭遇悲惨命运。下围棋的黑、白棋子和下棋过程中的“斗争”当然也能引发类似的联想。

曹雪芹写下棋，全为暗示人物的性格和命运服务，真是一击两鸣，棋在局外！

贾府的书法家(上)

咱们中国人传统上写字使用毛笔，发明权据说属于秦始皇的大将军蒙恬。由于用毛笔，就有了世界上独一份的中国书法。现在“西风压倒东风”，普通中国人都使用西洋传进来的硬笔，有了电脑后，有人连钢笔都不太会拿用了，写毛笔字已经成了一种专门的艺术活动。当然现在会写毛笔字的人也挺多，但一种技能的地位并不是以绝对人数的多寡来决定，而是以这种技能是否与这个社会中人们的生存和功名利禄密切联系来衡量。当代会传统书法的人虽然绝对人数超过了历史，但占当代人口的比例却是极小的，它不是人为了谋生必须掌握的技能，而是一种可有可无的业余爱好，或者一种文化修养的体现。

在曹雪芹的那个年代，情况可就大不相同，只要识字，只要想改善生存状态，往社会的上层巴结，那就必须会写一笔好字——当然是毛笔字。不管是考秀才举人进士，还是经商当账房先生，或者当“孩子王”教蒙馆，字写得好不好是性命攸关的。因此，《红楼梦》里有许多关于书法的描写。

首先，无论是贾政和王夫人居住的荣禧堂，还是秦可卿的香闺，或者大观园中的各处厅堂馆舍楼台亭阁，毛笔书写的匾额对联字画都是不可缺少的。如林黛玉初进贾府，去拜见舅舅贾政，虽然没见着，舅母王夫人却在荣禧堂正厅接待新来的外甥女。其中就描写了“荣禧堂”等匾额，还有一副由东安郡王“手书”的华贵对联。

第五回贾宝玉去宁国府赏花吃酒，困了要午休，侄儿媳妇秦可卿先带他到书房，因为墙上挂着一副“世事洞明皆学问，人情练达即文章”的对联，贾宝玉就“断断不肯在这里”。而到了秦可卿的卧室，挂着另一副对联“嫩寒锁梦因春冷，芳气笼人是酒香”，宝玉就含笑连说：“这里好！”宝玉对这两副对联内容的爱憎取舍很微妙地传达了他的人生观价值取向，他是个诗人，不是个功利主义者。大观园建成后，贾政带着宝玉在各处游逛，每到一处，宝玉都要题咏对联。这些对联后来都由书法名家书写后制成匾额悬挂起来。

贾宝玉每天的功课除了读书，写字也是一项必不可少的任务，贾政是要定期查看的。当然有时候宝玉贪玩，比较偷懒，完成得不是那么好。第七十回就有描写，说贾政在外地作官任满，要回来了，袭人劝宝玉“收一收心，闲时把书理一理预备着”，又说：“书是第一件，字是第二件。到那时你纵然有了书，你的字写在那里呢？”宝玉说我平时不也写字吗？难道你没给我收起来？袭人说怎么没收？但太少了，“才有五六十篇。这三四年的工夫，难道只有这几张字不成”。宝玉听了，“忙的自己又亲检了一遍，实在搪塞不过去，便说：‘明日为始，一天写一百字才好。’……至次日起来梳洗了，便在窗下研墨，恭楷临帖”。贾母怕他累出病来，探春、宝钗等姐妹就笑着说：“老太太不用着急。书虽替他不得，字却替得的。我们每人每日临一篇给他，搪塞过这一步就完了。”可见，那个时代对男孩子写字的要求是严格的，而对女孩子，则没有硬性要求，因为按传统礼法，女孩子应该学“女红针凿”，读书写字只是业余爱好而已。

后面接着描写：“探春、宝钗二人每日也临一篇楷书字与宝玉，宝玉自己每日也加工，或写二百三百不拘。至三月下旬，便将字又集凑出许多来。这日正算，再得五十篇，也就混的过了。谁知紫鹃走来，送了一卷东西与宝玉，拆开看时，却是一色老油竹纸上临的钟王蝇头小楷，字迹且与自己十分相似。喜的宝玉和紫鹃作了一个揖，又亲自来道谢。史湘云、宝琴二人亦皆临了几篇相送。凑成虽不足功课，亦足搪塞了。”

所谓“钟王蝇头小楷”，是指三国时期魏国的钟繇和晋代的王羲之。钟繇字元常，王羲之字逸少，并称“钟王”，代表了魏晋时期最高的书法造诣，也是中国书法史上的高峰。钟元常书写的《宣示表》《贺克捷表》《荐季直表》，王逸少书写的《乐毅论》《黄庭经》《曹娥碑》，都是小楷临摹的范本。黛玉后来称赞宝玉的《芙蓉诔》，说“可与《曹娥碑》并传了”，黛玉读《曹娥碑》，应该是从临帖来的。所谓“蝇头小楷”是比喻小字如苍蝇的头，《南史·衡阳元王道度传》称之为“蝇头细书”。这种小楷字还有一个别名叫“小真字”。真字就是正书，也就是楷书、正楷。《翰墨志》说："士人作字，有真、行、草、隶、篆五体。"黛玉给宝玉写的一大卷"钟王蝇头小楷"，大概就是临的上述那几篇碑帖。

我们看，十二钗里的几个才女都写得一笔好字，大家通同作弊，瞒哄家长贾政，讨得个天下太平，合家欢喜。传统大家庭里的人情之曲折微妙可谓写得活灵活现了。突出黛玉给宝玉写了一大卷"钟王小楷"，黛玉对宝玉的特别关心跃然纸上。

贾宝玉的书法其实也已经相当不错，第八回描写宝玉去看宝钗，路遇贾府的几个管家，众人奉承宝玉："前儿在一处看见二爷写的斗方，字法越发好了，多早晚儿赏我们几张贴贴。"后面又说宝玉写了"绛芸轩"三个大字，让晴雯替他贴到"门斗"上，晴雯撒娇说："我生怕别人贴坏了，我亲自爬高上梯的贴上，这会子还冻的手僵冷的呢。"后来黛玉来了，宝玉又问："好妹妹，你别撒谎，你看这三个字那一个字好？"黛玉笑道："个个都好。怎么写的这么好了，明日也替我写一个匾。"贾宝玉已经能题写匾额，又给别人写"斗方"，也可以算是一个小书法家了。

然而，金陵十二钗里，还有一位最卓越的书法家。她是谁呢？且听下回分解。

贾府的书法家(下)

金陵十二钗里，凤姐不太识字，当然也不会写字，秦可卿早早去世，主要是个象征性人物，巧姐在前八十回尚为婴幼儿，都可以不论。其他的九位女子，都是写字的。

贾元春归省时，贾家四春和宝钗、黛玉以及李纨，都曾经作诗，当然都要用毛笔写出来，那字都是上得台面的。第三十七回海棠诗社，史湘云后来补作，"一心兴头，等不得推敲删改，一面只管和人说着话，心内早已和成，即用随便的纸笔录出"。

妙玉在宝玉过生日时，亲自写帖拜贺，所谓"槛外人妙玉恭肃遥叩芳辰"；第七十六回黛玉和湘云在中秋月夜联句，后来妙玉出来，引二人到拢翠庵，“自己取了笔砚纸墨出来，将方才的诗命他二人念着，遂从头写出来”，又说自己要续貂，“遂提笔一挥而就”。很明白，湘云和妙玉诗才书法也都很擅长，是行家里手。

但这九位金钗里，哪一位的书法最为杰出，称得上“书法家”呢？

书中没有明确地给哪一个人封“书法家”的头衔，却用一些微妙的艺术描写，暗示出一个爱好书法，造诣非凡的女书家。

此人是谁？就是那个人称玫瑰花儿，无人不爱，但有刺扎手的贾家三姑娘探春。

何以见得？

上一讲说到宝玉欠字太多，无法应付贾政检查，众姐妹都代他赶任务，排列顺序是“探春宝钗等姐妹”，探春打头，固然因为探春和宝玉血缘关系最近，不过可能也暗示探春的书法最好。

第三十七回探春发起组建文学社团，后来成立了海棠诗社，一开头就是探春写给宝玉的信札。这封信，除了后面的中心内容谈要起诗社外，还有前面的几句客气话，感谢宝玉对自己患病时的关心。话是这样说的：“未妨风露所欺，致获采薪之患。昨蒙亲劳抚嘱，复又数遣侍儿问切，兼以鲜荔并真卿墨迹见赐……”宝玉在探春偶感风寒时关心备至，将唐朝大书法家颜真卿的真迹送给探春以示慰问。这当然也从一个侧面反映出贾府的富有和高雅，不愧是蓄藏丰厚的百年公侯世家，不仅有物质后盾，也有文化积淀。但宝玉不送别的，送颜真卿的法书，当然暗示探春对书法有特殊爱好。

宝玉送给探春的“真卿墨迹”，后来就在探春的墙壁上挂了出来，从写作手法上说，可谓照应得细如毫发，一丝不苟。那是在第四十回，贾母高兴，带着刘姥姥逛大观园的各个景点，而探春居住的秋爽斋，是作者予以特笔描写的一处。三姑娘的香闺是何情景？请看：

> 探春素喜阔朗，这三间屋子并不曾隔断。当地放着一张花梨大理石大案，案上磊着各种名人法帖，并数十方宝砚，各色笔筒笔海内的笔如树林一般。那一边设着斗大的一个汝窑花囊，插着满满的

一囊水晶球的白菊。西墙上当中挂着一大幅米襄阳《烟雨图》，左右挂着一副对联，乃是颜鲁公墨迹，其联云：烟霞闲骨格，泉石野生涯。……

居处是人物性格的象征，这开阔大器的秋爽斋确实如天高云淡的秋天一般“爽”，充满了书卷气，洋溢着翰墨香，衬托出三姑娘的高远胸襟，远大志向。这一副挂在墙壁上的“颜鲁公墨迹”正是前面探春给宝玉信中提到的“真卿墨迹”。

颜真卿被封为鲁郡公，故称颜鲁公，他是唐朝的一位重要大臣，历玄宗、肃宗、代宗、德宗四朝，在政治上先后同分裂叛乱势力安禄山、李希烈作顽强斗争，最后并牺牲了性命。曹雪芹特意安排在秋爽斋挂出他的墨迹，不仅是反映探春的襟怀阔大，可能还有一种作意，即后文佚稿中探春为了维护国家的利益而牺牲自己，“昭君出塞”，和亲远嫁当了海外王妃，正像颜真卿为国家牺牲一样。

秋爽斋书案法帖，笔林墨海，探春的杰出书法家身份被衬托了出来。她写的是什么字体呢？应该主要就是正气浩然雄壮遒劲的颜体字。对探春的书家身份，作者还用了一个巧妙的“影射”技巧：她的两个丫鬟，一个叫待书，一个叫翠墨，正是擅长书法的象征。

探春是贾家四春中的三姑娘，作者因而写她的生日是三月初三，这在第七十回有巧妙的暗示。林黛玉三月初一作了《桃花行》，约定三月初二重建桃花社，不巧第二天王子腾夫人来了，混过了一天，到了初三，却是探春的生日，林黛玉说我这一社开的又不巧了。大姑娘元春生日是正月初一，三姑娘的生日是三月初三，一个是国内皇妃，一个是海外王妃，这已经让人称奇道妙了。红迷詹健又说，元春是“状元”，探春是“探花”，所以探春的象征花卉是杏花，并引《秦中岁时记》中“进士杏园初宴，谓之探花宴”为证。但更让人匪夷所思的是，三月初三还是上巳女儿节，杜子美所咏“三月三日天气新，长安水边多丽人”，还是书圣王羲之写《兰亭序》的日子，又和书法挂上了钩！真不愧“一树千枝，一源万派”(脂批)。

秋爽斋的名号，其实还有更微妙的寓意。第三十七回起海棠诗社时，大家互相起别号，有这样一段描写：

> 探春笑道："我就是秋爽居士罢。"宝玉道："居士、主人，到底不恰，且又瘰瘆(此据周汝昌校本)。这里梧桐、芭蕉尽有，或指桐蕉起个到好。"探春笑道："有了，我最喜芭蕉，就称蕉下客罢。"黛玉笑道："你们快牵了他去，炖了脯来吃酒。"众人不解，黛玉笑道："你们不知古人曾云蕉叶覆鹿，他自称蕉下客，可不是只鹿了？快做了鹿脯来。"众人听了都笑起来。

过去一般就把这种描写作"闲文"对待了，顶多也就是说写得很生动啊，黛玉很聪明幽默啊。其实，这里面也有"一击两鸣"的象征艺术。

怎样"两鸣"呢？首先，芭蕉是一个和书法有关系的典故，传说唐代草圣怀素痴迷书法，纸张不够用，就在寺院里秋天落下的芭蕉叶子上写字，不经意间，芭蕉叶就积累了满满的几间屋子。探春自号"蕉下客"，当然就意味着她是一位勤奋的书法家了。

其次，探春开始自号秋爽居士，宝玉说太平常了，"这里梧桐、芭蕉尽有，或指桐蕉起个到好"，这是将梧桐与芭蕉并列，有意暗示。意思是秋天这两种植物都非常茂盛轩昂，乃暗点"秋爽"。

而梧桐又与凤凰相关，《诗经》中的《大雅·卷阿》篇说："凤皇('皇'即'凰')于飞，于彼高冈。梧桐生矣，于彼朝阳。"所谓梧桐引得凤凰来。林黛玉住潇湘馆，潇湘馆匾额就名"有凤来仪"(化自《尚书·益稷》"凤凰来仪")——那又是用凤凰以竹为食关合。汉朝的郑玄注解《大雅·卷阿》，就说凤凰"非梧桐不栖，非竹实不食"。

而贾宝玉住的怡红院蕉棠两植，红香绿玉，芭蕉——绿玉象征黛玉。既然梧桐和芭蕉并列，当然也可以用芭蕉代替梧桐、竹子，芭蕉也就和凤凰挂上钩了。宝玉在元春归省时所作应制诗，咏怡红院有"绿玉春犹倦"(后改"绿蜡春犹卷")之句，是指院中所植芭蕉，当然是象征黛玉，"春犹倦""春犹卷"，是春天不茂盛，也就是说芭蕉和梧桐一样，在秋天才得其时——“秋爽”。

所以，探春最后自号“蕉下客”，一方面暗示她是个杰出的书法家，另一方面也通过这些典故意象隐喻探春是“凤凰”，与她后来放凤凰风筝的情节一样，暗示她将来远嫁海外作王妃。黛玉开玩笑说“蕉叶覆鹿”，则源于《列子》，说有一个人打了一只鹿，怕别人发现，用蕉叶覆盖了起来，结果后来自己也找不到了，甚至怀疑自己打了鹿是不是做了一个梦。这也是“假作真时真亦假”的典故。同时“鹿”谐音“禄”，也就双关了探春将作王妃之“禄”。

探春的别号黛玉开玩笑，黛玉的“潇湘妃子”别号则是探春所赠。这种情节设计很巧妙，原来因为探春和黛玉都是“凤凰”（黛玉住潇湘馆——有凤来仪，用湘妃——帝舜之妃象征）啊。曹雪芹化用这些典故技巧，影射贾探春未来的结局和《红楼梦》的深微寓意，真是曲折幽远。探春这位女书家，将来还要把中华的书法艺术传播到海外呢。

贾府的画家（上）

贾家三姑娘探春，是一位杰出的书法家。而四姑娘惜春，则是一位画家，这在小说中有不少明确的描写，一般读者也都很熟悉。

第一次透露惜春擅长丹青，是在第四十回刘姥姥二进荣国府游大观园。贾母和凤姐、宝玉以及众姐妹领着刘姥姥，“说笑之间，已来至沁芳亭子上。丫鬟们抱了一个大锦褥子来，铺在栏杆榻板上。贾母倚柱坐下，命刘姥姥也坐在旁边，因问他：‘这园子好不好？’刘姥姥念佛说道：‘我们乡下人到了年下，都上城来买张画儿贴。时常闲了，大家都说，怎么得到画儿上去逛逛。想着那个画儿也不过是假的，那里有这么个真地方呢。谁知我今儿进了这园子里一瞧，竟比那画儿还强十倍。怎么得有人也照着这个园子画一张，我带了家去，给他们见见，死了也得好处。’贾母听说，便指着惜春笑道：‘你瞧我这个小孙女儿，他就会画。等明儿叫他画一张如何？’刘姥姥听了喜得忙跑过来，拉着惜春说道：‘我的姑娘，你这么大年纪儿，又这么个好模样，还有这个能干，别是神仙托生的罢！’”

这个情节的后续发展，则在第四十二回，贾惜春向诗社请假，要专心画大观园行乐图。林黛玉笑着说："都是老太太昨儿一句话，又叫他画什么园子图儿，惹得他乐得告假了。"

后面众姐妹商量给惜春多少日子假，有许多生动文章。黛玉调侃说："论理一年也不多。这园子才盖了一年，如今要画，自然得二年工夫呢。又要研墨，又要蘸笔，又要铺纸，又要着颜色，又要……"

刚说到这里，众人知道他是取笑惜春，便都笑问说："还要怎样？"黛玉自己也撑不住笑道："又要照着这样儿慢慢的画，可不得二年的工夫？"黛玉又对惜春说："人物还容易，你草虫上能不能？"李纨说这张图上画草虫干什么？黛玉就说刘姥姥是"母蝗虫"，如果不画上，"岂不缺了典"？还说画就叫"携蝗大嚼图"。惹得大家哄堂大笑。

这个情节当然也表现了黛玉的聪明伶俐，联想敏捷，以及某种贵族意识。从绘画角度说，则反映十二钗对传统绘画都颇有修养，虽然不一定人人能画，鉴赏则都很在行。

曹雪芹的时代，西洋的油画等传进来的还不多，说绘画，主要是指传统的国画。画家们也是"术业有专攻"，有的专画人物，有的专画花鸟，有的专画山水，有的专画楼台宫室，有的画工笔，有的画写意。惜春说自己"不会这工细楼台，又不会画人物"，黛玉说"草虫"，宝钗说惜春"虽会画，不过是几笔写意"，就是指不同的绘画题材和技法。看来惜春主要是画山水花草等写意画。为画好行乐图，宝钗则说了许多画画的程序、技巧和所需要的各种画具等，简直就像一个专业的绘画理论家。宝钗又说让宝玉帮助惜春，"并不是为宝兄弟知道教着他画，那就更误了事；为的是有不知道的，或难安插的，宝兄弟好拿出去问问那会画的相公"。这是指贾政豢养的那些清客——帮闲文人中也有优秀的画家，宝玉立刻接茬说："这话极是。詹子亮的工细楼台就极好，程日兴的美人是绝技，如今就问他们去。"

当然惜春的画艺已经相当专业了，她画的那幅大观园行乐图则是家族盛衰的一个重要隐喻。到了第五十回，贾母到惜春住的暖香坞，"贾母并不归坐，只问：‘画在那里？’惜春因笑道：‘天气寒冷了，胶性皆凝涩不润，画了恐不好看，故此收起来。’贾母笑道：‘我年下就要的，你别托懒儿，快拿出来给我快画！’”后面又有贾母嘱咐惜春，说薛宝琴穿着野鸡毛大氅带着捧梅花丫头赏雪的形象一定要画上。表现贾母是个非常爱艺术而且懂艺术的人。“宝琴立雪”也真成了后来画家们《红楼》画题材的一个重要内容。

不过惜春这幅画再往后就没有了下文，因为一到第五十五回，开始“反照”风月宝镜，重点写“自杀自灭”的家族内斗，到抄检大观园后，惜春“矢孤介杜绝宁国府”，已经萌生了看破红尘的念头。看来，惜春的“大观园行乐图”也成了一幅没有画完的画卷，象征了家亡人散命运的不可避免。也许，在八十回后的佚稿中，惜春这幅未完成的画会再一次被人发现点评，成了家族盛衰无常的一个历史见证。这也正像写宝琴“琉璃世界白雪红梅”，是象征贾府将来“落了片白茫茫大地真干净”后，只有宝琴嫁到梅翰林家，还能比较超然地感慨荣辱兴亡。

惜春的画家身份，曹雪芹也通过她两个丫鬟的名字作了“影射”：入画和彩屏。

贾府的画家(下)

如果说贾惜春是贾府里的专业画家，那么，贾宝玉则是一位业余画家。其实，琴棋书画是那个时代文化修养的一种体现，宝玉和十二钗大概都能画两笔，对画的鉴赏力更是不在话下，不过不能像惜春那样达到专业水平吧。

第二十三回写宝玉住进大观园，“心满意足，再无别项可生贪求之心。每日只和姊妹丫头们一处，或读书，或写字，或弹琴下棋，作画吟诗”，宝玉在大观园里消遣时日，除了读书，就是琴、棋、书、画四大雅事，“作画”也是必修课。当然，后面还说到“描鸾刺凤，斗草簪花，低吟悄唱，拆字猜枚”等，则是更具有通俗游戏性的一些娱乐活动。

第二十六回则描写薛蟠要过生日，宝玉说到送礼庆贺：“我可有什么可送的？若论银钱吃的穿的东西，究竟还不是我的，惟有我写一张字，画一张画，才算是我的。”宝玉能画了画送人，画艺也算拿得出去了。薛蟠附庸风雅，就笑着说：“你提画儿，我才想起来。昨儿我看人家一张春宫，画的着实好。上面还有许多的字，也没细看，只看落的款，是‘庚黄’画的。真真的好的了不得！”宝玉听了薛蟠的话，心下猜疑：“古今字画也都见过些，那里有个‘庚黄’？”后来宝玉猜出来，原来是薛蟠把“唐寅”错认作“庚黄”。

春宫画是什么呢？就是裸体色情作品，唐寅是晚明的著名画家，字伯虎，号六如居士，自称为“江南第一风流才子”。明代冯梦龙纂辑的《警世通言》话本中就有《唐解元一笑姻缘》，后来又有民间艺人演绎成《九美图》《三笑姻缘》等弹词，现代也有影视《三笑》。他画的山水、花鸟、人物、仕女都很好，也画春宫画。

晚明的社会风气腐败，从另一个角度说，就是人性受到的约束比较宽松了。那时的文人都有些放荡，画艳画，写淫剧，征歌逐舞，嫖妓狎优，美其名曰风流，今人说是个性解放。专家考证，写《牡丹亭》的汤显祖患有花柳病。

《桃花扇》中写侯方域和阮大铖在政治上是对立面，但在生活和文化追求上其实是半斤八两，他们同样在烟花巷中流连忘返，欣赏甚至创作才子佳人的传奇。所谓“秦淮八艳”与明末的名士才子共同演义了那个时代的文化景观。

“呆霸王”认的字也太有限了。文化水平低，艺术趣味也就俗，从对薛蟠这个人物的刻画来说，是十分生动的。正像他后来说酒令也是粗俗下流，让大家捧腹不禁一样，他看见“春宫”画就叫好不迭，充分表现了薛蟠是个“皮肤滥淫”之人，与贾宝玉的“意淫”形成鲜明对照。

第十九回写宝玉在宁国府看戏，对情节打斗戏文不感兴趣，一个人跑出来，因想：“这里素日有个小书房，内曾挂着一轴美人，极画的得神。今日这般热闹，想那里自然无人，那美人也自然是寂寞的，须得我去望慰他一回。”结果撞上书童茗烟和小丫头偷情，正是另一个“意淫”和“皮肤滥淫”的对照之笔。

宝玉要“望慰”的这幅美人画，可能是一幅工笔仕女图。“情”和“淫”的复杂微妙关系，曹雪芹有深刻的思考，作了十分艺术的表现，所谓“情既相逢必主淫”“宿孽总因情”。现代的哲学家们也很关注这个问题，把所谓“欲”上升到形而上层面作理论探索，不少思考已经非常深入。

作者写贾府里的几幅大画都有微妙的作意。第三回写荣禧堂挂着“待漏随朝墨龙大画”，这当然象征了荣国公当年的显赫地位，同时这“墨龙”也暗示了君威难测，祸福无常，隐喻未来的被抄家。

第五回宁国府书房和秦可卿卧室里的那两幅画，是与前面讲过的两副对联互相配合的，隐喻了两种价值观。书房里挂的《燃藜图》，出自晋代王嘉的《拾遗记》，内容是这样一个故事：汉成帝时的刘向在“天禄阁”校书，夜里正独坐诵书，有一个穿黄衣服的老人拄着藜杖叩阁而进，吹藜杖顶端，有烟燃火亮，老人把《五行洪范》的秘文传授给刘向。后来就被用作鼓励读书上进的典故。

卧室里挂的“海棠春睡图”，小说中交待是唐伯虎画的，当然这幅画不见著录，也许是一种艺术虚构，传世的唐伯虎之仕女画有《秋风纨扇图》《孟蜀宫妓图》《蕉叶美人图》《吹箫仕女图》等。“海棠春睡”用的是唐明皇在沉香亭召杨贵妃，贵妃酒醉未醒，唐明皇笑着说：“岂是妃子醉耶？海棠睡未足耳。”这幅画应该就是画的贵妃醉酒，背景加画海棠花。

海棠是怡红院中的重要象征，隐喻史湘云，第六十三回湘云抽的花名签也是海棠。秦可卿是个象征人物，通过仙女可卿说她“鲜艳妩媚有似乎宝钗，风流袅娜则又如黛玉，乳名兼美，字可卿”，究其实暗示的却是史湘云，说她兼有钗、黛之美，最后和贾宝玉结合。这是所谓“影中影”。

第四十回刘姥姥游园，在秋爽斋则有“米襄阳的《烟雨图》”。米襄阳就是北宋的著名书法家、画家、诗人米芾，字元章，世居太原，后迁襄阳，自号襄阳漫士、海岳外史。他画山水多用水墨点染，烟雨苍茫，与其子米友仁世称“二米”，在画史上以“米家山”“米氏云山”名世。小说写这幅画当然也是为了衬托贾探春的襟抱境界，与颜真卿的书法异曲同工。

下一回刘姥姥醉酒后误入怡红院，“只见迎面一个女孩儿，满面含笑迎了出来……刘姥姥便赶来拉他的手，‘咕咚’一声，便撞到板壁上，把头碰的生疼。细瞧了瞧，原来是一幅画儿”。这是一幅屏风上的西洋画。明代顾起元在《客座赘语》中记载，万历年间意大利传教士利玛窦带来了“其貌如生，身与手臂俨然隐于帧上”的《天主像》。清初则有西洋画家郎世宁等进入宫廷，西洋绘画等艺术在皇室和贵族家庭中日见普及。怡红院里有“西洋机括”的穿衣镜，有自鸣钟，还有这幅屏风上的西洋画，可见宝玉居处的摆设陈置已经是“中西合璧”了。

第五十回雪天雪地，薛宝琴穿了贾母给的野鸡毛做的披风赏雪，丫头捧着瓶梅跟在后边。贾母赞赏说：“你们瞧，这山坡上配上他的这个人品，又是这件衣裳，后头又是这梅花，像个什么？”众人都笑道：“就像老太太屋里挂的仇十洲画的《双艳图》。”仇十洲就是明中叶画家仇英，字实夫，号十洲，他与沈周、文徵明、唐寅合称“明四家”。他擅长青绿山水、界画，仕女画尤其有名，《丹青志》说他“发翠毫金，丝丹缕素，精丽艳异，无惭古人”。不过小说中贾母却说：“那画的那里有这件衣裳？人也不能这样好。”通过贬低仇英的画来赞美薛宝琴的出类拔萃，传达了微妙的艺术作意。

贾府是百年望族，不是土财主，所以贾母以下都有很高的审美素养。连不太识字的丫头说话都有文化色彩，如第四十六回鸳鸯骂她的嫂子：“什么‘好话’！宋徽宗的鹰，赵子昂的马，都是好画儿。”宋徽宗和赵子昂也都是著名的书法家和画家，这里说的“鹰”和“马”当然是指他们笔下的作品。

大士、真人各管一摊
——《红楼梦》的佛与道

曹雪芹写作《红楼梦》有许多不传之秘。甲戌本第一回有脂砚斋批语说：“事则实事，然亦叙得有间架、有曲折、有顺逆、有映带、有隐有见（“见”意同现代汉语的“现”）、有正有闰，以至草蛇灰线、空谷传声、一击两鸣、明修栈道、暗度陈仓、云龙雾雨、两山对峙、烘云托月、背面傅粉、千皴万染诸奇。”这当然是一些比喻性的说法，要真正体会其中奥妙，还是需要深入文本，具体分析。

小说第一回出现了一僧一道，是笼罩全书的两个象征性人物，所谓茫茫大士、渺渺真人。“大士”和“真人”分别是佛教和道教对本教中修养高者的尊称，如观音菩萨，在佛教中又称观音大士；在以道教影响为主的《封神演义》中则称慈航道人，与哪吒的师傅太乙真人并列，可见真人也就是道人的另一种说法。“茫茫”和“渺渺”则当然隐喻“满纸荒唐言”了。

这一僧一道在前八十回中不断被提到或者出现，起一种将小说境界从生活层面向哲理层面“点拨”的艺术作用，让读者不要把注意力一味局限在具体的情节之中，而要有“形而上”的思考。这其实也类似于“风月宝镜”的“正照”和“反照”。

不过，即使这种象征性写法，曹雪芹也是注意变化，巧妙安排，而不是那种呆板迟滞的“死文章”。比如这一僧一道有时双双出现，有时单独出现，什么时候双出，什么时候单出，是和尚单出还是道士单出，就都是精心布局，不是随便来的。

双出在前八十回中只有第一回和第二十五回。第一回，这一僧一道在与补天不成的那块顽石对话后，又在甄士隐梦中谈论了神瑛侍者和绛珠仙草将下凡“眼泪还债”，还有“陪他们去了结此案”的“一干情鬼”等神话背景。然后就是甄士隐梦醒，二仙再以癞僧跛道的“幻相”现身人间，要甄士隐把女儿香菱舍给他们出家，甄士隐不肯，他们就念了那首“惯养娇生笑你痴”的七言绝句，预言香菱的悲剧命运，后面香菱在元宵节就被拐子拐骗而去。实际上，香菱是金陵十二钗的总代表，香菱的悲剧就是所有女孩子的命运缩影，也就是神话中“一干情鬼”将要历劫的暗示。

同时，一僧一道念诵的“好防佳节元宵后，便是烟消火灭时”还隐喻了全书都以元宵节作为盛衰转折的一个象征，后面贾元春归省是在元宵节，第五十三、五十四两回写元宵节又是兴盛已写完即将写衰败的安排。据专家研究，佚稿中贾家被抄家也是在元宵节，而且贾家的生活原型曹家就是在元宵节前后被抄家的。

另一次僧道全出是在第二十五回。那一回宝玉和凤姐这两位全书的“双主角”遭遇魇魔法灾难，“正闹的天翻地覆，没个开交，只闻得隐隐的木鱼声响”，“原来是一个癞头和尚与一个跛足道人”，他们把贾宝玉颈项上的通灵玉持诵了一番以后，宝玉和凤姐就“渐渐醒来……精神渐长，邪祟稍退”。

这两次僧道双出是全书大盛衰的总体性隐喻。

此外则是和尚与道士分别出场，单独行动：

第一回结尾时，甄士隐“贫病交攻，竟渐渐的露出那下世的光景来”——也就是快死了，“忽见那边来了一个跛足道人”，唱了四段《好了歌》，甄士隐立刻觉悟，“同了疯道人飘然而去”。

第三回林黛玉初进贾府，与贾母等谈话，说：“那一年，我才三岁时，听得说来了一个癞头和尚，说要化我出家，我父母固是不从……”

第八回贾宝玉看薛宝钗的金锁，上面有“不离不弃，芳龄永继”的吉祥话，宝钗的丫鬟莺儿说：“是个癞头和尚送的，他说必须錾在金器上……”

第十二回贾瑞被凤姐捉弄得病，到病危时，来了一个“跛足道人”，送来一面风月宝镜，让贾瑞只能反照，不能正照，就可得救。贾瑞不听嘱咐去照正面，结果死于非命。贾瑞的祖父要烧镜子，跛足道人又跑来“抢入手内，飘然去了”。

第六十六回，柳湘莲因尤三姐自杀而后悔莫及，梦见尤三姐鬼魂前来哭别后，“湘莲警觉，似梦非梦，睁眼看时……竟是一座破庙，旁边坐着一个跏腿道士捕虱”，一番对话后，柳湘莲拔剑削发，“便随那道士，不知往那里去了”。

这些描写向我们透露，曹雪芹有一种微妙的艺术构思，他让茫茫大士和渺渺真人各有分工：和尚负责女的，道士负责男的。真是有趣得很。

同时，据周汝昌研究，这一僧一道也有曹家历史中的人物原型：曹家在曹寅死后，曾得到苏州织造李煦的长期帮助，而李家是小说中贾母娘家史家的原型；曹家还有一个姓佟的亲戚，是康熙雍正时期有巨大政治背景的佟家之人，叫佟秃癞，佟家是小说中王夫人、王熙凤娘家的原型。所以癞僧是佟秃癞的化身，跛道是李煦的化身——用八仙中的跛脚仙人李铁拐双关“李”字。

葫芦僧为什么还俗?
——《红楼梦》的佛与道

曹雪芹写佛教道教,有两个层次。一个层次是茫茫大士、渺渺真人、空空道人等超越世界;另一个层次则是真实的和尚、尼姑、道士、道婆等世俗社会。除了被迫出家的年轻女孩子,世俗社会中的僧道可以说基本上没有什么好货。

首先出现的是葫芦庙里的葫芦僧。第四回贾雨村刚到应天知府任上,审理薛蟠打死冯渊抢走英莲的案子,贾雨村本来要作一个依法办事的清官,动海捕文书——也就是发全国通缉令,"正要发签时,只见案边立的一个门子,使眼色儿不令他发签"。所谓"门子",就是衙门里的差役,而这个门子,原来是当年贾雨村落魄时寄居葫芦庙中的一个小沙弥——和尚等级中的"低年级学生"叫沙弥。葫芦庙遭火灾以后,他"无处安身,欲投别庙去修行,又耐不得凄凉景况。因想这件生意倒还轻省热闹,遂趁年纪蓄了发,充了门子"。

你瞧这遣词造句,多有意思:把作门子称为"生意",而且说它"轻省热闹"。在官府里当差,不用干体力活,只要善于察言观色,奉承拍马,就可以狐假虎威,仗势欺人,收受贿赂,里外打点,大家都要求着你,巴结着你,既有权力,又有经济利益,左右逢源,当然可以说是既"轻省"又"热闹",而且是一本万利的"生意"了。这些表面上普通的字眼,其实就是曹雪芹巧妙的"春秋笔法"。

这个前任小和尚首先就向贾雨村出示了"护官符"——从"护身符"稍加变化而来——并对这位新上任的顶头上司传授了"仕途秘诀":"如今凡作地方官者,皆有一个私单,上面写的是本省最有权有势、极富极贵的大乡绅名姓,各省皆然。倘若不知,一时触犯了这样的人家,不但官爵,只怕连性命还保不成呢。"果然,在他的启蒙教育下,贾雨村很快对"仕途"该怎么走有了清醒的认识,而且有所发明创造,当具体审案时,贾雨村就不再接受葫芦僧请拐仙搞迷信活动以遮人耳目的建议,而是自出心裁,"徇情枉法,胡乱判断了此案"。

贾雨村到底念的书比葫芦僧多，文化水平高，所以一经点拨，立刻青出于蓝而胜于蓝："此事皆由葫芦庙内之沙弥新门子所出，雨村又恐他对人说出当日贫贱时的事来，因此心中大不乐业。后来到底寻了个不是，远远的充发了才罢。"这是狡兔死，走狗烹；飞鸟尽，良弓藏了。小沙弥还没有贾雨村更老练狡猾和心狠手辣。

通过这一系列描写，官场的黑暗腐败昭然若揭，但这种黑暗腐败的来源却出自一个和尚——这就格外耐人寻味了。佛教无善，空门不空，儒家(贾雨村)和佛家(门子)相互勾结作恶，这隐含的调侃讽刺很深刻。

更有趣的是在门子被充军流放这一句后面有一段脂批："至此了结葫芦庙文字。又伏下千里伏线。起用葫芦字样，收用葫芦字眼。盖云一部书皆系葫芦提之意也，此亦系寓意也。"原来又是"伏线"，到小说结尾时这位葫芦僧竟还要出来"收"结全书呢。电视剧就演义最后贾雨村披枷戴锁充军流放，而押送他的差役竟是君子报仇十年不晚的门子。

不过，写这位葫芦庙小沙弥蓄发到衙门当门子，被贾雨村充军最后又回来报仇的故事，可能还有更深隐的象征意味。

前五回本来就是全书的一个"总纲"，起笼罩全书大结构、提示全书大结局的作用。甄士隐——将真事隐去，贾雨村——用假语存焉；甄士隐家的"小荣枯"象征着后边宁荣二府贾家的"大荣枯"；甄士隐觉悟出家影射着贾家败落后贾宝玉的"悬崖撒手"；甄英莲的悲剧就是十二钗命运的缩影；甚至葫芦庙的大火也许就是后来贾府也有一场大火灾的"引文"……

那么，这个第一回在葫芦庙里当沙弥，第四回还俗当门子又被充军，到佚稿末回再出场收束大结局的小和尚，难道不会在一定程度上也影射着贾宝玉的人生轨迹吗？我们知道脂批揭示明白，贾宝玉在佚稿中"弃宝钗麝月"而"为僧"，前边不少"伏脉"也作了暗示，而探佚研究表明，贾宝玉出家后并没有在空门中找到出路，终于还俗与史湘云结合；贾宝玉落魄到当更夫打更度日；柳湘莲在当道士以后也再度出现，"二冷作强梁"……

我们恍然大悟：葫芦庙小沙弥在葫芦庙大火后蓄发还俗当门子，这一情节正影射贾宝玉在贾府被抄家后一度出家终又还俗这些佚稿故事，也体现了曹雪芹不把空门当作"终极价值"的情怀意向。

空门里的“鱼眼睛”
——《红楼梦》的佛与道

雪芹写《红楼梦》，创造了许多微妙的笔法。比如他通过贾宝玉的口说“女儿是水作的骨肉，男人是泥作的骨肉”，是以纯洁的少女作为一种理想的象征，来对抗传统的男权。他又让贾宝玉对女儿的异化打了新奇的比方：未出嫁的少女是宝珠，结婚后的女子染了男人的气味，宝珠就褪色了，到老了，就变成鱼眼睛了。

这个思想宗旨同样贯穿在“空门”之中，就是佛教和道教里面。空门里的年轻女儿如妙玉，如智能儿，如后来出家的贾惜春、芳官、藕官、蕊官，都是“水作的骨肉”；而那些成年的尼姑、道姑、和尚、道士，则同样是“泥作的骨肉”。

除了第四回当了门子的葫芦庙的前任小沙弥之外，前八十回还写了三个奸尼姑（另有智能的师姐智善和水仙庵的尼姑是过场人物，不论），一个奸道婆，还有两个油滑道士。

第一个奸尼姑是第十五回铁槛寺里的尼姑净虚，她游走于官府权贵之门，牵线搭桥，行贿受贿，揣奸把私，哪里像个出家人，简直就是一个包揽词讼的女光棍。张金哥本来已经定亲，是原任长安守备之子，但长安府知府的小舅子李衙内看上了张金哥，张金哥的父母掂量利害，要巴结更有权势的李衙内，就要把守备家的定礼退掉。你看，一个是原任长安守备，已经下野了，当然没权势了；另一个是现任长安知府，当然更有权势了。李家和张家打起了官司，从情理上说当然是张家理亏。理亏了就要想“权大于法”的辙，要让李守备的顶头上司节度使云光向李守备施压。这个尼姑净虚就是受了张家的委托，走贾府的门路，让贾府和云光说。

这就是第十五回“王熙凤弄权铁槛寺”的故事。老尼姑先求凤姐，凤姐开始是拒绝的，说“太太不管这样的事”，“我也不等银子使，也不作这样的事”。老尼姑就使个激将法，说：“张家已知我来求府里，如今不管这事，张家不知道没工夫管这事，不希罕他的谢礼，倒像府里连这点子手段也没有的一般。”这一番话，既给凤姐做足了身份，说凤姐“没工夫管”，“不希罕谢礼”，又刺激性地说别让人误会没本事，这就使凤姐“发了兴头”，受了三千两银子的贿赂，干了一件破人婚姻的伤天害理之事。而最后的结果是张金哥和守备之子双双自杀身亡。

第七十七回，被王夫人赶出去的芳官、藕官和蕊官，闹着要出家当尼姑。“王夫人曾于十五日就留下水月庵的智通与地藏庵的圆信住两日，至今未回，听得此信，巴不得拐两个女孩子去作活使唤”，就在王夫人面前说了一番冠冕堂皇的话，什么“佛法平等”“出家修来世，也是他们的高意”“太太倒不要阻了善念”，把三个女孩子拐到尼姑庵出家，也就是智能儿说的“牢坑”里去了。这智通与圆信两个老尼姑，就是空门里的“鱼眼睛”了。

至于第二十五回里的马道婆，就更是一个披着神道外衣的坏人。叫“道婆”是泛称，实际上就是“三姑六婆”中的巫婆一类，应是尼姑而非道姑——她口口声声都是“菩萨”和“佛法”。一方面，她还是贾宝玉寄名的干娘，在贾母面前花言巧语，利用贾母疼爱孙子之心，骗得贾母每月给她五斤香油供养所谓大光明普照菩萨保佑宝玉长命百岁；另一方面，一转身，到了赵姨娘那里，又挑唆赵姨娘暗害贾宝玉和王熙凤，上演了一出“魇魔法姊弟逢五鬼”的闹剧。空门里的腐败黑暗可谓昭然若揭了。据詹健考证，马道婆并不姓马，而是类似于《水浒传》中撮合潘金莲和西门庆的王婆之叫“马泊六”，是“神马子”的缩略语，而“神马子”就是“道妈子(道婆)”的意思，是对巫婆的俗称。

第二十九回则有一个张道士，不是普通的道士，是当年荣国公的“替身”——即代替贾母的丈夫还愿出家当道士的人，还是现掌“道录司”印皇上封为“终了真人”的，也就是全国道教协会的会长，受国家主席定期接见的宗教领袖。这个张道士为了讨好贾府，让手下的众道士献出“三五十件”金玉佩饰给贾宝玉。张道士又给凤姐的女儿送寄名符——当然也是保佑平安之类的宗教迷信活动了。这个张道士，是宗教界的上层人士，很善于“搞关系”、建立“关系网”以获得各种利益。瞧他那一套一套的应答之辞，简直就是一个老练的社会活动家。

第八十回则有一个道士王一贴，地位比张道士低多了，以卖狗皮膏药欺世盗名，所谓“这老王道士专意在江湖上卖药，弄些海上方治人射利”，当然就更油嘴滑舌了。他的药灵不灵呢？正像他自己坦承的：“实告诉你们说，连膏药也是假的。我有真药，我还吃了作神仙呢。有真的，跑到这里来混？”

曹雪芹描写这些空门中真实的男女僧道，的确可谓“世事洞明皆学问”。而从艺术上来说，也是全书“对称”这一传统文化影响下的艺术宗旨的体现：净虚和马道婆，智通和圆信，张道士和王道士，都是两两成对。神仙佛祖是“茫茫”“渺渺”和“空空”，这些在社会上行骗害人的空门中的“芸芸众生”，才是现实生活中宗教的本质真实。八十回后佚稿中的贾宝玉，在贾府被抄没后一度出家，也将以生动的故事情节见证世俗之佛、道二教的丑恶实际。

《红楼梦》里的镜子（一）

曹雪芹写《红楼梦》的一大特点是用传统写诗的方法写小说，用近现代的术语说就是隐喻象征。而镜子的设置是其中一个贯穿全书笼罩全局的隐喻。

镜子古代叫鉴。文字的演变是这样的：“镜”的本字是“監”，是个会意字。甲骨文的写法是右边跪着一个面朝左的人，这个人头上有一“目”，示意在观看；左边则是一个器皿，金文中器皿上还有一个点，示意水。因为古人以水为镜，所以“監”就是一个人弯着腰，面对盛在器皿中的水照着看，看自己的形象。不过金文的写法，人的那一目已经移到器皿的上方，这意味着人离水面更近，对自己的形容看得更清楚。而到小篆，“人”调到“皿”的上面，“目”则变成了“臣”字。楷书写作“監”，简化成“监”。本义就是照影子。有了青铜器以后，出现了铜镜，于是“監”字又写作“鑒”或“鑑”。

甲戌本《脂砚斋重评石头记》第一回中，针对正文“东鲁孔梅溪则题曰《风月宝鉴》”一句有朱色眉批：“雪芹旧有《风月宝鉴》之书，乃其弟棠村序也。今棠村已逝，余睹新怀旧，故仍因之。”这说明《红楼梦》在成书过程中一度曾名为《风月宝鉴》。所以今本第一回中仍然有这样的话：至吴玉峰题曰

《红楼梦》，东鲁孔梅溪则题曰《风月宝鉴》。可见“风月宝鉴”是作者寄托遥深的一个隐喻。

第十二回“贾天祥正照风月鉴”，贾瑞为凤姐害单相思，被凤姐“毒设相思局”而捉弄，终于染病在床，一个道士送来了一面“风月宝鉴”：“这物出自太虚幻境空灵殿上，警幻仙子所制，专治邪思妄动之症，有济世保生之功。所以带他到世上，单与那些聪明杰俊、风雅王孙等看照。千万不可照正面，只照他的背面，要紧，要紧！”贾瑞“向反面一照，只见一个骷髅立在里面。”“又将正面一照，只见凤姐站在里面招手叫他。”

显然，风月宝鉴是一个象征，既是情色的象征，也是红尘世界之一切荣华富贵的象征。这个送镜子的道士当然就是第一回的渺渺真人了，第一回茫茫大士和渺渺真人对凡心大炽而想到人间享受荣华富贵的补天顽石说：“那红尘中却有些乐事，但不能永远依恃；况又有‘美中不足，好事多魔’八个字紧相连属，瞬息间则又乐极悲生，人非物换，究竟是到头一梦，万境归空，倒不如不去的好。”“好事多魔”就是人生总有“魔鬼”添乱。

这里面包含着曹雪芹经历了家族盛衰荣辱的人生大变故后，一种深沉的反思，也就是第十三回秦可卿鬼魂托梦给凤姐时所说：“常言月满则亏，水满则溢，又道是登高必跌重”，“否极泰来，荣辱自古周而复始，岂人力能常保的”，是一种关于人生哲理的辩证观照。风月宝鉴可以作为《红楼梦》的另一个书名，正说明小说的“本旨”是与这种盛衰荣辱的感慨反思紧密联系的。贾瑞“正照”，只有死路一条。这其实也就是全书主题的象征性隐喻。

《红楼梦》里的镜子（二）

《红楼梦》也就是风月宝鉴的正照和反照，前一半正照，后一半反照。而无论正照反照，活现其中，真正并驾齐驱的双主角是贾宝玉和王熙凤，这从前八十回的回目设计、情节安排等种种迹象都可以看出来。

如第七回“宴宁府宝玉会秦钟”，实际上是宝玉与凤姐“双会”秦钟。正文中特意点明“早有凤姐的丫鬟媳妇们见凤姐初会秦钟”，与回目上的“宝玉会秦钟”相呼应。因为“秦钟”是“情种”的谐音隐喻，宝玉、凤姐双会秦钟也正是经历人生荣辱和感情沧桑的大象征。

在秦可卿病与死的描写中，也是将凤姐和宝玉双提并举。如第十一回凤姐和宝玉一起去看秦可卿，宝玉看到秦氏卧室中的《海棠春睡图》，想起梦入太虚幻境和仙女可卿的缠绵，对现实中的可卿病重“如万箭攒心，那眼泪不知不觉就流下来了”。而凤姐则与秦可卿“低低的说了许多衷肠话儿”。秦可卿死前给凤姐托梦，凤姐醒来后“吓了一身冷汗，出了一回神”，而宝玉听到秦可卿的死讯后，“只觉心中似戳了一刀的不忍，哇的一声，直奔出一口血来”。

对这些描写，也只有懂得秦可卿是一个象征性人物，即“情”的化身才容易得作者文章三昧。因此凤姐协理宁国府办秦可卿的丧事，也是宝玉向贾珍推荐，这就是为什么脂批要说“荐凤姐须得宝玉，俱龙华会上人也”。在秦可卿出殡中，又并列描写凤姐在铁槛寺受贿弄权和宝玉、秦钟、智能在馒头庵“得趣”风流，这正是所谓“纵有千年铁门槛，终须一个土馒头”的人生哲理隐喻。秦钟、秦可卿及其父秦业（谐音“情孽”）都是“情”的象征，这里“情”实际上就是“人生观”“世界观”的意思，宝玉和凤姐在“铁槛寺”“馒头庵”的故事就是经历盛衰荣辱之人生，体现权钱和情色之二律背反这种宏大主题的象征，宝玉和凤姐是并列的双主角。

在贾元春归省之前，象征“情”的秦可卿、秦钟、秦业先后死去，贾宝玉因悼念秦钟去新建的花园散心，遇上贾政而“大观园试才题对额”，这些情节设计都有“盛衰”变迁，“乐极悲生，人非物换”的象征意蕴在内。因此在描写完贾元春归省后，就在第十九回开头将凤姐和宝玉作了一个对比性叙述：“第一个凤姐事多任重……第一个宝玉是极无事最闲暇的。”

再如第二十五回“魇魔法姊弟逢五鬼”，正是宝玉和凤姐遭遇大难。在这一回前后，着重描写贾芸和小红分别与凤姐、宝玉发生密切关系：贾芸走凤姐后门获得大观园管理花木的差使，又认作宝玉的“儿子”；小红从怡红院被调到凤姐身边。这些又都是“千里伏线”到八十回后宝玉和凤姐落难，贾芸和小红“狱神庙慰宝玉”“后来荣府事败，必有一番作为”（脂批）……各种情节设置，都影射宝玉和凤姐才是贾府这面“风月宝鉴”人生大戏剧中的两个中心人物，是真正的角儿。

了解了作者的这一根本性艺术作意，也才能懂得“王熙凤毒设相思局，贾天祥正照风月鉴”的故事为什么要和秦可卿病死的故事互相穿插映照。显然，只有把握象征隐喻的根本意旨，才能懂得其中奥妙。

《红楼梦》里的镜子（三）

《红楼梦》中凡对“镜子”的设置都很微妙。第五十六回贾宝玉对着镜子睡觉而梦见甄宝玉，这其实就是第四十一回中刘姥姥误打误撞跑到怡红院，看见的那面大穿衣镜。刘姥姥后来“醉卧怡红院”，扎手舞脚酒香屁臭地在宝玉床上睡了一觉，有一种哲学性的调侃揶揄意味在内，也就是宝玉这位至尊至贵的公子哥儿终将落魄人间横遭荼毒的情节隐喻。在第十七回贾政与宝玉游园时已经点到了这面镜子，怡红院的这面大镜子不正是一面风月宝鉴，时刻映照着贾宝玉乃至贾府由盛而衰自荣而辱的历史进程吗？从这个意义上看刘姥姥在怡红院照镜子的那一节描写，才更发人深省。

在宝玉和黛玉的爱情悲剧演变中，也设计了一面小小的风月宝鉴。第五十七回“慧紫鹃情辞试忙玉”，只因为紫鹃说黛玉要回苏州，宝玉就痴病发作，闹得惊天动地，是宝玉对黛玉一片深情的大曝光，也是宝、黛爱情悲剧情节发展的一个里程碑。紫鹃留在怡红院安慰宝玉多日，到宝玉病好紫鹃要回潇湘馆时，书中这样描写：“宝玉笑道：‘我看见你文具里头有两三面镜子，你把那面小菱花的给我留下罢。我搁在枕头旁边，睡着好照，明日出门带着也轻巧。’紫鹃听说，只得与他留下……”

这个表面上无足轻重的情节其实大有深意。如果佚稿不亡，我们当可看到宝玉在经历了一系列姊妹夭亡、家族变故之后，在流离彷徨之日携带着这面紫鹃留下的小镜子而沧桑历尽，感慨万千。这面小镜子将无情地映照出宝玉经历的爱情悲剧、家族悲剧和人生悲剧。

回头看第三十四回宝玉挨打后，宝玉派晴雯送给黛玉两块旧手帕，实际上是爱情的信物，而黛玉“也想不起嫌疑避讳等事”，在手帕上题写了三首诗，表达对宝玉的爱情，其中心内容是“眼泪还债”，所谓“眼空蓄泪泪空垂”“湘江旧迹已模糊”。作者描写道：“林黛玉还要往下写时，怎奈两块帕子都写满了，方搁下笔，觉得浑身火热，面上作烧，走至镜台揭起锦袱一照，只见腮上通红，自羡压倒桃花，却不知病由此萌。”这一黛玉宣泄爱情后照镜子而“病由此萌”的情节也别有意味，同样有风月宝鉴的隐喻在内。

曹雪芹原著《红楼梦》是以家族的盛衰兴亡为主体内容（当然也包括宝玉和黛玉的爱情悲剧在内）的一面“风月宝鉴”，作者巧妙地以镜子作为像喻，艺术地传达出“假作真时真亦假，无为有处有还无”的人生大沉思、历史大感慨和哲学大觉悟。

《红楼梦》里的镜子（四）

如果对《红楼梦》里的镜子隐喻作一点“比较文学”的文章的话，那现成的就有博尔赫斯小说中所特别喜欢用的镜子像喻。博尔赫斯很欣赏曹雪芹笔下的风月宝镜，认为这种意象有警世觉迷的作用，让人正视自我在现实残酷中的本质真实。他感到镜子能引发一种神秘而诡谲的感觉，让人对冥冥中的命运产生敬畏，而不要沉醉于虚幻的迷梦。也就是贾瑞拿着风月宝镜正照是骷髅，反照是美人的意思。博尔赫斯的小说处处体现用镜像世界观照人生的创作意图，博尔赫斯因此被称为镜像艺术家。他的有些艺术手法十分微妙，翻译成另一种语言是非常困难的，正像曹雪芹笔下的“麝月”其人其名的作意，要是翻译成外文也只有加大段注释才能勉强让外国读者肤浅地了解。

举一例：博尔赫斯有一个短篇小说《埃玛·宗兹》，其中的人名用象征笔法，就和《红楼梦》里的人名之或用谐音或用典故的隐喻意味有异曲同工之妙。小说中的女主人公埃玛·宗兹原文是 Emma Zunz，另一个角色是逼死埃玛·宗兹父亲的纺织厂老板艾伦，原文是 Haron。

有什么曲笔微言呢？原来 Emma 的四个字母中，两个元音 E 和 a 分别排在前后两端，E 是 Emma Zunz 的父亲伊曼纽尔·宗兹（Emanuel Zunz）名字的第一个字母，而 a 是意第绪语母亲(mame)中的第二个字母，这就暗含了 Emma Zunz 是 Emanuel Zunz 和 mame 所生之女的意思。Emma 中的另外两个复音字母 m 也有来历：按照西方的宗教文化风俗，m 这个字母非常神圣，既表示阳性又表示阴性，因为它象征水，生命和世界都是从水中诞生出来的。这样，Emma 的名字就有了一种美好希望的隐喻。

Zunz 这个姓，也是四个字母，Z 是字母表中的最后一个字母，表示低下、卑俗的意思。元音 u 和辅音 n 合为 un，则是西班牙文"一"这个数字，象征生命、最基本的事物、精神的统一等意思。而 Emma Zunz 的母亲是犹太人，所以 Zunz 这个姓也暗示犹太人这个民族地位低微，但具有一致的精神。

小说中的那个老板 Haron，他逼死了埃玛的父亲，后来又被埃玛开枪射死。但这个人物的名字还有另外一重寓意。这个人物在小说中充当第三者的角色。用镜子的反面观照 Haron，看到的是 norah(即 Norah，诺拉)这个名字，正是博尔赫斯妹妹的名字。博尔赫斯的这个妹妹常在作家日常生活中扮演第三者的角色，让博尔赫斯感到很厌烦，所以作家在小说中借用镜像喻法，讽刺她一下。这简直就是曹雪芹"甄士隐，贾雨村"之"假作真时真亦假"手法的西方版本了。

《红楼梦》里的对联(一)

对联，又叫楹联，是中华文化特有的民族、民俗文学艺术形式。它以汉字的单音独立和平仄抑扬为基础，形成了东方美学讲究"对称美"和"抑扬律"的特点。对联在汉字外形齐整和内在节奏协调两个方面表现出非凡的美感和魅力。过去的儿童接受启蒙教育，首先就要学会"对对子"，这构成了中华汉字语言和文化一种"诗意"的体现，源远流长，薪火不断。可惜，这种优秀的传统在西化教育普及以后逐渐式微了，现在大多数中国人对汉字语言的对仗特别是平仄声调之美已经相当陌生，一些名胜景点和商家铺面的楹联、门联只是凑够了相同的字数，词性、平仄常是错讹间出，更谈不到韵味和意境。

讲究语言的词性对仗和声调抑扬早在《诗经》中就已经体现出来，到了隋唐更发展出成熟自觉的律诗和绝句。而对联，一般认为起始于唐宋之间的五代，据《蜀梼杌》记载，第一副对联出自后蜀辛寅逊，题在桃板上："新年纳馀庆，佳节号长春。"后来因收入《千家诗》而广为流传的一首和春联有关的诗，则是王安石的《元日》："爆竹声中一岁除，春风送暖入屠苏。千门万户曈曈日，总把新桃换旧符。"到了明清两代，对联就成了一种十分普及的民俗文化。

《红楼梦》中有不少对联，从贾政、王夫人起居的荣禧堂，到贾府的宗祠，从梦游中的太虚幻境，到大观园的各处楼台亭馆，都有楹联，可谓丰富多彩。而曹雪芹还不仅仅是以这些对联刻画环境，点缀文情，同时还暗示着小说的情节隐喻，十分微妙。

小说中出现的第一副对联，是甄士隐梦中随着两个神仙到了一处仙境，看见一座牌坊，横书"太虚幻境"，两边的对联则是："假作真时真亦假，无为有处有还无。"到了第五回，贾宝玉梦游太虚幻境，这副对联又出现了一次，可见作者赋予其很深的寓意。

对联要求上句和下句相对仗，即名词对名词，动词对动词，形容词对形容词，虚词对虚词，也就是上句和下句相对应的字词要词性相同。这里就是"假"对"无"，"真"对"有"，"作"对"为"，"时"对"处"，"亦"对"还"。其次要声调相对，就是平声（阴平、阳平即普通话的一声、二声）和仄声（上声、去声即普通话的三声、四声，还有过去的入声）相对。如"假"是仄声，"无"就是平声；"真"是平声，"有"就是仄声；"作"是仄声，"为"就是平声；"时"是平声，"处"就是仄声；"亦"是仄声，"还"就是平声。在本句中，则平声和仄声交叉出现的，特别在偶数位置上的字更要求严格，如上句的"作""时""亦"三字，前后两个仄声字，中间一个平声字；下句的"为""有""还"三字，则是前后两个平声字，中间一个仄声字。本句相间，对句相对，这样念起来就有一种声调抑扬顿挫之美。

从"对仗"技巧本身来说，这副对联尤为巧妙。它不仅符合了上述对联的一般要求，而且更进一步，是"假""真""无""有"四字在句中重复出现。这样不仅在声调上回环往复，而且在意思上恍惚迷离，就特别富有了一种耐人寻味的哲理意蕴。

假、真、无、有，是这副对联的关键字，曹雪芹通过这四个字传达了他写小说的深隐苦衷和艺术妙思。

《红楼梦》是一部家史、自传性的小说，小说中的贾家以生活中的曹家为原型。曹雪芹的曾祖母曹孙氏是康熙皇帝幼年时的一个“保母”，曾祖父、祖父、伯父和父亲四个人当了六十多年的“江宁(南京)织造”，和康熙皇帝有非同一般的亲密关系。雍正五年曹家被抄家而败落。到了乾隆元年，曹家被“平反”复兴，又风光了三年，却卷入乾隆皇帝和康熙废太子胤礽之子弘晳争夺政权的“日月之争”，终于一败涂地。曹雪芹要把这种既是家族又涉及皇族的“秘史”通过小说反映出来，只能用一种隐讳曲折的方式表现，并故意制造一些烟幕，如第一回中说“毫不干涉时世”“亦非伤时骂世之旨”等，也就是“将真事隐去，用假语村言”，所以小说开卷的两个人物，分别叫“甄士隐”“贾雨村”。

“假作真时真亦假，无为有处有还无。”其“微言大义”，首先是对这种政治背景“欲说还休”的暗示隐喻。比如小说中贾元春省亲，脂批就揭示：“借省亲事写南巡，出脱多少忆昔感今。”指出元春省亲其实以康熙六次南巡四次驻跸曹家的生活真实为素材。

《红楼梦》里的对联(二)

“假作真时真亦假，无为有处有还无”这副对联，还微妙地体现了中国传统哲学和文艺学的民族特点。

我们民族的美学讲究“虚实空灵”和“意境”，而这真、假、有、无，就是其中的核心字眼。按照时序变迁，看看历代哲人、诗人和理论家的言说：

《老子》：“大盈若冲，其用不穷”“大音希声，大象无形”“惚兮恍兮，其中有象；恍兮惚兮，其中有物；窈兮冥兮，其中有精。”

《庄子》：“言者所以在意，得意而忘言”，所谓“天乐”“坐忘”“心斋”，“筌者所以在鱼，得鱼而忘筌。”

司空图《诗品》:“不著一字,尽得风流”,追求“味外之味”。(《诗品》非司空图著之异说另论)

严羽《沧浪诗话》:“羚羊挂角,无迹可求”“如空中之音,相中之色,水中之月,镜中之象,言有尽而意无穷”“不涉理路,不落言筌。”

宗白华《美学散步》:“中国艺术意境的形成,既须得屈原的缠绵悱恻,又须得庄子的超旷空灵。缠绵悱恻,才能一往情深,深入万物的核心,所谓‘得其环中’。超旷空灵,才能如镜中花,水中月,羚羊挂角,无迹可求,所谓‘超以象外’。色即是空,空即是色,色不异空,空不异色,这不但是盛唐人的诗境,也是宋元人的画境。”

这些“理论”到了小说中,在曹雪芹的融会贯通下,就以生动活泼的故事和人物,用巧妙的艺术技巧形象化地体现了出来。

“草蛇灰线,伏脉千里”。无论是谐音法还是影射法,谶语法还是引文法,或者化用典故法,都具有虚实空灵的审美效果。

有一个京城贾府的贾宝玉,还有一个江南甄府的甄宝玉。前者活灵活现,后者隐隐绰绰,如影随形,造成一种迷离恍惚之美感。

“元迎探惜”四春之名,谐音“原应叹息”,随着小说情节的进展,四春一个接一个走向悲惨的命运,原来在暗处的谐音影射就变成了真实的人物结局。原来实的转化成了虚的,原来虚的转化成了实的,岂不如水晶球明暗转动,虚实空灵?

从“一朝春尽红颜老,花落人亡两不知”,到“寒塘渡鹤影,冷月葬花魂”……一首首诗词歌赋,其中的谶语意味,暗中流年偷换,都怵目惊心地变成了流血流泪的故事。

前边有“贤袭人娇嗔箴宝玉,俏平儿软语救贾琏”,后边就有“薛宝钗借词含讽谏,王熙凤知命强英雄”。脂批说:“今日写袭人,后文写宝钗,今日写平儿,后文写阿凤。文是一样情理,景况光阴事却天壤矣!”真是镜花水月,展眼转绿回黄,绿瘦红稀,“假”变成“真”,“虚”和“实”互相“掉了过儿”。

潇湘妃子林黛玉和枕霞旧友史湘云,分别在别号和姓名中用了“娥皇、女英”的典故,影射到她们二人与贾宝玉、甄宝玉的悲欢离合,岂不也是虚虚实实，假假真真？

这就是“假作真时真亦假，无为有处有还无”这副对联体现中华“意境”美学的具象，真如天女散花，幻视无穷。

第五回贾宝玉梦游太虚幻境，除了牌坊上的对联外，又看到宫门外的另一副对联：

厚地高天堪叹古今情不尽，痴男怨女可怜风月债难偿。

这副对联的核心是情，也就是“屈原的缠绵悱恻”，正是暗示了全书的根本价值导向“大旨谈情”。贾宝玉是古今第一位“情种”，林黛玉“眼泪还债”则是“风月债难偿”一桩最独特的个案。

在形式上，这当然也是一副中规中矩的好对联。大家可以用前面讲过的词性、平仄吟味一下，鉴赏词性的视觉美，体会平仄的听觉美，便知在下所言非虚了。

《红楼梦》里的对联（三）

《红楼梦》第一回中还有一副对联，是贾雨村即兴吟出的：“玉在椟中求善价，钗于奁内待时飞。”

这副对联前面的故事背景很有趣。贾雨村那时还是一个借住在葫芦庙里的穷书生，一个虽然落魄但野心勃勃的青年，有点像《红与黑》里的于连，或者莫泊桑《俊友》里的那个小伙子，一心谋划着怎么往社会的高等阶级攀爬，同时幻想在追求女性方面也能有“艳遇”，能有所成就。

这样一位青年贾雨村，到他所住葫芦庙隔壁的邻居家去串门。这位邻居是当地一个有钱的土财主，叫甄士隐，他和贾雨村不一样，有一定的经济基础，不愁衣食，靠祖上的产业就能过富裕清闲的生活，因此他对功名富贵没兴趣，只满足于“观花修竹、酌酒吟诗为乐”，所谓“倒是神仙一流人品”。

这位“禀性恬淡”的甄士隐对热衷功名富贵的青年贾雨村很热情。这说明甄士隐并不强求贾雨村走自己的道路，贾雨村也没有甄士隐的物质条件，他首先需要奋斗，甄士隐对这一点是很了解、理解的，并支持贾雨村的奋斗，给予经济援助。

所以，过中秋节的时候，甄士隐特别邀请贾雨村来家中赏月吃酒。此前，贾雨村由于一种误会，把偶然回头顾盼了自己一下的甄家的丫头娇杏，当作对自己情有独钟的恋人，其实是害单相思。他来甄家赴宴，还忘不了这个丫头，就“对月有怀”，写了一首五言律诗，暗暗表示自己的单相思苦恋之情。作了诗还意犹未尽，又吟了一副对联，就是现在要讲的这一副。中国传统的诗和对联是很含蓄的，可以有多种理解。甄士隐听了诗和对联，就说“雨村兄真抱负不浅也”，以为贾雨村的诗和联都是表达对政治前途的追求。当然贾雨村的诗和联事实上也是语义双关的，既有爱情的寄托，也有向往功名的影射。

这副对联十分巧妙，当然实际上是曹雪芹设计得巧妙。那么，它妙在何处呢？

首先，这副对联的上下句都是用了典故的。中国古典的诗词，包括对联，都讲究用典故，宋朝以后这种风气更盛。上联用的典故出自儒家的经典《论语》。《论语》是“四书”之一，在明清时代是整个社会的意识形态经典。《论语》共二十篇，其中有一篇名“子罕”，这一篇中有这样一段对话：“子贡曰：‘有美玉于斯（此），韫（读作‘运’，盛放之意）匵（“椟”的异体字）而藏诸（之乎）？求善贾（读作‘古’，善贾意为识货的商人）而沽（读作‘姑’，卖掉）诸？’子曰：‘沽之哉（卖掉吧）！沽之哉！我待沽者也（我正等待好买主呢）。’”本来意思是孔子和他的学生子贡对聊，表达等待时机以求政治上有成就的意思。因为“贾”一字两读，当然也就和“价”字同音，所以“待善价”之“价”也就暗通了贾雨村的姓氏。

下联也用了典故。有一个人叫郭宪，据说他写了一本叫《洞冥记》的书。书里面记载了一个故事，说汉武帝时，有个神女留下一股玉钗，到汉昭帝时，有人偷偷打开藏玉钗的盒子，却没有看到玉钗，而是飞出来一只白色的燕子。这个故事后来就被读书人用作比喻，也是渴望飞黄腾达的意思。

贾雨村的这一副对联，上下联合起来，当然一方面表达对富贵功名的想望，另一方面也暗示自己想娶到娇杏，因为“玉”和“钗”可以作为女孩子的代称。

不过小说中又写贾雨村的“雨村”其实是别号，正式的姓名叫“贾化”，而字则叫“时飞”。所以这一副对联中，上联的“求善价（贾）”，和下联的“待时飞”，也就可以双关“等待贾时飞”。谁等待呢？当然既有娇杏，也有希望能得到的功名。这副联语对表现贾雨村的心态的确一语双关，妙得很！

不过，还有更微妙之处。在这副对联上面，有一句曹雪芹的亲友写的批语：“表过黛玉则紧接上宝钗。前用二玉合传，今用二宝合传，自是书中正眼。”这是什么意思？是提示，说上联还象征黛玉和宝玉，下联则象征宝钗和宝玉，因为宝玉、黛玉和宝钗是书中的主角，所以说这副对联是“书中正眼”，就是“点睛之语”和“关键词”的意思。

这怎么可能呢？对联怎样和宝玉、黛玉、宝钗挂上钩？原来小说后面写贾雨村特别能理解贾宝玉，说他是“正邪二气所赋之人”，还对冷子兴发表了一番很有理论水平的演讲。同时，贾雨村的确和林黛玉、薛宝钗也都有关系，这两个女主角在小说中出场时，都由贾雨村作引导。第三回贾雨村被罢了官，要找新工作糊口，就去了林如海家当家庭教师，他的学生就是林黛玉。第四回他又复官了，去应天府当知府，上任后处理的第一件公务，则是审理薛蟠打死冯渊抢夺英莲的案子，由此引出薛家进京，薛宝钗也就被介绍出来了。至于个别人说“钗于奁内待时飞”是隐寓薛宝钗将来要嫁给贾雨村，似乎有点“阐释过度”，想入非非。

“玉在椟中求善价，钗于奁内待时飞。”曹雪芹写得真神了！

《红楼梦》里的对联（四）

第二回描写贾雨村科举考试成功，中了进士，放了知府，娶了娇杏，但上任一年，就因“贪酷”和“恃才侮上”被罢了官。后来他到林如海家当了林黛玉的家庭教师，黛玉母亲去世，黛玉生病，贾雨村闲着无事，到城外郊区游玩，紧接着是这样一段文章：

忽信步至一山环水旋、茂林修竹之处，隐隐的有座庙宇，门巷倾颓，墙垣朽败，门前有额，题着“智通寺”三字，门旁又有一副旧破的对联，曰：“身后有馀忘缩手，眼前无路想回头。”雨村看了，因想到：“这两句话，文虽浅，其意则深。也曾游过些名山大刹，倒不曾见过这话头，其中想必有个翻过筋斗来的也未可知，何不进去试试。”想着走入看时，只有一个聋肿老僧在那里煮粥。雨村见了，便不在意。及至问他两句话，那老僧既聋且昏，齿落舌钝，所答非所问。

表面上，这是一段“闲文”，似乎无关宏旨。当然从小说本身来说，它也很生动。红迷胡联浩先生曾对笔者说，这副门联的字面意思值得玩味，是写位于“山环水旋，茂林修竹”的智通寺门前花繁果硕，人们不停采摘累累的果实，即使身后很多了还不肯收手；而路旁鲜花似锦，令人流连，直到无路可走才不舍地回头。字面意义和寓意同时存在，由景致联想而品味出人生的道理，是谓“智通”。也未尝不是一种独特的心得体会。

当然，寺庙名“智通”，本身就包含哲理。佛教认为人要经历生、老、病、死、爱别离、怨憎会、求不得、五蕴盛等八苦，只有通过苦、集、灭、道等“四圣谛”，才能超脱红尘，获得解脱。这不是功利主义的小智小慧，而是觉悟人生真谛的大智大慧。

人活到世上，大多数人一天到晚为了生存和生存得更好而忙忙碌碌，拼命奋斗，而其希望实现的目标，也就是过去中国人的终极理想，即功名利禄、荣华富贵、孝子贤孙、五世同堂，并要长命百岁，也就是要有尽可能长的肉体生命来享受这一切。中国人的世俗神仙如财神、福禄寿三星等都是传达这种社会理想。但如果在生命历程中遭遇过大的挫折、悲伤和苦痛，或者天生具有哲学宗教的气质倾向，这样的人就会思考人生的意义究竟是什么？人活着为了什么？最后就会产生一种虚无主义或者进入某种宗教的精神境界。曹雪芹的家庭从百年望族而被抄家，家破人亡，一败涂地，他又是一个诗人和哲学家气质极其浓郁的人，因此，他写《红楼梦》，就深深浸透着这样一种思想情绪。第一回的《好了歌》和《好了歌解注》，是最直露的表达。

这副“智通寺”的对联，也是类似的意思。“身后”是指死后，连死后儿孙的钱财也积攒下许多，故曰“身后有馀”。可是人的贪婪是无止境的，所以说“忘缩手”。谁会有大智慧，从山间小路突然断绝，而获得启发，觉悟人生本空，世俗富贵荣华不值得追求的大道理呢？也就是“想回头”——苦海无边，回头是岸的意思。从对联所要求的平仄对仗来说，这副对联也是中规中矩的。“身后”对“眼前”，“有馀”对“无路”，“忘缩手”对“想回头”，十分工稳妥当。

小说中的贾雨村，是个“禄蠹”，也就是沉溺在功名富贵的追求中不择手段的人，但他又是一个饱读诗书的儒生，文化修养比较深。所以写他的心理活动，一见到这副对联，就有一种震撼，因此走进庙里想会一会写对联的高人。所谓“想必有个翻过筋斗来的也未可知”，所谓“翻过筋斗来的”，就是对人生有了根本觉悟的人，不再沉迷世俗价值观念的人。但小说接着写庙里只有一个面目浮肿和耳朵聋的老和尚，贾雨村就不耐烦。针对这些描写，有脂批说“是雨村火气”，针对和尚“既聋且昏，齿落舌钝”的描写，又有批语说“是翻过来的”“毕竟雨村还是俗眼”。

这是告诉读者，真人不露相，露相不真人，这个又聋又昏的老和尚，实际上是有大智慧的，有大智慧，才不锋芒毕露，才以聋、肿、昏的假象示人。这是中国传统的大智慧，所谓大智若愚，大巧若拙，大慧若庸。第一回的茫茫大士和渺渺真人，到了人间，就不是佛相庄严和仙风道骨的本相，而是疯癫、癞头、跛脚的化身假象。甲戌本中的“聋肿老僧”在其他抄本中作“龙钟老僧”，这是把具体的形容变成习惯性成语的说法了。

这副对联是对小说大主题的一种“点豁”，所以门联下面有一句脂批：“先为宁荣诸人当头一喝。”在正文“文虽浅，其意则深”旁边也有批语：“一部书之总批。”全书贾府代表的四个家族的盛衰兴亡之大感慨全寄寓其中了。

《红楼梦》里的对联（五）

第三回林黛玉刚进荣国府，与贾母团聚后，去拜见两个舅舅。大舅母邢夫人先领黛玉去见贾赦，贾赦虽然在家，却传出话来“不忍相见”。黛玉辞别邢夫人后去荣禧堂见贾政和王夫人，贾政到寺庙斋戒去了，不在家。黛玉两个舅舅都没见着，这当然是曹雪芹的一种写作艺术，就是不让"须眉浊物"占据篇幅。

舅舅虽然没有见着，却把贾赦和贾政的住地都做了描写。贾赦住在荣国府正院旁边一个院落里，"是荣府之花园隔断过来的，进入三层仪门，果见正房厢庑游廊，悉皆小巧别致"。而贾政和王夫人，则住在当年荣国公和贾母居住的正堂里，"仪门内大院落，上面五间大正房，两边厢房鹿顶耳房钻山，四通八达，轩昂壮丽"。这当然和贾赦、贾政的生活原型有关，就是贾政的原型是过继给"贾母"的侄儿，而贾赦的原型则是没有过继的侄儿，原型中的贾赦和贾政仍然是血缘上的亲兄弟，但在宗法名分上，却只有贾政是"贾母"的儿子。所以贾政和王夫人住进了正室。

对荣国府正室的描写，其实也就是影射真实的曹寅和李氏居住的江宁织造府正室。这些描写很让人寻味："进入堂屋中，抬头迎面先看见一个赤金九龙青地大匾，匾上写着斗大三个大字，是'荣禧堂'，后有一行小字：'某年月日书赐荣国公贾源'，又有'万几宸翰之宝'。大紫檀雕螭案上，设着三尺来高青绿古铜鼎，悬着待漏随朝墨龙大画……"研究者们大都认为，这是影射康熙第三次南巡时在江宁织造府书赐曹家老祖母孙氏"萱瑞堂"匾额的真事，因为孙氏是康熙幼年时的一个"保母"，所以康熙用"萱瑞"这种歌颂母亲的典故。这当然是曹家历史上无上的光荣。"万几宸翰之宝"就是皇帝御玺印章，再加上"赤金九龙""待漏随朝墨龙"，帝王的象征一目了然。

曹家在雍正五年被抄家，到了乾隆元年被平反，又有一段小复兴，但在乾隆三年又牵扯进康熙废太子胤礽之子弘皙和乾隆皇帝争夺政权的"日月之争"，终于第二次被抄家，彻底败落。这段历史虽然缺少确凿的史料作硬证，但详情准理，应该不是无稽之谈。在"荣禧堂"匾额下"又有一副对联，乃乌木联牌，厢（即镶）着錾银的字迹，道是：座上珠玑昭日月，堂前黼黻焕云霞。下面一行小字，道是：同乡世教弟勋袭东安郡王穆莳拜手书。

周汝昌和刘心武都认为，这副对联是影射康熙废太子胤礽及其子弘皙，因为皇帝御书的匾额是“赤金”，而这副对联是“錾银”，正是太子身份的暗示。所谓“这对联是从当时气焰万丈、等候接班的皇太子胤礽的名对‘楼中饮兴因明月，江上诗情为晚霞’演化来的，真本《红楼梦》里曹雪芹明明白白交待下面一行小字是‘同乡世教弟勋袭东安郡王穆莳拜手书’，这实际上是点明了太子身份。”（刘心武《红楼望月》）因为太子是东宫，这里说“东安郡王”，不是有意关合吗？

刘心武在清朝王士祯《居易录》中查出一条记载，说胤礽十几岁时书写过一副对联“楼中饮兴因明月，江上诗情为晚霞”。不过后来有人查出，这副对联实际上是唐人刘禹锡《送蕲州李郎中赴任》诗中的成句，当年胤礽只是书写它，对联本身并非他所创作。

《居易录》的记载在第三十一卷，时间是康熙三十八年（1699）五月，说康熙皇帝“赐致仕内阁大臣徐嘉炎御书‘直西清’，又一联‘树影不随明月去，溪声长送落花来’，又唐人张旭‘隐隐飞桥隔野烟’绝句一首。皇太子赐嘉炎睿书‘博雅堂’大字，又一联‘楼中饮兴因明月，江上诗情为晚霞’又睿制诗一首‘玉堂词藻重徐陵，经笥由来博雅称。每见趋陪鹓鹭侧，神仙风度在觚棱。’”

虽然如此，这样一种可能性并没有被排除，即曹雪芹把它化用到小说中，使其成为一种“假作真时真亦假”的艺术影射。

就这副对联本身而言，珠玑是珍珠（玑是不圆的珠子），可以转喻佳美的诗文。黼黻指礼服上所绣的花纹，也可以转喻文章，“文章”一词本来就是从织布的经纬花纹等引申出来。这当然也渲染了荣禧堂的文化气氛，所谓钟鸣鼎食之家，诗礼簪缨之族。

《红楼梦》里的对联（六）

第五回有一段描写，说贾母等人到宁国府赏梅花，在会芳园游玩，先茶后酒，后来宝玉玩累了，欲睡中觉，秦可卿向贾母说“老祖宗放心，只管交与我就是了”，领着宝玉去上房午睡。宝玉到了上房，抬头看见一幅画贴在上面，故事是《燃藜图》，旁边还有一副对联，写的是“世事洞明皆学问，人情练达即文章”。宝玉看了这两句，不管室内如何陈设华丽，断然不肯在这里，说：“快出去！快出去！”

秦可卿就领宝玉到了自己的卧室，“刚至房外，便有一股细细的甜香袭了人来。宝玉便愈觉得眼饧骨软，连说‘好香！’入房向壁上看时，有唐伯虎画的《海棠春睡图》，两边有宋学士秦太虚写的一副对联，其联云：‘嫩寒锁梦因春冷，芳气笼人是酒香。’”后面还描写各种香艳典雅的陈设，武则天的宝镜，赵飞燕的金盘等等。宝玉很满意，连说：“这里好！”

这两幅图画和两副对联，其实是两种人生观、价值观的象征。

《燃藜图》的故事，是说汉成帝末年，刘向在天禄阁校书到深夜，突然出现了一个穿黄色衣服的老人，手里拿着青藜杖，老人在杖端头一吹，就冒烟有火光，他向刘向传授《洪范五行》。这是一个鼓励人努力读书，以求发达的故事。对联中的“世事洞明”和“人情练达”，就是指对官场和社会的“游戏规则”要熟悉精通，得心应手，认为这才是真正有“学问”，会作“文章”。

《海棠春睡图》是明朝人唐伯虎画的，唐伯虎是个风流才子，“三笑点秋香”，有许多浪漫的传说。这幅画的画面上可能是一个美女，也可能是一株海棠，也可能二者都有。它是有典故的，就是比喻唐朝的杨贵妃。唐明皇到沉香亭赏花，召见杨贵妃，妃子醉酒未醒，高力士和宫女们扶着前来，唐明皇说：“岂妃子醉耶？海棠睡未足耳。”

唐明皇和杨贵妃沉香亭赏花的雅事，流传久远，李白《清平调》诗更是家喻户晓，所谓“名花倾国两相欢，长得君王带笑看。解释春风无限恨，沉香亭北倚栏杆”。虽然《清平调》里说的是牡丹花，但因为有唐明皇的玩笑话，后来也有附会海棠花的。这幅画和“嫩寒锁梦”的对联，是追求诗意，享受风流那样一种人生观的象征。

两幅画，两副对联，折射的是两种价值观的对立，一个是世俗的实用价值，另一个是诗意的超功利价值。贾宝玉是个诗人情种，“正邪二气所赋之人”，所以对前者说“快出去”，对后者说“这里好”。

这两副对联，都有很高的文字功夫。第一副概括性强，“世事”对“人情”，

“洞明”对“练达”,“皆学问”对“即文章”,把社会仕途和学问文章自然地联系在一起,简直就是“厚黑学”(也就是贾宝玉说的“禄蠹”)的浓缩。

第二副对联刻画生动,富有诗意的朦胧美。“嫩寒”对“芳气”,“锁梦”对“笼人”,“因春冷”对“是酒香”。“寒”而用“嫩”形容,仿佛可以想见梦中人那娇贵柔弱的身段,不过说天冷贪睡,但“梦”前贯以“锁”字,就耐人寻味,一片寒气让娇滴滴的入梦者在梦中越发沉溺得深了。“笼人”有的版本作“袭人”,但“笼”字有“笼罩”的迷茫意味,形容“芳气”弥漫浸淫,芳气从何而来?——“是酒香”。人喝了酒当然更容易渴睡入梦,这就和前一联自然地融为一体了。

小说里海棠花是史湘云的象征花卉,与它相配的谶语诗句是“只恐夜深花睡去”(苏轼《海棠》),也突出“睡去”。这里面有很曲折的寓意。史湘云是家族败落、“家亡人散”后的女主角,那正是繁华梦醒后“客散酒醒深夜后,更持红烛赏残花”(李商隐《花下醉》)的意境。第五回贾宝玉在梦中和仙女可卿成婚而“初试云雨情”,其实隐喻佚稿中宝玉和湘云的劫后重逢。

曹雪芹恐怕这种隐喻过于深内曲折,读者难以看懂,所以特别安排了《海棠春睡图》和对联来画龙点睛。小说中故意描写可卿“鲜艳妩媚有似乎宝钗,风流袅娜则又如黛玉”,是所谓“兼美”,这其实也是说的史湘云,她兼有宝钗和黛玉的优点,所以才能成为佚稿中的第一女主角。

《红楼梦》里的对联(七)

第五回贾宝玉梦游太虚幻境,看到了好几副对联。其中薄命司的对联是“春恨秋悲皆自惹,花容月貌为谁妍”,而在看完“薄命司”的“册子”以后,听舞女演唱“红楼梦”仙曲之前,警幻仙姑带领宝玉来到仙境的一处宫室,室内墙上也有一副对联,写的是“幽微灵秀地,无可奈何天”。

薄命司里收有天下的薄命女儿,其中宝玉家乡的是“金陵十二钗”正、副、又副三等共三十六名女子。这些女子都是生得“花容月貌”的美女,但她们最后的命运却十分悲惨,故曰“为谁妍”。古代形容美女的套语是“沉鱼落雁，闭月羞花”，用花和月来比喻美女则更是全世界各民族通行的。

明代汤显祖《牡丹亭》里有“游园惊梦”的著名折子戏，其中杜丽娘唱的《皂罗袍》脍炙人口：“原来姹紫嫣红开遍，似这般都付与断井颓垣。良辰美景奈何天，赏心乐事谁家院！朝飞暮卷，云霞翠轩，雨丝风片，烟波画船——锦屏人忒看的这韶光贱。”姹紫嫣红的花却无人欣赏，只能在断井颓垣里自生自灭，美好的事物没有得到应有的重视，而徒然浪费消磨掉，这种自然的悲剧，也是人生的悲剧，当然会引起有情人的深沉感慨。花草都是春盛秋衰，所以说“春恨秋悲”。“皆自惹”则是一种明显的拟人化。说美人多情，因而也就有了更多的愁怨和悲哀。

但“春恨秋悲”应该有更深刻的寓意。这要联系小说的整体结构观照，才能洞悉其奥妙。曹雪芹用春和秋，特别是春季和秋季的几个节日，来象征家族的兴盛和衰亡，那是结构全书的一种技巧。

比如第一回中贾雨村中秋节吟诗，甄士隐元宵节失女，就是以中秋和元宵两大节日总绾全书。后来贾元春元宵节省亲，海棠诗社是“暗中秋”，第五十三、五十四两回正面铺排过年和元宵节，第七十六回那个凄凉的中秋节，都是全书的“大过节、大关键”。此外还有清明节探春远嫁，以及端阳节、重阳节等，都有佚稿中的重大情节相照应。

“春恨秋悲”隐喻了家族的败灭，也就是众女儿悲剧命运的根源。“春恨秋悲皆自惹”——是不是也暗示小说中贾家的抄家之祸和“自杀自灭”密切相关呢？

美要毁灭，这是宇宙人生的大悲剧，但也是不可避免的自然规律。越是惊世绝艳的美，其毁灭也就越是惊心动魄。这是一种天然的悖论，当然也凝聚着曹雪芹家世升沉的血泪结晶。警幻仙姑在仙室中让宝玉饮“千红一窟”茶，喝“万艳同杯”酒，“窟”谐音“哭”，“杯”谐音“悲”，这也是“幽微灵秀地，无可奈何天”的寓意。此时还出现了痴梦仙姑、钟情大士、引愁金女和度恨菩提四位仙女。梦和情，带来的是愁和恨，但也能引度愁和恨，这不就是“大旨谈情”——肯定“情文化”的微言大义吗？联系全书的整体隐喻，显然，“幽微灵秀地，无可奈何天”也是既包含对美之毁灭的感叹，也包含家族荣辱轮回的痛苦。

这两副对联在词性对仗和平仄声调等方面也都十分得体。特别是第二副前后联语意思的相反相成，更充满了悖论的哲思智慧。

《红楼梦》里的对联（八）

第十七回贾府为了迎接贾元春归省，建了一座大花园，就是后来的大观园，贾政带着贾宝玉在园中各处观赏，题写匾额对联，是很重要的一些“典型环境”铺垫，予以重点描写的几个景点就是后来小说中主要人物的居处地。因此，这些景点上的匾额对联也都是曹雪芹精心设计，不仅富有艺术美学的欣赏价值，还有小说整体结构的微妙寓意。

第一处题写匾额对联之处是刚进大观园的一座假山，“山上有镜面白石一块，正是迎面留题处”，贾宝玉题了“曲径通幽处”。紧接着重点描写的一处是泉水桥亭，所谓“清溪泻雪，石磴穿云，白石为栏，环抱池沿，石桥三港，兽面衔吐，桥上有亭”。贾宝玉题了“沁芳”二字，拟的对联是“绕堤柳借三篙翠，隔岸花分一脉香”。本来有一个贾政的清客题“泻玉”，宝玉批评这两个字不合“应制之例”，意思是字面太冷清，而元妃归省是一件繁华热闹事。“沁芳”因为有了“芳”字，就减少了冷色调而比较华艳。

而那副对联，上句渲染“沁”字，下句刻画“芳”字。“绕堤”是说水流动的曲折，堤岸当然也随着水的走势蜿蜒，上面栽满了杨柳，树影倒映入水中，所以说“柳借三篙翠”，把岸柳和水中柳影融为一体，不知是说水本自绿还是说映柳而更绿。“三篙翠”是说水既深又绿，用划船的“篙”作为量度单位，也十分贴切而富有意趣。“隔岸花”是说堤岸上种满花木，“分一脉香”用“分”和“一脉”来形容花，颇具巧思，一方面，它表现了花香的散布弥漫，另一方面，又暗暗与水流的“一脉”自然挂钩。上下联都是点染水流的，但没有出现“水”字，可谓炼字炼句颇得意境之美。

同时，“沁芳”也是一个大的隐喻，就是暗示众女儿的命运悲剧。后来林黛玉听小戏子排演《牡丹亭》戏曲，而联想起许多诗句所营造的意象，所谓“原来姹紫嫣红开遍，似这般都付与断井颓垣”“水流花谢两无情”“流水落花春去也”“花落水流红”，林黛玉“都一时想起来，凑聚在一处，仔细忖度，不觉神痛心驰，眼中落泪”。这些描写，就十分艺术地象征这一点。

《红楼梦》里的对联（九）

再下来到一个所在，前院有许多竹子掩映，后院则有芭蕉和梨树，这是日后的潇湘馆，宝玉题了“有凤来仪”的匾额，又配了楹联“宝鼎茶闲烟尚绿，幽窗棋罢指犹凉”。小说中交待这是元春归省时最重要的主景点，用“凤”作匾额的中心词就是这种设计。

《尚书》中的《益稷》篇有这样的说法：“箫韶九成，凤皇（凰）来仪”，本来是上古传说中的典故，说古圣王大舜创作乐曲名箫韶，演奏到九曲（一曲奏完了叫一成），神鸟凤凰都被吸引飞来。

此外还有一个传说，是秦穆公的女儿弄玉嫁给萧史，两人合奏笙箫，凤凰飞来，弄玉和萧史跨凤凰上天成了神仙。因为传说凤凰很高贵，只以竹子为食物，所以在长满了竹子的潇湘馆题“有凤来仪”是十分妥恰的。

楹联也是切合竹子而题写。上联说在鼎炉上烹茶，冒出的烟也是绿的，下联说在幽静的窗户下面弈棋，指头都凉丝丝的。两者都形容在竹林中的感觉，表现竹林掩映下的诗情画意。品茗下棋，都是古代贵族和文人高雅的生活情调，也是后来林黛玉在潇湘馆起居的一些活动内容。上下联都没有出现“竹”字，却把竹林中的氛围渲染得如见如闻。这一副楹联不仅对仗工稳，而且实字和虚字都配合得恰到好处。难怪脂批说：“尚字妙极，不必说竹，然恰恰是竹中精舍。犹字妙，尚绿犹凉四字，便如置身于森森万竿之中。”

在第十七回还没有说黛玉将来要住在潇湘馆，但通过这些烘托性的环境描写，已经把黛玉那高雅的人格和形象暗暗传达出来了。曹雪芹描写潇湘馆，还特别提到“后院墙下忽开一隙，得泉一脉，开沟仅尺许，灌入墙内，绕阶缘屋至前院，盘旋竹下而出”，这一脉流泉，不也象征了黛玉和宝玉的神话前缘“眼泪还债”吗？

要注意“有凤来仪”用的是大舜王的典故，而黛玉是“潇湘妃子”，用的是舜王的妃子娥皇、女英投于湘水成神女湘妃的传说。宝玉有绛洞花王、混世魔王、遮天大王的“三王号”，宝玉其实也是大舜王，不过他不再是儒家的圣王，而是包蕴着另类情愫的“情之圣者”的王。

《红楼梦》里的对联（十）

从潇湘馆出来，又到了一处，模仿乡下村居茅舍，杏树菜田，还有土井。宝玉在酒招子上题了“杏帘在望”四字，又说这里可以叫稻香村，拟的对联则是“新涨绿添浣葛处，好云香护采芹人”。

这副楹联紧紧切合着村野风光选用典故。上联用《诗经》中《周南·葛覃》的诗句“薄浣我衣”，本来是歌咏周朝的妇女在河边洗衣服，汉朝以后把《诗经》经典化，这句诗就被解释为是传统贤妻良母的象征，“薄浣我衣”（“薄”是语气虚词）——家庭主妇在河边洗衣，当然是勤俭持家的意思。

而下联则用《诗经》中《鲁颂·泮水》的诗句“思乐泮水，薄采其芹”，本来也就是描写在河边采摘野菜。汉朝以后也被解释成求取功名之意，后来浓缩为“入泮”“采芹”两个词语，比喻中了秀才。这是因为周朝贵族子弟读书的学宫在泮水旁边。

所以，字面上这副联语就是说泮河水很饱满，正好洗衣服；飘来祥云片片，在河边采芹菜的人在一片香气中很惬意。用“新涨”和“好云”，仿佛是刚下过一场雨，让人感觉一派清新的田野风光。而用“绿”修饰“添”字，“香”修饰“护”字，更使词句有了“通感”的修辞意境。让人感到雨后河水的清冽幽青，云中也弥漫着野菜野花的香味。这样的风景中有女子洗衣服，男孩采野菜，岂不是天然野趣，悠然自得吗？

然而仅仅到此为止，岂是《红楼梦》文字？当然还有更深隐的意味。原来这处住所后来是宝玉的寡嫂李纨和其子贾兰所居之地。按小说中描写，李纨是青春丧偶，而心如槁木死灰一般，惟知侍亲养子陪侍小姑的一个传统礼教的节妇，这当然与上联的寓意十分合拍。而贾兰则是努力读书求上进，后来文武双全，"昨怜破袄寒，今嫌紫蟒长"，为母亲挣来"珠冠凤袄" 的一个小"禄蠹"，这就切合了下联的寓意。

这副对联同样熟练地化用意在言外的艺术技巧，没有出现"水"字，却又没有一个字不是在刻画水。而这股水，就是大观园的沁芳泉，它的主要意象是"花落水流红"，表现大观园女儿的薄命悲剧，当然也包括李纨在内。她最后的结局是"如冰好水空相妒，枉与他人作笑谈"。

《红楼梦》里的对联(十一)

从稻香村出来，下一处重点描写的是后来的蘅芜苑。这里是将来薛宝钗一度居住的地方，所以小说中出现的三副联语也都巧妙地关合了将和宝钗有关的故事情节。第一副联语是贾政一个清客所题："麝兰芳霭斜阳院，杜若香飘明月洲。"横额是"兰风蕙露"。其他清客批评"斜阳"不妥当，那个题联的清客举出古人诗句"蘼芜满手泣斜晖"——出自唐代女诗人鱼玄机《闺怨》诗"蘼芜盈手泣斜晖，闻道邻家夫婿归"，其他人批评"颓丧，颓丧"。表面上，这是说为贵妃省亲建造的花园要铺排喜庆富贵字句，怎么能用这些让人败兴的词语意象呢？联系到小说情节的"伏脉千里"，则是影射后来家族败落，宝玉"弃宝钗、麝月"(脂批)出家为僧的后事。麝兰和杜若都是《楚辞》里的香草名，小说中写宝钗服用四季白花蕊配成的冷香丸，能够自然形成意象上的联系。而"麝月"的名字也嵌进联语，更是巧妙得很。

另外一个清客又题了一副联语："三径香风飘玉蕙，一庭明月照金兰。""三径"就是小路，也有典故出处。《三辅决录》卷一："蒋翊归乡里，荆棘塞门，舍中有三径，不出，唯求仲、羊仲从之游。"蒋翊是一个高尚其志的隐士，除了知音好友外不与其他人来往。"三径"从此成了古典诗文中的习惯性用语，陶潜《归去来辞》中就有"三径就荒，松菊犹存"。这副对联表面上是刻画蘅芜苑的景致，玉蕙、金兰，和麝兰、杜若一样，都是泛指蘅芜苑的各种香草，满苑飘香，明月下的芳草更是婀娜多姿。但从小说的寓意来说，则是有意嵌入“金”和“玉”两个字，暗示后来宝玉和宝钗“金玉良姻”的婚姻悲剧。又“金兰”一词出自《易经》的《系辞·上》：“二人同心，其利断金；同心之人，其臭如兰。”后来演化为异姓结拜为兄弟或姐妹的意思，所谓“义结金兰”。这当然也可以暗示后来宝玉和宝钗虽然举行了婚礼，但并没有过真正的夫妻生活，仍然是“姨姊弟”的佚稿情节。

最后贾宝玉题了一匾一联，匾额是“蘅芷清芬”，联语是“吟成豆蔻才犹艳，睡足酴醾梦也香”。匾额是正面赞美蘅芜苑的香草气味清隽，联语中的“豆蔻”和“酴醾”，也是泛指香草。唐代的杜牧《赠别》诗流传很广：“娉娉袅袅十三馀，豆蔻梢头二月初。春风十里扬州路，卷上珠帘总不如。”本来是比喻少年的妓女，后来“豆蔻年华”就成了少女的代称。豆蔻是一种春天开花的草本植物，穗状的花序，深红色的穗头，花刚开时卷在嫩叶当中，被称作含胎花。酴醾也就是“荼蘼”的异体字。第六十三回宝玉过生日，麝月抽了一枝花名酒筹，上面写着“开到荼蘼花事了”，注解是：“在席各饮三杯送春。”麝月问怎么讲，宝玉把签藏了，愁眉回答说：“咱们且喝酒。”可见，酴醾花影射麝月，她是在“家亡人散”后跟从宝玉到最后的一个丫头。所以，这两句联语表面上形容蘅芜苑的风景和情调，实际上暗示宝玉和宝钗、麝月在佚稿中的悲剧结局。“睡足酴醾梦也香”，最后其实是“黄粱梦”和“南柯梦”——这也就是“红楼梦”的实质。

《红楼梦》里的对联（十二）

大观园里最具有皇家象征性的建筑是省亲别墅的正殿和牌坊，小说中这样描写：“行不多时，则见崇阁巍峨，层楼高起，面面琳宫合抱，迢迢复道萦纡，青松拂檐，玉栏绕砌，金辉兽面，彩焕螭头。”……只见正面现出一座玉石牌坊来，上面龙蟠螭护，玲珑凿就。“贾政道：‘此处书一何文？’众人道：‘必是蓬莱仙境方妙。’贾政摇头不语。宝玉见了这个所在，心中忽有所动，寻思起来，倒像那里曾见过的一般，却一时想不起那年月的事。”

这里通过宝玉的心理活动，暗示这处主建筑就是宝玉梦中到过的太虚幻境。因为是主建筑，后来元春归省时问：“此处何无匾额？”太监奏道：“此系正殿，外臣未敢擅拟。”

不过虽然没有额联，却有“天仙宝境”四字虚拟牌匾，这是后来宝玉拟的，贾元春命换了“省亲别墅”四个字。显然，“蓬莱仙境”和“天仙宝境”都是影射太虚幻境。

说“外臣未敢擅拟”而没有楹联，其实曹雪芹用巧妙的笔法给“天仙宝境”配了一副楹联，不过它是通过第十八回赞美的口吻叙出的：“但见庭燎烧空，香屑布地，火树琪花，金窗玉槛。……真是：金门玉户神仙府，桂殿兰宫妃子家。”“金门玉户”对“桂殿兰宫”，“神仙府”对“妃子家”，也是暗点大观园就是太虚幻境的人间投影。

贾元春把“天仙宝境”换成“省亲别墅”后，又给正殿赐下额匾“顾恩思义”和对联：“天地启宏慈，赤子苍头同感戴；古今垂旷典，九州万国被恩荣。”这是歌颂皇家恩泽的意思。

“赤子”指儿童，《尚书·康诰》：“若保赤子，惟民其康以乂。”孔颖达疏：“子生赤色，故言赤子。”“苍头”指老人，人老了须发苍白，所以这样称呼。“赤子苍头”即无论老幼，涵括所有人。

“九州”泛指中国，古代把中国划分为九个行政区，《尚书·禹贡》和《尔雅·释地》等都有记载。联系到曹家是贾家的原型，这副额联当然也包含了作者对自己家族在康熙朝的荣宠和后来一败涂地的深沉感慨。

《红楼梦》里的对联（十三）

第三十八回史湘云要作菊花诗社的东道，请贾母等人在大观园赏桂花。这是写作上的灵巧变幻，如果作菊花诗就赏菊花，那就有些滞涩呆板了。赏桂花要挑一个好地方，王熙凤向贾母说：“藕香榭已经摆下了，那山坡下两棵桂花开的又好，河里水又碧清，坐在河当中亭子上岂不敞亮，看着水眼也清亮。”贾母说:“这话很是。”贾母和凤姐的审美修养都很高呢。

而这藕香榭,是一个盖在池子当中四面有窗户的亭子,左边和右边有回廊,跨水接岸,后面有竹桥,也就是三面连岸的水亭。这个亭子两面的楹柱上挂着一副对联,是用黑漆嵌蚌壳拼的字:“芙蓉影破归兰桨,菱藕香深写竹桥。”

这副对联说明,在亭子周围有不少荷花。大观园有河水蜿蜒,水流积聚处成池,第四十回贾母等带刘姥姥逛园子,就有坐船游览的节目,贾宝玉曾在船上说:“这些破荷叶可恨,怎么还不叫人来拔去。”而林黛玉则说:“我最不喜欢李义山的诗,只喜他这一句‘留得残荷听雨声’。偏你们又不留着残荷了。”宝玉就说:“果然好句,以后咱们别叫人拔去了。”

藕香榭以“藕香”名榭,当然荷花是主景。不过此时秋深,荷花谢了,所以赏桂花。它的楹联,则是针对荷花说的。上联说“芙蓉影破归兰桨”,是描摹乘船采莲的画面,采莲船在荷花荷叶影中摇曳而来,当然采莲人也依稀可见,一个“破”字把芙蓉(荷花的别名)的密集婆娑和行船的动态感给形容出来了。这在古代诗文中也是经典的意境,比如乐府杂曲歌辞《西洲曲》中的句子:“采莲南塘秋,莲花过人头。低头弄莲子,莲子青如水。置莲怀袖中,莲心彻底红。”唐朝诗人王维《山居秋暝》中也有名句:“竹喧归浣女,莲动下渔舟。”《聊斋志异》中则有“荷花三娘子”的神话故事。

如果说上联是视觉画面,下联则是嗅觉感受。“菱藕香深写竹桥”,菱藕字面上是荷花的别一部位,其实也还是一种泛称,不过是要和“芙蓉”平仄对仗而已。“写”是“泻”的通假字,形容荷香四溢,当然也可以说和桥下流水融为一体了。人在这种香气弥漫中当真会悠然陶醉。

第八十回香菱和夏金桂讲论,说:“不独菱角花,就连荷叶莲蓬,都是有一股清香的,但他那原不是花香可比,若静夜或清早细领略了去,那一股清香比是花儿都好闻呢。就连菱角、鸡头、苇叶、芦根得了风露,那一股清香,就令人心神爽快的。”而夏金桂则说:“依你说,这兰花桂花倒香的不好了?”引得香菱说:“兰花桂花的香,又非别花之香可比。”结果误叫了夏金桂的名字“桂花”,犯了忌讳,就被夏金桂在妻妾争风中占了上风。要是联系这一情节,

第三十八回在藕香榭的残荷中赏桂花，倒也是一种有意无意的巧合。

周汝昌认为，这一副藕香榭的楹联，也有一种微妙的象征性意涵。

宋代女词人李清照有一阕名词《一剪梅》："红藕香残玉簟秋，轻解罗裳，独上兰舟。云中谁寄锦书来？雁字回时，月满西楼。花自飘零水自流，一种相思，两处闲愁。此情无计可消除，才下眉头，却上心头。"

史湘云的原型是苏州织造李煦的一个孙女，与李清照同姓，曹雪芹有意借"李"字暗示湘云的原型，在原著佚稿中，贾家、史家都破败毁灭，正来源于曹家和李家被抄家的生活真实素材。所以在第三十八回贾母特意让湘云念这副对联，又回忆起史家的一个已成陈迹的"枕霞阁"，后来湘云就以"枕霞旧友"作为别号。这一切，其实都是影射史湘云才是八十回后抄家败落故事中的女主角。"红藕香残玉簟秋……花自飘零水自流"不也是"沁芳"之"花落水流红"，即十二钗命运悲剧的影射吗？

《红楼梦》里的对联(十四)

第五十三和五十四回是原著一百零八回前一半的结束，也就是"正照风月宝镜"之最后的回光返照。曹雪芹以浓墨重彩渲染了贾府过年和元宵节，当然是一种春秋笔法，预示百年望族的大官僚世家即将"忽喇喇似大厦倾"而"家亡人散"。

第五十三回详细刻画了贾家的人合族祭宗祠，给祖宗的影像上供，表面的热闹后面蕴含了凄凉的意味，可谓象外之象。这次祭祀活动，是通过初次参加祭宗祠的薛宝琴的眼光来描写的。有的读者对此感到奇怪，说薛宝琴姓薛，怎么参加贾府的拜祖宗活动呢？林黛玉和薛宝钗怎么没有参加呢？这是不是曹雪芹的一次"笔误"呢？

其实，这还是读者自己的"读误"。薛宝琴参加祭宗祠，林黛玉和薛宝钗反而不参加，都是合理的。因为小说描写，宝琴一来到贾府，贾母就非常喜欢，让王夫人认了干女儿。这样，宝琴就成了贾家的后代，拜贾家的祖宗，她应该参加。而黛玉和宝钗，则仍然算是外姓的亲友，就不能参加。

对贾家的宗祠，层层递进，特别突出了三副楹联：

原来宁府西边另有一个院子，黑油栅栏内五间大门，上面悬一块匾，是“贾氏宗祠”四个字，旁书“衍圣公孔继宗书”，两旁有一副长联，写道是：“肝脑涂地兆姓赖保育之恩，功名贯天百代仰烝尝之盛。”亦衍圣公所书。进入院中，白石甬路，两边皆是苍松翠柏。月台上设着青铜鼎彝等器。抱厦前上面悬一九龙金匾，写道是“星辉辅弼”。乃先皇御笔。两边一副对联，写道是：“勋业有光昭日月，功名无间及儿孙。”亦是御笔。五间正殿前悬一闹龙填青匾，写道是“慎终追远”。旁边一副对联，写道是：“已后儿孙承福德，至今黎庶念宁荣。”俱是御笔。里边香烛辉煌，锦幛绣幕，虽列着些神主，却看不真切。

第一副祠堂门上的长联，上联说贾氏祖先为皇室效劳，肝脑涂地，无限忠诚，使江山永固，天下所有的百姓也沾光，得享太平之福。下联说宁荣二公为朝廷立下的汗马功劳很大，直贯苍穹，因此享受盛大的祭祀典礼，后代儿孙因此也沾溉余荫，有一种高山仰止的自豪感。烝尝又名蒸尝，即祭祀之意，出自《诗经·小雅·天保》。庚辰本这副对联上方有一句批语：“此联宜掉转。”意思是上下联应该对调。这是因为一般来说，联语的最后一个字，应该是上联仄声，而下联平声，这里却相反。究竟这是抄手的失误还是别有原因，需要研究。

这副联语值得注意之处是下联中的“保育之恩”几个字。曹家的老祖母孙氏曾是康熙皇帝幼年时的“保母”，后来曹家也因此受康熙宠信，特别是康熙第三次南巡时，曾亲笔书写“萱瑞堂”的匾额赏赐给孙氏，更是曹家没齿难忘的光荣历史。那么“赖保育之恩”岂不是隐隐地指这段故事吗？“原型”与“形象”，家史与小说，互相关联，有一种“互文”关系，也就是“假作真时真亦假”，这的确是曹雪芹写《红楼梦》的一大特点。

作者说这副对联是“衍圣公孔继宗”书写，是假托孔子后代所书，衍圣公是宋仁宗至和二年朝廷给孔子后裔的封号。在传统社会，孔子是官方意识形态的圣人，其尊贵可以和帝王并驾齐驱。他的后代亲笔题写的匾额当然也是一种最高规格的礼遇。程高本大概觉得虚拟孔子后代不太好，就改成"特晋爵太傅前翰林院掌事王希献书"。

抱厦的对联，上联说贾家祖先的功勋像星宿一样光华灿烂，伴日月同明，下联说朝廷给贾家的封爵功名延及子孙后代。这是照应着横额"星辉辅弼"而言，把帝王比作日月，把功臣比作星斗。周汝昌在《石头记会真》中认为，"星辉辅弼"是暗用曹操《求言令》中"建立辅弼"的话，这样就巧妙地影射到贾家的生活原型曹家。并说上一副对联中的"肝脑涂地"也有影射，"用明末袁崇焕致书后金努尔哈赤，谓满兵入侵时'三韩之民肝脑涂地'之语"，是暗指曹雪芹的太高祖曹世选被俘虏为旗人奴隶的惨痛经历，"'三韩'，明清之际用以特指辽北铁岭、开原地区，首先遭受屠戮之惨祸。三韩乃金代所设县名，故址在今辽宁北部"。

大殿的对联说宁荣二府的子孙后代都受到祖先功劳的福荫，得以享受荣华富贵，而宁国公和荣国公为国家立下的功劳，其影响深远巨大，老百姓至今感念。这当然也是一些歌功颂德的话。横额"慎终追远"，语出《论语·学而》，本意是说子弟为父母长辈居丧守礼法，尽孝道，这里转意为赞美贾家先祖为皇家立功而得赐爵，勉励后代继承先人遗烈，珍惜这种荣耀而自我奋勉。

抱厦和大殿的对联都是"先皇御笔"，即已去世的老皇帝亲笔所书。这应该是影射康熙皇帝为曹家题"萱瑞堂"的光荣历史。

甄士隐和贾雨村的姓名字号

甄士隐和贾雨村是第一回就出现的两个人物，具有极强的象征意味。由于有混入正文的脂批提示，我们都知道甄士隐和贾雨村谐音"将真事隐去，用假语村言"。又有研究者说，贾雨村的谐音其实应该是"用假语存焉"，因为这样"存焉"和"隐去"对仗才更工整。也算一家之言。总之，这两个小说人物命名，就是隐喻小说中贾家的故事乃以曹家的生活遭遇为原型。

这种谐音隐喻在姓名上同样体现。古人有名有字，甄士隐，士隐是字，名是费，脂批指出“甄费”谐音“真废”，这不仅调侃甄士隐不善经营生理，是个“真废物”，同时也就是把“真事” “废”掉也就是“隐”起来的意思。他住在葫芦庙旁边，“葫芦”当然又是谐音“葫芦提”，即糊涂难明之意。而贾雨村，雨村是号，名是化，字是时飞。“贾化”谐音“假话”，“时飞”谐音“实非”，他是湖州人氏，“湖州”谐音“胡诌”，也是“用假语村言”的意思。

不过，曹雪芹写《红楼梦》，不仅一手两牍，一喉两歌，而且一树千枝，一源万派。甄士隐、贾雨村的姓名字号除了上面说的谐音暗示的意思外，还包涵有另外的典故隐喻技巧。这是周汝昌先生发现的。

先看甄士隐，他的名和字出自《礼记·中庸》。原文是：“君子之道费而隐。”唐朝孔颖达疏解说：“言君子之人，遭值乱世，道德违费，则隐而不仕。若道之不费，则当仕也。”“费”是“废”的通假字。我们看，甄士隐的名“费”和字“士隐”两字都取自《中庸》的正文和疏解。

小说中的甄士隐，正是一个隐君子，他“禀性恬淡，不以功名为念，每日只以观花修竹、酌酒吟诗为乐，倒是神仙一流人品”。甄士隐后来跟了茫茫大士和渺渺真人超脱凡俗，正符合了对他姓名字号的设计寓意。

再看贾雨村，他的名和字、号出自《孟子·尽心》。原文是：“孟子曰：‘君子之所以教者五，有如时雨化之者，有成德者，有达财者，有答问者，有私淑艾者。此五者，君子之所以教也。’”本意是孟子说，君子教育的方式有五种：有像及时的雨水那样沾溉万物的，有成全品德的，有培养才能的，有解答疑问的，还有以流风馀韵为后人所私自学习的。这五种便是君子教育的方法。（据杨伯峻译注）贾雨村的名“化”、字“时飞”和号“雨村”中的三个字“化”“时”“雨”，就是从“有如时雨化之者”来的。

小说中的贾雨村，熟读四书五经，醉心于科举考试，“至大比之期，不料他十分得意，已会了进士，选入外班”，当了知府，但不久因“贪酷之弊”被罢了官。贾雨村正是个典型的“禄蠹”。这样，所谓社会贤达的“君子”，在贾雨村的姓名字号中，不就受到了深刻的隐喻性讽刺吗？

甄士隐在元宵节丢了女儿，后来又葫芦庙起火，被烧得一败涂地，终于跟着疯僧跛道出家而去。贾雨村则成了贪官污吏，在佚稿中“因嫌纱帽小，致使锁枷扛”。曹雪芹就是用这样微妙的艺术手法，对传统的意识形态儒、道、佛三教到了“末世”的命运，表达深刻的反思。

学术谈

话说脂批本《石头记》

版本鉴别是阅读《红楼梦》必须具备的前提视野，当然这都是一些“知识”，看起来也许不如前面的有趣，但不是说“知识就是力量”吗？其实你要是能对版本的情况有所了解，和朋友谈起《红楼梦》来，真能显示出你“有学问”，让别人对你刮目相看呢。

《红楼梦》的版本十分复杂，但大体上可分为两个系统，一个是接近于曹雪芹原著手稿的脂批本系统的八十回《石头记》，另一个是以高鹗和程伟元1791年首次出版的程高本为依托的一百二十回《红楼梦》。

现在保存下来的脂批本系统的本子一共有十二个，这些本子都已经影印出版。其中重要的有：

《脂砚斋重评石头记》残存十六回抄本，简称甲戌本。原为清代同治年间大兴刘铨福所藏，存第一到第八回，第十三到十六回，第二十五到二十八回。这个本子的底本是曹雪芹逝世十年前之乾隆十九年甲戌（1754）“抄阅再评”的《石头记》原稿本，不过这只说明脂砚斋是在甲戌年抄阅再评的，并不能说明此本就是那一年抄的。此本是现存各本中底本最早的一本，抄手抄写态度认真，有许多宝贵的批语，原为胡适发现，原存美国纽约康乃尔大学图书馆，今归上海博物馆。除影印本外，不少《红楼梦》网站全文扫描上网。另外有作家出版社2000年出版之邓遂夫校订标点的《脂砚斋重评石头记甲戌校本》。

《脂砚斋重评石头记》七十八回抄本，简称庚辰本。前八十回缺第六十四、六十七两回。庚辰是乾隆二十五年（1760），其时曹雪芹尚在。原书八册中每册卷首都标明“脂砚斋凡四阅评过”，自第五册起兼有“庚辰秋月定本”字样。全书抄写非出一人之手，抄手水平不高，有许多讹文脱字，最后一册质量更差。在流传过程中又经人臆改妄添。此本现藏北京大学图书馆，有网站全文扫描上网。另外有作家出版社 2006 年出版之邓遂夫校订标点的《脂砚斋重评石头记庚辰校本》。

《戚蓼生序本石头记》，共八十回，原由乾隆时戚蓼生所藏并序，简称戚序本。此本是一个经过整理的脂本，汇集的批语较多，上海有正书局先后印过三次，1911 至 1912 年石印“大字本”，题为《国初钞本原本红楼梦》；1920 年用大字本剪贴缩印了一种“小字本”，并于 1927 年再版。人民文学出版社 1973 年据石印大字本影印出版时改题《戚蓼生序本石头记》。因有正书局石印过，此本有时被称为有正本。据以影印的此本底本现在保留有前四十回共十册。南京图书馆所藏陈群泽存书库旧藏本，也是与有正本同出一个祖本的八十回抄本，称南图本、泽存本、戚宁本。

清朝蒙古王府原藏抄本《石头记》，共八十回，抄配成一百二十回，简称蒙府本或王府本。1960 年发现，现藏北京国家图书馆。这个抄本与戚序本来源于一个底本系统，大同小异。

清朝怡亲王府藏抄本《脂砚斋重评石头记》，原存三十八回，后又发现三回和两个半回。书内有“己卯冬月定本”“脂砚斋凡四阅评过”字样，简称己卯本。己卯是乾隆二十四年（1759），也是曹雪芹生前抄定的本子，与庚辰本属于一个底本系统。

俄罗斯圣彼得堡（苏联时期列宁格勒）东方古文献研究所藏抄本《石头记》，存七十八回，缺第五、六两回。俄国人库尔梁德采夫于道光十至十二年间来华时带回俄国。此本简称在俄本、圣彼得堡本、列藏本等。

此外还有舒元炜序《红楼梦》抄本（简称舒序本）、梦觉主人甲辰（1785）序《红楼梦》抄本（简称甲辰本、梦觉本）、原杨继振藏《乾隆抄本百二十回红楼梦稿》抄本（简称杨藏本、梦稿本）、原郑振铎藏《红楼梦》抄本（简称郑藏本）、北京师范大学图书馆藏《脂砚斋重评石头记》抄本（简称北师大本）、卞亦文藏十回本《红楼梦》（简称卞藏本）、王超藏本（“庚寅”本）等，也都属于脂批本系统。

脂批本共同的特点是：一，大多数是手抄本；二，一般只有前八十回或更少，少数两种有后四十回的乃抄配；三，抄本上面有脂砚斋等曹雪芹亲友写下的批语；四，最重要的，是这些抄本所据底本是曹雪芹创作原稿或原稿抄本，因此其文字比较接近曹雪芹真实的手笔。

读《红楼梦》要选好版本

在曹雪芹生前和去世后的二十多年里，当时社会上流传阅读的《红楼梦》是手抄本，就是上一讲介绍的脂批本《石头记》。曹雪芹是1763或1764年逝世的，到1791年，高鹗和程伟元排印出版了有后四十回的一百二十回《红楼梦》，这个本子专家称为程甲本，前八十回和后四十回的字面矛盾比较明显。所以第二年即1792年程、高二人又出版了一个修订本，专家称为程乙本。此后程甲本和程乙本都经过多次再版重印，每印一次，就多出一个程高本系统的版本。

程高本的特点是：一，这是一百二十回的《红楼梦》，不是八十回的《石头记》；二，脂批被全部删掉，也有带批语的本子，那是后来人读一百二十回本所写下的感想，与脂批性质不同；三，前八十回作了近两万处文字修改；四，所以这是一个远离了曹雪芹写作真实面貌的经后人修改并补续的本子。

我们要购买、借阅《红楼梦》，就面临一个版本鉴别的问题。下面介绍一些比较有影响的已经出版的标点本《红楼梦》供大家参考。

属于程高本系统的有：

1949年以前流行较广的一个本子是三家评本《红楼梦》，即清朝护花主人王希廉、太平闲人张新之、大某山民姚燮三人合评的本子，这是一个程甲本系统的本子，上海古籍出版社现仍时有重印。

1949到1982年中国大陆流行的《红楼梦》是由作家出版社和人民文学出版社先后发行的，前者是根据胡适写序的上海亚东书局原标点本排印的，基本上属于程乙本（说“基本上”是因为对程乙本作了许多改动），后者则以程乙本为底本又校以程甲本、戚序本等。

1987年北京师范大学出版社出版启功等专家校注的《红楼梦》，是个程甲本系统的本子，此本的优点是对小说中词语典故的注解十分详细。

1991年文化艺术出版社出版冯其庸编订的《八家评批红楼梦》，是在王希廉等三家评批的基础上又增补了清朝另外五家针对一百二十回本的评批。此本于 2015 年由青岛出版社出了重校本。

1994 年漓江出版社出版了王蒙的评点本《红楼梦》,此本正文属于程甲本系统,王蒙对每回作了即兴式评点。2005 年上海文艺出版社又出了增订本。

属于脂批本系统的有:

1982 年人民文学出版社出版了由红楼梦研究所校注的新版《红楼梦》,前八十回主要依据庚辰本并参校其他脂批本,后四十回依据程甲本。此本后又有新的修订本问世。2005 年辽宁人民出版社出版冯其庸瓜饭楼评点本《红楼梦》,基本上与人民文学出版社的本子相同。

1993 年浙江文艺出版社出版了蔡义江校注的《红楼梦》,前八十回以庚辰本为主,又博采其他脂批本,后四十回依据程甲本。

1994 年江苏古籍出版社出版了刘世德校订的《红楼梦》,前八十回依据各脂批本,后四十回依据程甲本。

1994 年齐鲁书社出版了黄霖校订的《脂砚斋评红楼梦》,其文字基本同于人民文学出版社 1982 年出版的本子,它的好处是附录了现存脂批本上的全部脂批。

1995 年山西古籍出版社出版了梁归智评校的《新评新校红楼梦》,前八十回依据甲戌本、庚辰本、在俄本等脂批本,后四十回是程甲本,每回有评校者写的回前总评、回后尾评,每页有回间评,是一部导读性的文本。2012 年三晋出版社(原山西古籍出版社)又出了第二版修订新本。

2003 年作家出版社出版了郑庆山校订的《脂本汇校石头记》,前八十回综采各脂批本,后四十回是程甲本。从前八十回校订水平看,比上述各家文本要好一些。

2004 年河南郑州的海燕出版社出版了周祜昌、周汝昌和周伦玲校订的多卷本《石头记会真》,分十卷,对前八十回各脂批本逐句校对研究,提出许多一新人耳目的新见解,八十回后不取后四十回,而附探佚论著。它的普及本是两卷本的《周汝昌精校红楼梦》,后转人民出版社出版。2010 年漓江出版社又推出《周汝昌校订批点本石头记》。这是对脂批本校刊最具权威性的文本。

此外还有作家出版社推出的甲戌本、庚辰本《石头记》校注本，由邓遂夫校订注解，也很有阅读价值。

市场经济景观下的《红楼梦》出版五花八门、良莠不齐，上面介绍的则都是著名专家主持，各有自己特色的文本。

什么是红学

“红学”这一名称是清朝人互相开玩笑时产生的。当时的正统学问是经学，即研究解读四书五经的学问。所以文人们见面后常互相询问“先生治何经？”有一次一个叫朱昌鼎的人就回答说：“吾之经学，系少一横三曲者也。”别人不理解，他进一步解释说：“吾所专攻者，盖红学也。”经字未简化前作“經”，去掉“一横三曲”，就是个红字。这虽然是玩笑话，却可见当时《红楼梦》的流行程度。

今天所谓红学，有广义和狭义两种。

广义地说，凡是对《红楼梦》发表感想和评论的文字记载或其他媒体形式的表述都可以叫红学。几乎与《红楼梦》小说同时产生的脂批或脂评就是最早的红学。以脂砚斋为代表的曹雪芹的一些亲友，在小说抄本上写下他们的各种观感，当然也是对小说的一种阐释，用学理化一点的语言说，就是最早的“接受美学”和“读者导向批评”。此后还有不少阅读《红楼梦》的人写下他们的阅读感受，大体上有评批、题咏和笔记等几种形式。

比较严格意义上的红学，应该从 1904 年王国维发表《红楼梦评论》算起。这是第一篇引进西方哲学思想和文学评论方式而写出的红学论文，用德国哲学家叔本华的哲学来分析《红楼梦》。此后则有以蔡元培为代表的索隐派，以胡适、俞平伯为代表的自传说考证派相继兴起。1949 年后，有以李希凡、蓝翎和何其芳、蒋和森为代表的两种意识形态派。“文革”中一度有极“左”色彩更浓的“文革”红学。20 世纪 80 年代以后，经过多次争论，红学的内涵逐渐明确和科学，它应该分基础研究和文本研究两部分。

基础研究有四个主要分支学科：曹雪芹家世研究，《石头记》版本研究，脂批研究和探佚研究。文本研究则是在基础研究取得一定成果的前提下，对小说文本的思想、艺术和文化内涵作分析、阐释和评论。

这样定位是由《红楼梦》的具体情况和特殊性决定的。

因为《红楼梦》的前八十回和后四十回是由两个不同的作者所写的，所以必须作版本研究才能得到一个接近写作真实的文本，而《石头记》抄本的研究就是最关键的。

因为曹雪芹写小说有很强的家史自传性质，八十回后的原稿又没有传下来，所以曹雪芹家世研究就不仅仅是了解作者的一般背景，而是和认识小说的思想及艺术内容有密切关系。

因为脂砚斋等批书人是了解曹雪芹创作情况的亲友，他们的批语相当于"准作品"，所以脂批的研究也非常重要。

探佚研究则是要搞清曹雪芹创作的完整艺术构思，原著的整体精神面貌。

这四个分支研究有了一定基础，才能比较准确地区分出前八十回和后四十回的差异，才能对两者不同的思想、艺术和文化内涵作进一步的探索，才能作出比较科学的分析和阐释。所以，泛泛地说红学就是研究《红楼梦》的学问是一种语言学上的同语反复，根本没有任何意义。关键问题是通过基础研究严格区分两种不同版本的《红楼梦》，区分前八十回和后四十回，并通过探佚了解曹雪芹原著的整体构思，然后才能进入真正的"文本研究"。

文本研究，有两种向度。一种是不作基础考证，把一百二十回视为一个"整体"泛泛地谈读后感，这样的研究评论必然是不科学的，肤浅的。另一种向度就是在考证的基础上对原著和续书严格区分，然后对两种不同性质的《红楼梦》作文学理论、艺术审美、哲学思辨、历史文化等角度维度的分析、阐释和评论，这样的研究评论当然比较科学和深刻。

红学流派简介——索隐派

索隐派起源很早，乾隆皇帝读了《红楼梦》后就说："此盖为明珠家作也。”明珠是康熙朝的宰相。此后还有一等侯张谦家事说、和珅(乾隆时宰相)家事说、傅恒(乾隆时大学士)家事说等,都是一些笔记的片段记载。以学术论著形式出现的索隐派,是1914年出版王梦阮和沈瓶庵《红楼梦索隐》,1916年出版蔡元培《石头记索隐》,1919年出版邓狂言《红楼梦释真》。

王、沈的观点是“清世祖和董鄂妃故事”说,说贾宝玉和林黛玉影射顺治皇帝和董鄂妃,又把董鄂妃和晚明名妓董小宛混为一人。蔡的观点是“书中本事在吊明之亡,揭清之失”,说“‘红’字多影‘朱’字,朱者,明也,汉也。宝玉有爱红之癖,言以满人而爱汉族文化也;好吃人口上胭脂,言拾汉人唾余也”。邓的观点是曹雪芹“增删五次”,即影射明崇祯到清乾隆的五朝历史,元、迎、探、惜四春分别影射明末和清初的政治人物,如迎春影射吴三桂,探春影射郑成功等。

在胡适和俞平伯的曹雪芹家史自传说出来以后,主流学术界不再相信各种索隐派的说法。但仍然有各种索隐派著作出版,如1927年出版寿鹏飞《红楼梦本事辨证》,1934年出版景梅九《红楼梦真谛》,1959年新加坡出版潘重规《红楼梦新解》,1972年台湾出版杜世杰《红楼梦原理》,1980年台湾出版赵同《红楼猜梦》,1985年香港李知其自费印行《红楼梦谜》等。1989年以后,大陆的霍国玲姐弟连续出版了五集《红楼解梦》,也曾经轰动一时。这些索隐派大多把《红楼梦》的故事和明末清初的政治和宫廷秘史等联系起来,而每一家都有自己的一套不同说法。如《红楼解梦》说林黛玉的原型叫竺香玉,是曹雪芹的爱人,后来成了雍正皇帝的妃子、皇后,她和曹雪芹合谋用丹砂毒死了雍正。

此外还有冯精志写的《百年宫廷秘史——“红楼梦”谜底》《大观园之谜》《曹雪芹披露的故宫秘闻》三部索隐书在20世纪90年代出版。1995年还出版了王国华的一本《太极红楼梦》,说《红楼梦》中潜藏着“结构文本”和“太极文本”,虽然不同于其他索隐派著作和清朝历史挂钩,其实也是另一种形式的索隐。

到了21世纪,由于市场经济发展造成的自由表达的宽松环境,有不少索隐派著作又纷纷问世,如隋邦森、隋海鹰著《石头记密码清宫隐史》、张晓琦著《红楼谜话》等。

索隐派也有一些合理性因素，就是感受到了曹雪芹的小说中确实蕴含着一些政治内涵，但其指实推测的各种具体说法则大多是缺少根据的。

红学流派简介——考证派

考证派是胡适和俞平伯开创的。胡适于1921年出版了《红楼梦考证》，只有三四万字，但它第一次区别了《红楼梦》的脂批本和程高本，确定了小说前八十回的作者是曹雪芹，提出后四十回的作者是高鹗，认为前八十回的素材是曹雪芹家族的历史，因此说《红楼梦》是曹雪芹的“自叙传”。他同时批评此前流行的索隐派是“猜笨谜”，批评他们“不去搜求那些可以考证《红楼梦》的著者、时代、版本等的材料，却去搜罗许多不相干的零散史事来附会《红楼梦》里的情节。他们并不曾做《红楼梦》的考证，其实只做了许多《红楼梦》的附会”。

俞平伯1923年出版了《红楼梦辨》，十五万二千字，在胡适历史考证的基础上向文学考证发展，深入前八十回和后四十回的文本实际，从故事情节、人物性格、写作风格等方面论证了两者的不同。全书分三卷，上卷考证后四十回续书，中卷考证前八十回，下卷是一些有关的杂论。对小说的思想内涵，俞平伯提出了“情场忏悔”“色空观念”等论点。胡、俞这一派红学被称为新红学，此前的索隐派被称为旧红学。

1950年俞平伯把《红楼梦辨》加以修订，改名《红楼梦研究》再版。1953年周汝昌出版了《红楼梦新证》，近四十万字，对曹雪芹的家世和《红楼梦》的版本等作了更加充分的考证，并对后四十回作了更加彻底的否定性评价。他说：“离开曹雪芹的真《红楼梦》，我们就不屑为骂高鹗的伪《红楼梦》而多费笔墨；所以，骂他的用意，就是为了更正确的了解曹雪芹而已。我们要撇开这败类给我们的混淆印象，由现存材料中去认识一下曹雪芹的真《红楼梦》，这才是我们的正经大事。”

因为胡适、俞平伯和周汝昌都是从考证作者和版本开始其红学研究的，所以被称为考证派、自传说。其实这三个人之间存在着很大区别，这主要体现在他们对《红楼梦》思想和艺术的评价上。胡适对曹雪芹和《红楼梦》都评价很低，说还不如《老残游记》和《海上花列传》。俞平伯一方面说曹雪芹是天才，另一方面说《红楼梦》还够不上世界文学第一流的作品。周汝昌则对曹雪芹和《红楼梦》评价极高，认为是古今中外都没有的伟大作品。后来周汝昌把红学的研究上升到中华文化的高度，成了“文化思想派”的代表。

红学流派简介——文学批评派

1791年一百二十回的《红楼梦》出来以后，大多数人就把前八十回和后四十回作为一个“整体”来看待了。在这种视角下，分析小说的思想意义和艺术特点，包括主题思想、人物形象、写作技巧、语言特色等，就是所谓文学批评派。

比较具有学术意义的文学批评，是从1904年王国维发表《红楼梦评论》开始的。王的这篇作品实际上是对一百二十回《红楼梦》的一篇比较长的“读后感”，不过他引进了德国哲学家叔本华的哲学，作为分析小说的理论武器。后四十回贾宝玉最后出家为僧，王国维联系叔本华的悲观主义哲学分析说：人的“欲”分“饮食之欲”和“男女之欲”，男女之欲比饮食之欲更强烈，因此它所造成的“苦痛”是人生的最大问题，是“人人所有之问题，人人未解决之大问题也”，《红楼梦》以前的诗歌、小说都没有理解和解决这个问题，只有《红楼梦》写贾宝玉认识到“男女之欲”其实没有意义，看破红尘出家，这就从人生的根本意义上解决了这一问题。王国维还把悲剧分成三种类型，他认为《红楼梦》是三种类型中最高级的一种悲剧。

1949年以后，李希凡、蓝翎写文章批评“新红学”，说是“繁琐的考证”，歪曲小说的思想意义，并开始用“阶级观点”来评论《红楼梦》的思想意义，用当时比较时髦的“现实主义”“典型环境中的典型人物”“资本主义萌芽”等理论来揭示宝玉和黛玉爱情悲剧的“人民性”，和对封建主义作批判的“社会意义”等，后来结集为《红楼梦评论集》。

同时期还有何其芳的《论红楼梦》和蒋和森的《红楼梦论稿》，也标榜马克思主义，但也吸收了俄罗斯民主主义文学批评家别林斯基、车尔尼雪夫斯基、杜勃罗留波夫的文艺思想，用以分析《红楼梦》的“民主主义思想”和“进步性”。

到了“文革”中，传出毛泽东曾说《红楼梦》第四回是全书的“总纲”，其中的“护官符”是“纲中之纲”，兴起了从政治的角度来给《红楼梦》作思想定位。

20 世纪 80 年代以后，各种西方的哲学、方法论传进来，一些人又用精神分析、原型批评等来分析小说的思想和艺术特征，后来通俗文化思潮兴起，又有偏重于将小说的人物、情节与当代社会和生活现象相联系比附的感受性批评。

这些都可以算是文学批评派，他们或者以外国的某种理论思想作为一种文学批评模式，或者表达自己读小说的某些感想，是不断变化的社会意识形态思潮在《红楼梦》阅读评论中的反映，轻视或者忽视考证等基础性研究对审美的奠基作用，因此一般不重视区分前八十回和后四十回，也就不能真正阐释清楚《红楼梦》的思想文化和艺术审美内涵。

红学流派简介——评点派

给古典小说作评点，就是在小说的书眉等空白处写下简明扼要的三言两语，表达读者阅读的心得体会。当然也包括在每一回前和回后作比较长的评论，甚至写一两篇长篇大论的“读法”“前言”等文字。

这种特殊的文学批评方式，是中国文学中独有的，对小说的评点也继承了“诗话”和“词话”等传统。小说评点时间早又影响大的，是金圣叹评点《水浒传》。此后，不少流行的通俗小说都有人评点，如毛宗岗评点《三国演义》，张竹坡评点《金瓶梅》，钟惺评点《封神演义》。一部小说还可能有许多人评点，如《水浒传》的评点，除了金圣叹外，还有怀林、李贽（可能是书商托名）等。

喜欢《红楼梦》的人多，所以评点的人也多。不过对它的评点，可以分成两种不同的性质。一是脂砚斋、畸笏叟等曹雪芹的亲友，几乎在曹雪芹写小说的同时，就在抄本上写评点。因为这些人了解写作背景，知道生活原型，读过八十回后的佚稿，所以他们写下的批语，对于后世读者来说已经相当于

“准作品”,研究者们非常重视,对这些批语的研究已经成了红学中一个重要分支,即脂批研究。

另一种评点是在有后四十回续书的小说出来以后,针对一百二十回的文本写下的评点。影响最大的有护花主人王希廉、太平闲人张新之、大某山民姚燮写下的“三家评点”,过去这个本子很流行。此外还有十多家清朝人的评点,冯其庸整理的“八家评批”本就是挑了其中重要的五家和王、张、姚的三家合起来排印发行。这些评点由于不区分前八十回和后四十回,评点者们又都是一些受封建正统思想制约的旧式文人,所以不可能真正评点出曹雪芹的伟大抱负和艺术匠心,但在一些具体的细节上,还是有一些真知灼见。

近代以来,流行的是西方模式的论文式文学批评,传统的评点衰落了。但在20世纪90年代,又出了三部当代人的评点本《红楼梦》。评点人分别是王蒙、梁归智和王志武。其中陕西师大出版社出的王志武的评点比较教条刻板,王蒙的评点体现了一个很聪明的作家的阅读智慧,梁归智的评点则是建立在探佚基础上针对一般读者的“导读”,对普通读者“入门”进入《红楼梦》的艺术堂奥很有帮助。2005年香港和沈阳分别出版了冯其庸的瓜饭楼评点本,装帧豪华,适于富贵人家作风雅陈设。2010年漓江出版社出版周汝昌校订批点本《石头记》。2010年龙门书局出版蔡义江新评《红楼梦》,在其过去的注解本基础上增加了一些评语。

与评点派类似的是题咏派,即以传统的诗词形式表达阅读《红楼梦》的感想和评断。从《红楼梦》的抄本问世以来,各种题咏诗词就源源不断,迄今为止,已经有数千首之多。从体裁形式看,以七言绝句最多,其次是七言律诗。

这些题咏诗词,也和红学的发展演变息息相关。在程高本未问世前,明义的《题红楼梦》(二十首七绝)最有代表性。此外,敦敏和敦诚兄弟以及张宜泉、永忠的十几首诗是研究曹雪芹其人的重要史料。1791年以后,有各种阶层的读者阅读一百二十回《红楼梦》后题咏的诗词,数量汗牛充栋,其中大量歌咏“艳情”或怜黛贬钗之作,主要是一种“接受美学”的历史记录。

新红学诞生以降，擅长写传统诗词的学者日益减少，虽然咏红的诗作也时有发表，但大多流于“白话”“打油”体。只有俞平伯、周汝昌等少数传统文化素养深厚的学者仍然写中规中矩的咏红诗词，尤以周汝昌的咏红诗词数量巨大，简直就是数十年红学演变的“诗词体红学史”。

红学流派简介——探佚派

探佚就是通过研究《红楼梦》前八十回的“草蛇灰线”等“伏笔”，以及小说的情节发展、思想倾向、人物性格的必然演变趋势，再结合脂批和其他材料如曹家的生活原型考察、野史笔记提供的信息等，综合研究曹雪芹原著八十回后佚稿的情况，进而探讨曹雪芹完整的艺术构思。这种研究起源很早，可以说脂批中的某些话语就是最早的探佚，当然是不自觉的自然状态。

比较成形的探佚研究，从胡适、俞平伯的“新红学”开始，周汝昌、吴世昌等红学家的著作中也有探佚方面的内容。不过这些都是早期的研究，还比较零碎、粗糙、肤浅，不成系统。

1983 年出版的梁归智著《石头记探佚》，是第一本探佚学专著（已经修订三次，最新版为北京师范大学出版社 2010 版《红楼梦探佚》），周汝昌于 1981 年 7 月 24 日为该书写的序言中提出了“探佚学”的概念，探佚研究开始自觉、体系化。

此后探佚研究方面成果不少，有影响的著作有蔡义江《论红楼梦佚稿》、梁归智《被迷失的世界——红楼梦佚话》（修订增补本《红楼疑案》）、王湘浩《红楼梦新探》、周汝昌《红楼梦的真故事》（《红楼真梦》）、杨光汉《红楼梦：一次历史的轮回》、徐恭时《三十回残梦探遗篇》、丁维忠《红楼探佚》、刘心武《红楼望月》《揭秘红楼梦》等。

探佚各家的具体观点并不完全相同，但也有共同的立场，就是严格区分曹雪芹原著和后四十回续书，认为这是两种不同性质的《红楼梦》，应该通过探佚研究搞清曹雪芹原著的本来面目，才能对其思想和艺术有准确的认识，作出科学的评价。

探佚研究富有趣味性，兼具考证、索隐、文学感悟、理论思考等多方面的因素，能刺激起读者的创造性和能动性，对小说文本作探索性立体性的阅读，而又并没有惟一的结论，所以造成了一种审美的奇迹，使《红楼梦》的阅读和红学研究长盛不衰，是红学研究中最有生命活力的流派。

探佚研究当然也有品位高低之分，低层次的探佚停留于情节的推测，如果想象得太具体，则由于探佚本身具有必然率和或然率并存的特点，容易流于无边际的猜谜和索隐，成了一种准文学创作。至于以探佚为指向的“新补”“新续”就更是一种文学创作活动，其成功与否主要决定于续补者文学创作的才能高低，其实与对探佚的评价无关。

高层次的探佚则把握分寸，只勾勒大体的轮廓，重点在于美学和文化的理论阐释，自然，红学探佚派也就上升为红学文化思想派，或者说红学文化美学派。

王国维的得与失

王国维，被视为近现代意义上学术的“红学”之开山者。他的《红楼梦评论》发表于 1904 年，正是人类刚刚迈入 20 世纪门槛的时候。因此，王国维其人和《红楼梦评论》其文也可以看作红学的正式发轫。这当然是以西学的理论范式为学术正宗的一种视角，此前的评点、笔记、题咏等形式对《红楼梦》的鉴赏批评，还不具有西方的逻辑思维和“论文”形式，而是属于传统的思维写作模式。

王国维的《红楼梦评论》，有两点主要的贡献。第一点，是他有史以来第一次运用西方的哲学、文艺学理论观照中国古典文学，具体来说就是用德国哲学家叔本华的哲学解释《红楼梦》的思想内涵，并因此给予《红楼梦》以极高评价。所谓《红楼梦》是“宇宙之大著作”“我国美学史上惟一大著作”。

第二点，则是评价《红楼梦》是“彻头彻尾之悲剧”，而这种悲剧“大背于吾国人之精神”。因为中国传统中绝大多数文学作品都是“始于悲者终于欢，始于离者终于合，始于困者终于享”，也就是后来所说的“光明尾巴”和“大团圆”。这就从民族的文化精神这一层面，揭示了《红楼梦》叛逆传统和“改造国民性”的非凡意义。悲剧，既是文学艺术样式，又是文学理论范畴。从古希腊开始，悲剧就在西方的文艺中确立了崇高的地位。在西方的文学传统中，说一部文学作品是一个伟大的悲剧，也就是一种极高的评价。

不过，《红楼梦评论》也有先天的不足和缺陷。对王国维的得和失，叶嘉莹的一篇论文评价得比较全面。其得，在引进了西学视角，“仅是这种富有创意的精神和眼光，便已足以使其在中国文学批评之拓新的途径上占有不朽的地位了”；其失，在于机械地用叔本华的哲学套曹雪芹和《红楼梦》，“不可先认定了一家的哲学，而后把这一套哲学理论，全部生硬地套到一部文学作品上去”。曹雪芹不是叔本华，《红楼梦》的主旨也不是叔本华哲学的翻版。

我们要进一步追问，王国维为什么会有此“得失”呢？“得”比较容易看得明白，那是因为王国维比与他同时的中国人较先较多地接触和了解了西方的一些思想理论。他的文化水平比较高，视野比较开阔，他用这些别人不具备的优势观察评论《红楼梦》，当然易收刷新思路开拓学术之功。

但“失”呢？为什么会失误？具体的失误主要是什么？失误的原因，有客观和主观两个方面。从客观方面来说，在王国维写这篇论文的时候，新红学对版本和作者的考证还没有开始，前八十回和后四十回，曹雪芹原著和续书“两种《红楼梦》”的观念还不明确，这样，王国维在理解和评论《红楼梦》的思想和艺术时，就缺少科学的基础，他把一百二十回作为一个“整体”来看待，因此他那些思想的闪光就打了很大的折扣。

比如，他以后四十回贾宝玉出家的情节作文本基础，对曹雪芹的思想作了不准确不正确的理解，因此得出《红楼梦》的主旨是“否定生活意志、求得解脱”，这样也就顺利地和叔本华的思想衔接起来了。对于悲剧，他又根据后四十回“调包计”、黛死钗嫁等故事情节，说《红楼梦》是“由普通之人物、普通之境遇之不得不如是”的“第三种悲剧”。

其实，通过版本研究、探佚研究等中介，就可以明白，《红楼梦》原著的八十回后的情节轮廓，是“忽喇喇似大厦倾”“落了片白茫茫大地真干净”之后“情榜证情”。也就是说，这种情节显示出来的悲剧类似于古希腊的“命运悲剧”，按王国维对悲剧的分类，是属于第二种“由于盲目的命运者”；而其最后的情怀导向是“证情”，即肯定爱的终极价值立场，并不是“否定生活意志”。

那么，王国维的失误，能够全部委之于客观原因或者说“时代的局限”吗？显然不能这样说。在王国维之前的裕瑞，就以锋利的思辨和生动的审美能力指出：“此四十回，全以前八十回中人名事务苟且敷衍，若草草看去，颇似一色笔墨。细考其用意不佳，多杀风景之处，故知雪芹万不出此下也。”与王国维同时的一个笔名涛每（陈诠）的人，也写文章说：“王先生谓：（一）有生活就有苦痛。（二）要免苦痛，就要拒绝生活之欲。（三）《红楼梦》之精神在解脱，即拒绝生活之欲。（四）《红楼梦》之美学上伦理上之价值，均在其解脱之精神，推其极使世界无有。我之意思则以为：（一）有生活就有苦痛，不过看主观为转移。（二）要免苦痛，不在拒绝生活之欲，而在认识真正之情。（三）《红楼梦》之精神，不在解脱，而在言情。（四）《红楼梦》之价值，不在造成‘无的世界’，而在造成‘情的世界’。”

裕瑞和涛每，也是在没有新红学考证成果的前提下阅读和评论《红楼梦》的，但他们的思想和审美水平，比起王国维来，显然有楼上楼下之别。当然，王国维不一定在智力上不如裕瑞和涛每，他在其他方面做出了许多成绩，成了一位对中国文化贡献很大的学者，就是证据。关键所在，恐怕是王国维自己的思想感情和叔本华太接近了，因此他就很自然地认同了后四十回黛死钗嫁和宝玉出家的思想情怀导向，并用叔本华的哲学予以“升华”。不过他居然对前八十回和后四十回在艺术上的巨大差别毫无感觉，还是让人有点诧异，或者是他太沉浸于叔本华的思想里面而忽略了文本的艺术，或者他的艺术气质和审美素养还不是第一流的，他的确曾反省过，大意说自己在理性和感性两方面的气质互相矛盾，结果哪一方面也达不到极致。大千世界，芸芸众生，真是复杂啊。所以，对于王国维和《红楼梦评论》，是不能够一味“捧”的，哪是卓识，哪是庸见，应该还他个一清二白。

（王国维《红楼梦评论》，光绪三十年即 1904 年《教育丛书》连载，1905 年收入《静庵文集》，后有多家出版社重印）

红学的“风月宝鉴”

周汝昌与胡适的关系，可以说也就是近百年红学发展史诸种纷纭纠缠的一个缩影。而《我与胡适先生》正提供了观照这种纷纭纠缠的一面镜子——一面红学的“风月宝鉴”。

胡适于1921年发表《红楼梦考证》，取代“索隐派”旧红学而创立“自传说”新红学，胡适也横空出世，成为一代红学宗师。但在此后三十余年，俞平伯1923年发表《红楼梦辨》之后，新红学实际上即有些陷于停滞，并没有太多进展。索隐派的著作又出了几种，其实仍然占领着红学的少半壁江山。

这一局面从根本上改观，在于一件事情，即周汝昌受胡适的鼓励和影响，写出了《红楼梦新证》。新红学乃胡适、俞平伯开山，周汝昌集大成，这已经是老生常谈。老生常谈说多了，会让人耳朵起茧，在“常谈”中抉发新义，红学史研究才能“与时俱进”。

胡适是周汝昌的“恩师”，但周汝昌后来谈及与胡适的关系时，一方面对胡适当年对自己的帮助始终表示感谢，铭记终生，另一方面又多次申述自己与胡适学术立场的分歧，甚至似有“怨”言。而“红学界”，有的人仍然在批判周汝昌“中了胡适的毒”且“不知悔改”，又有人责备周汝昌对胡适“人为地抹上许多污点”，似有“忘恩负义”之嫌。

这一切，岂不是一个万花筒？让人对红学愈增加了恍惚迷离、莫名其妙之感。其实，“理路”正深隐于这些万花筒的斑驳变幻之中。理路何在？……就是“诗与学的‘分’与‘合’”。

胡适是一位学者，除了是新红学的开山祖师之外，更是提倡白话文新文学反对文言文旧文学之“五四新文化运动”的先锋和大将，他在中国文化思想史上的地位，他对中华文化之命运走向所起的“积极”和“消极”作用，本身就颇有争议。要评价胡适对红学发展的贡献与缺欠，不能单论红学本身，而必须观照胡适“全人”。

胡适的贡献是“学”，而他的缺欠是“诗”。

此话怎讲？

西方文化是科学型的文化，中华文化是艺术型的文化。五四新文化运动不就是引进了“赛先生和德先生”（科学和民主）吗？胡适对《红楼梦》版本和作者作考证，始终标榜的是“科学方法”，他对《红楼梦》文本本身其实不大感兴趣，也没有深度进入的实力。从根本上说，胡适是西方文化为本位的，正如季羡林所撰《站在胡适先生的墓前》中所说："在他的心目中，世界上最好的政治就是美国政治，世界上最民主的国家就是美国。这同他的个人经历和哲学信念有关。他们实验主义者不主张设什么'终极真理'。"

胡适对中华传统文化是评价不高的。他对台北故宫博物院主任委员孔德成说过："孔主任，我自认是爱国的，七十岁了，得到的结论却是中国文化并不高。""中国的音乐、建筑、美术、雕刻在世界文化史上也没有地位。三千年前，商的雕刻也不怎么样。美术上，近年来都是模仿。文学上虽人才辈出，但古人路走错了，杜甫也是会'对对子'，少佳作啊！"胡适编《独立评论》，他很喜欢陈序经的"全盘西化论"。 1929 年，胡适发表《中国今日的文化冲突》，主张"全盘西化。一心一意走上世界化的路"。胡适作中国古代文化典籍的整理与考证，其目的和宗旨是："整理国故，只是要还他一个本来面目，只是直叙事实而已，使人明了古文化不过如此。粪土与香土皆是事实，皆在被整理之列。"（朱洪《胡适大传》）

曹雪芹的《红楼梦》，却是中华传统文化所孕育的一粒最灿烂的明珠，是中华文化的"百科全书"和"一条主脉"，它的本质，正是中华文化的本质，诗化和艺术化是其灵魂和核心。所以，胡适作为新红学的开山祖师，就成了一种悖论。他既在版本和作者的考证方面荜路蓝缕，又对曹雪芹其人和《红楼梦》其书认识偏颇，说自己"差不多没有说一句赞颂《红楼梦》文学价值的话"，认为曹雪芹不过是一个"满洲新旧王孙与汉军纨袴子弟的文人"（胡适《给苏雪林和高阳的四封信》）。

历史因缘际会，胡适助引周汝昌走上了红学研究之路，但从一开始，就产生了周汝昌和胡适的文化认同分歧。因为周汝昌和胡适相反，衷心崇拜中华传统文化，他就读于燕京大学西语系，却得出汉字语言高于英语等西方语言的结论。他终生痴迷传统的诗词、书法、琴箫、戏曲、禅宗、园林、古董、梅花大鼓、民间工艺等，痴迷不改，终生不衰，认为中华文化优胜于西方文化，立志要弘扬中华传统文化的大真大善大美……因此，他把曹雪芹奉为天人，对曹雪芹原著《红楼梦》赞不绝口，相关联的就是对后四十回续书深恶痛绝，认为它篡变歪曲了曹雪芹原著的真思想和真艺术。故而也对胡适居然于此缺少感觉、推广程乙本《红楼梦》深为埋怨，后来屡加批评，并旁及胡适提倡白话文的功过。

胡适虽然写了白话诗集《尝试集》，本质上却不是一个诗人，他对中华诗文化的宁馨儿曹雪芹和《红楼梦》太缺乏“理解的同情”。周汝昌却是一个地道的诗人型学者，是中华传统型诗人。加上其他条件，周汝昌深度进入了曹雪芹的精神世界，一生都在感悟、体会、阐释着《红楼梦》的灵魂、精义。周汝昌实际上开创了不同于胡适、俞平伯的“新红学”之另一种周氏的“新红学”。

要懂得《我与胡适先生》一书之实际内涵，就必须把握胡适和周汝昌在学与诗上的这种“分”与“合”之悖论逻辑。这个学与诗的“分”与“合”，以胡适和周汝昌为节点，其实一直贯穿着此前此后二百年的红学演变，几乎有关红学的一切纠纷、争论、矛盾，透过现象看本质的话，都是这个情结在起作用。

（周汝昌《我与胡适先生》，桂林，漓江出版社 2005 年 8 月出版）

“晚明人”和“六朝人物”

胡适 1921 年发表了《红楼梦考证》，俞平伯 1923 年发表了《红楼梦辨》，针对索隐派“旧红学”，考证派“新红学”正式形成。胡适和俞平伯，从此成了新红学的开山祖师。

不过，胡适和俞平伯其实有比较大的区别。

胡适是“历史考证”，他主要的工作是在《红楼梦》的作者和版本两个方面切入，他据以为证的也多是《红楼梦》文本之外的一些材料，如《扬州画舫录》《小浮梅闲话》《八旗人诗钞》等。对抄本《脂研斋重评石头记》，后来在《考证〈红楼梦〉的新材料》中虽然也作了一些和程高本的文本比较，但都停留在比较表面的层次，可以说是简而浅。

俞平伯做的则更多是“文学考证”的工作。《红楼梦辨》，特别是后来写的《读红楼梦随笔》和《红楼梦中关于“十二钗”的描写》，是深入到小说的情节、人物、语言等文本的细节作辨析和讨论，并特别抓住了作家的个性和风格问题。由此而论证曹雪芹原著和后四十回续书的文本差异，指出二者的本质区别，其结论是颠扑不破的。所以，后来有研究者说，俞平伯确立了《红楼梦》研究的“文学批评范式”。俞平伯把对作者本意的研究，看作是进入作品意义的主要之点。从研究理路上，这实际上直通后来的“探佚学”，当然在俞平伯本人，并没有十分自觉地意识到这一点。

俞平伯能做到这一点，和他本人的个性、气质、学养、审美趣味和思想倾向密切相联系。周作人、朱自清和废名等俞平伯的老朋友，都说俞平伯是个“晚明人”，也就是指像明末的张岱、王思任等晚明名士型的传统读书人。这些人的为人作文，都有一种享乐人生的隐士风范，“以趣味为主”，对“意义”“终极价值”一类则缺少执着的苦苦追索劲头，对社会现实的政治、民生等也保持着距离，比较“旷达”。

这就产生了俞平伯《红楼梦》研究的特点。一方面，他对曹雪芹在《红楼梦》艺术表现方面的奥妙颇能深度感知，不具备他那样传统文化修养的人发现不了的东西，他都如鱼在水般感受到并且清晰地讲解出来。比如他对曹雪芹原著《红楼梦》“怨而不怒”风格的体会，对前八十回和后四十回的雅俗之别，就是这样。

俞平伯说：“雪芹是个奇人，高鹗是个俗人，他俩永不会相了解的，偏偏要去合做一书，这如何使得呢！”“凡好的文章，都有个性流露，越是好的，所表现的个性越是活泼泼地，因为如此，所以文章本难续，好的文章更难续。为什么难续呢？作者有他底(“底”即相当于后来的“的”，后同)个性，续书人也有他底个性，万万不能融洽的。不能融洽的思想，感情，和文学底手段，却要勉强去合做一部书，当然是个‘四不像’。……高鹗的失败，大概是如此，以外都是些小小的错误。”

考虑到高鹗是不是后四十回的作者有争论，我们可以换一种更稳妥的表达：曹雪芹原著是奇人之书，后四十回是俗人之书，原作者与续作者的个性相差太远，所以造成了“两种《红楼梦》”的文本悖论。但无论如何，俞平伯的文学感受力，这种文学感受力体现出来的对传统文化文学的涵泳水平，是卓越的。这是“晚明人”个性、气质和素养的一种自然流露。

后四十回中林黛玉“惊恶梦”“焚稿断痴情”等情节，俞平伯批评“写得太显露过火了，一点也不含蓄深厚，使人觉得肉麻讨厌，没有悲恻怜悯的情怀”。从儒家的“诗教”来说，一直赞赏“温柔敦厚”和“婉而多讽”，从“意境”美学来说，也视含蓄蕴藉为上品，过于直露赤裸的表现方式就被认为浮浅庸俗。前八十回《红楼梦》的风格深得这种传统文化和美学之三昧，俞平伯的把握入木三分，但并非深思精研而来，就是一种本能的感觉。

现在的许多研究者却很赞赏后四十回的那种写法，就是没有感觉，这是看多少书查多少资料也解决不了的问题。因为这是感受方式和文化素养之“雅”和“俗”的差别，是气质性情和人生境界的高下之分。

但另一方面，俞平伯对《红楼梦》思想层面的东西就比较隔膜。因为曹雪芹并不是一个“晚明名士”型的人，而类似于异端反叛的李贽。这样，在思想的层面上，俞平伯对曹雪芹很难真正理解知音。他更愿意从和自己的气质比较接近的角度，认识曹雪芹和《红楼梦》的思想宗旨。这就是所谓“《红楼梦》是感叹自己身世的”“《红楼梦》是情场忏悔而作的”。显然，曹雪芹面对传统那种“诗人哲学家”的反思和反叛，俞平伯是不够亲和的，他缺少曹雪芹的深刻和激情。

从这种意义上来说，毛泽东、李希凡和蓝翎对俞平伯《红楼梦》研究的批判有其合理因素，当然由于其政治运动性质和极“左”思潮，这种批判又并没有达到真正的准确和深刻。

这就是“晚明人”的悖论：俞平伯和曹雪芹在艺术方面共鸣甚多，在思想方面则相距甚远。而且从更深一层来说，思想的差异也影响了艺术研究的进一步拓展。

有趣的是，这一点在另一位红学家周汝昌身上构成了对比。张中行在上海《文汇读书周报》上发表过一篇文章，说周汝昌是“六朝人物”。这正和周作人等说俞平伯是“晚明人”有异曲同工之妙。

“六朝人物”是什么意思呢？是说这种人还葆有“魏晋风度”的流风余韵，富有魏晋名士的气质，但又并不像真正的魏晋人那样和现实政治关系过密，慷慨决绝，而主要沉浸于文学、艺术、学术的风流优美境界，更是一种“雅人深致”的文化人生。

这样一种气质个性和文化状态，显然比“晚明人”和曹雪芹的共同点更多。曹雪芹是颇有魏晋风度的，他别号“梦阮”，就是向往魏晋名士阮籍，他的朋友敦敏、敦诚在诗歌中把他比作曹植、阮籍、刘伶等。前八十回《红楼梦》里也有许多表现，如作者特别欣赏的宝玉、黛玉和妙玉等都富有魏晋文化气质。

由于有了这种因缘，周汝昌就不仅在艺术方面，而且也在思想方面，进一步上升到文化方面，对曹雪芹达到了更深刻的理解，对原著和续书“两种《红楼梦》”的差别，也就感受更加强烈，其表达也颇有“火气”，这显然更接近魏晋人而不是晚明人。周汝昌自号“解味道人”，并特别说明是“解(曹雪芹和《红楼梦》)味道的人”而不是“解味”的“道人”，正是一个形象而微妙的注脚。

俞平伯是知堂老人周作人的入室弟子，周汝昌则始终标榜鲁迅为红学大师，因为鲁迅虽然没有写专门的红学著作，在《中国小说史略》和杂文中，对曹雪芹和《红楼梦》“思想性”的认识却更到位和深刻。周汝昌的性格气质，在某些方面也和鲁迅有相似之处，比如有时候过于较真，做不到“难得糊涂”。

近有王湜华(俞平伯老友王伯祥之子)先生，将俞平伯《读红楼梦随笔》《红楼梦中关于“十二钗”的描写》和晚年写的《乐知儿语说红楼》《“旧时月色”》都为一集，标以“红楼心解”的单行本出版，是颇能体现俞氏红学精粹的一本书。读者不妨拿此书和周汝昌的《红楼小讲》《红楼夺目红》一起对照把玩，琢磨鉴赏，当别有意味。

（俞平伯《红楼心解——读红楼梦随笔》，西安，陕西师范大学出版社 2005 年 8 月出版；周汝昌《红楼小讲》，北京，北京出版社 2002 年 1 月出版；《红楼夺目红》，北京，作家出版社 2003 年 10 月出版）

“两个世界”与探佚学

美国的余英时教授，是一位享誉世界学坛的文史研究学者。他的《士与中国文化》《方以智晚节考》《陈寅恪晚年诗文释证》等，都风行海内外。他有一本讲论红学的书，名为《红楼梦的两个世界》，在红学界也颇有影响。

不过余英时只是偶涉红学，他在书的《自序》中说他写这本书“完全是一个偶然事件”，是1973年在香港中文大学新亚书院工作期间，因作讲座而把演讲稿完善为论文，后来又引起与赵冈教授的学术争论，再写文章切磋回应，加上1980年参加首届《红楼梦》国际研讨会提交的论文等，各方面的成果集合一起，也就结成一本书出版了。

余英时的书何以会引起波澜？当然有一点文以人名，但更重要的，是他提出的问题，乃《红楼梦》研究中始终存在争议和受大家关注的一个关键点。

这个关键点是什么？就是曹雪芹写的小说其自传性质的程度问题，或者说，小说的自传性和文学的虚构性二者之间的“张力”到底有多大。

胡适和俞平伯的“新红学”取代蔡元培等的“旧红学”，成为红学的主流，而新红学的核心观点是曹雪芹写《红楼梦》有强烈的家史自传性质。由此而发轫，考证曹雪芹的“家世”发展为曹学，在20世纪红学中始终占据着显赫的地位。

但有两个问题始终困扰着红学和曹学。第一，曹雪芹本人的历史资料非常有限，于是搜罗他的父、祖、曾祖、高祖以及曹家的亲戚朋友的情况实际上成了曹学的主要内容。第二，《红楼梦》毕竟是一本小说，曹学作为“生活素材”向文学创作的转化的那个“度”到底如何把握？

这是两个“高难度”的问题。继胡、俞之后，以周汝昌、吴世昌、吴恩裕、冯其庸、刘世德、吴新雷等为代表的一些学者在第一个问题的解决上投入了巨大的精力，作了长期的努力，到了20世纪末，几乎已经达到了可能性的极限。同时，由于各位研究者认知立场的差异，也使面对共同材料的不同观点之争论异常激烈。具有标志性的，如曹雪芹的生卒年之争，曹家祖籍的“丰润说”“辽阳说”和“铁岭说”之争，“曹雪芹画像”“曹雪芹墓石”和“曹雪芹故居”的真伪之争，大观园的原型之争，等等。

表面上看来，这些问题和《红楼梦》的小说文本存在距离。余英时正是针对这种局面，提出了他的“红学革命”理论。他淡化第一个问题而突出第二个问题，即《红楼梦》是一本小说，认为应该把“生活原型”的曹学研究与小说文本的文学研究相对脱离开来，把小说文本本身的解读作为主要的研究内容。

他实际上认为小说的艺术虚构和曹学的生活原型，二者之间的转化根本无法把握，应该知难而退，红学研究的重点应该转移，就是小说文本本身。

他正面提出了“《红楼梦》的两个世界”学说，他说《红楼梦》里创造了两个对比鲜明的世界，大观园的世界是“乌托邦的世界”，大观园以外的世界是“现实的世界”，前者是“清”的“假”的“情”的，后者是“浊”的“真”的“淫”的，就是风月宝鉴的反面和正面。这两个世界是贯串全书的一条最主要的线索，把握到这条线索，就等于抓住了作者在创作企图方面的意义。

余英时的观点遭到赵冈和周汝昌的反驳。其实，争论的实质是，赵冈和周汝昌认为《红楼梦》有生活原型而且比重大程度强，二者之间的关系十分密切，在某种程度上可以“还原”；而余英时认为生活原型比重小程度弱，曹雪芹艺术虚构的程度更强，“材料必须为他的创意服务”，“还原”根本行不通，“‘剔骨肉，还父母’的结果，只能流为穿凿附会。我们只能在《红楼梦》中隐隐约约地看到一些曹家人物和事迹的影子，但无法具体地加以指实”。

这种争论很难通过抽象的“理论”和“原则”剖析得一清二白。而争论的双方一旦陷入“论敌”的关系，则于对方论点的合理性那一方面注意不够。

其实，余英时与赵冈特别是周汝昌，是有许多共同点的，用洋词说，是有共同“视域(视界)”的。而且他们倡导的红学发展方向，也有很大的趋同性。

同在何处？最根本的一点，就是他们都严格区分曹雪芹原著和后四十回续书“两种《红楼梦》”，并认为追究曹雪芹的精神世界和原著《红楼梦》的完整艺术构思才是最重要的“红学”。

比如，余英时的这样一些说法都和周汝昌的意见一脉相通：

> 文学作品的本意是不是永远无法推求了呢？是又不然。作者的本意大体仍可从作品本身中去寻找，这是最可靠的根据。因此所谓对于“本意”的研究，即在研究整个的作品(integral work of art)以通向作品的“全部意义”(total meaning)。新“典范”所谓发掘《红楼梦》作者的本意，其确切的涵义便是如此。

> 最要紧的，“自传说”考出《红楼梦》的前八十回和后四十回不出一手，对于这部小说的内在结构的分析是极为重要的。至少就新“典范”到现在为止的研究结果来看，这前后两部分之间是有着严重内在矛盾的。表面上，前八十回中的人物和故事在后四十回中都有交待。但深一层分析，前八十回的“全部意义”在后四十回中却无法贯通，或遭到扭曲。在这一方面，“自传说”的工作还不够深入，新“典范”仍大有发挥余地。

> 新“典范”之所以在某种程度上倾向于支持“自传说”，是因为一般地说文学作品，特别是小说和戏剧，确包涵着不少作者的“自传”成分。

余英时称后四十回为“妄续”，周汝昌则称之为“伪续”。余英时又批评王国维的《红楼梦评论》“没有经过‘自传派’红学的洗礼，故立论颇多杂取八十回以后者”。这都清楚表明，余英时与周汝昌的根本学术立场同大异小，其“两种《红楼梦》”的观念十分明确。

从这一基本立场出发，余英时要追求曹雪芹原著的“全部意义”，也就是探讨曹雪芹完整的艺术构思。这其实已经把一只脚跨进了周汝昌所倡导之“探佚学”的门槛。事实上，《红楼梦的两个世界》中有相当一部分内容已经在讨论探佚的问题，如关于“情榜”的论述，关于“在石兄处挂号”的论述，等等。

余英时已经下意识地有了隐含的“探佚”观念，只是，不是十分自觉，他的表述是文学视角，即所谓“凡是从小说的观点，根据《红楼梦》本文及脂批来发掘作者的创作企图的论述都可归之于红学革命的旗帜之下。我的《红楼梦的两个世界》也是在这个基本理论的指引下所作的一种尝试”。

因此，余英时对俞平伯的《读红楼梦随笔》和宋淇的《论大观园》都感到亲和。他说：“在学术发展的正常状态下，俞平伯《随笔》所蕴藏的基本理论成分应该会受到较为广泛的注意，并得到进一步的发展。”“从各方面的条件来看，俞平伯应该是最有资格发展红学史上新典范的人。而且事实上他早期的若干作品如《论秦可卿之死》和《寿怡红群芳开夜宴图说》便已具有库恩所谓'示范'的意义。"《随笔》和例举的这两篇作品,实际上就是探佚或与探佚密切相关。而余英时"两个世界"的理论构架奠基于宋淇《论大观园》一文之上,《论大观园》其实也是一篇探佚论文,只是切入角度偏重文学分析而已。

余英时对周汝昌不能认同的,是他认为周汝昌在追索曹雪芹原著的整体构思时,对曹家的"原型"着力太多,超过了限度,导致"曹学代替了红学"。"我并不是说这一类的考证与《红楼梦》毫无关系。我只是想指出:'考证派'这样过分地追求外证,必然要流于不能驱遣材料而反为材料所驱遣的地步,结果是让边缘问题占据了中心问题的位置。"言外之意当然是对文本的"内证"着力不够,也就是所谓"红外学"排挤了"红内学"。

余英时自己的"新典范"就是强调"内证",即对小说文本的思想艺术擘肌分理,其表述是:"《红楼梦》将要从严肃的红学研究者的笔下争回它原有的小说的身份。……假定作者的本意基本上隐藏在小说的内在结构之中,而尤其强调二者之间的有机性。所谓有机性者,是说作者的意思必须贯穿全书而求之。"

余英时的"两个世界"理论就是这样一种尝试。但他的尝试有点为时尚早,因为当时"探佚学"还没有取得大规模的突破,前提和基础还没有充分具备,因此他的"视域"也就受到局限,包括对周汝昌整体学术构架的片面理解,不明白周氏"外学"还是在为"内学"打基础。因此,余英时的探索尽管有不少天才的闪光,却只能浅尝辄止,有"蹈虚"和"悬论"的缺点,"两个世界"之说还不能圆通无碍鞭辟入里。而周汝昌只看到余英时对自己的批评,对余氏追求曹雪芹原著"本意"之初衷其实与己甚合这根本的方面,也理解得不够透彻。

余英时追求的"红内学"与一般所谓"红内学"有本质不同。即一般意义上的"红内学",是指不区分曹雪芹原著和后四十回而将一百二十回视为一个"整体"的思想艺术分析,余氏的"红内学"却是严格区分前八十回和后四十回,通过研究前八十回以探索曹雪芹原著的"全部意义",这其实直通探佚学。

所以应该说，俞平伯、宋淇和余英时，都是探佚学之程度不同的前行者。他们自觉或不自觉所企图实现的目标，是由周汝昌的《红楼梦与中华文化》《红楼艺术》《红楼小讲》《红楼夺目红》和笔者的"红学三书"(《红楼梦探佚》《红楼梦诗词韵语新赏》《独上红楼》)等著作自觉完成的，并且予以进一步升华，就是将"红学"定位于"中华文化之学"和"新国学"。余英时标榜的"新典范"和"红学革命"，在这些著作中得到了真正的实现。探佚学才是全面追求曹雪芹"原意"和原著《红楼梦》"全部意义"的薪尽火传和发扬光大。当然任何一派学术内都有局部的不尽一致，有发展的不平衡，有层次和境界的高低深浅等问题，不必打岔缠夹。

在这些著作中，文学视角、史学考证、哲理思辨和文化溯源有机地结合了起来，实现了余英时所追求的彰显曹雪芹原著"全部意义"的目标。余英时所批评过的问题，也已经作为学术研究的"过程现象"而逐渐得到解决整合。当然，这只是一个宏观的鸟瞰，并不是说在每一个具体问题上都已经没有争议，天底下又哪里有那样的"学术"呢？真要是到了那种地步，那门学术也就没有活力和前途了。

（余英时《红楼梦的两个世界》，上海，上海社会科学院出版社 2002 年 2 月出版）

再说"两个世界"

周汝昌《新红学——新国学》(《山西大学学报》2002 年第 4 期）一文中说："在中国内地以外，影响最大的两家'红论'可举余英时与宋淇，余氏之名言叫作'两个世界'与'红学革命'。他批评国内的红学诸派一无是处，但最反对'考证派'，说它已'山穷水尽'，'眼前无路'。他强调红学要'回到'文学创作(的研究)上去(才是光明大道)。宋氏(原名宋奇，又名宋悌芬，笔名林以亮)，其见解自有不少超卓之处，但其公然倡议说'考证有危险性'；主张红学发展前途是'文学'研究，尤其是'比较文学'。"

上一篇文章我们已经分析了余英时和周汝昌其实同大于异，只是彼此在争论中有意无意忽视了共同点。宋淇的情况也差不多，他与周汝昌的分歧，大略也就是余英时与周汝昌的分歧。不过，宋淇和周汝昌的相同之处，却比余英时要多。因为宋淇不是从某种理论框架来追寻曹雪芹的“原意”，而是具体地研究小说的人物和情节，进而探索曹雪芹原著的结构、意蕴等，所谓“怡红院总一园之首”“贾宝玉为诸艳之冠”，等等。也就是说，宋淇所做的，更接近于具体的“探佚”研究，不过他的切入角度，偏重对前八十回文心、文脉作分析，但也涉及具体的佚稿研究，如《怡红院的四大丫鬟》中“麝月的小传和遭遇”与“小红”两节，以及《红楼梦情榜的副十二钗》等，就全是探佚。

宋淇身后出版了遗著《红楼梦识要》，共三十万字，要讲数量，不是很大，但讲质量，则颇有可观，蔡义江尊之为“香港的俞平伯”。宋淇走的路子，确实比较接近俞平伯，就是特别在小说的“文学考证”方面下了功夫，能深入文本的细部，有很好的艺术感觉，也就是他自己标榜的“未识其小，焉能说大”。这就又触及了红学的“节骨眼”，就是只要真正深入了曹雪芹的文心和《红楼梦》的文本，那就必然要步入探佚的领域，也就会有真正的艺术创获。

综览《红楼梦识要》，其严格区分曹雪芹原著和后四十回“两种《红楼梦》”的学术立场，也是不言而喻的。宋淇批评唐德刚说：“唐先生和严肃的《红楼梦》学者的基本差异，显然是在对版本处理的态度上。……其实时至今日，珍本秘籍的手抄本已大量影印流传，严肃的《红楼梦》研究者大多数读到八十回为止，而且只读手抄本和脂评辑校。……我的文章至少澄清了一个基本问题：不应该采取一百二十回程高本作研究《红楼梦》的依据，因为他歪曲了曹雪芹原来的构想和意旨。”对比俞平伯晚年“反思”所谓“程伟元、高鹗有功，胡适、俞平伯有罪”云云，宋淇的识度见解其实还远高于俞平伯。

宋淇也和余英时一样，囿于曹学的热闹似乎干扰了《红楼梦》文本的进入，而未认识到从根本上来说，曹学的大旨，还是为了更深度地理解小说文本。从尊重曹雪芹原意和追求原著整体构思的基本立场而言，周汝昌与宋淇、余英时，这三位燕京大学的先后校友，其实还是知音。

周汝昌与宋淇、余英时的分歧，涉及探佚学的两个维度，即小说文本本身肌理的研究和“生活原型研究”（不同于西方的“原型批评”）。比如笔者探佚，比较接近宋淇的路子，刘心武的“秦学”等，偏重于原型。而原型研究因为涉及具体的历史人物和历史事实，更容易招来“史学不是靠‘悟’，而是靠证据”（陕西人民出版社2006年1月出版《是谁误解了红楼梦》）的质疑和批评。但我们不能无视，原型研究也是探佚的一个重要方面，关键是在设词下语时需要更加严谨和有分寸。

另一个分歧则更深隐而曲折，即周汝昌把红学上升到“中华文化之学”和“新国学”的高度，有一种高屋建瓴的文化视野，宋淇和余英时则没有这种识度，而局限于文学艺术的范围。

余英时的“两个世界”理论没有带来真正的“红学革命”，在于它尚缺乏小说文本研究和探佚研究（即更深层次的文本研究）的雄厚基础（余氏于红学缺乏更宏广的文化视野也是一个方面，但那说起来很复杂），但他以宋淇的论文作为理论的立足点，说明他已经对此有所意识，只是这种意识还不够十分明确和自觉。宋淇的《红楼梦识要》比余英时的《红楼梦的两个世界》更贴近了曹雪芹的“原意”，因为他更具体地贴近了探佚学。

（宋淇《红楼梦识要》，北京，中国书店2000年12月出版）

三说“两个世界”

陈维昭的《红学通史》，是一部在材料整合上颇有进境，而在立论角度上也有特色的著作，其中既批评周汝昌，又批评余英时和宋淇，倒是一件有趣的事。这是源于他的基本立场，所谓“与文学批评的文学性立场水火不容的、与科学精神不共戴天的，不是实证研究，而是实录观念”，也就是所谓“事实还原”和“意义阐释”必须泾渭分明，“本事还原研究[包括旧索隐派、‘考证（自传说）’，一般的作者、版本考证]与‘小说批评派’（所谓的‘阶级斗争范式’只不过是小说批评派的一种形态而已）之间的关系并不是递进的关系，而是并列的关系。它们属于不同的学术领域，本事还原研究属于事实还原的领域，而小说批评则属于意义阐释的领域”，“对于意义阐释领域来说，仅仅提出‘回归文本’‘回归文学’显然是不得要领的，意义阐释领域的能不能拓展，与本事还原领域的存在并没有直接联系。……意义阐释领域的能不能拓展，应该考虑的问题是《红楼梦》的意义阐释如何切入当代语境之中，或者说，这要看《红楼梦》与当代意义阐释之间是否具有新的契合点”。

正是在这样一种理论认识的指导下，《红学通史》以所谓“解释学”的立场相当详尽地缕述了红学史的方方面面，却给人一种目迷五色的无根感，有时陷入了悖论。一方面，陈维昭在《绪论》中说“后四十回属于平庸之作，他对小说悲剧的完成，实质上是把曹雪芹的终极关怀命题转换成一个平庸的道德命题，其水平充其量也只能代表三流的才子佳人小说之上乘”，另一方面，却又对探讨曹雪芹原著完整艺术构思的探佚研究不以为然，说“从事实还原的求真角度看，探佚研究的基本悖论是：其目的是还原曹雪芹的天才原著原貌，但是这种目的本身即是对天才的否定。天才代不乏人，甚至可以辈出，但是天才是不可重复的。天才的遗憾更是任何人所无法弥补的，天才的遗憾是永恒的遗憾”，甚至进一步说“那种试图‘校勘出一部最接近曹雪芹原著的新版本’的努力，同样是一种善良的蛮不讲理”。

陈先生显然混淆了探佚和续书两者的不同性质。探佚是立足于曹雪芹“草蛇灰线，伏脉千里”的独特创作方法和对前八十回的细读，辅以脂批提示、版本研究、曹学的原型研究等，探讨原著八十回后佚稿的大体轮廓和基本精神脉络，并不是写一本新的续书。从写续书来说，陈维昭的说法是正确的，天才不可重复。探佚则始终保持“空框结构”和“召唤结构”的姿态，把“空框”大轮廓下具体的情节细节置于每一个读者的感悟想象之中，“召唤”每一个读者在想象中去审美，永远是“大同小异”的“动态”，也就激发了不竭的好奇心和富有创造性的艺术感觉，是最具有审美本体性的文本接受，所以它的魅力不会终结，《红楼梦》阅读和红学也才获得了源头活水。续书却用具体的文字把“空框”和“召唤”凿实，由于“天才不可重复”，它的完成之日也就是死亡之时，因为它已经消灭了“空框”和“召唤”本身。

续书是实在的书写，必然沦落为笨拙的邯郸学步，探佚是以研究激发空灵的想象，乃富有原创性的学术。它的原创性就在于，它是将理性和感性二者高度结合的，居于抽象思维和形象思维、灵感思维（即科学研究与文学创作）的结合点而不偏执哪一方。它的原创性还在于，其意义阐释领域的拓展，是与本事还原领域的存在直接联系的，互为表里的。因此探佚研究也就把考证、索隐、文学感悟和理论思辨有机地融为一体。当然也就难度较高，在具体探佚的个案中会既有妙论也有谬说，但这正为“解释学”和“接受美学”提供了发挥创造性的新天地，让解读者和研究者各显神通一试身手。

要知道解释学和接受美学也是开放的体系，有各种流派，也要不断与时俱进，并不是一把不变的万能钥匙。笔者曾说自己在阐释《红楼梦》的“美学系统”时使用的方法也许够不上地道的接受美学，就是着眼于理论方法的开放性创造性，陈先生却批评笔者“放弃接受美学的学术主旨”，这最能显示两种思维方式和治学路向的分野。这个道理，笔者在《泾渭分明与负阴抱阳——也谈“红学探佚学”的逻辑与感悟问题》(2000 年第 1 辑《红楼梦学刊》)一文中已经阐述过。

陈先生又说：“悟、想象，是索隐研究与探佚研究推出结论不可或缺的心理方法。”但是，索隐是偏重于历史真实人物“原型”的猜测，并由此引申出对小说文本的“意义”理解，与文本的艺术审美拉开了相当远的距离；探佚则紧贴着艺术文本，其重点是更深层次的文学艺术研究，即对小说的情节结构、人物性格、美学境界等作深微探索，只是适当地援引“生活原型”的考察作为审美的元素之一。因此，索隐者往往在艺术感受方面颇有欠缺，探佚水平的高低也透露出研究者艺术感受能力的强弱。也就可以明白，索隐各家尽管层出不穷，都只能喧嚣一时，很快就成了过眼云烟，探佚则引起广大读者恒久的兴趣。我早就说过，探佚的本质是美学。说一千道一万，《红楼梦》的魅力在于它是艺术杰作，探佚的本旨是深入曹雪芹的文心，探索《红楼梦》的艺术奥秘，这才从根本上决定了探佚乃红学正宗的位置，因为它是最“回到艺术文本”的学术研究，是最深刻的“与曹雪芹作心灵交流”。

陈先生所谓“解释学”立场还是有些泥西不化而缺少活学活用，为教条所缚而未能“金鳞透网”，难免文化相对主义嫌疑，因此他的红学史观颇有一点悖论色彩，有时候似乎是此亦一是非彼亦一是非，有时候又有点胶柱鼓瑟，如根本否认有作者原意可寻。他的最后结论是：“意义阐释行为在本质上是一种视界融合，《红楼梦》的意义永远处于‘待释’(等待阐释)的状态之中，它等待着另一个视界的出现，至于这另一视界能否出现，另一视界的价值如何，则不是任何人所能够预知的。但我们可以预料的则是，《红楼梦》的意义阐释所等待的将是未来时代的主潮，时代主潮永远引导着《红楼梦》意义阐释的方向，《红楼梦》意义阐释的命运永远掌握在时代主潮的手中。”

这话也不能说全无道理，由此切入，也会有所收获。但其一，这是坚持在意义阐释领域的“绝对的相对主义”立场（这种立场甚至也延伸到“事实还原领域”，即所谓根本没有必要也不可能搞出接近曹雪芹原著的《红楼梦》版本）；其二，所谓“时代主潮”并不具有唯一的合法性权威性，历史的真际是，往往是某些“非主潮”更富有创造性和启示性，而在21世纪的多元化时代，追求所谓主潮难免刻舟求剑；其三，陈先生的这段话里，《红楼梦》也可以换成《三国演义》或《水浒传》或《西游记》或任何一种传统经典，说明其追求的境界属于共性、一般性的“解释”而忽略了个性创造性的发现；其四，既然是“视界融合”，则原作者和原著的“视界”是其中不可或缺甚至主要的方面，读者、阐释者的“视界”并不是无限自由的，而必须受原作者、原著“视界”的制约，也就是说“六经注我”必须以“我注六经”为前提和基础；其五，因此，曹雪芹和《红楼梦》的“原意”是客观存在的，可以追寻的，探佚研究也因此才获得了最富有生命活力的学术品格，这才是《红楼梦》独有的“待释”，最有个性特色最有原创精神最能激发灵感的视域。陈先生对共性的“待释”即所谓“时代主潮”（例如后现代主义）情有独钟，却对《红楼梦》个性的“待释”探佚研究不够解味，而要用“映射机制”区别所谓“与客观事实相符”和“合情合理”（不过是“事实还原”和“意义阐释”要泾渭分明的另一种表述），因此也就对探佚独有的“待释”所引发的社会激情缺少理解，实际上将探佚等同于“戏说”和“龙门红学”。

那么陈先生向往的正面的红学是什么呢？是所谓博士和硕士们“红学的规范化、学院化”研究。博士和硕士们的研究当然有其严谨的一面，特别在资料的全面占有上会有优势，但不能将其“理想化”。事实上，有不少所谓“规范的、严肃的、富有深度的学术规范”的研究，往往存在以“材料”和“逻辑”作茧自缚而缺乏艺术感悟和创造性的文化病象——这在《红楼梦》研究中格外突出，因为越是天才的著作对“规范”的突破意识越强，过分强调“规范”反而会距离天才越远。同时，随着硕士、博士的成批量出炉和红学的普及，以及书籍靠“资助”和市场化出版，“材料”（也就是“研究成果”）会迅速膨胀。因此，未来的学术史不应该以占有尽可能多的“材料”自炫自得，更重要的是辨别良莠，区分主从，发现学术的关节点，突出原创性的成果，剔除和忽略学术垃圾，不被表面的“全面”和“公平”追求所迷惑陷溺，也就是在研究的诸元素中，“识力”和“体验”比“材料”更重要。

正如一位谈文学史写作的学者所说，文学史必须是综合的、个体性的、具有阅读沉淀性的静思。向那些未被阅读惰性同化的人求助灵魂的支援，对目前学院化的僵死的文学史编织，是必要的。一个丰富的存在，本不可以被描绘得那么无趣。（2006年第3期《中国图书评论》孙郁《文学史的深与浅》）《红楼梦》是一个空前丰富的存在，描述研究它的历史，也应该以理解这个存在为前提和基础。《红学通史》在这方面还有待提高。

从社会影响的层面来说，披着“规范化、学院化”外衣的谬误其实比“戏说”危害更大，因为“戏说”一目了然，其害在表，“规范”的谬误则颇为深隐，其害在骨，而且要说清楚它往往还相当费劲。当然这个问题涉及当代教育体制的长短，涉及整个人类现代文明的走向，涉及人文精神和科学理性二者的发展悖论，不能展开详论了。

陈维昭先生自己对曹雪芹的心灵和《红楼梦》的本旨究竟如何“视界融合”，如何具体领悟小说文本，始终有些暧昧不明。这就使他的红学史阐述貌似面面俱到客观公正，却又时而漶漫游离，正见与偏见杂糅。如果研究者对《红楼梦》文本未能升堂入室，艺术感悟力有未逮，必然对探佚研究中那些微妙的艺术发现缺少感觉共鸣，有的论说也就难免“是一种善良的蛮不讲理”。说到底，首先有曹雪芹和《红楼梦》，然后才有红学，再然后才有红学史，这个先后次序，是不能颠倒的。

余英时的两个世界是大观园和大观园以外；陈维昭的两个世界是“事实还原”和“意义阐释”；探佚学的两个世界是曹雪芹原著和后四十回“两种《红楼梦》”。究竟哪一种“两个世界”的“视界”更耐人寻味更是红学的“本质”呢？读者如果将《红学通史》和笔者的《独上红楼》参照阅读，也许更能激发灵感而获得启示吧。

（陈维昭《红学通史》，上海，上海人民出版社 2005 年 9 月出版；梁归智《独上红楼》，太原，山西古籍出版社 2005 年 1 月出版）

秦学、探佚学的“分”与“合”

刘心武先生从 1992 年在《红楼梦学刊》发表《秦可卿出身未必寒微》以来，就不间断地以秦可卿为中心研究《红楼梦》，最近又推出《红楼望月》，同时刘先生在中央电视台“百家讲坛”作系列讲座，“秦学”可以说又前进了一大步。

秦学的产生有它的背景和根据，那就是曹雪芹写《红楼梦》，带有强烈的家史、自传性质，由于曹家的特殊身份，其家世盛衰演变的背景又和康熙、雍正、乾隆三朝的政治风云复杂地牵扯在一起。更由于曹雪芹原著八十回后原稿未传，前八十回采取了“草蛇灰线，伏脉千里”的特殊写法，脂批则有某些隐约提示，使《红楼梦》成了“空筐结构”和“召唤结构”，有了无限的阐释空间。

刘心武从对秦可卿的观察开始，逐渐深入康、雍、乾三朝的历史秘辛，提出了一整套看法。“秦学”正是从秦可卿这一小说人物入手，而揭示出小说用隐晦闪烁的笔法写了乾隆皇帝与康熙废太子胤礽之子弘皙的“日月”之争，才是影响到曹家灭亡命运的最终原因。

早在 1953 年出版的《红楼梦新证》中，周汝昌就认为：“雍正、乾隆二朝之代换，为曹家败事、中兴二大关键。”但雍正朝曹家被抄家的史料确凿，而乾隆朝曹家一度小复兴后又卷入朝廷政争而彻底败落则主要是一种推断，其内幕已经很难了解，更不易找到坚实的史料支持。

周汝昌与刘心武互相切磋，经过多年努力，使这一本来似乎非常扑朔迷离的猜想逐渐落到了实处。周汝昌在给刘心武的一封信中这样说：“所以你说得最为深透了：很多人总认为我们的研考是节外生枝、是喧宾夺主，是‘不务正业’，是‘外围离谱’……殊不知，他们正是看不见雪芹的高妙手法，以‘荒唐言’来晓示天下后世的一段特大的奇闻故事，这事牵连了多少人的生途命途，离合悲欢！”

应该说这至少也是一家之言，是对《红楼梦》中那些文本现象的一种可能的解释。《红楼梦》从一诞生就开始了各种“索隐派”的猜想臆测，历百年而不断。尽管各家索隐人言言殊，莫衷一是，局部看来似乎十分荒唐，但也透露出不能回避的信息，其中应该说还是有某种“歪打正着”之“合理内核”的。

笔者曾经这样说：“索隐派执着认为《红楼梦》影射清初重大政治事件，不是单纯的爱情小说，这种看法还是有一定的合理因素，说明他们感受到了一些《红楼梦》的深广内涵。……曹雪芹家的衰败确与康熙诸皇子争储、雍正夺位有关，而《红楼梦》里隐约写到忠顺王与北静王的斗争，及原著佚稿中的元妃之死、抄家败落等，都显示出《红楼梦》确有‘干涉时事’的内容。”（《红楼梦的审美接受及其启示》，1989年第1期《明清小说研究》）

刘梦溪也说过：“蔡元培的《石头记索隐》被胡适指为‘猜笨谜’，我以前虽然也同情蔡先生，学术立场却站在他的学生一边。现在从头细想，蔡先生是何等样人物，他会莫名所以、随随便便地‘猜谜’吗？‘《石头记》者，清康熙朝政治小说也，作者持民族主义甚挚，书中本事，在吊明之亡，揭清之失，而尤于汉族名士仕清者寓痛惜之意。’试想这是多么大的判断。如果书中毫无此种旨趣，蔡元培能够无指妄说吗？”（《红楼梦与百年中国》）

笔者曾经在1994年的《太原日报》发表《探佚的空间与限度》，对刘先生将秦可卿和甄英莲挂起钩来的说法表示异议。不过笔者同时也对刘文中这样一种说法表示“还是有可取之处”：“在对贾氏荣宁二府的正面描写的文本的后面，还有一个隐蔽全书的关于‘家住江南姓本秦’的皇族命运的文本，这后一个文本又部分重叠在关于第一回的甄士隐的描写中。”

正是笔者那篇文章，刺激刘先生写了《“秦学”探佚的四个层次》，而这篇文章实际上成了“秦学”中一篇很重要的理论阐述。刘先生在文章中也说：“我确实非常珍惜陈诏、梁归智等同好的不同见解，‘秦学’必得在坦率、尖锐的讨论中发展深化，我此刻的心情正如商议结诗社的贾宝玉一般，要说：‘这是一件正经大事，大家鼓舞起来，不要你谦我让的，各有主意说出来大家平章！’”

以笔者现在的认识,“秦学”当然也不是无可挑剔——比如“随笔体”的写法虽然通俗易懂,但不如论文体逻辑严密,其中的某些观点和具体论证,笔者也有不同意见,“原型”与艺术形象之间的分寸如何把握,凿实到什么程度,也还可以斟酌。但应该说它的“大方向”——严格区分原著和续书,努力追求曹雪芹原意是对的。探佚学与秦学有分有合,是将蔡元培代表的索隐、胡适代表的考证和王国维代表的文学批评这历史上的三大派红学“打通”的一种有价值的尝试。“探佚学”更着眼于小说文本自身的“肌理”探寻,是“文学考证”为主;“秦学”则更着力于“原型研究”(指生活原型,与西方的“原型批评”不完全相同),“历史考证”的分量更重。

比如关于“铁网山”和冯紫英说“大不幸之中又大幸”的隐寓微言,都是笔者在《石头记探佚》中首先提出和论证的,但笔者主要关注小说八十回后情节的“探佚”,而刘心武则引申到乾隆朝政治斗争的“原型”。探佚学与秦学的共同立场,正如刘先生所说:“现在传印的《红楼梦》,后四十回是伪作,把曹雪芹与高鹗这两个名字并列为《红楼梦》的著者,是一个极大的错误;我们应当努力把曹雪芹所没有完成的那一部分的内容,尽可能地探究出来;也就是说,我们要摆脱高鹗的胡编乱造,而接续着前八十回,尽可能地讲述出《红楼梦》的真故事来。”

无论“探佚学”或“秦学”,当然都没有达到尽善尽美(又有哪一派学术尽善尽美了呢),但对理解曹雪芹写《红楼梦》的“微言大义”而钩深致远,是很有意义的,对于打破那种教条式的思考评说方式也颇有启发作用。如果冷静客观地对照一下,探佚学和秦学中某些“惊世骇俗”的观点,比起“生卒年”“小像”“墓石”“脂批本真伪”等讨论中充满了假设猜测的言路,其实要实在多了,至少都是从“文本”出发,再联系曹学、脂学、版本学作全方位思考的。

红迷于鹏曾撰文说:难道探佚学是后娘养的?曹学中关于曹雪芹生父是曹頫还是曹顒的猜测,曹雪芹就是曹天佑的说法,生卒年的各种推断,版本学和脂学中关于某个抄本是“拼凑”的,脂砚斋是父亲、叔叔还是舅舅,甚至全部脂批本都是书商“伪造”之种种假说,乃至于有关《废艺斋集稿》、曹雪芹故居、“二稿合成”和“成书过程”……哪一个不是充满了极大胆的假设和放肆的想象呢？为什么探佚学中提出一点新说法，就要嘲讽挖苦个没完呢？

当然人的认识是有不同的。不同意可以说不同意，但不要随便说人家“欺世盗名”，至于“包二奶”一类说法就更是不严肃的轻薄之言了——关心现实的社会问题、民生疾苦和继承弘扬传统优秀文化并不矛盾，不应该混煮一锅粥。秦学至少引起了社会对《红楼梦》的关注，扩大了《红楼梦》的影响，进而让大家对中华传统文化的深刻和厚重有所认识，增加民族的自信心。同时也凸显了红学研究的核心就是区分原著与续书“两种《红楼梦》”，使这一“问题意识”在广阔的社会层面空前明晰起来。

市场经济背景下的“红楼热”有一些文化泡沫现象是难免的。长江大河泥沙俱下，里边有珍珠会留下来，泥沙历史会淘汰。不让泥沙出现就把珍珠也扼杀了。水至清则无鱼。如果不健忘的话，“文革”中的“评红热”，不也积淀下有价值的成果吗？许多老红学家就是那场评红热的产物。所以现在的“红楼热”也会有积极成果，不要只看到消极面。对“百家争鸣”时代的到来不要叶公好龙。为什么只有《红楼梦》才会引起如此长久不衰的社会关注而成为一个“话题”呢？这本身不就非常耐人寻味吗？

昔贤说“有一分材料说一分话”，其实也有其特定的历史语境和针对性，并不是因此就把考证研究局限为某一种模式。尤其要注意，某些貌似荒唐的说法中会有创造性的合理成分，发现其思想的闪光比对其荒唐部分作批判更有意义。因为既然“荒唐”，自然很快就会出局，也就不必过于担忧，过去说历史是无情的，人民的眼睛是雪亮的——现在红学已经如此普及，对普通红迷的“水平”不能小看。重要的是，某些说法中即使比重不大的创造性见解，于学术研究本身也难能可贵。

可以说，考证研究几乎都带有一定程度的推测甚至猜测成分，如果死抠所谓可验证性，恐怕除了自然科学中某些在实验室完成的学科，大多数的学术研究就只有被取消了。而《红楼梦》是一部融文、史、哲三长于一体的奇特的艺术作品，对它的研究很大程度上取决于艺术的感悟，要考据、义理和辞章三者有机结合，用单纯的所谓形式逻辑来驳议是不可取的，正如周汝昌所说：“认识雪芹笔法的独特性——即艺术的个性，总想把《红楼》拉向‘一般

化’，即‘庸常性’，而且以为只有这样才算‘懂文学’——中国的事态如此，良可慨也。”（《红楼望月》）

比如前八十回和后四十回的差异，根据艺术逻辑完全可以下判断非出一手，不需要非得找出某人宣称自己续了后四十回的“铁证”；曹雪芹对《红楼梦》的著作权，也不需要非得找出某一官方历史文献上有“曹雪芹著《红楼梦》”的记载才算数。以没有这些“铁证”为由，就宣称一百二十回是一人所作，或者说曹雪芹不是《红楼梦》的作者（其实也有铁证，如富察明义《题红楼梦》序言就有“曹子雪芹出所撰《红楼梦》一部”，脂批也说“书未成，芹为泪尽而逝”“缺中秋诗，俟雪芹”，等等），那绝对不是科学，相反正是打着科学旗号的伪科学和艺术盲。

（刘心武《红楼望月》，太原，书海出版社 2005 年 4 月出版）

“拯救”还是“逍遥”？

刘小枫于 1988 年出版了《拯救与逍遥》，这是一本以某些著名文学作品及其作者为具体依托，从探讨文艺理论即所谓“诗学”入手，实际上关注中华文化和西方文化之间根本精神差异的理论著作。

这本书的基本立足点是：西方文化受基督教文化精神的影响，其核心价值观念是“拯救”，中华文化受道家道教禅宗等文化影响，其基本价值观念是“逍遥”。

通俗地讲，“拯救”是入世的，即关心社会问题、同情弱势群体，并为此不惜作出自我牺牲，即使自己因此受苦受难，仍然不改变自己的“爱心”——对社会、人类、世界、万物的满腔同情和热爱。“逍遥”则是出世的，在面对社会的苦难和历史进程的残酷时，精神无法承受，于是逃避到个人的天地里追求精神的超脱，对不完满的现实“掉过头去”“视而不见”。总之，西方基督教文化有一个“上帝”作精神支柱，耶稣自愿上十字架为人类赎罪，因此西方人具有爱心，能为了爱去“拯救”去受苦去牺牲，中华传统文化则缺少这种精神支柱，最后只能落到一片价值虚无之中。

刘小枫“拷问”了屈原、庄周、陶渊明、苏东坡、曹雪芹、鲁迅，得出的结论是他们全都在“拯救”精神方面有缺陷，在根本价值观念上无法摆脱“逍遥”，也质疑了西方的“现代虚无主义”如存在主义作家萨特等。作为对照的，则是以陀思妥耶夫斯基为代表的浸淫着基督教精神的西方文人，葆有一颗永不肯自我“逍遥”而要入世承受苦难的爱心。

这是一本怀有“囊括中西，包罗万有”雄心抱负的著作，它的思考当然不乏合理因素和闪光之处。但是，它也有明显的问题。

以对曹雪芹和《红楼梦》而言，刘先生不区分前八十回曹雪芹原著和后四十回续书，不区分探佚格局和续书格局不同观照下的“两种《红楼梦》”，以后四十回贾宝玉出家的情节论证贾宝玉“在劫难的世界中移了情性”，最后成了“冷酷无情的石头”，因此曹雪芹的情怀意向最后仍然是“出世”的，“一开始就无意真正涉足苦难的世界”，没有以爱心作价值的最后立足点，“使中国诗人的冷漠素质更为深厚”。

我于1989年写了《情不情与圣爱——红楼梦比较文化研究》(收入1992年版《石头记探佚》)，指出通过探佚的中介可知，曹雪芹原著《红楼梦》并不以冷漠空无为人生归宿，恰恰相反，是“情榜证情”。在佚稿中，贾宝玉出家又还俗，妙玉“云空未必空”，贾惜春“可怜绣户侯门女，独卧青灯古佛旁”“缁衣乞食”，柳湘莲“日后作强梁”……所有的情节都否定空，肯定情。曹雪芹的“新人”贾宝玉并没有在劫难的世界中移了“情性”，变成冷酷无情的石头。

贾宝玉原本就不是那块补天不成的顽石，而是以甘露水滋润救助绛珠仙草的“情种”，这一神话背景本身就表现了爱心、怜悯与同情。贾宝玉后来“寒冬噎酸齑，雪夜围破毡”(脂批)。类似这样的许多情节发展和相应境界，否定了刘先生的论断：曹雪芹要逃避“无情的现世世界”，而只在“逍遥的淡泊之境”中安身立命。“情榜”上给贾宝玉的考语是“情不情”，也就是所谓“意淫”，这是最根本的“贾宝玉精神”。

林黛玉“眼泪还债”的自我牺牲性质，贾宝玉以有情体贴一切无情，这些情节都表明，“情不情”与“圣爱”有着相近的价值向度，肯定“自我牺牲的爱”。它们的区别仅仅在于，“圣爱”来自上帝的绝对神圣，有一个宗教的背景;“情不情”则是“天分中生成一段痴情”,更接近当代西方人对圣爱的理解。

初版《拯救与逍遥》的一个主要失误,在于刘先生对红学探佚研究毫不了解,而停留在以一百二十回为一个“整体”的理解框架内。笔者曾致信刘先生,并寄去拙著《被迷失的世界——红楼梦佚话》,刘先生回信十分谦虚有礼,坦言自己对所论及的各具体学科不是内行。

然而,当《拯救与逍遥》于2001年出新版时,刘先生对曹雪芹和《红楼梦》的论述有了一些新的说法,却并没有放弃自己的基本立场:“即使撇开程、高的续梦,仅据前八十回及脂评中的佚稿痕迹,曹雪芹的红楼世界究竟是怎样的,并非就不成其为一个问题。探佚派想要尽力搞清这一问题,但已命中注定离不开索隐。”“曹雪芹和陀思妥耶夫斯基的写作都是与自己灵魂的困惑搏斗,是自己与自己斗争的方式。写作是为了解决自己的信念问题,通过写作他们最终都回到自己的出发点——曹雪芹回到庄禅精神,陀思妥耶夫斯基回到基督精神。”“当‘补情’意愿遭到世界之恶的冷落和摧残,曹雪芹的‘新人’找不到辩护的力量。”

对新版《拯救与逍遥》中的说法,我在《禅在红楼第几层——禅、红楼梦与中国天道》(中华书局2002年出版《中国禅学》第一卷)中指出,新版没有改变其对《红楼梦》的视角立场,首先在于没有深入探佚研究的堂奥,其次在于对活泼的艺术用僵硬的形式逻辑来切割,犯了张祥龙在《海德格尔思想与中国天道》(中国人民大学出版社2010年修订新版)中所批评的错误,即没有理解曹雪芹创造贾宝玉的“痴”乃“充溢着生存境遇的终极深意”,而企图用逻辑概念的方法来追求和确定人生和世界的意义。

一般读者大概已经觉得这些表述太抽象太理论化了。不过,民间也有高人,新世纪的网上论坛,就有文章批评刘先生是“在‘拯救’的名义下‘逍遥’”。

简捷地说吧,曹雪芹写出了贾宝玉的“痴”,表达了对生活的爱,对世界的情,这种以“情”入世的形象突破了传统上以“逍遥”逃避现实苦难的人生态度,要用满腔情意拥抱不完满的世界。曹雪芹通过《红楼梦》的创作,体现并且升华了中国文化“借人生本身蕴含的大机大势而出意境情境，以至满盘皆活，气韵生花”，而摒弃西方“通过概念方法来探讨终极问题的思想企图”（《海德格尔思想与中国天道》），也就是认为“感悟”比“逻辑”更重要，这是对世界人生与文化的一种贡献。刘小枫先生由于有了基督教文化优越的先入之见，本来很锋利的敏感就变得迟钝了。

（刘小枫《拯救与逍遥》，上海，上海人民出版社 1988 年 4 月初版；上海，上海三联书店 2001 年 7 月新版）

贵族精神与文化气脉

李劼的《历史文化的全息图像——论红楼梦》，在阐扬《红楼梦》的“义理”方面，是比较有创意的一本书。其中打破庸常观念和八股腔调的表述，常常让人眼睛为之一亮。比如：

> 以往所谓红学研究之所以总是流于肤浅甚至庸俗，我以为一个根本原因在于：贵族精神作为阅读前提的严重阙如。……如果说歌德的《浮士德》讲述的是一个创造的世界，或曰豹的世界，那么曹雪芹的《红楼梦》呈现的是一个审美的世界，或曰贵族的精神世界；而那个以所谓红学为标记的《红楼梦》的阅读历史所隶属的恰好是很不幸的生存的世界，亦即走狗和绵羊的世界。或者是走狗的居心，或者是绵羊的道德，阅读前提的这种低贱决定了人们对《红楼梦》的先天性误读。
>
> 正如一部《红楼梦》以石为灵，以灵为纲一样，有关这部小说的阅读前提是由灵至心，以心为本。尽管考证辨析也是需要的，但阅读这样一颗灵魂却应以心的体认为原则，而不能像读《三国演义》或《资治通鉴》那样以智的认同为圭臬，从而流于精巧伪彰。窃以为，这样的阅读似与面壁相近，并不时会有高处不胜寒的感受。

相比于《红楼梦》那样融惊人的精致和磅礴的气势为一体的纯粹和高远，二十世纪小说在叙述方式革命后的诸多经典，如《尤里西斯》《喧哗与骚动》《嫉妒》《弗兰德公路》等等未必就更上一层楼，更不用说模拟这些当代经典之中译本的那些汉语的仿制品。正如《红楼梦》在意境上具有莎士比亚的丰富和卡夫卡的深邃，在叙述上的艺术造诣，也许以毕加索在绘画上所达到的创作境界相比拟是比较恰当的。在这样的艺术作为面前，我们只能说，不可思议。

整个小说中人物韵文的隐喻意味是双重的，既具有人物个性写照和命运暗示的叙事性，又具有诗词曲赋本身在整个文学传统上的颠覆性。这种为小说所独具的韵文风貌虽然承庄子、阮籍、陶渊明而来，但由于这些韵文在审美精神上的全新气度，已经构成了有别于传统的文学经典。

《红楼梦》作为一部既天然浑成又玲珑剔透的艺术精品，不仅每一个人物和细节不可疏忽，即便每一笔描写、每一首韵文、每一个回目乃至每一个人名或地名都值得细加玩味。而无论在人地命名和回目设计上，小说运用的与其说是文学手法，不如说是董狐之笔。

所谓天下古今第一淫人不是西门庆式的情欲顽主，而是以“意淫”为特征的情种形象。警幻仙姑的这段注释阐明了作为情种的贾宝玉形象的全部特性：不是向欲望的沦落，而是朝精神的情感升华。这是一种在中国食色文化传统中史无前例的超越，力图突破肉体对情感的桎梏，从而将情感置于灵魂或心灵的地基之中。正是这种突破和超越，使贾宝玉形象获得了天下古今第一淫人的光荣和骄傲。

李劼在一章“绪论”和十五章正文中从各方面对《红楼梦》作了阐述，用“内容提要”的话说，是摆脱了传统的阅读方法，而从《红楼梦》所提供的真实图像和丰富的信息之中，解析出人类文化的历史命运。在王国维的悲剧说和胡适的考据说之后，标出了又一个新的学术观点，即从灵、梦、情的三维结构上探讨《红楼梦》的总体结构、叙述风格、人物造型、意象构建，及其之于整个历史文化的审美价值和之于整个人类精神的反省意味，既解读了《红楼梦》，又解读了中国文化及其作为参照的西方文化之背景。

这是一本抱负非常宏大的学术著作。客观地评价，作者的思想穿透力量和艺术感悟都达到了相当的水平，那些考证性红学家和囿于常规文艺理论如“现实主义”“典型环境中的典型形象”一类解读者，面对这本书，大概无缘置喙，因为可能根本就不知所云。

但是，这本书并不是没有可议之处。它的一个基本缺点，是对《红楼梦》考证的基础研究了解得太肤浅，也就是对周汝昌先生所提出的版本学、曹学、脂学和探佚学那四大基础红学分支修为不够，因此在进入《红楼梦》的思辨和感悟时，就必然如长江大河挟泥沙俱下，瑕瑜互见了。这就是红学的特殊性、个性，就是我常说的，在红学中，四大分支的基础研究是进入文本思想和艺术的前提，研究《红楼梦》，要求考证、义理、辞章三者兼擅，文本审美、文献考证和文化思考的功夫要有机结合，缺了某一条腿，就会跛脚而误入歧路了。

最明显的例子，由于作者缺乏对曹雪芹原著佚稿和全璧的了解，就仍然把“钗黛争婚”视为《红楼梦》的一个主题基点，因此对文本作了误读：“唯有王夫人和薛姨妈才真正体现了绵羊的狠毒。”“与大观园内的袭人和薛宝钗对贾宝玉的规劝相应，在贾母的牌桌上，小说出示了王夫人和薛姨妈对老太太的顺从和在赔笑掩护下的包围。这种包围的动因，乃是在于姐妹俩的共同利益：扫除一切障碍，促成金玉姻缘。”“细读‘慈姨妈爱语慰痴颦’一节，令人联想起的相同情景不是《西厢记》或者《牡丹亭》中的哪个段落，而是《左氏春秋》中的‘郑庄公戒饬守臣’，不同的故事，同样的秘密：得了便宜还卖乖；只是郑庄公卖乖是得了别国的疆土，薛姨妈爱慰对方是将要得到自家的利益并且同时将把对方置于死地。”“王夫人和薛姨妈在牌桌上对贾母的每一下恭顺，都变成寒气逼人的利剑刺向林黛玉。而且，令人不寒而栗的是，这股阴森森的剑气慢慢变成了贾母不知不觉地指向她心爱的外孙女的杀意。”

对小说基本命意和宗旨的误读，也带来对人物形象的曲解和对小说艺术的难“解其中味”。如说薛宝钗：“薛林之战的挑起者不是林黛玉和贾宝玉之间的感情，而是薛氏家族和贾氏家族的利益；薛宝钗不是就个人情感而是从家族利益连同自身利益出发，挑起了这场在小说中最为令人瞩目的人际战争。这场战争的核心不是为了击败对手，而是为了夺得婚姻。沉默寡言的薛宝钗心中对此十分明白……”再如说贾母：“相比于训斥贾政笞子时的气势磅礴，老太太在处理鸳鸯事件上有点中气不足，发怒发得盲目，威而乏理；教训儿媳邢夫人又失之分量，使之口服而心不服。……读者也许正该问一声，贾母老矣，尚能饭否？”给袭人定位则云：“袭人的特点是以温柔暗中伤人，所以叫花袭人。”

这样一些看法和说法，从学术层面是不了解探佚学所造成的失误，从气质精神层面，则透露出还是缺乏真正的“贵族精神和文化气脉”，对曹雪芹的天才和高贵没有全部领会，而逸逗出庸常平俗的气息。

这本书对后四十回续书取否定的态度：“后四十回的补作叙述平平，转换生硬，关键处无力把握，大场面捉襟见肘。好像依然在说同一个故事，但原有的灵气和神韵却荡然无存。而且其中还夹杂着因为对前八十回的种种误读所导致的许多败笔，诸如早已相爱默契的宝黛之间居然还在互相猜疑，王熙凤在抄检晴雯一事上尚且态度暧昧，但在后四十回中竟然充当了置林黛玉于死地的杀手；还有宝钗幸福地怀上了宝玉之子那样的恶俗，让贾宝玉乡试中魁的一番‘好意’，等等。天才之作，本来就是无人可续的，更何况如此狗尾续貂，实在令人不堪卒读。”

有一位红迷叫周山如，他读了本书后曾给笔者来信，大发感慨：没有想到反对后四十回续书的人，也会不知不觉就掉进后四十回设置的阅读陷阱，还会有这样的事！《红楼梦》和红学，真是太奇妙了！太有意思了！

曹雪芹的原著是“奇人之书”，后四十回是“俗人之书”，二者“假作真时真亦假”的悖论怪圈，在这本书里，以更为曲折的三棱镜折射反映出来。

这本书标榜“历史文化的全息图像”，因此广涉中西古今的文学艺术、哲学文化。应该说作者的知识面相当广博，但涉及如此之广，一个研究者要想在每一方面都有深入的修养和恰到好处的把握，不说不可能，也是戛戛乎其难哉。即使是陈寅恪、钱锺书，恐怕也难以真正达到。这样，本书的某些阐释评论，就必然有不够恰当之处。对中国古典文学，作者虽然涉猎颇广，但不是这方面的专门学者，有些说法也就值得商榷了。

不过，得失相较，《历史文化的全息图像——论红楼梦》，还是算得上在阐解《红楼梦》“形而上”层面颇为光彩奕奕的一部著作，它的价值不在学术和知识的精确，而在思考和感受的启发。

（李劼《历史文化的全息图像——论红楼梦》，北京，东方出版中心 1995 年 8 月出版；北京，新星出版社 2006 年 2 月再版）

红楼叙事学

考证和理论，或者说考据和义理，是任何学科作研究时，都不能不顾及的两个基本方面。而在红学研究中，由于《红楼梦》是一个非凡的艺术文本，它的思想和艺术这两个维度都深不可测，而背景的烟云模糊更是让人叹为观止。这样，在红学研究中，就特别显出它的独特性、个性，即考证和理论之外，艺术（审美）感悟也必不可少。这样，红学研究就需要在三个维度上互相联手，即考据、义理、辞章，或者说史、哲、文，再或者说真、善、美，都是不可或缺的。

但是，具体到每个研究者，则各有偏向和专擅，反过来说也就是各有缺憾和弱项。考证派是红学中的主流和大宗，理论和审美则虽然书、文的数量也不少，却总是有些底虚和不成气候。这就形成了一种研究的悖论，一方面呼吁“回归文本”的声音不绝于耳，另一方面“考证”始终占据着红学的舆论中心。这当然有红学发展时段性的原因，在基础研究如版本等没有取得一定成果之前，文本的进入必然受到影响牵制；另一个原因，是“主流派”的红学界在理论和审美上比较弱，因此就“主导”着红学老在考证的轨道上跑。

从纯粹文艺理论角度讨论《红楼梦》而颇有斩获的书，王彬的《红楼梦叙事》让人印象深刻。

叙事学是西方文艺理论中比较前卫的一种叙事文学(特别是小说)研究体系，已经有不少成果，但把它“拿来”(鲁迅语)用到《红楼梦》这样一个特殊的中国文本上而能恰如其分，其实是一件不容易的事。而对一般读者来说，理论体系中的那些“概念”名相已经让人望而生畏，一头雾水，能克服心理障碍把这样的书读进去，实在是一道门槛。

引录《红楼梦叙事》中“前言”的一段话为例：

我对《红楼梦》如下几个方面进行了分析：(一)叙述结构，(二)叙述格局，(三)不可靠叙述，(四)聚焦，(五)伪时间，(六)叙述话语，(七)动力元。在这个基础上，尽可能多地对叙事学的某些法则展开讨论并阐述自己的某种见解。

什么叫“不可靠叙述”？什么叫“伪时间”？什么叫“聚焦”？什么叫“动力元”？……岂不让人头重脚轻？

其实，只要结合具体的文本，再作一点名词转换的功夫，就可化难为易，眉目清楚。“不可靠叙述”，就是说作者用一些正话反说或者反话正说的写作技巧。比如第三回贾宝玉出场，有两阕《西江月》，说他“似傻如狂”“草莽”“愚顽”“行为偏僻性乖张”“古今不肖无双”；第二十九回说“原来那宝玉自幼生成一种下流痴病……及如今稍明时事，又看了些邪书僻传”。《红楼梦叙事》解释说：“与文本的整体意识进行比较，此处的贬损之词，便不难看出是叙述者有意识的扭曲加工，从而形成不可靠叙述。”“不可靠叙述”，不也就是传统所谓“春秋笔法”和“微言大义”吗？——即《左传·成公十四年》“微而显，志而晦，婉而成章”之尚简用晦的写作方法。

大家也许要说，既然如此，干吗要弄这些陌生的概念呢？不是故弄玄虚吗？这就叫“与时俱进”，在西学强势的大背景下一种无可奈何的现实。同时，

"不可靠叙述"与"春秋笔法"也不完全相同，如《红楼梦叙事》所说："春秋笔法，施之于叙述文字，既可以使之可靠，也可以使之不可靠。"叙事学通过理论概念的逻辑体系，也的确有它的作用，就是能使感受性的文本读解上升到一种比较抽象概括的理论思维层次，获得理解的澄明。《红楼梦叙事》就归纳了"不可靠叙述"的种种类型，并作了理论总结："本文整体的情感倾向与叙述者局部的情感倾向之间，当着二者产生差距的时候，不可靠叙述也会发生。""叙述者控制信息，也可以造成不可靠叙述。……叙述者有意识地控制信息，制造'不可靠'，要有一个度。如果过少，便不能使读者意识到叙述者与隐含作者之间的空缺与歧义。这时，叙述者的方法之一是，调动暗示，启发读者与隐含作者之间的联想。""叙述者与本文人物，在价值取向上也可以发生矛盾。"

在理论的规范下，也能发现一些文本的艺术困惑："《红楼梦》有一个奇怪的现象，对任何人没有明确的肯定之语，独对王夫人情有独钟，肯定之语极多，这是为什么？我们固然可以用不可靠叙述来解释，但有时也免不了有一丝迷惑。前面说过，作者不能介入本文，只能以隐含作者的身份，而隐含作者并不是主体，只能是整体意识的总和或者说是整体的价值倾向。那么，这就有两个难题需要解决：(一)隐含作者的倾向是否可以准确地传达给读者？(二)读者能否准确地领悟隐含作者传达的价值取向？"

什么是"伪时间"呢？《红楼梦叙事》说："任何一个虚构故事作品都是在时间中进行的。故事时间通过话语(口头)在时间中展现对象。本文时间通过叙述话语(书面)，利用时/空转换表现故事。无论是本文还是故事时间，相对于历史(自然时间)都是伪时间。……本文时间与故事时间的重合是时间零度。"

这说得也有些玄虚。其实联系小说情节，也容易明白。比如小说中人物的年龄，许多读者困惑于其"忽大忽小"，黛玉进贾府时年方六岁，但对其形象和心理的描写则完全是个少女。宝钗在第四回进贾府时是十三岁，是《红楼梦》中的第七年，到了第二十二回第十三年，宝钗却过十五岁的生日。"在这里，宝钗的年龄突然回缩只有十五岁，仿佛时间在宝钗身上慢滞了。当然，通过宝玉年龄推断，宝钗比宝玉大两岁，在第十三年，宝钗十五岁是准确的。但是什么原因造成了这种年龄的误差呢？联系黛玉早期年龄同宝钗一样，也总是偏大，本当十二，却自称十五岁，增加了三岁，是耐人寻思的。”

《红楼梦叙事》接着分析，说这就是“伪时间”，“人物年龄的忽大忽小，表现出来的是本文时间与故事时间的矛盾，实质是作者（叙述者）在艺术与生活之间的摇摆。当着生活规律占上风时，人物的年龄便回到故事的时间上。但最终还是艺术规律占了上风，至少在人物形象的描绘上占尽了上风”。

更容易明白的解释就是，一方面作者要塑造少男少女的形象（从出场到结束），而不得不将他们的年龄放在传统礼法所允许的年龄范围内。因为一出场便是少女（黛玉、宝钗）形象，故而在年龄上早期偏大；近于晚期时，依然要保持少女形象（宝钗），故而年龄又要缩小了。这是一方面。另一方面，艺术不是生活。读者读小说，作者写小说，宁肯遵循艺术规律而不是生活规律。当艺术规律与生活规律发生歧义时，我们总是选择前者，选择“庄严的谎言”。我们宁肯欣赏年龄偏大的与实际年龄脱节的黛玉与宝钗的少女形象（早期），而不愿意接受真实的与生活保持一致的儿童形象。但是，小说毕竟又不能脱离生活，本文时间毕竟要考虑故事时间，本文时间至少要考虑自身的前后统一。故而，作者（叙述者）有时又难免不自行纠偏。于是《红楼梦》中女孩子的年龄，也就变幻莫测了。同样道理，对于贾母的年龄处理也是如此。可庆幸的是，毕竟我们还有宝玉的年龄标准，从而能够寻觅到《红楼梦》的时间零度——即可作为衡量的年龄。这种解释，比起“曹雪芹的写作失误”或“成书过程”“二稿合成”一类说法，显然更艺术也更学术一些。

《红楼梦叙事》对小说处理时间的艺术手法也作了细致的分析，并得出了一些很有意思的结论。

《红楼梦》一书所涉及的时间，总计为十五年（实际应是十六年，见笔者《红楼梦探佚》）。在这十五年中，每一年都可以寻出时间零度。

在时间的处理上，《红楼梦》有这样几种手法。（一）通过叙述者进行交待。（二）通过人物进行交待。往往从春到冬，历历道来，“月”这个时间系统不是干巴巴地延续，而是通过节令与景物的变化生动而富于情韵地表现出来。

如“展眼元宵在迩，自正月初八日就有太监出来”；“至次日，乃是四月二十六日，原来这日未时交芒种节”；“这日正是端午佳节，蒲艾簪门，虎符系臂”；“这是十月头场雪，往后下雪的日子多呢”。

《红楼梦》对“日”这个时间基本单位的处理，既注重连贯性又注重集群性，是十分鲜明的。一般是以“一日”为始，连述数日之事，形成一个以日为单元的时间集群。

有时则精确到某一时辰。如“至十五日五鼓，自贾母等有爵者，皆按品服大妆”；“众人谢恩已毕，执事太监启道：‘时已丑正三刻，请驾回銮。’”

总之，在时间的处理上，《红楼梦》的叙述者充分尊重自然时间，并力图一丝不苟地将时间表现出来，既考虑到时间的单位性，又考虑到时间的连贯性，保证了时间系统中日、月、时、年的过渡与准确。而且异常精细，可以精确到某一时辰，这在《红楼梦》之前的古典白话小说中是难以见到的。读《红楼梦》如读编年史，但是，与具体时间的精确相对应，《红楼梦》在时间的大前提上采取了模糊化处理。所谓“无朝代年纪可考”，不是像别的古典小说把时间嵌进某个朝代。而大前提和女娲炼石补天相连，在时间上更加幽渺飘忽。大前提的含糊与主体的相对精确，可谓既矛盾又统一，把本文时间和故事时间较好地艺术化了。

这种叙事学的时间分析，在蒲向明的论文《内敛态：程本红楼梦时间观念之表征》（1999 年第 1 期《南都学刊》）中得到了进一步的阐明：

> 脂本系统中时间无限广延性的存在，正是具备了现代小说的叙述时间观念。如果当时中国古典小说的创作沿着这一时间观念的矢向（即方向——引者）前进，可能会使中国小说近代化的进程提前到《红楼梦》脂本系统形成时期。……程本《红楼梦》内敛态的形成，在关注文本解读与普及流传之际，却又断绝了中国古典小说在时间观念上所获得的第一次走向现代化的机遇，成为一种历史事实。中国古代小说叙述时间观念又退回到传统小说物理时间的原道。由《续红楼》《镜花缘》《儿女英雄传》等小说可见一斑。所以，由

两个版本系统时间观念之不同表征可以看到中国古代小说开放和封闭的过程。因为封闭和内敛，中国古典小说无论在艺术和思想上发展到道光咸丰年间(1821—1861)，明显地呈现着衰落的状态……

这里的意思是说，曹雪芹原著小说中的时间观念有多种艺术手法的变化，已经接近了后来西方小说在时间处理上的艺术灵活性，而后四十回续书则失去了这种灵活性，又倒退回一般古典通俗小说对时间刻板简单的顺序处理。这其实就是一个艺术的高级和低级问题。现在仍然会时而冒出缺乏文学修养不懂艺术逻辑的人，用后四十回的时间(例如贾元春病逝时的年龄)来作某些形式逻辑推论，据此得出“新说”，陷入了荒唐的索隐，却不自觉。

所以，理论还是有它的力量的。《红楼梦叙事》就在叙事理论的光照下，使曹雪芹的许多艺术创造得到合理的解释，使曹雪芹原著和后四十回“两种《红楼梦》”的区别昭然若揭，而理论素养和艺术感悟不够的人，则往往为真假《红楼梦》的怪圈所困扰。摘引《红楼梦叙事》的吉光片羽，以见一斑：

《红楼梦》中，顽石的显身出现，有两个显著特征。一个是他在叙述中，自称“蠢物”(有时也称“自己”)，与中国古典白话小说中叙述者自称“说话的”“在下”，有明显差别，从而保持了顽石作为叙述者的独特身份。一个是顽石在叙述中采取了按语的形式，这在中国古典白话小说中是绝少见到的。所以如此，我以为可以理解为叙述标记。有了这种标记，叙述者的层次便一目了然，这是十分聪明的。

……对此，尤其是对于顽石作为叙述者，脂砚斋是留心的，在他的评述中，屡屡以嘲谑的口吻，如宝钗将通灵宝玉托于掌上时，脂批：“试问石兄此一托，比在青埂峰下，猿啼虎啸如何？”可惜，高鹗没有弄懂顽石作为叙述者在《红楼梦》中的作用，不仅将原有的删略干净，而且在他续补的后四十回中从未出现。照理说，林黛玉之死，贾府被抄，都是全书的紧要之处，但在高鹗笔下却平平带过。对照元春省亲等回目中的顽石自述，后四十回仿佛忘记了顽石作为手稿的主人，忘记了《红楼梦》的主叙述层是顽石的手稿。……因此，说《红楼梦》是中国古典长篇小说的高峰，仅就结构的分层、分层叙述的把握，也是当之无愧的；同时也印证了后四十回出于曹氏之手的观点，是毫无道理的。

《红楼梦》中的次叙述不是为了次叙述而次叙述，而是通过次叙述刻画人物性格。最突出的是通过净虚的准次叙述（“准次叙述”即大体上可算“次叙述”——引者）刻画凤姐性格的一个侧面。……而在贾政叙述林四娘故事时，主叙述者顺便对贾政有这样一段评论……有意表现贾政性格的另一个侧面。告诉我们，贾政不仅有迂腐的一面，也还有诗酒放诞的一面。这一面，在《红楼梦》只表现过一次，可见林四娘的二度叙事，对于贾政的形象塑造是不可或缺的。……而在高鹗的续书中，第一一七回，傻大舅有一个元帝庙的二度叙事，其目的是拿贾蔷取笑，此外便无更多目的。从局部看，前与后的次叙述，很难说孰优孰劣。但从整体看，前者纳入了人物性格，后者则游离人物，为叙事而叙事了。这似乎又为高鹗续书提供了一个佐证。

中国古典白话小说采取的叙事方法是：显身、介入、全知、局外的聚焦策略。

反之，二十世纪以后的中西小说，更喜欢隐蔽、不介入、限知、局内聚焦的叙事方法。

……《红楼梦》通过一分为二的手法，使得叙述者进入了故事。这在曹雪芹的时代是个创新。相形之下，高鹗则未免不通，在他补改的本文中，无例外地将顽石的按语统统删夷。这里面的原因自然很多，但最主要的，我以为是他对叙述者的介入故事不习惯、不理解。

大概程乙本不理解,《红楼梦》并不是一部以情节为重的小说,不知道动力元(王彬说,动力元就是推动本文变异的因素。这些因素可以是叙述者,本文人物,也可以是构成本文的基本单位——句子、词或词组,在中文里还可以到字。——引者)以下的动力因素:次动力元、辅助动力元、非动力元(背景)对于性格塑造的必要性。他们还是习惯于情节小说的叙事方法,故而对于与情节无关或关系略弱的笔墨要大大的砍削。

《红楼梦叙事》虽然是理论著述,但颇注意版本等考据背景,但有时也发生错解。比如脂批本中补天顽石是通灵玉,神瑛侍者是贾宝玉,补天顽石与贾宝玉之间虽然存在象征关系,但并不能画等号。《叙事》却将顽石和贾宝玉完全等同了起来,"这块已通灵性的石头,幻身为宝玉",这就影响了衍生理论的准确和深刻。又如第三十一回描写端阳节宴会气氛冷清,其中说到王夫人见宝玉没精打采,"也只当是昨日金钏儿之事,他不好意思,索性不理他"。《叙事》理解为"宝玉的无精打采致使王夫人不好意思",显然是误读。原著是说宝玉"不好意思",不是王夫人"不好意思"。而这个失误之所以发生,是引文失误所致,将"他不好意思"看成"也不好意思"。此外,《红楼梦叙事》未能将叙事学研究与更广阔的中华传统文化背景相联系,也妨碍了其更上层楼。

所以,把《红楼梦叙事》这样的理论书和纯粹考证的书参照着阅读,是一件有趣的事。理论和考证各自的"长短"彼此映照,真能取长补短。如刘世德的《红楼梦版本探微》,考据功力相当深厚,但其中有时会因缺少文艺理论和艺术感悟的辅助而有美中不足之憾。一些版本的参差,如果以叙事学作理论观照,也许会有不同的认识。

再如《红楼梦版本探微》中说:"宝玉有两个别号,一个叫'混世魔王',另一个叫'绛洞花主'。"然后作版本考证,结论是"绛洞花王"才是曹雪芹原笔,"绛洞花主"是晚出的改笔,这与周汝昌、邓遂夫的意见一致。刘世德也论到王夫人口中的"混世魔王",却对周汝昌"三王号"之说中的"遮天大王"绝口不提，因为“遮天大王”纯粹是一种艺术感悟的结果，与版本考证无涉，在刘先生看来或许就是蹈虚凿空之论了。如果能在艺术感悟和理论思辨方面有所加强，当然会更提高档次。

以《红楼梦叙事》中的理论，检验《红楼梦版本探微》中的考证，或者反过来说，以《红楼梦版本探微》中的考证，测试《红楼梦叙事》中的理论，能碰撞出意想不到的学术火花。

（王彬《红楼梦叙事》，北京，中国工人出版社 1998 年 5 月出版；刘世德《红楼梦版本探微》，上海，华东师范大学出版社 2003 年 3 月出版）

再说红楼叙事学

浦安迪的《中国叙事学》是一本有学术创见和深度的书。由于作者是一位非华裔的白种人美国学者，这本书就更应该让人刮目相看。

这本书对西方叙事学和中国叙事学作了比较研究，不是大框架的泛泛之论，而深入了六部经典的中国古典小说，从文本的具体分析得出某些结论，相当凿实又新意迭出。

作者是地道的西方人，对西方的叙事学等文艺理论的理解，比隔了一层的中国学者更为本色，即使比起某些身在西方的华裔学者来，似乎也更能说到点子上。比如他说：

> 叙事学就是作者通过讲故事的方式把人生经验的本质和意义传示给他人。
>
> 我们不妨设想抒情诗、戏剧和叙事文都是表现人生经验的本质和意义，但叙事文侧重于表现时间流中的人生经验，或者说侧重在时间流中展现人生的履历。
>
> 抒情诗直接描绘静态的人生本质，但较少涉及时间演变的过程。戏剧关注的是人生矛盾，通过场面冲突和角色诉怀（原文是“诉怀”，不是“抒怀”——引者）即英文所谓的舞台‘表现’（presentation）

或‘体现’(representation)——来传达人生的本质。唯有叙事文展示的是一个延绵不断的经验流(flow of exprentation)中的人生本质。

抒情诗是一片一片地处理人生的经验，而叙事文则是一块一块地处理人生的经验。

叙事文是一种能以较大的单元容量传达时间流中人生经验的文学体式或类型。

“叙述人 (narrator)”的问题是一个核心问题，而“叙述人的口吻”问题，则是核心中的核心。抒情诗有叙述人(teller)但没有故事(tale)，戏剧有场面和故事(scenes)而无叙事人(teller)，只有叙事文学既有故事(tale)又有叙述人(teller)。

中国和西方都有叙事文学，那么，它们的根本区别是什么？叙事传统是受整个文学传统制约的。中国的古代文学传统是“以抒情诗为核心”，它的演变过程是“三百篇——骚——赋——乐府——律诗——词曲——小说”；西方源于古代地中海传统，“以早期叙事文学为核心”，其流程是“史诗(epic)——罗曼史(romance)——小说(novel)”。所以，中国明清章回小说的发展途径与西方的 novel 演化模式之间，并不存在直接的对应。

这固然是中西文学传统脉络的清晰勾勒，但浦安迪最大的一个发明，是他说六部经典的中国古典小说(《三国演义》《水浒传》《西游记》《金瓶梅》《儒林外史》《红楼梦》)不应该叫通俗小说，而是“文人小说”，还引申出一个学术概念“奇书文体”。并认为，中国叙事文的“神话——史文——明清奇书文体”发展途径，与西方的“epic——romance——novel”的演变路线，无疑能构成一个有意义的对比。

一对比，一些根本的区别就呈现了。西方的史诗原则上是虚构艺术，只与历史传说有些微弱的关联。而中国的史文对于“虚构”和“实事”却从来就没有过严格的分界线。西方文学理论家一般认为，历史讲实事(fact)，小说讲虚构(fiction)。中国古代批评家则强调，“历史中有小说、小说中有历史”，“叙事”既包括小说也包括历史。“实”与“虚”并非简单地处于对立状态，二者常有互补的部分。根本性的问题在于，中国古代的批评家对什么是“真”什么是“假”的看法，与西方的文学理论家不一样。西方人重“模仿”，等于假定所讲述的一切都是出于虚构。中国人尚“传述”（transmission），等于宣称所述的一切都出于真实。

这个根本的区别，有助于对《红楼梦》研究中“索隐派”和“自传说”的理解。索隐各派要把《红楼梦》与明末清初的政治人物和事件联系起来，自传说则从曹雪芹的家族历史切入，都是强调“真实”的。同时，也很有意思，西方叙事学追源于古希腊神话中的“叙述性”原型，突出了虚构，中国的奇书体叙事可上溯到中国神话的“非叙述性”原型，反而是强调实录的文史不分。确有一种相反相成的意味。《中国叙事学》对此作了细致的分析，颇富有启发性。

浦安迪又研究了“中国传统的对偶美学”，从诗歌到戏剧，再到小说，是渊源有自的。这在六本奇书中都有明显的体现，而在《红楼梦》中更达到了自觉。虽然在这一点上，《中国叙事学》有些观点还值得商榷，比如认为奇书文体都是每十回一个段落，就嫌过于粗略，并非对每一部奇书都很合适。周汝昌研究曹雪芹《红楼梦》原著是每九回一个单元，原著共一百零八回，前五十四回写兴盛，后五十四回写衰败，是“春秋两扇面”的对称，显然更符合实际。不过，浦安迪毕竟也从宏观的文化和美学视角为《红楼梦》的“大对称”提供了佐证。此外，书中对奇书文体的“高潮位置”“时空布局”“纹理研究”的探讨，虽然例举的主要是其他几部“奇书”，对加深理解《红楼梦》也颇有助益。

其他几章，“奇书修辞形态研究”“奇书文体的寓意问题”“奇书文体与明清思想史通观”等，也都有卓越的洞见。无论是《金瓶梅》中“空”与“色”的寓意，《西游记》中“心”和“性”等佛教和道教的寓意，《水浒传》和《三国演义》中“英雄好汉的阴暗面”，《红楼梦》“正中有反”的寓意，皆可谓鞭辟入里。这实际上涉及“奇书文体”源于传统文化的“春秋笔法”和“多有微词”，从而使小说的思想和艺术内涵，以及人物的性格，都具备了多元、含蓄、“说不尽”的美学特点。

这真正接触到了中华文化的美学真谛，也切实提升了中国这几部小说的艺术品位。以浦氏的研究为出发点，一些流行说法的正确性需要重新审视，比如所谓中国古典小说人物是“类型化”而非“性格化”的论调。其实，中国的六部古典小说其艺术价值，比起欧洲 18 和 19 世纪那些现实主义自然主义浪漫主义的经典作品来，是毫不逊色的，各有千秋的，甚至更加出色的。对比中国自“五四”以来的许多文学研究者，用“现实主义”“典型环境中的典型性格”等西方文艺理论套中国的古典小说，往往隔靴搔痒，不能发现其微妙和奥义，反而在欧洲小说面前自惭形秽，盲目崇西贬中，实在是一个讽刺。

当然，《中国叙事学》也不是每一处具体论述都恰到好处，个别地方也有牵强附会的理解，比如把“五行”的金、木、水、火、土分派给黛玉、宝钗、凤姐、湘云和宝玉，似未必是曹雪芹的作意。但“奇书文体”应该算一个经典的命题，它的意义还没有被中国的古典小说研究界所充分认识。周汝昌在《红楼梦与中华文化》中数次引及浦安迪的观点，亦可谓心有戚戚焉。

“奇书”是高水平的文人所创作，与一般的通俗说部有本质不同，奇书里面自觉蕴含着精奥的中华传统文化，而且以微妙的艺术形式呈现，把它们当作通俗小说阅读的人，对这种深隐的层面一直麻木不仁。这几部经典的古代小说，虽然已经流传了几百年，似乎已经被“读烂”，其实大家津津乐道的，还都是它们的表皮，那内核的精华神采，尚被遮蔽而未尽显。深刻的高雅的奇书，长久以来被错当成通俗文学对待，这不又是一个值得探讨的文化课题吗？“真假《红楼梦》”的阅读怪圈，可以说最有典型意味了。

（浦安迪《中国叙事学》，北京，北京大学出版社 1996 年 3 月出版）

赏评王蒙红学（一）

王蒙是作家之中长期涉足红学研究并成果不断的一位。迄今为止，除了零星发表的文章和演讲谈话，以及更换书名的旧著新版外，比较有代表性的，当数《红楼启示录》《双飞翼》和《红楼梦》的评点本，以及后来又推出的《不奴隶，毋宁死？——王蒙谈红说事》。

笔者对王蒙的红学研究关注，早在 20 世纪 80 年代末，就写了一篇《红楼梦、高山流水、才学识与精神家园——与王蒙对话》，本来想投寄刊物发表，但那时王先生正由于“稀粥”等而遭遇攻讦，处境微妙，笔者不愿意搅浑水，就放进了抽屉。后来收入 1992 年 10 月出版的增订本《石头记探佚》，这篇文章才得以面世。1993 年把这本书邮寄给王蒙先生，并说明《对话》此前不曾发表的缘由，王先生让秘书回了一封不纡尊降贵又不失礼貌的信，是含蓄地表示领了情其余免谈。笔者寻思，名人搭腔会无形中抬高了对方，对不是一味捧场的"对话"意图不予回应，是典型的智者风格，也就一笑置之了。

不过王蒙先生的红学成果持续问世，于红学界内外都颇有影响，时发妙论隽语，让人拍案，也有不禁摇头之处。笔者这里谈谈感想，是与不放弃阅读王蒙谈红的红迷读者交流，并不是期望王先生一定有何反应。

王蒙先生论红而闪光而星光而火花而浪花，笔者曾不止一次引及。比如拙著《独上红楼》，在第一章回顾百年来对《红楼梦》人物形象的评价时，就提及"王蒙说过，共产党作为革命党需要歌颂黛玉，作为执政党则需要肯定宝钗"，在第八章鉴赏曹雪芹的写作艺术时，又说到王蒙先生发明的"心理迹象法"这个名目。在论文《红楼梦走向世界与世界走向红楼梦》(2004 年第 5 期《河南教育学院学报》)中，则大段地引录了王蒙先生于 2001 年 8 月北戴河红学讨论会上的发言：

> 全球化、一体化、数字化、标准化的词汇怵目惊心，但无法抗拒。把人编号，一切都编号，2567 小学，2394 初中，8360 高中，567 大学，8910 系……这是 1957 年右派说的，谁知道社会主义没有做到，资本主义老大哥做到了。西方经济上、政治上都强势，文化上也如此的话，死无葬身之地。幸亏还有《红楼梦》。《红楼梦》其实没法翻译成外文，比如王夫人翻译成 Lady Wang，不是味，让人想起莎翁的作品。《红楼梦》语带玄机，中国文字就是讲究含糊，外国语的语法一严格，就无法谈下去。1979 年我写《夜的眼》，后来要译成外文，翻译家打电话问我'眼'是 eye 还是 eyes，我就没法回答，从来没有想过。'眼'在中文中是不可数的。……中国的语言让文学的讨论无穷无尽，这才要召开国际性研讨会嘛，要不吃饱了，游泳后干什么？《红楼梦》没法走向世界，那就敝帚自珍，作一件无价之宝。《西游

记》和《三国演义》都能走向世界，孙悟空走向世界了，Monkey，《金瓶梅》和《肉蒲团》很容易走向世界，描写具体器官具体操作让外国人服气中国文化的博大精深。至于《红楼梦》，那是走向我们，世界走向我们，世界走向《红楼梦》，你不懂汉语，就得不到阅读的快乐，要读懂《红楼梦》，你先学十年汉语。……红学的再生能力强，能与现实发生联系，一拉扯，与伟大的毛泽东先生也有关了。对认点字的人是一种快乐，都容易在《红楼梦》上表现自己的特长。

这是从笔者现场聆听王蒙演讲时一字不漏的手录中摘抄的，比起后来某杂志发表的被正规化的发言书面文本，这才是真的"实录"，不走样的王蒙风格。

挑一篇笔者最佩服的王蒙说红，是他为评点本《红楼梦》写的序：

《红楼梦》是一本最经得住读，经得住分析，经得住折腾的书。……《红楼梦》是经验的结晶。人生经验，社会经验，政治经验，艺术经验，无所不备。《红楼梦》就是人生。……读一部《红楼梦》，等于活了一次，至少是活了二十年。……《红楼梦》又是一部令人解脱的书。万事都经历了，便只有大怜悯大淡漠大欢喜大虚空。便只有无。……便活得稍稍潇洒了——当然也是悲凉了些。……《红楼梦》是一部执着的书。它使你觉得世界上本来还是有一些值得为之生为之死为之笑为之发疯的事情。……《红楼梦》令你叹息。《红楼梦》令你惆怅。《红楼梦》令你聪明。《红楼梦》令你迷惑。《红楼梦》令你心碎。《红楼梦》令你觉得汉语汉字真是无与伦比。《红楼梦》使你觉得神秘，觉得冥冥中有一种不可思议的伟大。……《红楼梦》是一部百科全书，而且不仅是封建社会的。……尤其是，《红楼梦》其实什么也没有告诉你。……再加上"红学"，你和《红楼梦》较劲吧，你永远不可能征服它，它却强大得可以占领你的一生。《红楼梦》永远是一部刚刚出版的书。……

这不是玩幽默，也不是卖弄说话的技巧，而确实是王蒙的本真感受。其实，这些话无非是赞美《红楼梦》不朽，叹羡曹雪芹出众，但王蒙说得个性，说得艺术，说得痛快，说得有风格有智慧，他说出了许多红迷心里想说却不知道怎么说的话。用一点理论的说法，是王蒙实现了感受的普遍性和表达的独特性之结合。

所以，王蒙写下谈红学的书文，不是“论文”又是“论文”，叫“红学文章”最妥恰。对王蒙的红学文章，最好的态度是赏评，而不要像对学院论文那样较真所谓“学术”含量。这样才能“得其环中”。

王蒙论红，最抢眼的，一以贯之的，是表现王蒙自己。他由读红引发的人生感悟是他论红的主要内容，这包括了政治社会、人情世故、历史哲学、文学创作乃至一世的荣辱浮沉衍生之感性经验和理性思考等方方面面。

故而，赏评王蒙谈红论红，其实是赏评王蒙本人，《红楼梦》在其次，这本书只是提供了一个凭藉，一个媒介，或者载体。当然，是《红楼梦》而不是《水浒传》或者《西游记》，特别能激发王先生的表现欲，正说明《红楼梦》的不同凡响，也说明王蒙毕竟还是王蒙。

王蒙评赞《红楼梦》的魅力和影响比具体分析《红楼梦》文本更自如也更出彩，也是一种“红外学”胜过“红内学”的体现。谈到文本，则王蒙论说《红楼梦》最有滋有味的，是他看出和引申出来的政治和社会的人生经验。它们那么自然地联系着王蒙由“少共”到“右派”到“著名作家”和“文化部长”直至社会名流中不倒翁的生存积淀。

比如前面引到的，以共产党之革命党和执政党的双重身份诠释 1949 年后对黛玉和宝钗的文艺评论时尚。

比如《变奏与狂想》(《双飞翼》)中这样的话：“难矣哉，‘红学’！你不但要研究不止一个版本的《红楼梦》文本，而且要面对比‘红楼’本身不知膨胀了多少倍、枝蔓了多少叉的‘红学’。红楼多歧路，思之意黯然！一部小说能引起如此多方面的、有些是千奇百怪的、与一般文学批评大异其趣的研究，哪怕其中包含着骇人的荒谬，这本身就颇值得研究一番。这本身就是绝妙的文化现象,文学现象,小说现象。奇哉‘红楼’! 书奇、作者奇,研究得也奇!”

他对贾元春归省时贾政帘外问安那一段话特别有感觉,说:“贾政这一段话,颇有真情,特别是‘勿以政夫妇残年为念’几字,更是把亲子之情和忠君肝脑涂地之情合起来写,令人感动,令人唏嘘不已。”(评点本《红楼梦》)

他对后四十回中的贾母情有独钟:“人物中最于续作中见精神的我以为是贾母。……恰恰在后四十回,在锦衣军抄家之后,贾母显示了她作为贾府的首脑、灵魂与支柱的作用。一〇六回‘贾太君祷天消祸患’,表达了贾母在‘皇天菩萨’(中国化的综合神)面前承担责任的决心和气魄,在‘皇天菩萨’面前有个交待、站住脚跟,底下的事才好办。……贾母死也死得很大气……贾母的死也高出旁人一筹。比较一下可卿的不明不白的死,黛玉的怨悲的死,凤姐的冷落的死,尤二姐尤三姐的非命的死,赵姨娘的丑恶的死,便可以知道,贾母是死得何等有福气了。”(《红楼启示录》)

赏评王蒙红学(二)

王蒙说:“从个人情况来说,我追求的是把《红楼梦》当作小说读,在于对之进行文学的、小说学的即关于该小说的题材、构思、人物、意蕴、语言、风格手法等方面的探讨。”(《双飞翼》)

在这方面,王蒙也确实有一些精到的把握和发现。比如他说:“总的来说,《红楼梦》所描写的贾府生活有两个聚焦点:一个是‘情’,一个是‘政’(指家政也指人际关系)。前者以宝玉为中心,以宝黛爱情为主轴,以宝黛钗三角关系为主要纠葛,辐射开去,涉及各色人物,包括秦可卿姐弟、湘云、袭人、晴雯直至金钏玉钏诸人。在这个情中,又分三个层次,诗的即审美的与性灵的层次;体贴即献殷勤的层次;单纯肉欲的层次。宝玉其实是贯穿这三个层次的。……另一个焦点是‘政’,核心人物是凤姐。顶端人物是贾母。也分三个层次。”(《红楼启示录》)

这种说法基本符合小说的文本实际,也就是红学研究中宝黛爱情和家族盛衰“两条主线”,宝玉和凤姐“双主角”的另一种表述。不过王蒙讲的更生活化,更直观生动,也可以说更言简意赅。

针对第五十一回描写怡红院夜景，晴雯只穿内衣走到“月光如水”的门外，去吓唬麝月而着凉的情节，王蒙批道：“有一种神秘感。黑夜感。宝玉、晴雯、麝月，似乎在一叶孤舟之上。这一段令人想起诺亚方舟的故事。”（评点本《红楼梦》）这委实突发奇想而又紧贴生活，短短两句话，把读者引入另一境界而又未脱开小说文本，有灵感，有诗，有哲学，有终极意识，真把原著那内在的美妙深沉点评出来甚至升华了，而且点评本身就是艺术。这样的灵犀灼照，非聪明型小说家王蒙不办也。

不过，王蒙先生“文学的、小说学的”赏红论红分析红，是良莠不齐卓庸互见的。套用“六经注我，我注六经”的老说法，《红楼梦》注王蒙较多较深，王蒙注曹雪芹嫌粗嫌浅。说白了，王蒙先生有点过于“自恋”，而对曹雪芹并没有完全“解其中味”或“理解的同情”。

他对曹雪芹的某些艺术表示不理解：“尤三姐之死也很戏剧化。‘揉碎桃花红满地，玉山倾倒再难扶’，这种语言富有传统戏曲的间离审美效果，实在不是现实主义更不是体验入微的‘斯坦尼斯拉夫斯基’。尤三姐‘连忙摘下剑来，将一股雌锋隐在肘内……左手将剑并鞘送与湘莲，右手回肘只往项下一横……’这几句关于三姐自刎的细节描写也嫌粗略失真，甚至让人觉着写得太轻巧艳丽，缺少与现实主义不可分的人道主义的分量。细节上似也不可尽信：在两个男人近前自杀会是那么容易，那么干脆利索的吗？贾琏、湘莲竟然连拦阻的意图也没表示，是他们不想拦还是三姐剑法如电呢？顺手一抹，就能断气？此剑莫非是干将莫邪，如此‘吹毛断玉，削铁如泥’？柳湘莲毕竟不是刺客不是武官不是《水浒传》中人物，佩带实战性能如此出色的武器做什么？又如何将这样的武器作为定婚的信物？如果用实战用的剑做了订婚信物，不等于现今用装好子弹的冲锋枪作婚姻礼物吗？尤三姐这么会用剑吗？她这样熟悉解剖学能迅雷不及掩耳地一下割断动脉吗？割断动脉一下子会喷出多少血来，贾琏尤二姐湘莲还能那样冷静地讨论责任问题吗？即使一下割断动脉，也不会马上变成死寂的僵尸，自杀者的四肢、身体乃至声音语言还会有种种弥留之际的蠕动活动响动，怎么一个字都没写呢？再对比一下曹雪芹写服装写吃喝写作诗等场面的细致入微，不能不令人怀疑尤三姐的结局与其

说出自作者的见闻,不如说出自作者的想象了。“(《红楼启示录》)

曹雪芹写小说，没有上过西方文学理论的研讨班，自然不会遵循各种“主义”或“斯基”的金科玉律。他是从中华文化传统如“史”和“诗”、“实录”和“意境”、“春秋笔法”和“微言大义”这一套中汲取营养和生发创造的。文章怎么美怎么算,感觉怎么妙怎么来,只求达到“令世人换新眼目”的效果。所以一方面,他“追踪蹑迹,不敢稍加穿凿”,另一方面把传统诗词、文章、绘画、音乐、园林等作法技巧都驱遣于笔端,融会于写作之中。自然,后人可以说,“追踪蹑迹”就是“写实主义”和“现实主义”,各种诗、词、画、乐等意境空灵的写法类似“浪漫主义”“象征主义”。

曹雪芹写女儿之死,就不想“写实”,而宁愿“写意”。因此他用水仙庵的洛神暗示跳井的金钏儿,用芙蓉花神的神话诗化晴雯之冤死,尤二姐吞金而逝后居然“面色如生,比活着还美貌”,秦可卿的死更是迷离恍惚,一派典故神话的氛围。他一个也没有写死亡时的具体过程和场面,因为那些过程和场面是很不美也无诗的,金钏儿跳井后“头这样大,身子这样粗,泡的实在可怕”(第三十二回贾环对贾政语),尤二姐吞金后必然有一个痛苦的挣扎翻滚过程,其实不可能“美貌”,秦可卿的“淫丧”要是零距离刻画起来,也必然不美不妙。尤三姐自刎,真要“现实主义”起来,那就得写她倒地抽搐,浑身血污,肉体从扭曲到冷却……怎么会有“揉碎桃花红满地,玉山倾倒再难扶”魏晋意象之诗意美?后四十回的林黛玉之死就比较“写实”,什么出汗、眼睛一翻、身子冷了都来了,当然不会是曹雪芹的写法。

聪明的王蒙为什么在这些地方迟钝起来和“不甚解”呢?原来谁也跳不出文化背景那只“如来佛的手掌心”,不知不觉受制约于自己从小接受的文化影响了。从“少共”到“组织部新来的年轻人”,从新疆的“右派”磨砺到“蝴蝶”和“活动变人形”,无论从人生经历还是文学营养,“革命”的正面负面,十八九世纪欧洲和俄苏的“写实主义”“现实主义”,后来又添加上西方的“意识流”一类,构成了其文化底色文学本色。虽然青少年时也迷过《唐诗三百首》,后来则猛补课,诗词曲,李商隐,《红楼梦》,还实际操作传统的律诗绝句,都只能得其表得其形而难以获其精气神了,“双飞翼”只能飞到古典的五重天,却难以抵达其九重天。

赏评王蒙红学(三)

王蒙对后四十回的“公正”态度最能泄漏天机。一方面，他说“后四十回缺少艺术灵气”，另一方面，则激赏“后四十回中的贾母”和“调包计与黛玉之死”等。“凤姐调包奇谋，开古今中外婚姻爱情的特例。我国颇有奇谋调包传统，‘狸猫换太子’故事，‘赵氏孤儿’故事，‘王佐断臂说陆文龙’故事，都与调包奇谋有关。初看十分离奇，继想又合情合理，只有这一计谋才能把宝玉蒙在鼓里，才能把宝玉不能接受的婚事办成，也才终于要了黛玉的命。阴险、惨酷、专横而且富阴谋家的气味。”“焚稿断痴情的描写是经典的，比世界文学宝库中的同类描写毫不逊色，无怪乎这一章家喻户晓，人人为之落泪。”“黛玉之死，对于全书来说，也是写得精彩的。有戏剧性，也有合理性。”“宝玉‘完婚’，真是天下奇事。奇闻。奇文。‘红’真是奇书。人生多误区！本以为走入这一间房子，却走入那一间房子去了。……后四十回诸多瑕疵，但还是被广泛接受，与这些关键段落写得好有关。”(评点本《红楼梦》)

对比一下俞平伯、周汝昌、张爱玲和王蒙在艺术感觉上的同与异，“文化底色”那只“看不见的手”就赫然显现了。在《红楼梦辨》中，有“后四十回的批评”一节，俞平伯“想努力去显明高作底(即后来的“的”)真相，使读者恍然于这决是另一人底笔墨了”，对于“调包计”、黛玉惊恶梦、焚稿断痴情等描写，俞平伯批评说：“这些都过露，全失黛玉平时的性情。第八十三回所写，尤不成话。第八十二回写黛玉做梦，第八十九回写她绝粒，都是毫无风趣的文字。且黛玉底病，忽好忽歹，太远情理。……高氏或者故意以此为曲折，但做得实在太不高明，只觉得麻烦而且讨厌。……写她临死一节文字，远逊于第七十七回之写晴雯，只用极拙极露的话头来敷衍了结，这也不能使读者满意。总之，以高鹗的笨笔，来写八面玲珑的林黛玉，于是无处不失败。”对于“调包计”中的贾母，俞平伯说：“贾母是黛玉底亲外祖母，到她临死之时，还如此的没心肝，真是出乎情理之外。八十回中虽有时写贾母较喜欢宝钗，但对于黛玉仍十分钟爱，郑重，空气全不和这几回相似。像高氏所补，贾母简直是铁石心肠，到临尸一恸的时候，还要责备她傻气，这成什么文理呢！”

这不是一个简单的对续书之功过的不同看法问题，而是一种文化背景和因此而来的艺术趣味和水平问题。俞平伯批评后四十回“过露”“毫无趣味”“极拙极露”，这都是关键词。俞平伯出身于传统的士大夫家庭，受过深厚的传统文化的濡染浸淫，对于高雅的古典文化艺术的审美是自然而然获得的，所谓温柔敦厚，婉而成章，含蓄微妙，意境空灵，不激不厉，风规自远，这些都是前八十回的特点而为后四十回所欠缺。“黛玉的心事，写得太显露过火了，一点也不含蓄深厚，使人觉得肉麻讨厌，没有悲恻怜悯的情怀。”“雪芹是个奇人，高鹗是个俗人，他俩永不会相了解的，偏偏要去合做一书，这如何使得呢！”“高鹗与曹雪芹个性相差太远，便不自觉的相违远了。”“俗”与“奇”，二者泾渭分明。

张爱玲是“最后的贵族”之孑遗，李鸿章的曾外孙女，所受传统文化的教养也是无形的，溶化在血液中的，正如她自云“中了古文的毒”。她后来自我表白，从十二三岁时看《红楼梦》，看到八十回以下，只觉得“天日无光，百般无味”。

周汝昌因此大发感触，特意撰写了《定是红楼梦里人》一书予以阐扬。周汝昌格外欣赏张爱玲对后四十回感觉的某些表达，如“枯寒”，如“惯杀风景”。周汝昌予以解释说：“她给高氏的文笔下了‘枯寒’二字，颇为别致，与众不同。……枯，草木已死、干硬无润，生机断绝也。……但她又下了一个‘寒’字。这儿透露了她的‘诗感’能力与表意方法，与俗人又不同了。这儿的寒是寒伧、寒酸的寒。……他是批评高鹗伪续，一无生命（只有死文字），二无感情（作者必须有感情注入其笔墨间，方成艺术）。……枯寒，如果说它是一种‘境界’，也振不动人的心弦，唤不起人的灵感。”“所说的‘风景’，是诗，诗的气质境界。粗鄙庸俗，鲁莽愚蠢，无情丑恶……都破坏那种非物质、属性灵的场合、情景、韵味——高雅文化教养的言语行动，都是杀了风景。”

一言直捣垓下，就是雅和俗之别，是曹雪芹的“奇人之书”和后四十回的“俗人之书”之分野。

王蒙似乎既能欣赏奇人之书也能欣赏俗人之书，但其实熊掌和鱼并不能"兼得"。王蒙和俞、周、张的区别，是文化背景带来的艺术趣味的差异。当然，文化背景离不开走过的人生行履，二者互为表里。俞、周、张是与革命无缘的传统文士，王蒙则是"少共"——尽管一度被贬为"右派"，但从心灵、情感、趣味上，王蒙那革命的底色不可能失去。革命是什么？"革命是一个阶级推翻一个阶级的暴烈的行动"，革命不是绘画绣花，不是做文章，不能那样雅致，那样文质彬彬。尽管王蒙后来大彻大悟，始终倡导宽容，但要从深层的潜意识的审美趣味上脱胎换骨，那可是戛戛乎其难哉。

无疑，后四十回的"过露""极拙极露"之审美趣味，是更接近普罗革命的，更接近"工农兵大众文艺"的。虽然这里实际上又存在一种悖论，从思想的叛逆性和艺术的革命性而言，倒在曹雪芹的前八十回而不在续书的后四十回——由此亦可见普罗革命之粗浅和局限。王蒙的世俗社会地位比俞、周和张都更高，他在央视演讲时很欣赏《红楼梦》中表现的贵族气概，所谓那种"派"。但如果从精神和文化的层面考量，其实俞、周和张才有真实的贵族底蕴，王蒙毕竟还只有一世，积累略欠。前八十回的作者出身百年望族，后四十回的作者还是普通官僚。

王蒙的论红说红因此成了"杂色"。总的说来，是论"政"比论"情"精彩，论和"现实主义"接近的艺术比论源于传统文化的"诗"和"哲"精彩。他的颖悟和失误往往搅在一起，得里头常常就有失。比如对第十六回写秦钟之死，他说："竟把人死往丑角戏上写，太不'以人为本'了。……作者居然以打趣笔调调侃他的死亡，不怎么人道。贾家对其病、死亦不在意。莫非可卿已死，秦钟的'茶'也就凉了吗？"(评点本《红楼梦》)好像很"洞察"很"现代"，却没弄明白秦钟是曹雪芹设计的一个象征性人物，三秦(秦可卿、秦业、秦钟)死在大观园建成、贾元春归省之前自有深微的寓意。这就是用"现实主义""人道主义"一类西方、现代的"共性"视角框曹雪芹创造的"个性"而尺寸不合了。

王蒙对《红楼梦》中某些人物和情节的理解，也就往往失于"凿实"和"表面"而欠缺了"空灵"和"深刻"。第二十一回宝玉让湘云给自己梳头，袭人不满。这个情节的内涵其实主要表现袭人和宝玉的"思想冲突"，所谓"姊妹们和气，也有个分寸礼节"。王蒙激发出的火花却是："主子与主子相嫉，奴才与奴才相嫉，已经够可以的了，不仅如此，奴婢也敢嫉妒主子。由于史湘云替宝玉梳了头，而这个活本来是袭人垄断的，袭人便大嫉起来。”（《红楼启示录》）

第十九回宝玉看到袭人的姨姊妹，就想应该让她们住进荣国府。针对这一情节，王蒙的理解是：“说得天真可爱，说得自私可恶；丑恶也可以天真；一切以自我为中心也可以天真，甚至可以以‘爱’的名义去满足一己！袭人的‘两姨姐妹’，宝玉如不是‘爱’她们会有弄到自己家的念头么？所以，‘爱’也可以是丑恶的。”（《红楼启示录》）看看周汝昌对同一个情节的领悟格外有趣：“这是体现宝玉卑视自身、先人后己、有人无己处世待人基本准则和忠实恳悃、至诚无伪的精神胸怀之一例。”（《红楼梦与中华文化》）王蒙的理解有“常规”的卓越，周汝昌的领悟则是“超常”的深微。何者更符合曹雪芹的本意？吾从周。

王蒙谈红又常有哲理和诗情的流露。第二十二回“制灯谜贾政悲谶语”，王蒙评点说：“这一批灯谜与其作为谶语来读，不如作为中国式的人生处境的反思。虚无感、忧患意识、孤独感、荒谬感……都有。这当然不是说曹雪芹是个什么‘主义’者，只是说曹的天才，曹的敏感，曹的经验与反思，形成了他的比哲学还要哲学的先期体验和自省。生命本体、宇宙本体，总是先于、大于、优于哲学（当然缺少哲学的明晰性与系统性、严整性）。而文学本体，常常比文学理论更丰富。《红楼梦》比‘红学’，‘阔多啦’！”（评点本《红楼梦》）

睿智而且幽默，但仍不脱常规。有一句针对黛玉和宝钗的评点也许最能传达王蒙的哲学智慧：“二人都有一种健康的女性现实主义，懂哲学而不沉迷哲学，不会堕入哲学（禅学）的深渊。”（第二十二回评点）这和王蒙说有一个鲁迅是宝贝，如果有五十个鲁迅可受不了的名言大道理上相通。

王蒙也懂诗，也有诗情，但是理性地懂和理性地抒发。他评论贾宝玉的“痴狂”：“他的呆傻实际上是他非流俗的表现，是他有一个超常的精神世界感情世界的表现，是他除了黛玉外再不可能被任何人理解——虽然表面上他被众人宠爱——的结果，是他的思虑的深刻性的表现。呆、疯、痴、狂，可以与弱智联系在一起，可以与精神疾患联结在一起，也可以与心智的超常发展联结在一起。天才与疯子自古难以区分。以庸人的眼光看，许多艺术家发明家宗教家都有些狂痴。'常'与'反常'的界限本身就常变化常令人糊涂。……宝玉的悲剧在于他的狂痴。狂痴在于他的更多的悟性，在于他悟到的比别人多却不想不能去做任何事，他的悟性是消极的，无建设性的。如果说他的狂痴带有某种批判性叛逆性，也是既不开花也不结果的批判性，而这种消极的批判性本身，也是该当批判的啊！"（《红楼启示录》）

这种对诗的懂，本质是反诗的。王蒙不会像张爱玲那样与世隔绝，当然更不会像海子去卧轨。也许可以说王蒙是健康的，是世事洞明人情练达的（贾宝玉可嚷着"快出去"）。在这一点上，王蒙与胡适相通或类似。所以王蒙对《红楼梦》的前八十回和后四十回都能欣赏。但前八十回是真诗深刻的诗，后四十回是伪诗肤浅的诗。

王蒙并非没有涉足《红楼梦》的版本，但他却不愿花精神去深究，懒得钻研脂批本，而选了程甲本作为评点的文本。他也本能地拒斥红楼探佚，虽然以"宽容"为宗旨，又半开玩笑地为老朋友刘心武命名了"秦学"，结果被裹挟到红学界的漩涡中左右为难，只好用幽默脱身："欢迎大家组织'专案调查'，我绝没有喝过哪个人的酒，也没有收过红包，我可以用我的身家性命担保。"（《放谈红楼梦诸公案》，2006年第3期《书屋》）

本来是《红楼梦》注释王蒙，并非王蒙解味曹雪芹（所以对探佚不感兴趣），当然诗不诗版本不版本的也就无所谓了。得乎？失乎？王蒙先生不会在乎，反正"一颗红学新星正在冉冉升起"，而王蒙红学也已经"自为"，其本身成了被赏评的一道风景线。

（王蒙《红楼启示录》，北京，生活·读书·新知三联书店1991年5月出版；《双飞翼》，北京，生活·读书·新知三联书店1996年11月出版；《王蒙评点红楼梦》，桂林，漓江出版社1994年9月出版；上海，上海文艺出版社2005年11月增补版；《不奴隶，毋宁死？——王蒙谈红说事》，北京，北京十月文艺出版社2008年6月出版）

红学长河小浪花

红学的历史长河，波涛汹涌，有各种分段法。如果不考虑学术的实质内容，而只从面貌上划分，参照历史变迁的大背景，大体上有两个时段，以西方逻辑思维、文化哲学理论的引进前后为标志。也就是传统的笔记、序引、评批、吟咏等比较感性和随意的读《红》感想，和自觉地以某种理论框架或思想体系为指导，以逻辑的推理论证为外形的“论文”。当然，这之间也有一些“中间过渡”类型的作品。

传统的笔记评批一类，除了众所周知的脂批和以一百二十回为评点对象的护花主人（王希廉）、大某山民（姚燮）等人的评点之外，一粟（周绍良、朱南铣）“古典文学研究资料汇编”《红楼梦卷》是一册比较早的资料书。1963 年 1 月 24 日的“编辑说明”这样介绍：“本书辑录了从乾隆到‘五四’止大约一百六十年间有关《红楼梦》及其作者的评论和考据方面的主要资料。虽然远不完备，但代表一定时期的一定政治倾向和文化观点的典型的东西，都已经容纳进去了。”从敦诚、敦敏、张宜泉赠、怀、悼念曹雪芹的诗，到高鹗、程伟元的序，一直到梁启超的小说序论，共四十五万字。2001 年 10 月南开大学出版社出版朱一玄编《红楼梦资料汇编》是另一册同类型的书，资料的遴选角度略有不同，但篇幅更大，多达七十八万四千字。

此外，王国维的《红楼梦评论》，蔡元培的《石头记索隐》，胡适的《红楼梦考证》，俞平伯的《红楼梦辨》，王昆仑的《红楼梦人物论》都有单行本流传，且被多次再版重印。其中的观点、内容，一般读者也已经比较熟悉。但在这红学演变的滚滚长河中，还有一些文章著作，其问世后曾引起一时注意，但不久就被冷藏到了历史角落之中。它们的学术意义不是很大，但作为红学“全貌”的一部分，也还有其知古鉴今的作用。

《红楼梦研究稀见资料汇编》，就是这样一部书。这部书共一百万字，其“凡例”曰：“本编所录文章，其时限始于 1911 年辛亥革命以后，止于 1949 年中华人民共和国成立以前，前后近四十年。”

在这些“稀见资料”中，大体上看，也是包括索隐、考据和文学批评三大类型。索隐派的文章，如蔡孑民（蔡元培）《〈石头记索隐〉第六版自序》《〈红楼梦本事辨证〉序》，特别是湛庐的《红楼梦发微》二十则，算是索隐派的后劲。考证派的，则更显实力，如李玄伯《曹雪芹家世新考》，周黎庵《谈清代织造世家曹氏》，白衣香《红楼梦问题总检讨》，涉及作者家世、版本等重要方面，而方豪《红楼梦新考》则偏重于名物，包括小说中的外国地名，外国物品统计，外国物品来历，“《红楼梦》撰人与外国人之关系”，相当详尽。张笑侠撰《红楼梦的脚有了铁证》等，也自有心得。

篇幅最多者还是文学批评方面，不过这些文章长短不一，良莠不齐。其中有一些政治和文化名人写的，如陈独秀、吴宓、阿英、容庚、孟超、茅盾、西谛（郑振铎）、刘大杰、傅惜华、曹聚仁、姜亮夫、牟宗三、张天翼、李长之、李辰冬、赵景深、胡兰成、端木蕻良。这里面，有二三家比较深入、系统。

如吴宓的《红楼梦新谈》（尚有《石头记评赞》等），运用西方的文学理论观照《红楼梦》，颇有一点后来的“论文”色彩。但此文没有以版本和作者考证为基础，仍然是视一百二十回为一个“整体”，以“宝黛爱情”为内容中心，其立论的“大方向”有了问题，当然不可能有什么石破天惊的大作为。但在一些具体的感悟上，则也见灵光熠耀。

首先对《红楼梦》的文学价值，吴宓说：“自吾读西国小说，而益重《石头记》。若以西国文学之格律衡《石头记》，处处合拍，且尚觉佳胜。”比起俞平伯特别是胡适对《红楼梦》文学价值的不高评价来，吴宓显然颇具慧眼。此外如说贾宝玉“乃一诗人也”，“宝玉一生，惟以美术上之道理，为察人阅世之准则”，“黛玉亦一诗人，与宝玉性情根本契合”，“又有陪衬，如袭人为宝钗影子，晴雯为黛玉影子是也。又至善之人，不免有短处；至恶之人，亦尚有长处”，皆能谈言微中。

吴宓比较《红楼梦》和西方小说在叙述描写上的不同特点，也有见地。他说西方小说“将书中人物之心理，考究过详，分析过细，叙说过多，而其行事见于外者，反因之减少，几成心理学教科书，而不类叙事之小说。……风景服饰器皿等，描画精详，而与书中之人事，无切要之关系。”而“《石头记》均无以上之病。芜词空论，删除净尽。描画人物，均于言谈举止，喜怒哀乐之形于外者见之。”这和后来那些一味崇西迷洋的中国小说家和批评家比起来，堪称超前卓越。

李长之的《红楼梦批判》，比吴宓的文章分量更重。特别是其第三部分谈

《红楼梦》的艺术技巧，从生活素材、作品语言、自然主义、心理分析、人物个性等各个方面条分缕析，相当深入文本，颇有闪光之点。如这样一些说法：

曹雪芹是一个事业上的失败者，却正是诗国里的英雄，因为他有天才，又有纯挚丰富的情感。这好像李后主，虽然“无限江山，别时容易见时难”，可是他诗国里的所有，什么“千里江山寒色暮，芦花深处泊孤舟，笛在月明楼”，却永久夺不了去的。曹雪芹同样地失去一切，却同样地有比一切人都富贵，都伟大的成就，这便是由他美妙的感情所浸灌滋润的著作。……人必从生活中打出去，透入人生而超越人生，才有意义。逃掉人生或不曾打入生活的人，是等于不存在的，曹雪芹怎么样？遇合，繁华，他都曾有过，然而又没有了；留给他的却只有艺术的使命。

王国维的评论，固然很可珍贵，究竟因为是做于未确定为作者自传以前，而且不能算什末(原文为“末”，后同——引者)详尽。

他(指曹雪芹——引者)既然要求忠实，便提出两个意思来，一是什末是最忠实的，在他便认为自传最忠实；二是忠实应当怎样，在他便认为要合情理。

我们的话，字字是枯燥的，窘迫的。那表现的能力，不知乏味、微弱到什末地步。我们的话，是像干柴火似的札札拉拉的乱堆一起，这里面毫没有生命。这大概因为在过去吸收东洋所介绍过的西方文化太急切了的缘故，生生地把他们的表现方法也硬拿了来了。殊不知这不经大众吸收、润色、修改过的语言，只是点画罢了，这很像不懂日本文的中国人，见着日文便按着中国字读出的光景，结果非驴非马，把天然的语言之美的组织打破了。这是白话文运动最大的一个致命伤。差不多人人感到，各种文字的作品没有不能读的，

> 独独中国现在流行的白话文不能读。文言文是死的，不错，然而经过了四千多年的文人的推敲修饰，有时我们怀疑这不觉悟的白话文运动是否可以与文言相抗。文言文在1917年左右所遭白话文的袭击后的惨败，是不是文言文本身的问题，还是大众因社会变动无暇来接受这需要长期的训练才能领会才能运用的问题，抑是防守文言文之壁垒的人之其他智识（同后来的“知识”——引者）太乏的问题，这都是还值得人去想一想。

这涉及对“五四”白话文运动合理性程度的反思，是让人寻味的。当然，李长之并不是完全反对白话文推崇文言文，他的意思是“大众的活语言是高出新士大夫运用的白话文万倍的”。可贵的是，他能结合《红楼梦》前八十回和后四十回的语言实际作比较，说：“我们又要注意曹雪芹运用活的语言的勇气和方法，他打破平仄，他打破字意……前八十回与后四十回里对于运用活的语言上，也有显然的不同。”

李长之特别欣赏前八十回人物的对话，认为“流利轻巧”，举了凤姐和晴雯的两段，分析说：“我们在其中决见不到什末‘所以、因为、但是、理由、原则……’等字样。那些东西完全是表现上的障碍！……因为简短，力量更集中。这也是活的语言的一个优长。……我坚决主张，文学必须是和语言为一。简短也可以尽管简短，那也是在实际的语言里的简短，决不能破坏了活语言的有机的组织。……最难得的还是最长篇的对话，这在普通小说里很不经见。在《红楼梦》，仿佛越是长篇，却越见出那流利的美。……就是自己作叙述的文章，也依然像是好的对话，那句法也显然有着对话的特色。”

李长之对胡适文学鉴赏能力的批评，也说得很实在：“胡适在《红楼梦考证》里说过一句似是而非的话是：‘《红楼梦》只是老老实实的描写这一个坐吃山空，树倒猢狲散的自然趋势。因为如此，所以《红楼梦》只是一部自然主义的杰作。’含混不清的意思，说了比不说还糟。”

他又说曹雪芹写《红楼梦》也用心理分析，但是“借书中人物的自道，能够直接地透出那人物的心理”，与西方小说中“用分析的方法，好像论文似的”大为不同。并且说:“曹雪芹和高鹗的不同,还不能只用一点一滴来看,只有从大处看,那分别才越发显然。”当然,那时探佚研究还没有长足发展,对曹著和高续“两种《红楼梦》”的本质差异,李长之的认识仍然有局限。

还有一位更值得称道者,就是李辰冬,他写的几篇文章后来结集为《红楼梦研究》,可以说是三十年代最有分量的《红楼梦》研究著作。谈结构,谈语言,谈人物,谈情感,谈风格,处处透露出睿智和洞见。比如说《红楼梦》的结构,“像跳入大海一般,前后左右,波浪澎湃;而且前起后拥,大浪伏小浪,小浪变大浪,也不知起于何地,止于何时,使我们兴茫茫沧海无边无际之叹!”论曹著高续之异,则说:“一切的艺术作品,愈能使读者忘记了其人造性,则其作品愈成熟。前八十回的《红楼梦》之所以称为不朽的杰作者,就在此。后四十回续的,虽不能算太差,但其感情往往显得虚假,其文字往往显出生涩,所以不能给我们一种深刻的,生动的印象。”“前八十回能百读不厌,且每读一次都有些新的发现,而读后四十回的目的仅在知道故事的结束,结果知道,没有再读的勇气。”

还有一位署名涛每(陈诠,1903年生,1946年任同济大学外文系主任)写的《读王国维先生〈红楼梦评论〉之后》,批驳王国维以叔本华哲学诠释《红楼梦》,也颇能鞭辟入里。

此外的一些文章,也偶有可取之处,但大体而观,则多囿于一百二十回为“整体”观念的“爱情悲剧”一类文艺批评之老生常谈和浮泛议论,并未抉得曹雪芹文心之秘。如古文字学家容庚,质疑胡适和俞平伯,说:“我现在总结一句:百二十回本是曹氏原本,后四十回不是高鹗所补作的。”宋孔显的文章题目就叫“《红楼梦》一百二十回均为曹雪芹作”。甚至吴宓也说:“《石头记》全书一百二十回必为曹雪芹(1719—1764)一人所作。纵有高鹗等人增改,亦必随处增删,前后俱略改,若谓‘曹作出前八十回,而高续成后四十回”,决无是理。”(《红楼梦之文学价值》)而黄乃秋则批评“自传”与“原型”之说:“以贾家为曹家,以贾政为曹寅(按应为曹頫——引者),吾不知视此如何?噫!处今科学昌明之世,初不料胡君竟窃考证学方法之美名,以文其指鹿为马之伎俩一至于此也。”后来成为现代新儒学大师的牟宗三,则写有一篇《红楼梦悲剧之演成》，共分九大节，以后四十回的“宝黛钗爱情婚姻悲剧”为阐论中心，可以说是一篇比较早的“尊高”论文。

耐人寻味的，是某些和后来“探佚学”有关的资料和议论也有所逗漏（“逗漏”即引逗泄漏之意）。如张琦翔《读红楼梦札记》，提到了日本三多六桥本。臞蝯的《红楼佚话》，则有云：“某笔记言：有人曾见旧时真本，后数十回文字，皆与今本绝异：荣宁籍没以后，备极萧条，宝钗亦早卒；宝玉无以为家，至沦为击柝之役；史湘云则为乞丐，后乃与宝玉为婚。……又有人谓秦可卿之死，实以与贾珍私通，为二婢窥破，故羞愤自缢，书中言可卿死后，一婢殉之，一婢披麻作孝女，即此二婢也。”许啸天《红楼梦新序》中说：“事实的结局，尽可以改变；情节的线索，却是要连贯。最不合符（即后来的“符合”）的地方，如湘云的结局；小红的结局；林黛玉是仙草降凡，归位的时候，却变做了女神，女孩儿又变做了妃子等等：是在论理（意同后来的“理论”——引者）点上失了依据。”

《红楼梦》研究的“稀见资料”，是红学长河中曾经激生的小浪花，也是百年红学发展演变的“草蛇灰线”。索隐，考据，文艺批评，尊曹尊高之辩，探佚原稿之初，前人步武（“步武”即脚印，典出《诗经·大雅·生民》），蹑迹追踪，历历在目。排沙简金，见微知著，亦不为无益。

（吕启祥、林东海编《红楼梦研究稀见资料汇编》，北京，人民文学出版社 2001 年 8 月出版）

圣彼得堡抄本的奥秘

——圣彼得堡藏抄本《石头记》贴条下文字考核

1791 年，高鹗和程伟元整理续补的一百廿回《红楼梦》排印本行世，结束了此前八十回《石头记》手抄本流行的历史。1921 年胡适写了《红楼梦考证》，1923 年俞平伯发表了《红楼梦辨》，新红学创立，从此 1791 年以前流行的手抄本《石头记》又受到学术界重视。迄今为止，已经发现了 12 个脂批本系统的《石头记》抄本。其中 11 个保存在中国大陆（甲戌本《脂砚斋重评石头记》原存美国纽约康奈尔大学图书馆,现已归上海博物馆)。只有一个抄本仍在国外,就是保存在圣彼得堡俄国科学院东方古文献研究所(原苏联科学院东方学研究所列宁格勒分所)的清代抄本《石头记》。

苏联汉学家孟列夫和李福清发现了这个抄本,在苏联《亚非人民》1964年第5期发表《长篇小说红楼梦的前所未闻的抄本》,作了初步介绍。1984年12月,中国与苏联达成协议,派遣红学专家周汝昌、冯其庸和中华书局总编辑李侃一行三人访问苏联,查验了这个《石头记》抄本,并拍摄了胶片,1986年中华书局根据所摄胶片而影印出版了这个《石头记》抄本。此抄本学术界原称作列藏本(列宁格勒藏本),后来苏联解体,列宁格勒恢复旧名圣彼得堡,因而这个抄本现在又被称作圣彼得堡本、在俄本等。

影印本前有两篇序言,中俄双方各一篇。俄方李福清和孟列夫撰写的《列宁格勒藏抄本石头记的发现及其意义》,其中有这样一段话:“另一种特殊情况是抄错处用纸条粘盖上,并写上正确的文字。改错的其他各种形式在影印本上都可以看清楚,唯独粘贴后改正的地方和粘贴后未改正的地方,原来的文字看不清楚,因此我们在这里全部列举出我们看清的被粘贴的字。”言外之意是还有一些被贴条覆盖的原抄文字“看不清楚”。

2008年6月23日,时在圣彼得堡国立大学东方文化系任客座教授的笔者,在圣彼得堡东方古文献研究所巧遇老友崔溶澈——韩国高丽大学校文科大学中语中文学科教授。崔教授是来圣彼得堡参加远东文学国际学术讨论会,也是一位红学研究者,因此趁便来东方古文献研究所阅看清代手抄本《石头记》。而笔者是第三次来阅看抄本,目的是核查抄本中贴条下面的原抄内容。于是两人合作,共同考核了抄本中贴条下的情况,并作了详细记录。2008年7月2日笔者再次去东方古文献研究所阅看《石头记》抄本,对照检查了6月23日核查时所作记录,改正了两处失误。下面逐条列出李福清和孟列夫序言中的说法,再于每条后公布考核的结果。凡涉及抄本引文,原抄为繁体字者亦作繁体,除此之外则用简体字。

李、孟:第二回第五页后半(影印本页码标为六〇——引者)第八行贴掉「御史」,上面什么也没有写,按正文应是「鹽御」;

梁、崔：李、孟考查正确，贴条下的原抄文字是「御史」。即原抄为「今欽點出為巡御史史」，发现「巡御史史」不通，贴去「御史」两字，但忘记补上「鹽御」两字。

李、孟：第一四页前半（影印本页码标为七七——引者）第二行贴改为「百」字，第七行「罕」贴改为「突」；

梁、崔：第二行第四字贴条「百」下面的原字确实无法看清辨认。但「突」在第六行，而非第七行，而且贴条下原来已经旁改为「突」，后又贴掉重写「突」。又李、孟遗漏：第六行第十四字「作」先旁改为「止」，后将原抄及旁改粘贴覆盖并重写「止」字。即原抄「忙作道」经过贴改后变为「忙止道」。

李、孟：第三回第二二页后半（影印本页码标为一三八——引者）第六行「偏僻」；

梁、崔：贴条下原抄字似为「僻性」。即原抄「行動僻性性乖張」，经过贴改后成为「行動偏僻性乖張」。

李、孟：第一六回第一 O 页反面（影印本页码标为五五二——引者）第三至四行「鳳姐忙‖讓吃酒令其」（‖表示后面是另一行，后同——引者）；

梁、崔：被覆盖原抄「已進来‖鳳姐便命擺」，乃误抄第九页第八行末字至第十页第一行第一至第六字「已‖進来鳳姐便命擺」。误抄之所以发生，乃因为两处都有「贾璉」字样，故发生错行误看。即「贾璉鳳姐忙讓吃酒令其上炕」一句与前面「贾璉已進来鳳姐便命擺上酒餚」发生混淆。但「已」字属于前半页，发生这种误看还是有点奇怪，也许抄手抄到「贾璉鳳姐忙讓吃酒令其上炕」时只抄写了「贾璉」二字后就停止抄写去做其他事情，隔了一段时间后才回来接着抄写，因从「贾璉」接起，所以发生失误。此页另夹有纸条书写「已進来鳳姐便命擺」。

李、孟：第一七回第一五页前半（影印本页码标为六一一 ——引者）第四行「香欄」；

梁、崔：被覆盖原抄「欄香」。

李、孟：第一九回第一三页前半（影印本页码标为七一三——引者）第七行「何處吃飯多早晚回来又代」；

梁、崔：李、孟记录行数有误，此句在第六行而非第七行。被覆盖原抄为「命取酥酪来丫環们說李奶」，其中「奶」字只有半个「女」字。此句在同页第八行，抄手抄第六行而窜行误抄第八行，可能抄到「奶」字时刚写了半个「女」发现失误即停笔。

李、孟：第一七页前半（影印本页码标为七二一 ——引者）第三至四行「多给你母‖親些銀子他也」（前四个字原文是「我一心只」）第五行「好說又多」（贴掉了「說一個錢」）；

梁、崔：「多给你母‖親些銀子他也」所覆盖原抄为「我一心只‖要留下你不怕」，乃误抄同页第二行第十至第十六字及第三行第一、二、三字「我一心只要留下‖你不怕」。第五行「好說又多」所覆盖原抄确为「說一個錢」。「說一個錢」乃同页第六行文字，错看一行致误。

李、孟：第二O回第四页前半（影印本页码标为七五七——引者）第二行「熱」；

梁、崔：第二行第六字「熱」下被覆盖原抄为「的」。此乃漏看第六字「熱」而径抄第七字「的」。

李、孟：第二二回第一页前半（影印本页码标为八二五——引者）第四行「鳳姐說二十一日」；

梁、崔：李、孟记录行数有误，此句在第五行而非第四行。被覆盖原抄「說贾璉听鳳姐有」（「听」为简体字），乃误抄同页第四行第二至第八字。

李、孟：第二四回第二四页后半（影印本页码标为九五二——引者）第六行「問道」；

梁、崔：李、孟记录行数有误，此句不在第六行，乃第五行第十三和第十四字。被覆盖第十三字原抄「道」而贴改为「問」，即其实只贴了前一个「道」字，改为「問」，但贴条较长，延续到第十四字边缘，故李、孟误以为贴改了两个字，其实第十四字「道」是原抄而非贴改。

李、孟：第三O回第一页前半（影印本页码标为一二二五——引者）第五行「又無」；

梁、崔：「又無」为第五行第三、第四字，被覆盖原抄「無去」，乃漏看第三字「又」而径抄第四、第五字「無去」致误。

李、孟：第七页前半（影印本页码标为一二三七——引者）第二行「睄」（在「縫儿」两字之后）；

梁、崔：李、孟所记页码有误，此条不在第七页前半，而在第十七页前半（影印本页码标为一二五七）第二行第十字「睄」，被覆盖原抄「睛」。

李、孟：第三一回第三页前半（影印本页码标为一二六七——引者）第八行「歡」，第八页后半（影印本页码标为一二七八——引者）第二行「説着不覺滴下涙來襲」；

梁、崔：「歡」被覆盖原抄「觀」。「説着不覺滴下泪來襲」被覆盖原抄「叫我怎庅樣纔（「纔」右边没有「免」上面的部分，而是「免」下面中间再加两点）好這個」，乃误抄同页第一行字句。另外李、孟引文中「涙」误，原抄是简体字「泪」。李、孟遗漏第三一回第三页前半（影印本页码标为一二六七）第七行第十三字「説」亦贴改后字，被覆盖原抄「就」。

李、孟：第三九回第一四页前半（影印本页码标为一六五三——引者）第三行「去洗了澡自己排了两件」；

梁、崔：被覆盖原抄「上那劉姥姥那里見過這」，乃误抄同页第四行和第五行文字，因「去洗了澡自己排了两件」和「上那劉姥姥‖那里見過這」前面都是「劉姥姥换」四字，故而抄写时发生错行衔接。

李、孟：第四六回第一二页前半（影印本页码标为一九三一 ——引者）第六行「説就説已經給了璉二爺了大老爺就不好」；

梁、崔：被覆盖原抄「子你説来我听平兒笑道你只和老太太」（「来」「听」「只」为简体字），乃误抄同页第五行字句。

李、孟：第五三回第一九页前半（影印本页码标为二二六一 ——引者）第三行「西一邊合面設列着」（引者按：抄本上「一」字当中点一点表示此字误抄删去，影印本李、孟前言中引此句时却将「一邊」两字略去而另印一个辶偏旁的怪字）；

梁、崔：被覆盖原抄「來往行人皆屏退不」，乃误抄同页第四行与第五行字句「來往行人皆屏退‖不」。

李、孟：第五五回第七页前半（影印本页码标为二三四五——引者）第六行「百兩」；

梁、崔：「百兩」二字是此处纸张破损从里面补贴，不是外边粘贴覆盖。又第四行「二十」以下空白，是此处破损从里面补纸。又李、孟遗漏第六页后半（影印本页码标为二三四四）第四行、第五行「説我查旧賬去此時却‖記」（「旧」为简体字）亦为补贴覆盖，原抄「説你們笑話明兒也难見」，乃误抄同页第三行文字。又第一字原抄与贴补都是「説」字。

李、孟：第一一页前半（影印本页码标为二三五三——引者）第八行「聽説方」（按抄本上为「听」非「聽」——引者）；

梁、崔：「听説方」所覆盖原抄为「只管还」（「只」「还」为简体字），此乃误抄同页第七行第五、六、七字。

李、孟：第二O页前半（影印本页码标为二三七一——引者）第七行至（「至」原无拟补——引者）第二O页后半（影印本页码标为二三七二——引者）第一行「議論説大‖家省事罷另要有没良心的主意吴大‖娘」；

梁、崔：李、孟引文有误。一是「别」误为「另」；二是原抄有两个「吴」字，第一个「吴」上中间点了一点表示删去而引文遗漏第一个「吴」字。此条被覆盖原抄「討了没無里咱們又是什庅有臉的他们一边悄議」，乃误抄第二O页后半（影印本页码标为二三七二）第一行和第二行文字，其中「边」是简体字。由此误抄可以判断：第二O页后半（影印本页码标为二三七二）第一行中「無」字前旁添「臉」，「里」字旁改为「論」，第二行中「边」先涂改后旁改为「邊」，是与粘贴修改一起进行的。

李、孟：第五六回第二四页前半（影印本页码标为二四三一——引者）第八行—第二四页后半（影印本页码标为二四三二——引者）第一行「賈母之後‖至」；

梁、崔：被覆盖原抄「獨樹不成‖林」，乃误抄第二四页后半（影印本页码标为二四三二）第二行文句。

李、孟：第五八回第三页前半（影印本页码标为二五O一——引者）第一行「雖」；

梁、崔：被覆盖原抄「総」。

李、孟：第六O回第五页后半（影印本页码标为二五八六 ——引者）第三行「好」（贴改的只是字的左半边）；

梁、崔：被覆盖左半边原抄「子」，即原抄是两个「子」并列组成一字。

李、孟：第六一回第七页后半（影印本页码标为二六三八 ——引者）第七—八行「我和他說句話小燕悄笑道太急了橫竪等來日‖就來了只」；

梁、崔：李、孟引文有误：一是「等来」二字中间遗漏「十」；二是两处「來」原抄都是「来」。被覆盖原抄「只管找他作什庅方才使他往前頭去了你‖且等他只」，乃误抄第七页后半（影印本页码标为二六三八）第八行至第八页前半（影印本页码标为二六三九）第一行文句「只管找他作什庅方才使他往前頭去了‖你且等他」再加「只」。

李、孟：第六三回第二三页前半（影印本页码标为二七六七 ——引者）第一行「且説尤氏令賈骗（骗字左边马字偏旁改王字偏旁）等接賈母王夫人賈珍等」；

梁、崔：被覆盖原抄是两行：「靈庭一省忙滚鞍下馬請安賈」旁改「賈骗（骗字左边马字偏旁改王字偏旁）到了于路上迎見」。

李、孟：第六七回第一四页后半（影印本页码标为二九一四 ——引者）第四行「混过去了妹妹别」；

梁、崔：第六十七回单订一册，而且大多数页为单面，不像其他册每页正反对折成两面。而李、孟计算页码仍按正反对折「前半」「后半」行文。为准确和清楚起见，我们只标影印本页码。第六十七回影印本第二九一四页第五行「混过去了妹々别」李、孟误记为第四行，而「别」前面是「々」而不是「妹」。此句被覆盖原抄「是爲時氣不好怕」，乃误抄同页第四行字句。

李、孟：第八行「呢認真的果有鬼你」；

梁、崔：第六十七回影印本第二九一四页第八行「呢認真的果有鬼你」被覆盖原抄「你又該駭哭了黛玉」，是误抄第二九一四页第八行和第二九一五页第一行「你又該‖駭哭了黛玉」。

李、孟：第二三页正面（影印本页码标为二九三一 ——引者）第二行「忙笑道」；

梁、崔：第六十七回影印本第二九三一页第二行「忙笑道」被覆盖原抄「笑道」。

李、孟：第二四页前半（影印本页码标为二九三三 ——引者）第七行「叫」；

梁、崔：第六十七回影印本第二九三三页第七行「叫」被覆盖原抄「教」。李、孟遗漏影印本第二九三四页第七行第九字「紅」原抄「緑」，后将「緑」字右边贴改才成为「紅」。

李、孟：第二五页后半（影印本页码标为二九三六——引者）第七行「且」；

梁、崔：李、孟误「旦」为「且」。第六十七回影印本第二九三六页第七行第三字「旦」被覆盖原抄「且」。

李、孟：第二六页前半（影印本页码标为二九三七——引者）第七行「越氣」、「娶」；

梁、崔：第六十七回影印本第二九三七页第七行第三第四字「越氣」被覆盖原抄「越越」；第七行第十三字「娶」被覆盖原抄为一个上部写法特殊但像「娶」的字。此字上左部分是「身」而上右部分是「又」上面又加「々」但又没有上面那一撇。

李、孟：第二六页后半（影印本页码标为二九三八——引者）第一行「兒」；

梁、崔：第六十七回影印本第二九三八页第一行第六字「兒」被覆盖原抄为「氣」。

李、孟：第二行「道你二爺在」；

梁、崔：第六十七回影印本第二九三八页第二行第一至第五字「道你二爺在」被覆盖原抄「你二爺在外邊」，这是原抄漏掉了「道」字径抄下面的字句。

李、孟：第六八回第一二页前半（影印本页码标为二九七七——引者）第五行「賈」；

梁、崔：第五行共有两「賈」字，贴改的是第十六字，被覆盖原抄「家」。

李、孟：第六行「下」；

梁、崔：第一二页前半（影印本页码标为二九七七）第六行第六字「下」，被覆盖原抄「不」。

李、孟：第一六页前半（影印本页码标为二九八五——引者）第六行「跪」（贴改的只是右半边的字）；

梁、崔：李、孟页码记误：不是第一六页前半（影印本页码标为二九八五），而是第一五页前半（影印本页码标为二九八三），其中第六行第九字「跪」的右半边从里面贴改，不是从外面覆盖。

李、孟：第七一回第一四页前半（影印本页码标为三〇九五——引者）第三行「漸」；

梁、崔：被覆盖原抄「次」，乃径抄下面一个字「次」而成连文，「漸次」误成「次次」。

李、孟：第七二回第一〇页后半（影印本页码标为三一三六——引者）第一行「是姊」；

梁、崔：被覆盖原抄「是姐」。

李、孟：第七六回第一八页后半（影印本页码标为三三三六——引者）第一行「濃苔更滑霜重竹難捫」；

梁、崔：被覆盖原抄这两句诗相连，没有像其他诗行两句当中空开，所以贴改。

通过以上考核，我们对圣彼得堡藏本《石头记》抄写的情况会有进一步的认识，可资版本研究学者作参照。

（本文曾以“圣彼得堡藏抄本《石头记》贴条下文字考核”为题发表于《红楼梦学刊》2009 年第 5 辑）

后　记

本书乃《红楼探佚红》(作家出版社 2007 年出版)之修订新版,有以下一些变化:

某些内容吸取红学研究新动态予以改写,某些文句有新的修改润色。

原第三部分“《红楼梦》人物赞”改为第一部分,其后依次为“探佚编”“艺术编”“学术谈”,更方便读者阅读。

“学术谈”中去掉“既骂曹雪芹,又骂鲁迅”三篇(已经整合入另书),增加《秦学、探佚学的“分”与“合”》《红学长河小浪花》和《圣彼得堡抄本的奥秘》三篇。

特此说明。

2017 年 2 月